文春文庫

武曲

藤沢周

文藝春秋

目次

武曲

武曲【むこく】北斗七星の中の二連星。

一

雪の一片でも、桜の花片《かへん》でも、突かなければならぬ。斬るのではない。

不規則に揺れながら闇に散る桜の花びらに息を凝《こ》らしてみて、このがんじがらめの居《い》付《つ》きがすでに駄目なのだ。残像の揺らめきは確実に追えるのに、その今まさに動いている新しい一点に攻めの気持ちが届かない。

「諸手《もろて》突きで自らの中心を貫いてみろッ。殺せッ」

荒れた野太い声と同時に、桜のむこうから老いた父親が憤怒の形相で睨みつけていて、舞い落ちる一片の桜花が皺の寄った獰猛な眉間と重なる。

機。

躊躇している間もなく、赤樫の木刀が滅茶苦茶に振り下ろされるから、捨て身で一気に踏み込んだ。

黒い飛沫《しぶき》が放たれて闇が倒れたと思うと、閃光が交錯し、いくつもの肉の影が躍る。あたかも鉄の車輪で轢死する者の翻弄を目撃しているようで、心臓を鷲掴みにされるという瞬間に、体を激しくもんどり打たせて、矢田部は目を開いた。

坐っていたパイプ椅子の上で、不恰好な姿勢になりながら目を覚まし、それでも剣を握る手の内を反射的に作っていた自分の両手に溜息が漏れる。もう何度見た夢か知れない。悪夢の残滓《ざんし》がへばりついた頭を小さく振って、短い髪を掻き上げると、椅子に坐り直して青い光を発しているモニター画面に目を細める。

「……正面入口ホール、異常なし。2FJR連絡通路口、異常なし。3Fエレベーターホール異常なし……」

六個あるモニター画面を指差し称呼しながら、確認していく。すでにクローズドになったレストラン街を映し出した五つ目のモニター画面に、マグライトの懐中電灯を振りながら歩く沢口の姿が映っている。

一〇秒置きに切り替わる映像は、制帽を被った沢口の後頭部と背中を映し、今度は前から歩いてくる沢口の全身を映し、次に、誰もいないひっそりとした通路の角を映す。数秒後に突然あくびをしながら沢口が角から現われて、マグライトの光を画面に向けて躍らせた。

矢田部は一瞬白くなったモニター画面から視線を外すと、テーブルの上のマグカップを手に取り、冷めた珈琲を一口飲んだ。沢口の定線巡回を兼ねた定時巡回が終わったら、交代で乱線巡回に出ることになっている。

定められた警備箇所以外の場所をランダムに回るといっても、大体場所は決まっていた。各階のトイレ、それぞれの店舗の倉庫、非常階段、休憩室、屋上……。所々に置かれた大型の観葉植物の裏も点検する。

矢田部は椅子から立ち上がると、凝っていた首と肩をゆっくりと回す。KS警備会社から貸与されている制服が少しきつくて肩や首元を圧迫した。わずかに右手首に鈍痛がきて口元を歪めたが、痛みのせいからではない。昨日の剣道稽古で、光邑《みつむら》師範から炸裂するような完璧な出小手をもらったのを思い出したからだ。

八段範士の剣先は一足一刀の間に入っても、まったく揺るがず、だが、凝《こご》っているわけでもない。こちらの剣先が作る波紋を浮木のようにかわし、乗り、潜ってくる。破れのない構え。矢田部は、すでに古希近い光邑の剣を前にするたびに、『兵法未知志留辺』を著したという江戸時代一刀流の達人、白井亨義謙の話を思い出した。

矢田部の師匠である光邑雪峯《せつぽう》自身が鎌倉臨済宗の僧侶ということもあるが、白井は白隠禅師の内観の法という坐禅を取り入れて、剣と同時に気の練り方を摑んだという。そして、悟達して木刀を構えた時に、己の木剣からは輪が出る、といったというエピソードを、矢田部は武道関係の本で読んだことがあった。

剣道と同時に長年の禅修行から得た丹田の据わりが、光邑の剣先に表われても自然。ほんのわずか尺取虫の一波のように右足の爪先で詰めていっても、光邑の剣先から放射する気に押されて、近間に入れない。面金《めんがね》の間に見える老剣士の表情は変わりなく、ただ眼差しだけが冷ややかに薄らいでいるだけで、攻めるとも守るとも見せないのはいつものことだ。

竹刀を構えた光邑の左拳と剣先と爪先。その三点を結んだ三角形を歪ませようと、矢田部は自らの剣先をウキのように上下に泳がせてから、光邑の両目の間から素早く左目に向けてみた。たいがいの剣士達は本能的に、一瞬、竹刀の先をほんのわずかにだが上げる。その時に思い切り飛び込んで小手を打突するのだが、光邑は逆に剣先を下げたのだ。

面を捨てた、と思った。いや、相手が面を捨てたとなれば、逆にこちらは面打ちにいくのが恐ろしい。小手、胴、突きにくるのを誘っている。と、裏の裏を狙って、そのまま老剣士の竹刀を踏み込むつもりで、面に入った。その時、何処から光が差したかと思うほどの速度で、自らの小手に光邑範士の剣先が乗っていた。

「小手ッ！」

気剣体の一致。そのまま脇をすり抜ける光邑の藍色の影を認めたと同時に、手首が切り落とされた感触があった。振り返れば、すでに中段の構えの残心《ざんしん》を示している。相変わらず、面金の中には玲瓏な眼差しがあった。矢田部は制服の袖越しに手首を擦《さす》って、鈍い打撲痛に笑みを浮かべる。

「……爺さんが……。かなわないな」

長く細い息を吐きながら、竹刀の握りを仮想して中段の構えをしてみる。幼い頃から剣道をやっているのに、いまだに、というか、やればやるほど剣道は分からなくなる。学生時代までやっていた奔放で動きの速い剣道が、まだ始まりに過ぎなかったのに気づいたのは、光邑雪峯禅師と出会ってからだ。一時、絶望的なほどに気持ちが荒《すさ》み、仕事からも剣道からも離れてアルコールに溺れるようになった末、自殺さえ考えたこともある二〇代後半に、北鎌倉の建總寺《けんそうじ》東光庵の光邑に救われたのだ。

また夢で見たような父親の鈍色にくすんだ相貌が浮かんできて、矢田部は空素振りを始めた。雑念を斬るように、一本一本手の内を決めながら、面打ちを想定して右の摺り足で前に一歩出ては、左足を素早く引きつける。中段の構えに戻りつつ、左足から一歩後退する。竹刀や木刀を握らなくとも、刃筋と踏み込み、腕の伸ばしが一拍子で決まると、体が澄んだままクンッと推進力を持って前に出る。

何度も何度も空素振りを繰り返しているうちに、警備員室の廊下のむこうからキーリングを鳴らして戻ってくる沢口の靴音が聞こえてきた。矢田部は動きを止めて、もう一度、六つのモニター画面に視線を走らせる。

「定線巡回、異常なしぃ」

制帽を取った沢口が、薄い白髪頭を小指で掻きながら警備員室に入ってきた。

「お疲れ様です」と、矢田部も姿勢を正して軽く敬礼して見せる。

「また、ロータリー入口の所で、田所のおっさんが寝てるよぅ。今朝は出入管理は三橋だろう？　おっさん、またどやされるなあ」

苦笑しながら沢口は急須にポットの湯を入れている。壁を向いているが、目尻の皺の縒《よ》りが善良さを醸していた。ＫＳ警備会社の派遣スタッフになる前は、小さな物流会社の経理を長年やっていたと聞く。

「しかし、田所のおっさんもな、大船から離れようとしないというのがなあ、せつないわなあ」

鮨屋から貰ったのだろう、沢口は年季の入った大振りの湯飲みを片手に、小さな嗚咽のような声を漏らしながらパイプ椅子にゆっくりと腰掛けた。矢田部は視線で答えて、テーブルの上に置いていた濃紺の制帽を取って目深に被る。沢口の話題にしている田所のおっさんは、元は大船駅近くで乾物店を営んでいたが、大型スーパーや次々にできるコンビニエンスストアに圧されて倒産し家族も離散、それから独り大船駅近辺を彷徨《さまよ》うようになったのだ。日ごとに服装も薄汚れてきて、剃らぬ髭も伸びてしまい、いつのまにか大船近辺に住む者なら誰もが知っているホームレスになってしまった。地元の鎌倉で育った矢田部自身も子供の頃に何度か、油粕臭い田所商会という小さな薄暗い店に鰹節や干し椎茸などを買いにいったことがある。

「矢田部君、夜勤上がったら、どうだ？　たまには、津留見屋にでも一杯やりにいくか？」

濃い眉を開いて誘ってくる沢口に、矢田部は緩い笑みを返しつつ頭を振った。沢口にしたら、仲通り近くにある、タクシー運転手や夜勤明けの者達が集まる立ち飲み屋で疲れをほぐしたいところなのかも知れないが、それよりも矢田部の病歴の薄まりを、あえて酒に誘うことで表わしてくれているのだ。

二年ばかり続いたアルコール依存症を、横須賀病院で入退院を繰り返しながらなんとか克服したが、ほんの形だけの一杯がまた引き金になる可能性はそれでも否定できない。他人の過去の病いなど曖気《おくび》にも出さずに、当たり前に誘おうとしてくる沢口の厚意を無下に断るわけにもいかない。言葉を探している時に、午後の三時過ぎから建總寺横にある北鎌倉学院高校の剣道部にコーチにいかねばならない予定が脳裏を過《よ》ぎった。ましてニ日後には、鎌倉逗子葉山錬成大会が控えていて、試合前の仕上げと調整をやらなければいけない。アルコールを怖れての理由よりは、はるかに自然な断りにもなる。

「ああ、沢口さん、お誘いは嬉しいのですが、自分は、もうお酒は……。それに、ここ二日ほど、北鎌倉学院の方に……」

「なんだ、またヤットーの方か。……矢田部君も、しかし、熱心だなあ。親父さん譲りの剣豪だからなあ」

「……いや、単に、剣道馬鹿なだけですよ」

元アルコール中毒だった病歴と同様に、自分の父親がやはり剣士であるのを沢口に教えたのは、車両の出入管理を担当している地元出身の小峰という古株の警備員だろう。親子二代で剣道をやるなどよくある話だが、血がつながっていても、自分達の場合は剣の性格がまるで違うと、矢田部は思う。違い過ぎる。

父親の剣は、明らかに、禅でいう殺人刀《せつにんとう》だった。


木刀を上下振りする掛け声が道場に響くのを耳にしながら、矢田部は胴や垂《たれ》などの着装を済ませ、半眼で正坐する。

磨かれた床に窓からの西日が明るい平行四辺形の光を並べていて、剣道部員達の揃った摺り足や声などで床板が振動しているものの、光自体は変わらない。薄目で床の幾何学模様を見つめながら、光邑禅師が教えてくれた禅語をふと胸中に過ぎらせて、体の中を澄ますように細く長い息を吐き出した。

竹影階を払って塵《ちり》動ぜず、月潭底《たんてい》を穿って水に痕なし——。

風に揺れる竹の葉影が階段を払っても塵は少しも動かないし、月光が池の水底にまで届いても水には何も痕は残らない。

「非有非空というやつだ、研吾。この世の事物は、実際に存在しているわけでもなく、また空無というものでもない。真如がたえず動いている、生まれている……。それをお前は、あるいは、お前の親父もだ、煩悩だの、いや、現実だのといって、汲々《きゆうきゆう》としている。だから、お前らの剣は、結局、バタバタするのだ……」

矢田部は吸い込んだ息を下腹の底に落としながら、瞼を上げて、前方を睨みつけた。藍染の剣道着を身にまとった若い部員達五〇人ほどが、掛け声とともに木刀で刃筋を確かめながら上下振りを繰り返している。横二列に並んだ後ろ姿は背恰好もまちまちで、背筋がまっすぐ伸びている者もあれば、上衣の背中が皺になって着装自体が乱れている者までいるが、皆、袴の裾から覗いたアキレス腱が白く、痛いほど若かった。

「止めーッ。次、斜め振り五〇本ッ」

部長の迫《さこ》が声を張り上げる。わずかに脱色した長髪を後ろで束ねて、右耳に小さなピアスリングまで入れている。まず他の高校剣道部は全員が丸坊主というところだろうが、北鎌倉学院は自由な校風で、武道系の部活でもそれは変わらない。さすがに試合に出る時の見場が悪いと、五分刈の金髪や稲妻のような刻みを入れた三分刈の生徒の髪は、顧問の西野という教師が止めさせたらしいが、それでも今の一〇代のセンスを矯正するようなことはしていない。もちろん、それでいいと矢田部も思っていた。むしろ、その方がいい。

――常に自己の修練に努め、以って国家社会を愛して、広く人類の平和繁栄に……。

何度も唱えさせられた標語的なフレーズを、頑なに拒んでその部分だけ噤《つぐ》んでいたのは誰だったか。

「俺は、どんなことがあっても、国家社会など、これっぽっちも考えていません」

「矢田部、おまえ、ならばなんで剣道をやってる？」

「面白いからです」

「おまえ、それは本末転倒だろ」

「俺の自由です」

むきになって高校時代に剣道部顧問にたてついて、結局退部になった若い頃の自分を思い出し、苦笑いが思わず込み上げてくる。高校の部活を離れて、地元の剣友会や剣道場などに通い、大学時代も体育会の剣道部に所属はしたが、そんな自分が、出身校ではないものの高校剣道部の指導をやることになるなど、光邑から頼まれるまで考えもしなかった。いや、何よりも二度と竹刀を持つまいとさえ思った時期もあったのだ。

「研吾。剣を通して、お前から魔道を徹底的に絞り出せ」

「よけいなお世話だよ、光邑住職」

「ほう、そういうことは、俺と立ち合って、勝ってからいえ」

矢田部は若い剣士達の足捌《さば》きと刃筋を確かめながら、自らの竹刀の中結《なかゆい》をいったん緩めた。剣士達が木刀を斜めに振り下ろすたびに、袴の裾が跳ね上がり、踊る。逆からの斜め振り。左拳だけはどんなことがあっても、正中線から外してはいけない。右足を前に出して体を開いたと同時に、仮想の相手の左こめかみを斬る。今度は逆に体を開いて右こめかみを斬る。

「お前は、逃げている。怖れているだけだ」

「逃げるでも、怖れるでも、何でもいいさ、住職。とにかく、クソ剣道などやめたんだ」

「片腹痛いわ。剣も構えていないのに、驚懼《きようくぎ》疑惑《わく》の四病に陥っているわ、研吾」

矢田部は竹刀の弦も軽く解いてから、指に巻きつけて搾り引き、きつく弦を張らせた。一気に柄革と結びつけて革紐に巻く。ほとんど真剣の手入れと同じ気持ちでやらないと、稽古中に緩んできて、竹が外れることが稀にあるのだ。最悪の場合は、剣先についた先革が外れ、相手の面金の間を竹が突いて、失明や死亡事故につながる危険性があった。中結もしっかりと締め直して、正坐したまま中段に構えると、気持ちが刀身にだけ集中して澄んでくる。窓からの西日も、高校生達の掛け声や動きも消えて、構えた竹刀に念が吸い込まれていくようだ。

「研吾、将造の剣道は邪剣だが、お前よりは強い」

「親父は親父だ。それにもう立ち合うこともない」

「だから、お前は自らの中の将造の剣風を怖れているといってるのだ。研吾、お前、こういう禅語を知っているか？　仏に逢うては仏を殺せ、祖に逢うては祖を殺せ――」

矢田部は竹刀を左脇に置くと、「斬心明鏡」という墨書の文字がプリントされた手拭をしっかりと頭に巻いた。床に揃えた小手の上の面を丁寧に取る。面金越しに、剣士達の木刀での素振りが終わり、めいめいが道場の上座を除いた三方に戻るのが見えた。面紐を縛りながら若者達に視線をやっていると、皆、きちんと正坐して防具をつけようとしている。

道場に入ってくる時は、自由な髪型やわざと崩して着ている学生服姿が、どの街でも見かける今時の若い奴らと同じように見えるが、いったん剣道着を身につけると、まるで姿勢そのものが変わる。それがおかしくも、可愛くもある。武道をやっているという自意識の現われ方が、あまりに素直でストレートなのだ。

揃えた面紐を背後に流してから、小手をつけて、竹刀を握った。立ち上がって、軽く素振りを繰り返す。上下振りから左右面。一本一本確かめるように手の内を利かせて、空間打突の決めの所で気、剣、体が一致するように竹刀を振る。時々だが、これ以外にはありえないという剣の道筋を通ることがあって、その時は竹刀でも宙の斬れた感触がある。臍下丹田に落とし込んだ吸気をさらに左足の踵にまで落として溜める。その力をまた噴煙のように立ち上らせて丹田に戻し、剣先へと静かに伝えていくのが、構えの肝要なところだ。そして、右の踏み込み足と同時に竹刀の物打ちに爆発させる。大きく、正しい刃筋で素振りをしていないと身につかないが、光邑師範のように小さくコンパクトな振りで、それと同等の強い打ちができる手の内の冴えは、まだ五段の自分には摑めない。

軽く息が弾むほどになったところで、矢田部は声を張り上げた。

「迫、堀内、小堀、井尻、長沢ッ」

面と小手をつけた五人の剣士達が急ぎ足でやってくる。

「他の者達は切り返し一〇本と連続技約束稽古ッ」

五人が集まったところで、互いに中段の構えのまま蹲踞《そんきょ》をして稽古の始まりを示す。霜が降りるように腰を下ろし、一筋の煙が昇るように立ち上がる。すでにこの時点で攻めの状態でなければならない。

「明後日の団体戦の順番は、前と同じか?」

「いえ、中堅と副将を替えてみました。井尻と堀内をそれぞれ替えて……。まあ、あんまり変わりないっすけど……」

迫が面金のむこうではにかみながら白い歯を見せて、隣に立つ井尻の胴を小手で小突いた。道場から一斉に声が上がったと思うと、踏み込み足の響きと同時に竹刀の爆《は》ぜるような音が炸裂する。それぞれの切り返しの速度は違うが、一心に打ち込んでいる音が道場に弾け満ちた。

「堀内と井尻、小堀と長沢、それぞれ組んで切り返し後、試合を想定しての地稽古。迫は俺とだ」

互いに対峙して、三歩大きく摺り足で出たところで、竹刀を抜きながら再び蹲踞をする。

「切り返しッ」

立ち上がったところで声を掛けると、迫が鋭い発声で振りかぶってきた。身長が一八〇センチを超える迫は元々上段の構えだったが、あまりに胴ががらんどうになってしまう。あえて相手の胴打ちを誘いながらも、面に狙いをつけていたが、入るのを逡巡するところがあった。基本の中段に戻してから、むしろ手首の柔らかさが生きてきた。

「面ーッ、面面面面、面面面面面ーッ」

真正面の面から左右面の打ちに入るのを、元立ちの矢田部は竹刀を立てて受けていく。左拳が正中線から外れない好い面打ちだが、左右面の時に剣先が宙で小さな弧を描いた。もっと鋭角的に入ってこなければならない。

「捨て身でこいやッ」

堀内は小手から面への連続技、井尻は諸手突きからの面、小堀は迫と同じく長身で遠間からの意表を衝く面、長沢は胴打ちに冴えがある。それぞれの持ち味があるが、得意な打突が逆に縛りになって、不自由になることもあるのだ。矢田部自身も小手、面への連続打ちが幼い頃からの持ち技だったが、一時期どんな近い間合いにあっても小手に入れなくなったことがあった。自分の小手を相手が面だと思って、相面で応じようとする時に、結果として小手を抜かれて面を食らうことが何度かあってから、小手打ちに出るのが怖くて仕方がない。居付きの極みのようになって踏み込めない。それが少しは解消されるようになったのは、剣道はまっすぐ肚《はら》で攻めるということが摑めてきてからだ。

「迫ッ。地稽古いくか」

「お願いしますッ」と、面金の奥の目がひたむきだった。

面をつけると、歳が朧《おぼろ》になって匿名の者ともなるが、眼差しだけは表情を持つ。能面の大飛出《おおとびで》のように眼を剝く者もあれば、あえて眼を細めて視線をこちらの鼻や喉元に持ってきて、焦点を表わさない者もいる。光邑師範ともなると、普段は眼光炯々《けいけい》の激しい表情の男であるのに、面をつけたと同時に薄暗い無表情になってまったく気勢さえ読ませない。

迫は面を通すと中性的な顔になる。凜《りん》とした若い女のような面差しに、切れ長の眼だけが道場の光を集めていた。武張るようなよけいな主張がない表情でいて、気性はかなり攻撃的で、当然剣風にも荒れて表われてくる。

「ヤーッ」と、道場にひときわ響く発声で剣先を向けてくると、前後に軽くステップするようなフットワークを見せた。右足と左足の前後の開きも、若い剣士特有の大きな開きになっている。間合いを摑むというよりも、前後のステップで打突する機を自らに呼び込もうとしている構えだ。

「セイヤッ」

矢田部も声を掛けながら、じりじりと間合いを遠間から一足一刀の間合いに近づけていく。迫の上下にリズミカルに動く剣先が細かく点滅するような刻みを見せて、矢田部はほんの一センチほど剣先を浮かせて誘ってみた。繰り返す前後のステップが少しずつ間合いを詰めてきて、重心を前に溜め始めているのが分かる。迫の眼を凝視しながらも、体全体も視野に入れる観見の目付けという武道基本の見方をしていると、力を抜いているように見える迫の肩や肘の輪郭がうっすらと硬くなってくるのが伝わってきた。

起こり。

打つ前の溜めや重心の移動が現われる寸前の居付きが見えた。

「小手ッ」

「面ッ！」

迫がまっすぐに刺すような速い小手を入れてくる瞬間に、矢田部は相手の面を先に捉える。迫の頭頂の面ぶとんに竹刀の小気味よい音が爆ぜた。そのまま右脇を通り抜けて、素早く振り向いて中段の残心を示す。

「迫、起こりが見える。相手の拳を攻めるにしても、肚で攻めてこい。もう一本ッ」

猿叫《えんきょう》のような裏声が迫の口から飛び出してきた。迫が本気になって攻めてくる時の発声だ。同時に眼差しの光が強くなった。前後のリズミカルなフットワークは変わらないが、剣先の動きが鋭角的に短くなってくる。矢田部は摺り足で間合いを半歩詰める。さらに詰める。迫が後ろに飛び退くところを、もう一歩剣先で間合いを圧縮するように迫った。近い間合いが膨張して、いつ弾け破れるか分からない。たいがいここで若い剣士は我慢できずに打ち急いでくる。だが、迫はよく耐えて、気を溜めながら、矢田部の呼吸を計っていた。

「いいぞ、我慢我慢……」

面金の物見から迫の光を溜めた視線が、ほんの一瞬矢田部の手元に走る。前に出る。小手にくる、か。だが、迫の剣先は止まったと思うと、手元だけがわずかに上がって、小手と見せての面打ちにくる息の溜めが見えた。矢田部は竹刀の剣先を裏から小さく引っ掛けるように回して、半歩出ながら迫の竹刀を上から押さえる。充分に小手でも面でも一本入れる。どちらも隙の空白が、放射状に口を開いていた。

「下から突きにこいッ」

　もはや面への打突を諦めていた迫の剣先が、瞬間的に小さな半円を描いて矢田部の竹刀を潜り抜ける。水面に小魚が腹を光らせた感じだ。迫の剣先の先革が一気に目の前に膨らんできて、矢田部の喉元の突き垂を捉えた。

「突きーッ！」

矢田部は突きを受けながら半歩後退したまま、さらに声を掛けた。

「そのまま面ッ」

面の縦金に沿って、突きにきた剣先が躊躇《ちゅうちょ》なくスムースに上がった。柳の枝が跳ねる。迫の竹刀が消える。いい刃筋だ。と同時に、矢田部の面の上で音が立った。

「面ーッ！」

迫が左脇を風のように走り抜けていく。テールのように結んだ長髪が視野の端で揺れるのが見えた。振り返ると、少し遅れ気味ではあるが、中段の残心を見せる迫の上気した顔が面の中にあった。

「いい突きと面だ、迫。いいか、俺がお前の剣先を押さえた時、それもまた居付いているのと同じ。押さえられたからといって止心するのではなく、攻めの気持ちをつなげていけよ」

竹刀を右に下げて「はい」とうなずく迫の背後で、多くの剣士達が剣を交えていたが、さらにその後ろを、僧衣姿の光邑雪峯が道場に入ってくるのが見えた。

「迫、今の諸手突きからの面を、空間打突で確かめていてくれ。すぐ戻る」

矢田部はそういうと、蹲踞をして稽古を解いてから、光邑の元へと向かった。墨染の衣のままということは、今日は稽古はしないいつもりだろうが、相変わらず厳しい眼光で剣士達の稽古を見据えながら、ゆっくりと歩いている。

「光邑師範」

「おう、どうだ。団体戦の小僧達は……」

禿頭と、眉尻の毛が奔放に垂れ下がる炯々とした眼。様々な皺が刻まれた顔だが、長年の剣道稽古のせいで筋線のがっしりした体軀や姿勢の良さが古希近い者とは思わせない。

「ええ、まあ、好い所まではいくかと思いますが、鎌倉工業や桐苑の選手達に比べると、まだまだというところですか」

眼差しは変わらないが光邑の目尻に皺が寄って、大きく口が開いて笑いが漏れた。少し窪んだこめかみに古い血痕のような染みが浮いている。

「いい、いい。試合の勝ち負けなど、どうでもな。自分達の剣道をしてくれれば、それで充分だ」

竹刀の爆ぜる音や鋭い発声のむこうで、迫が相手を仮想した打突をやって踏み込んでいるのが見える。堀内が井尻に面を一本決め、小堀と長沢が鍔《つば》ぜり合いで牽制しながら引き技のタイミングを狙っていた。

「研吾、お前、今日は、将造の所に寄るのか」

「ええ、ちょっと顔出してきます。その後、警備の仕事になります」

「親父さんによろしく伝えてくれや。……ほらッ、どーんッと捨て身で、まっすぐッ」

いきなり光邑がまだ剣道の体ができていない一年生の痩せた面打ちを見て声を上げた。

「打たれたら、ありがとう、だ。だから、遠慮せんでいい。難有り、有難し、だ」

光邑が口角に力を込めて若者達に檄《げき》を飛ばしているのを見て、矢田部は面をつけたまま頭を軽く下げて、光邑の元を離れた。

打たれたら、ありがとう。

矢田部が幼い頃から聞いている光邑雪峯の科白《せりふ》だ。だが、父親の剣に打たれて、そんな気持ちになったことなど一度もない。

二

横浜の有隣堂まで足をのばしたが、結局、大原テルカズという俳人の句集はなかった。「積木の狂院　指訪れる腕の坂」なんていうフレーズを思いつく俳人は、なかなかいるもんじゃない。

融《とおる》は東海道線が減速を始めて、大船駅に滑り込み始めると、リリックを連ねていたキャンパスノートをＨＡＬＡＴＩＯＮのバッグに入れた。俳句や短歌にハマり始めた自分のことを、仲間達は「爺《じじ》臭ぇ」というが、要は言葉だ。何かの雑誌で大原テルカズという俳人のフレーズを見た時、宇宙が引っくり返るかと思った。それから、まったく興味のなかった日本の詩歌文学も捨てたもんじゃないと思うようになったのだ。元々、北鎌倉学院高校の陸上部でスプリンターをやっていたが、先輩と喧嘩してしまい退部。帰宅部になって、退屈な時間を過ごしていたが、ラップのリリックに出会い、言葉に救われた。今では、ラップ命。そして、こいつだ。

ｉＰｏｄの音量を上げると、１ＭＣ１ＤＪのラップユニットHilcrhymeの「ＬＡＭＰＬＩＧＨＴ」が膨《ふく》らんでくる。ＤＪ ＫＡＴＳＵのスケール感ある天才的トラックと、ＭＣ ＴＯＣの韻を踏んだキレのあるリリック。クラブで鍛え抜かれた音が、自分の体の隅々までインディーズの力と言葉を届かせて、溢《あふ》れさせるようだ。融は体でビートを取りながら、降車する人々と一緒にホームに下りる。

休日とあって、鎌倉見物にきた観光客も混じって、ホームが溢れ返っている。若い者らも老人達もそれぞれが滅茶苦茶なリズムの足取りで階段に向かうのが、奇妙な感じだ。自分の耳にはまったく異次元の音源が流れていて、大船駅ホームを歩く人々の動きが、よく分からない世界の出口に向かっているように見えた。

自販機の横で屯《たむろ》する黒い一団が人々の邪魔になっている。でかくて四角い黒のボストンバッグをいくつも置いて、その上に黒や奇妙な柄の袋に包まれた長い棒を何本も横たえたり、立て掛けたりしていた。Hilcrhyme のサビの部分がきた時、その五人ほどの若い男達が自分と同じ北鎌倉学院高校の学生服を着ているのに気づく。長い棒と見えていたのは竹刀袋だ。

なんだよ、うちの剣道部の奴らかよ。

ＴＯＣの畳み掛けるフックと、ＫＡＴＳＵの腹の底にくるビートが、全身を波打たせる。自分もこんなトラックを背負って、クールなリリックを刻めたら……。

融は片方の眉を上げて、剣道部の連中を目の端でさりげなく牽制した。五人揃って憔悴した感じで肩を落としているのを見ると、何処かで行われた試合か何かで負けたのだろう。だけど、あまりにホームの真ん中を陣取り過ぎじゃね？　携帯電話でメールを打っていたり、アクエリアスを飲んでいる奴らの防具入れを、通行人が無理によける形になって、その分、階段への人込みがよけい密集している。

邪魔だよ……。

ちらりと視線を走らせると、「守破離」と派手な明朝体の文字で白抜きされた紺色の竹刀袋や、年季の入った黒いフェイク革の竹刀袋が突き出ている。「両刃交鋒」という極太の文字が躍っているのもあった。黒い防具袋に黄色の刺繍糸で、「井尻」とか「迫」という名前が縫い込まれているのが眼に入った時、右からいかにもハイキング帰りのおばちゃん達といったグループに押されそうになって、融は剣道部の連中の竹刀袋を跨《また》いでよけた。

年配の女性グループはまったく素知らぬ顔で喋り続け、歯の金の詰め物まで覗かせて笑っている。TOCのラップでもちろん彼女達が何を喋っているのかは分からないが、いい気なもんだ。「最近の若者は礼儀知らずで……」は、まず今の時代の話じゃない。

——誰が俺を笑っても俺は俺を絶対笑わない
KATSUのトラックに合わせて、TOCのフレーズを口ずさみながら階段に向かおうとした時、いきなり凄まじい力で左腕を摑まれた。

一体、何？　おばちゃん達か？

融が振り返ると、さっきの北学剣道部の連中の一人が眼を剝《む》いて口から唾を飛ばしている顔があった。首筋にV字形の太い静脈まで膨らませている。

「何だよッ」

融が片方のイヤホンを外しながら、ツンツン髪を立てた男を睨み返すと、「何だよじゃねえだろッ」と怒声を張り上げてきた。東海道線の発車メロディ、おばちゃん達の笑い声、「駆け込み乗車はおやめください」のアナウンス……。そして、剣道部員からの謂れのない絡み。せっかくのラップが台無しだ。

「は？」

「は？　じゃねえよ」

眉根を顰《ひそ》めて、男の血走った眼と震えている口元に交互に視線をやると、その後ろから背の高い奴が、「やめろって、堀内」と割って入ってきた。茶色の長い髪を後ろにまとめて、右耳に光るものが見える。ピアスリング。だが、不機嫌そうな表情は同じで、むしろ目尻で冷ややかに見下ろしてくる感じがあった。

「何だよ、一体」

「何だよじゃねえよ。見ろよ、おまえ」

堀内と呼ばれた男が顎でぞんざいに足元を示した。「守破離」の竹刀袋がコンクリートの上に転がっている。

「で、何？」

「は？　おまえが俺の竹刀を蹴ったんだよ」

俺が蹴った？　跨いだだけだろう？

「竹刀を何だと思ってんだよッ」

「ほら、堀内、やめろって」

周りを歩く人々が少し遠巻きに見ているのを感じる。駅員のアナウンスや人声に混じりながらも、片方の耳からまたフックの部分が重なって聞こえてきて、早く音楽に没頭したかった。

「つうか、おまえらのこれら、邪魔になってね？　迷惑なんだよ」

「だけど、蹴ることはないだろうがッ。違うか？」

　堀内という男がワンテール頭の抑える腕を薙《な》ぐようにして、近寄ってくる。「何だ、喧嘩か」という声。「邪魔だろ」というイラついた怒声。東海道線のドアの閉まる音。ワンテールの男の他に剣道部の奴らも、堀内を止めようとするのか、それとも加勢しようとしているのか、詰め寄ってくる。

「あのな、俺はこの棒、跨いだの。邪魔だから。それだけ。足が引っかかったんなら、ごめんなさい。だけど、おまえらも、謝れよ。明らかに邪魔になってる。どうなの？」

　堀内の顔を見据えると、敵意丸出しの眼がかすかに痙攣しているのが分かった。だが、言葉を継いでこない。おまえらを相手にしているヒマねえよ、と一回だけ視線を堀内の顔から詰襟のホックに下ろして、また睨み返す。そして、外れたイヤホンを左耳に入れようとした。

　――オイル足し照らす道　　la　LAMP　LIGHT
　と、その時、堀内がイヤホンコードを払って、勢いで融の両耳からイヤホンが外れて宙に躍った。

「おまえ、何すんだよッ。ふざけんじゃねえよッ」と融も思わず反射的に声を荒らげた。周りを歩く者達が一斉にこっちを向くのが分かる。

「おまえら、試合に負けたか何か知んねえけど、いらついて絡むのはやめろよ。みっともねえ。それで北学の剣道部かよ」

「……何？」と、今度は後ろにいた頬骨のいやに突き出た男が眉を上げた。

「鎌学か工業に負けて、いらついてんだろ。実力じゃね？」

腹立ち紛れにあえてからかいながら、ばらけたイヤホンコードを手繰《たぐ》っていると、素早い男の手が融の胸を小突いてきた。は？　と呆気に取られて、だが、一瞬のうちに世界が灼熱化したみたいに白くなる。周りの風景が消える。

「ふざけんなッ、ボケッ！」

無意識のうちに融は足元に転がっていた「守破離」の竹刀袋を思い切り踏みつけていた。重いブーツの踵の下でミチッと奇妙な音が立つ。

「あッ！」という五人の口から上がった声と同時に、堀内の学生服の右腕がはためいたように見えた。

拳。

影が膨らむ。鼻先を掠《かす》める。と、反射的に融は目の前に開いた放射線を左手で小さく払った。すかさず後ろにステップする。そして、体勢を崩して前のめりになった堀内の腹を蹴ろうとして踏ん張った時、後ろからホイッスルのような音が聞こえた。焦って体勢を戻そうとする堀内やワンテールの奴らが目を見開いて、自分の後方に視線を投げている。融も振り返った。

「そこーッ！　やめなさいーッ！」

駅員か鉄道公安らしき者達が二人、派手にホイッスルを吹きながら、群集の間を縫って走ってきた。やばい。ここで捕まったら一週間は停学を食らってしまう。

　融は堀内という男とワンテールに髪を結んだ男を短く見据えてから、素早く体を返した。もたついた人込みの中をすり抜ける。走る。メタボ系のサラリーマンをよけ、デイパックを背負ったのろい観光客の脇をステップして、そのまま階段を駆け上がる。走るのなら誰にも負けない。一〇〇メートル一一秒フラットを出したのは、神奈川でもそういない。三段ずつ駆け上がり、人をよけ、一気に上まで出て、そのまま改札口にＳｕｉｃａをかざして、ルミネウィング前の人込みの中に紛れた。

　もう大丈夫、だろう。

　そう思った時、ジーンズの前ポケットに入れていたｉＰｏｄもイヤホンもないのに気づいた。

　マジかよ……。

　階段を駆け上がった時に落としたのか。せっかくダウンロードしたHilcrhyme……。今、戻ったら、停学一週間の可能性大だろう。どうするよ、俺……。

　Hilcrhyme、Lou Reed、Bob Dylan、ドビュッシー……、ついでに百人一首と平家物語の朗読まで入っている。滅茶苦茶なリストかも知れないが、自分にとっては大事な宝なのだ。

　あいつらのせいだ……。

　歯軋りして口を歪め、拳を握り締めて眼を上げる。ルミネウィングの入口近くにいつも座り込んでいるホームレスの老人と眼が合った。

五限の世界史が終わってからも、融はキャンパスノートと窓の外の建總寺境内とに、交互に視線を投げていた。古刹《こさつ》の杉林が噴煙のように揺れるたびに、光が煌めいて眼を射ってくる。あの光をリリックに、言葉にできないか。

光る。輝く。閃く。煌めく。反射する。瞬く。照る。……散光。斜光。微光。妖光。閃光……。ボキャブラリーが少な過ぎだ。杉の葉がさんざめくように光を瞬かせる様を描写しようと思っても、ノートに連ねられるシャーペン文字の言葉はどれもイマイチだ。学生ズボンのポケットに手をやって、無意識のうちにｉＰｏｄを探しては嘆息する。今日何度目か分からない。大船駅の遺失物係へは、もう少し日を置いてから連絡した方がいいだろう、と融は思う。

「……羽田《はだ》ぁ」

低く引きずるような声に顔を上げると、白川が眉根をよじらせて困惑したような表情で近寄ってきた。借りていたＣＤのことだろう。もう二ヶ月も借りっ放しの初期デヴィッド・ボウイ。

「白川、悪いッ。また忘れた。明日、必ずッ」と、融は小首を突き出しながら合掌して見せる。

「ああ、それもだけど……。おまえ、何やったわけぇ……」

白川は前の席の椅子に腰掛けて、薄い眉を八の字にしながら顰めた視線を融の顔にうろつかせている。

「何だよ……」

「何だよって……昨日、大船駅……」

目尻につらそうな影を漂わせている白川の顔を見ていて、そうか、白川は剣道部だったと気づいた。ということは、すでに自分が二年三組の羽田融と、連中には知られているということだ。昨日の謂れのない因縁をつけられた怒りと同時に、腹の底にモワッとするような不安が広がってくる。空疎な膨らみだが、何かその内側を執拗に撫でられている感じがあった。

「……白川……何かいわれた？　マジで？　あれら、先輩？」

「あれらじゃないって、マジ。堀内さんの竹刀、踏んで折ったって、それ、どうしたわけぇ……」

白川の表情の裏に堆積している嫌な重みは、あいつらの小言やら怒りやらを一身に受けた気配があって、融は慌てて駅のホームでの出来事を早口で話した。喋っているうちにも昨日の不快さが断片から塊になって蘇ってきて、脈拍が一気に上がってくる。

「って、分かったけどさ、羽田ぁ、竹刀折るのはまずくね？　……でさ、絶対悪いようにしないからさ、一言謝ってくれないか？　先輩ら、誓って乱暴なことをする人らじゃないし、ただ一言謝ってくれさえすれば……」

「おまえ、何いってんだよ。俺が悪いわけじゃないって。なんで俺が謝るわけ？　あっちが謝りにくる方が筋じゃないのか？」

「だからぁ……だからさぁ、羽田ぁ。俺の顔を立てると思って、このとおりッ。……おまえ、それとも、何……デヴィッド・ボウイのCDとかさ、マックのダブルチーズバーガーとかさ、高野高校の文化祭の……サキちゃんだっけ……」

昨年の秋の高野高校文化祭で見かけた女の子が気になって、白川に声をかけてもらったのが脳裏を過ぎる。男子校の北鎌倉学院高校にいると、女子に声をかける勇気がなくて、それでも白川は姉と妹に挟まれている環境だから何とか引き受けてくれたのだ。結局、そのサキという子には大船駅近くのミスドで一回会っただけで、それきりだったが。

必ず白川が仲介を持つこと、何かあったら剣道部顧問の西野先生に出てきてもらうこと、相手にも非があることを間違いなく認めさせるという約束をして、融は結局憂鬱な六限目を過ごすことになったのだ。

北鎌倉学院高校の剣道部道場からは、すでに奇妙でわざとらしい掛け声が聞こえてきて、融は小さく舌打ちした。校内というよりも隣の建總寺境内を跨ぐ形でできた建物で、弓道場と並んで禅の勉強も兼ねるための道場のようだ。白川と一緒に道場の入口に入ると、整然とローファーが何十足も並べられていて、腹の中を搾られるような緊張感がきたが、ほんの一〇分ほどの我慢だ。考えてみれば、竹刀袋を踏み潰した自分にも非はあるかも知れないと、自ら殊勝と思いつつもいい聞かせてみた。その後で堀内という奴が殴りかかってきたのも分からないでもない。

「失礼しますッ」と、白川が丁寧に頭を下げて道場に入る。融はあえて辞儀もしないまま、ローファーを脱いで上がった。汗の饐えたにおいと埃臭さに一瞬息を止める。わずかに口を尖らせながら、道場を見やると藍染の剣道衣を着た部員達が声を張り上げて木刀を振っている。その中から、こちらに何人かやってくる影があった。

あいつら、だった、か……？

藍染の衣に袴をつけ、凜とした背筋でやってくる。駅のホームで屯していた雰囲気とはまったく違っていた。だが、脱色した長い髪を束ねて右耳にピアスをしている奴、頬骨が突き出て目が猛禽類を思わせる奴、それから、自分を殴ろうとした堀内という奴の顔があるのを、融は認めた。白川が小走りして男達の方へいき、何か話し込んでいる。竹刀を持ったら奴らの方が強いのだろうが、素手なら分からない。動体視力？　反射神経？　剣士といわれる者達がどれだけ凄いか知らないが、天性の問題だろ？　いざとなったら、やってやる。そんな覚悟が腹の底に溜まってくるのを融は覚えた。

「羽田ッ」と、白川の呼ぶ声がする。

融はわざとゆっくり道場の中を歩きながら、立って待っている者達に視線を流した。特に「堀内」という垂をつけた奴の顔を見据えて近づく。まるで学生服を着ている時と表情が違うじゃないか。逆立てた髪の下で、シャワーから上がったばかりのようなさっぱりした顔で自分を睨んでいる。

「坐れ」

男達のもとへいくと、「迫」という名前の垂をつけたピアスリングがいってきた。は？　坐れ、って命令形かよ、と思っているうちにも、白川が耳元で「正坐」と囁き、他の奴らも落ち着いてはいるが素早く正坐をし始めた。融も渋々坐って、男達の皺の寄った袴の膝に眼を凝らした。他の部員達の素振りする掛け声と振動が伝わってくる。陸上部も走っているばかりの妙な部活だったが、それでも快楽があった。溜め込んだ力を爆発させるように解放して、もはやこれ以上ありえないというほどのピッチで地面を蹴るうち、周りの風景が水平の風に流されていく。自分の輪郭まで削られ、融解するような感じを覚えた時、とてつもないエクスタシーに近い感触が訪れるのだ。だが、剣道などの武道は外から律せられるようなものが多くて、不自由さというか無意味な桎梏《しっこく》で成り立っている気が融にはした。もっと肩の力抜けよ。マゾヒズムじゃないか。大体、なんでおまえらの前で正坐なんだよ。

「とりあえず、謝れ」

「それはあんたらの方の話じゃね？」

迫の出し抜けのいい方に反応して、思わず口から不遜な言葉が飛び出した。また昨日のように血が顔に上ってくる。白川が硬く眼を閉じながら、しきりに横で腰のあたりを小突いてきた。

「俺はあんたらの竹刀を跨いだのであって、故意に蹴ったのではない。むしろ、邪魔になっていたのは、あんたらの竹刀や防具袋のせいだ。そして、あんた、堀内、さん、ていうのか、あんたが、俺の腕を掴み、さらにｉＰｏｄのイヤホンを払った」

「ああ、これか……」と、「長沢」という垂をつけていた男の手にしたものが眼に飛び込んできた。

ｉＰｏｄ。間違いなく、自分の８ＧＢの黒いｉＰｏｄだ。Hilcrhyme と Lou Reed、Bob

Dylan……。

「なんで、百人一首なわけ？　平家物語なわけ？」と長沢がいうと、周りの奴らが剣道衣の肩を上げて笑った。

「返せよ。おめえの汚え耳にイヤホン突っ込んだのかよ」

「羽田ッ、頼むッ」と、白川が学生服の裾を摑んでくる。融は白川のこわばって諫《いさ》めるような表情を見て、話が違うじゃないかと、逆に怒りが込み上げてきて、その手を乱暴に払った。

「あんたらの事情は知らないよ。何が面白くなかったか知らないが、一年下の後輩にいちゃもんをつけてきたわけだ。さらには、堀内さん、あんた、俺に殴りかかってきたんだよ。たいしたパンチじゃないけどね。あんな緩さじゃ、試合に負けるよね。そうなんじゃないんすか？」

黙っておこうと思っていたのに、口が勝手に動いてしまう。最も相手の神経を逆撫でするようなことをいっていると分かっているのに制御できない。体の中で不愉快の蟲が一斉に騒ぎ出してきて、どうにでもなれ、という気分だ。

「もう、マジ、頭きたッ。我慢ならねえッ。おまえ、それ、上級の者に向かっての態度かッ」

堀内が片膝を立てて、また眼を剝いてきた。日本史の教科書で見た京都三十三間堂の雷神みたいなツラだと、融は思う。そんなことを連想し、言葉にしているくらいだから、まだこの堀内という男よりは自分は冷静なのかも知れない。

「そいつに防具つけろ、白川ッ。おい、羽田とやら、おまえ、剣道をナメるんじゃねえぞ。いいか、おまえが俺に掠りでもできたら、いくらでも土下座してやるわ」

「何いってんの？　なんで俺が剣道やらなきゃならないわけ？　冗談じゃねえよ、マジで。早くそれ返して、解放してくれよ、先輩」

そういってるのも束の間、いきなり何人かの者達が体を押さえつけてくる。白川もだ。懸命に床の上でもがいてみたり、肘鉄を食らわしてみたりしたが、羽交い締めにされた状態のまま、古ぼけた胴や汗臭くて今にも嘔吐してしまいそうな面まで取りつけられ、いつのまにか無様な恰好で四つん這いになっていた。顔の半分や視野を圧迫する面は、恐ろしいほど息苦しく、パニックになるのではないかと思うくらいだ。元々、閉所恐怖症でバイクのヘルメットさえ被れないのに冗談じゃない。さらには藍の褪せたボロボロの小手まで渡された。

「……あんたらの、神経が信じられない。道理、という奴がつながらないよ。……俺は必ずあんたらの顧問の西野に訴える。こんなことするんなら、まだ素手の方がいい。喧嘩の方がいいじゃねえか……」

四つん這いの恰好から、融はゆっくり立ち上がった。袴を穿いていない姿で、胴と面をつけているのはまるで足軽兵のように見えるのではないか。あまりにカッコ悪くて、その屈辱的な姿だけでも拷問に近い。横に何本も走る面金のむこうでは、堀内がすでに着装を済ませ、蹲踞して竹刀を構えていた。一体、この構図は何なのだろう。木刀を振っていた奴らまで、遠巻きに見学気分でいる。いわゆる、これは集団いじめというやつだろう？

セッティングの張本人である白川が、自らの竹刀を差し出しながら、「もうちょいの我慢、頼むッ」と囁いたように聞こえたが、面紐が締めつけていてよく聞き取れない。いずれにしても白川を許すことはできない。渡された竹刀を片手で振って、剣の先で床を強く叩いた。もう一度叩きつける。もう一度。

破裂するような音を立てて、竹刀がわずかに撓《たわ》む。想像していたよりもずっと重い。中学の時の体育で剣道をやったことがあるが、長さも重さもかなり違う気がした。筋力はそれでもスプリントで鍛えていたから自信はあったが、段葛《だんかずら》沿いにある観光土産屋で売っている木刀の、三倍くらいの重さはあるんじゃないか。こんなものを白川達は振り回していたのか……？

「……で、どうすんだよ？」

融が片手で持った竹刀の剣先をだらりと床につけたまま、堀内に言葉を投げると、いきなり堀内は蹲踞から立ち上がり、奇声を発した。女のように高い裏声が道場に響き渡る。その唐突さに唖然としていると、一気に踏み込んできた堀内の竹刀が唸りを上げて、面の上を直撃してきた。巨大な鳥影が被さってきて、ツムジのあたりを鋭い嘴《くちばし》で抉《えぐ》られたか。と同時に頭蓋骨にヒビでも入ったのではないかと思うほどの衝撃があって、目の前が反転して稲妻のような閃光が走った。すでに堀内は脇を通り抜けている。後輩達がどっと声を上げて、拍手している姿が視野の端に見えた。

「……あんた……ずるいよ。まだ準備もできてない」

融は一度小手を取ると、腹立ち紛れにソックスを脱いで床に投げ捨てた。ようやく竹刀を両手で握って構えてみる。確か中学でやった時、右足が前だった。中段？　握りは卵を握るように軽く、だろう？　だが、竹刀が重くて振りかぶって下ろしていたのでは堀内という奴の打突に間に合わないかも知れない。

大胆に前足と後ろ足の幅を広げて構えた。そして、後ろの左足の爪先を外側に開いて、竹刀を左脇に引き込むようにして相手を待つ恰好になる。周りの奴らから見たら、たぶん足軽兵が槍でも持って突撃する体勢に見えるかも知れない。だが、自分としてはDVDで見た『燃えよドラゴン』の李小龍、ブルース・リーのスタンスのつもりだ。ギリギリまで緊張を溜めて、爆発させるスプリントのスタート。後ろへのステップも利く、かも知れない。

視野の隅で、自分を指差して不恰好さを笑っている者達の影を感じて、またなんでこんなことをしているんだろうと、自己嫌悪に似た寂しさにも囚われる。

おまえら、素人相手に、剣士の風上にも置けないよ。

堀内も面の中で唇の片端を上げて、鈍く笑っている。こっちは足を開いているせいで、かなり屈む恰好だから、堀内の背丈がよけいに高く見えた。鶴が一声天空に啼く時のような、すっくとした佇まいだ。だが、中段に構えているにもかかわらず、喉元と右の小手の空白が口を開いているようにも見えた。融はさらに屈み込む感じで、右手の人差指と親指の輪だけで竹刀の柄を握り、だらりと力を抜いて剣先を下げてみる。そして、左の掌の盆を柄頭に柔らかく添えてみた。

「キェーッ！」

面金のむこうで堀内の顔が引き攣《つ》ったかと思うと、凄まじい声が上がった。融は相手のリズムを計るようにわずかにだが前後に重心を往復させる。絶対に奴はさっきと同じく面を狙ってくるだろう。面以外の何処を打てる？　奴が打ってくる瞬間だ。蜘蛛や蠍《さそり》が地面からいきなりバウンドして餌食に向かうように食らいつけばいい。

堀内がじりじりと間合いを詰めてくるのが分かった。だが、剣先が落ち着き、じらすように上下している。と、軽くステップするように半歩下がり、また前に半歩出てくる。ボクサーのようなステップ。だが、変則的で、宙に花びらが一枚揺らめき落ちる感じだ。さっきまで教室の窓から見ていた杉林の煌めきが蘇ってくる。噴煙《くうげき》のように杉の葉群が揺れて一斉に瞬く光。止まる。また一斉に光、る。その直前の空隙。あるいは、静寂。クラウチングスタートで溜め込んだ力。

くる。

右手を支点にして瞬時に柄頭にあてがった左手を下げた。剣先が跳ね上がる。堀内が踏み込んできたと同時に、竹刀の軌跡が鞭のようにしなって面に向かってきた。その瞬間、融が左足を爆発させ、上がった剣先が堀内の喉元の突き垂を捕えた。

グンと堀内の体の重みが竹刀にきたと思うと、奴の竹刀が外れて面の右耳を掠る。堀内はのけぞる形で上半身が死んでいる。そのまま融は強引に右肩で当たっていって、さらに堀内の体勢を崩すと、堀内は袴に足を取られたのか後ろに尻餅をついて転げ倒れた。さらに、竹刀の先を真下に下ろして、垂直に堀内の胸を突こうとした時——。

ていた。

「突きありッ」

道場に太い声が上がって、見ると、道場の入口で防具袋と竹刀を持った男が手を上げていた。

マジで？　と竹刀を止めた融が眼の端で確かめると、三〇歳近くに見えるその男はすでに道場の端に向かってゆっくりと歩いている。突きを食らって転んだ堀内に視線を移すと、面金の奥で歯を剝き出しながら睨み上げていた。

「掠ったっつうか、当たったよね？　堀内さん」

「……おめえ、それ、剣道じゃねえよ」

「って、俺、剣道、知らないし……ただ……」

「ただ、何だよ」と堀内が立ち上がってくる。

「……何でもないよ」

ただ、あんたを……気絶させるくらいの気持ちだったといいたかった。自分でもそんな大袈裟な言葉が浮かんでくること自体がよく分からない。無性に腹が立ったからとか、憎くてたまらないとか、というよりも、体の底から今まで感じたことがない殺意のような、不穏で、だが細胞自体が粟立ってワクワクするような興奮が漲《みなぎ》ってきて、自分の声音とは違うもう一人の声が聞こえてきたのだ。自分は堀内の突き垂を狙ったのではない。あれは外れた結果だ。突き垂と胴胸の隙間から、奴の生の喉仏を狙った。喉仏を潰して、首の裏まで突き抜いてしまいたかったのだ。

「おい、俺と立ち合え」

　そんな声が聞こえてきて融が振り返ると、面をつけた背の高い男が立っていた。垂の名札を見ると、「迫」。ピアスリングの男。

「ちょっと待ってくれよ。話が違う。俺はもう帰る」

「おまえ、あのｉＰｏｄ、返して欲しいだろう？　ならば立ち合え」

　迫はそういって冷たく澄ました表情を面の中に覗かせ、すでに摺り足で脇を通っていく。そして、おもむろに竹刀を高く振り上げたと思ったら、静かに剣先を下ろしながら蹲踞していた。

「……あんたら、約束も守れないのかよ。北学剣道部は、そういう輩《やから》の集まりなわけ……？」

　迫が陽炎のくゆるように朧に立ち上がる。剣先がわずかに宙に浮いたかと思うと、見据えうなずくようにして止まり、周りの空気を凍らせた。

三

あれは念流の流れか、それとも陰流か。

袴もはかず、学生服の上から防具をつけた不恰好な姿ではあるが、堀内と対峙する生徒の構えが眼に入った時、矢田部は靴を脱ぎかけた足を一瞬止めたのだ。

両足を前後に大きく開き、待ちの体勢を示しながらも、相手の技を誘っている。竹刀の剣先が床につくか、つかないかくらいに、脱力させてぶら下げ、堀内の打突を待っているようだったが、軽く前後に重心を往復させているのを見て、古武道とは違うのかとも思う。古武道は、ひっそりと草が風を待つように構えているのが常だ。

そんなことを思いながら二人の若者の立合いを傍観しているうち、その防具しかつけていない青年は、堀内の面打ちを一瞬のうちに掻い潜って、剣先を喉元に突き刺していた。完全に貫かれ、後ろに倒れ込んだ堀内の一本負け。

錬成大会の敗北も応えているのかも知れないと、口元を緩ませながら道場に入りかけた時、さらにその見知らぬ相手は、倒れている堀内の胸のあたりを真上から剣先で突こうとする。下からの突き、肩での当身、止《とど》め。本能を剝き出したような動きのつながりに、反射的に矢田部も「突きありッ」と声を上げて制していたのだ。

そして、今度は、部長の迫とやるというわけか……。面をつけているから表情まで見えないが、さほど背があるわけではない。ただ、青年独特の痩せ気味だが無駄のない筋肉は学生服からの輪郭で分かるし、体のバネも速さもかなり動き馴れているものと見た。

おそらく、錬成大会の結果が予想以上に奮わなくて、まったく現代剣道とは違う古武道をやっている友人から何か学ぼうとして、迫をはじめ部員達がその生徒を呼んだのか。それとも、彼の方から部員達の試合結果をからかいでもして勝負をつけるという話になったのかも知れない。まさか、今の時期に入部願いを出しにきたわけでもあるまい。

「……あんたら、約束も守れないのかよ。北学剣道部は、そういう輩の集まりなわけ……？」

面でくぐもった声が聞こえてくる。もちろん、剣道部員達の声ではない。約束……？　堀内から一本取った生徒の言葉の意味がよく摑めないまま、矢田部は道場の奥で着装を始めたが、声に籠もった不平じみた感じと不遜な色がおかしくて、思わず唇の片端が上がってくる。単身、北学剣道部の道場に乗り込んできたというのか。

「……まだ、やんのかよ……」

片手で竹刀をだるそうにぶら下げている青年の声も無視して、すでに蹲踞から立ち上がっていた迫が、中段の構えでいきなり猿叫に似た声を発した。いつもの迫の癖だが、本気になると掛け声が裏返る。部長の面目を賭けた立合いなのだろう。

錬成大会では、迫の小手から面、突きから面の連続技がよく入っていたが、やはり三回戦あたりから、稽古充分の鎌倉学園や鎌倉工業、桐苑の選手達の剣勢に圧され、ペースを乱されていた。肚でまっすぐ攻める、と分かっていても、息継ぐ間もなく遅れての相打ちに終始して、打突のための捌きすら頭から消えてしまっていた。迫に限らず、他のメンバーも同じだ。だが、光邑禅師の科白《せりふ》ではないが、それでいい。ふとした時に見えてくる。勝とう、打とうで、がんじがらめになった箱から一歩出た時、それを滅茶苦茶に結わえていた紐やら歪《いびつ》になった箱の外側を見て、笑えてしまうこともあるのだ。もちろん、その抜け出た外側も、もう一回り大きな箱の中でもあるのだが。

矢田部は竹刀の中結を緩めながら、二人の間合いを見つめる。まだ、生意気な部外者の方は構えも取っていない。と、おもむろに剣先が上がったと思うと、強く床を叩いた。竹刀の音が派手に炸裂したが、その動きを打突にくると取ったか、迫がそのまま空の中を伸びやかに踏み込んだ。

「面ッ！」

跳躍する鹿のようなシルエットが眼前を過ぎる。撓む竹刀。

一本ッ。

だが、相手の青年は、瞬時に竹刀の柄の方で払っていた。白い弧。かろうじて、面ぶとんに迫の竹刀が掠ったが、不充分。青年は、柄を握っていた右手首を返しながら、反射的に自らの頭上に柄頭の小さな弧を描かせていたのだ。白い柄革が鎌の刃の残像を見せたと同時に、迫が竹刀で宙を突くように脇を走り抜ける。すかさず青年の方がまた手首を返して、袈裟懸けに竹刀を大きく振り下ろした。剣先がわずかに迫の背中を掠める。いい反射だ、と矢田部が思っていると、周りですでに見学していた部員達がどよめいた。「柄でよけて、どうすんだよ」という声も聞こえる。

「……あんたら、なんで、人が準備できてない時、狙うんすか？　こっちは、正直、戦意、ないんすけど……」

窮屈な面の中で声を籠もらせながら、それでも、青年は構え始めている。面金の間から、ようやく窓の光を集めた眼差しが見えた。戦意、ないんすけど、と脱力したような物言いをしているが、実際の眼差しは、対極にある目だ。あの目は……。

……面白い奴だな。

竹刀の弦を引き締めながら矢田部が眺めていると、堀内と対した時と同じように両足を前後にかなり開いて、左足の爪先も外に開いた鉤足《かぎあし》になっていた。

まったくのど素人は必ずといっていいほど鉤足になって、上半身がガチガチになる。竹刀でも木刀でも持たせて構えさせてみれば、すぐにも剣に慣れているのかどうか一目で分かる。だが、この青年にはよけいな力みがまったく感じられなかった。真剣を構える、斬る、斬られる、を前提にしている古武道や剣術の流派も、たいていが踵を床につけて、足を開いている。現代剣道のようにわずかに踵を上げているのは、連続技には向いているが、じつは起こりを見せずに前に出るのはなかなか難しい。むしろ後ろに飛び退く方に向いている。父親からさんざんいわれてきたことだが、自分は相手を殺すわけではない。剣道をやっているのだと、構えを崩すことはしなかったが。

「本当に、マジで、返してくれよ……」

青年の構えが古武術に通じるのを見て、矢田部は竹刀を脇に置くと、腕組みをしながら二人の対峙を見守った。青年の竹刀の剣先が重力に逆らわないように下がる。やはりまったく力が入っていない。右手の親指と人差指の輪だけで鍔元の柄を軽く握っているだけ。そして、左手の掌の盆を柄頭にあてがっている。凛然とした迫の中段に比して、青年の構えは、時代劇でいえば、座頭市の屈み。卵形のスタンスを思わせて、居合の抜刀術にも似ていた。

「……こいよ、迫さん……」

間違いなく、待ちの構えだ。念流。室町時代、鎌倉の寿福寺で神僧から兵法を受けたという念阿弥慈音の流派か。堀内から一本取った突きは、念流を受け継いだ馬庭念流の、木刀を合わせず、内懐に入る「抜け」の技に近いともいえる。

あるいは、陰流。蜘蛛や燕の動きから剣術を編み出した愛洲移香斎の流派。蜘蛛を扇子で叩こうとしても、軽々と逆側に逃げる。どうやっても捕まらない。だが手を引いた時に、蜘蛛はこちらの額にぴたりと止まる。ほとんど動く気配を見せないで、去っては、寄る。

いずれも光邑雪峯から聞いた話だが、今の剣道とはまったく違うスタイルだ。迫が中段の構えで、じりじりと間合いを詰めていく。青年の方は軽く首を突き出して、屈む恰好で機を待つ。時々、柄頭に添えた左手を離して顎元にやったりしているのは、自らの力みを逃すための癖だろう。

迫の猿叫。剣先がかすかに上下して相手の動きを確かめているが、いきなりクッと針に魚の口を引っ掛けるように上げた。相手が瞬時に剣先を浮かせて、溜めていた重心を爆発させる。だが、迫は相手の攻撃を読んでいて、内懐に入られる前に、小さく左前に出た。そのまま踏み込みと同時に、左手一本で竹刀を相手の頭上に伸ばす。

槍と鞭。交差。青年の剣先が迫の突き垂を外れて、首筋を掠めた。迫の竹刀の物打ちも青年の耳元に滑る。迫の面の後ろに突き出た剣先と、青年の面を掠めた剣先が、互いの背後を突いた瞬間、激しく衝突する音が道場に響き渡った。

どよめき。すぐにも迫は間合いを切って、後ろに飛び退きながら残心を示したが、青年の方はそのまままた脱力したように竹刀を下げて、前へ出ようとしている。

……!?

あいつは……素人だ。しかもまったく武道をやったことがない。間合いを切ることや残心という武道者にとっては基本中の基本がまったくなかった。だが、あの動きは……。

——間合いがなんだ。遠間がなんだ。おまえはそれで人が斬れるのか。斬られて、斬れ。鍔元まで相手の体に剣をねじ込んでやれッ。

父親の低く嗄《しわが》れた怒声が脳裏を過ぎって、無意識のうちにも矢田部が眉間に力を込めていると、白川という二年の部員が小走りにやってきた。

「すみません、矢田部先生。じつは……」

迫と青年は対峙したまま隙と機を窺っている。

「……羽田が、堀内さんの竹刀を踏んでしまって……」

迫が右足を引きながら、ゆっくりと上段に構え始めた。相手を威圧する炎のような型を表わしているが、逆に不利の構えを用いている。羽田という生徒がわずかに腰を落として、下に重心を移動させたのが分かった。彼はすでに面を捨てているのだ。むしろ、迫としては中段、あるいは下段の方がよほどやりやすいだろう。

「……自分のｉＰｏｄを取り返すために……」

羽田という青年から発するものが凝固したように見える。相手のがら空きの構えに、自分の方がいつ爆発させてもいいくらいにトグロを巻いて我慢しているのだ。面を晒して屈み込みながらも、むしろ迫の剣を制している。

「迫、中段に戻せ」

矢田部が声を掛けると、迫が素早く剣を下げる。その一瞬前に羽田の剣先が、唾を飲むような一拍を見せた。まったくの素人には違いないが、やはり、古武道に通じる動きの本能がある。いや、天性といった方がいい。

「三殺法《さんさっぽう》」

そう矢田部がいった時に、羽田の方が面金の中で視線を短くこちらに向けたのが分かった。迫がその隙を捉えて、飛び込んでいく。面の後ろの髪が躍った。だが、今度も、反射的に羽田という青年はしのいだ。下げていた竹刀を横にして左に払うように使ったのだ。刃筋は通っていないが、左の逆手でバットをレベルスイングしたような軌道で、迫の袴の太腿を薙ぎ払った。迫の竹刀も羽田の後頭部から背中を打ちつける。

「待てッ」と、矢田部は竹刀を持って立ち上がり、二人の間に入った。息が弾んでいる方は迫、面の中で唇を捻じ曲げているのは羽田。

「二人とも、まったく相手の剣を殺していない。反射の駆け引きになっている。……剣や手元を押さえる、払う。それから、先手先手だ。相手に技を仕掛けさせるな。そして、気を殺す、だろう、迫。気力で圧倒する。相手の機先を制する」

すでに片手で竹刀をぶら下げている羽田という生徒に、剣道の話をしても何の反応もないことは白川の話で分かっていた。だが、うむをいわせないまま、矢田部は言葉を継いだ。

「羽田君……で良かったか。何もいわず、今の構え、やってみて」

「いや、俺は……」

「いいから、構えろ」

面金の奥の不服そうな眼差しがますます尖ってきたが、それでも構えようとしている。左足を大きく引き、斜に構え、竹刀の剣先がだらりと垂れる。仁義を切るような恰好になった。もちろん剣道の佇まいとしてはまるでなってないが、こちらが崩しにいかない限り、隙があまりない。すでに面を捨てている構えが、こちらに動揺を生ませるのだ。

「羽田君がどうして、その構えを取っているのか分からないが……」

「……竹刀が重いだけです」

「竹刀が重い？　か。まあ、いい。その構えで、これが見えるか」

矢田部は中段のまま羽田と対峙して、剣先で小さく輪を左回り右回り、交互に描いて見せながら右足を前に大きく滑らせてみる。

「打つぞ」と竹刀を振り被ると、羽田はすぐにも前に出て、下げていた剣先を上げようとした。だが、矢田部は右足の裏で羽田の竹刀の峰を止めて、そのまま羽田の面を打突して、抜ける。振り返って、残心。

「その構えでは、見えない、よな。観見の位という奴が必要なんだ。観察の観、見学の見。羽田君も、宮本武蔵は知っているだろう？　『五輪書』。その兵法の目付というのに、こんなのがある。……目の付けようは、大きに広く付くる目なり。観見二つの事、観の目つよく、見の目よわく、遠き所を近く見、ちかき所を遠く見る事、兵法の専なり。敵の太刀をしり、いささかも敵の太刀を見ずという事、兵法の大事なり……。迫、どういう意味だ？」

「……ああ、はい……。観察の観の方は、全体を広く、心で真相を掴む。遠山の目付とも。もう一つの見るは、実際に目に映るもの。相手の太刀に視線を捕らわれるのではなく、大きく見ること……」

迫はすでに竹刀を右斜め前に下ろして、臨戦の態勢を解いていた。

「だから、観るということができないと、相手の起こりが分からない。ああ、起こりというのは、相手が技を出す一瞬前のことだ……」

面金から睨んでいる眼差しが一度も瞬かない。

「良し、じゃあ、終わりにしよう。……堀内ッ、羽田君に、ｉＰｏｄを返してやれよ。……羽田君、うちの部員が色々迷惑かけたな。すまなかった」

矢田部はそういって、竹刀を右下に下ろすと軽く頭を下げた。学生服に面と胴をつけた青年もバツが悪そうにはしていたが、つけ慣れない面がコクンとうなずいている。部員達と羽田との間にあったトラブルについて、詳しいことは分からない。どちらが正しいともいえない話だろう。ただ、羽田というとてつもない運動能力を持った生徒が、白川と同じクラスだということは分かった。

　木刀を取りに戻ろうとすると、「……あの……」と、羽田の面が重そうに上がる。堀内や迫らに一言謝って欲しいというのだろうか。彼の言い分を待っていると、「さっきの……サンサ……何とかという言葉……」と、まるで予想もしないことをいってきた。

「あれは……？」

「……三殺法、のことか？　三つを殺す法……相手の剣と技と気を殺す」

「……三殺法……。どうも……すみません」

　そういって面金の隙間から視線を外さずに頭を下げてきた。威圧するとか牽制しようという眼差しではない。まっすぐに射られた矢のような涼やかさがあった。素早く踵を返す。手首を痛めでもしたのか小手を振りながら道場の端へと歩いていく後ろ姿を見て、動きのバランスが取れた背筋の綺麗な青年だと矢田部は思う。緩みもこわばりもない。剣道着と袴を身につけたら、一端《いっぱし》の剣士に見えるだろう。

「羽田君ッ」

　矢田部が声を掛けると、重い面のせいでぎこちない振り返り方をする。

「君は、今、何処の部活に所属してる？」

「……ああ、帰宅部っす」

　右の小手が面に上がって、面ぶとんをぎこちなく擦っている。道場の最も下座で面や胴を白川に外して貰って、手元に返ってきたｉＰｏｄをしきりに学生ズボンで拭っている姿は、普通の高校二年生のものだった。

緑色のリノリウムの廊下が所々撓《たわ》んでいて、溜まりのような影を作っている。一歩一歩進むたびに逃げ水のように影は消えていくが、鞣《なめ》されたような起伏の艶と薄い影の繰り返しに、矢田部はいつも細い川を歩いている気分になるのだ。向こう岸に渡るわけでも、こちらの岸に留まるでもない。川そのものを歩いている。

ドアノブを回して部屋の中に入ると、東側の窓に掛かったアイボリーのカーテンを引き、簡素な折り畳み式のスツールに腰掛けた。すでに自分の尻の形に凹《へこ》んでいる薄いビニールのクッションに、溜息が漏れそうになるが、その疲れ自体も流す以外にない。長い間、そうやってきたのだ。いちいち引っ掛かること自体が、自分の生活を蝕《むしば》んで息苦しいものにする。

深く息を吐きながら目を閉じると、またふと羽田という青年の下段崩しの構えが蘇ってきた。北鎌倉学院高校の稽古を終えてからも、何度かフラッシュバックしてくる。竹刀が重いからと剣先を下げていたが、無意識のうちに、一太刀で決める古武道張りの構えになっていた。そして、あの目——。

迫と対峙している時に覗かせた眼差しが思い出されて、かすかに自分の肌を冷たいものが撫で擦っていくのを覚える。本能の傷口が開いたような、切迫とも、必死とも違う、その一瞬後に相手の死を自らの手に収めるのが、ごく当たり前のような眼だった。交刃を解いた時には、まるで嘘のように涼しい眼差しを向けてきたが……。

「……今日、凄い剣士……に、会った……」

矢田部はゆっくりと瞼を上げると、目の前のベッドへと視線を移した。ひっそりと凝《こご》っているような土気色の老いた横顔に向かって、呟いてみる。

「……竹刀を握っている時の目は……、あんたみたいな目だった……」

曇った酸素マスクで口元はよく見えないが、瞼が閉じられて皺ばんだ眼窩《がんか》と、深い刻みの入った眉間は、まったくいつもと同じく反応すらない。眉骨の浮き出た垢光りしたような額には、ケロイド状の一条の傷痕と幾本もの複雑な皺が残り、定期的に散髪してもらっている五分刈頭の白髪も、まるで生きていることを感じさせない。心電図計の規則的な音と酸素の排出されるかすかな音だけが、病室で生きている。

「……親父は……ああいう若者に会ったら……、嬉々として、しごいたんだろうな……」

白い簡素な掛け布団から出た左腕には、ただ長らえるための栄養剤や強心剤という、形だけの点滴チューブが何本かテープで貼り付けられている。岸に上がった、摩滅して細い流木のような腕は焦げ茶色に染みて乾いた光を発していたが、力なく開いた掌だけには、まだ昔年の剣士の痕跡が残っている。小指と薬指の付け根に、異物のように隆起した薄黄色い胼胝《タコ》……。

「……羽田という青年には、俺にはないものがある……。素人だからか、それとも天性なのかは、分からない。……まあ、あんたは、おまえだけが駄目なんだ、弱いのだ、というだろうが……」

剣道をやっている者からしたら、青年の見せたものは途方もない構えと粗雑な攻撃には違いないが、あれがもし竹刀でなかったら……。間違いなく堀内は喉元を突かれ、迫は頸静脈を切られている。

――研吾、突き垂を搔い潜れッ。敵の頭などかち割れッ。

嗄れた低い怒声が聞こえてくるような気がして父親の横顔を追ったが、ただ痩せた稜線が凝り固まっているだけだ。

――突き垂など狙うな。その下の喉仏だ。間から剣先を抉り込めばいい。

昔、よく父親にいわれた科白だ。

実際に地稽古や試合などの時でも、獲物の急所に執着する獣のような剣先を見せた。剣道では下から斬り上げる技は一つもないが、相手の小手に剣先を炸裂させたと思うと、そのまま体当たりして相手を突き飛ばし、直後、あたかもタイミングを手に入れたといった感じで、剣先で床を叩いてから、下から袈裟斬りに相手の腋の下を狙ったりもした。そして、また胴への体当たり。怯《ひる》み下がった相手に、アメンボが水面を滑るようにツツツツッと詰め寄り、突き垂と胴の隙間を全身の力で貫いていくのだ。あの醜悪なほど汚く野蛮な剣道で、一試合で何人かの者は気絶をし、ある者は声を失ったとも聞いた。矢田部将造の酷《むご》い剣道、矢田部将造の殺人刀――。

と、その時、羽田という青年の剣先の狙っていたものが、仄暗い所から見えてくる気がした。

「……あいつは……」

羽田の大きく足を開き、剣先をだらりと下げた構えが見えてくる。まったく剣道もやったことがない者が、相手の突き垂を狙うなどということをそもそも考えるのか……。堀内に決めた下からの完璧な突きは、むしろ外れた結果ではないか。屈み込んだ時に、相手の突き垂の下に生身の喉仏が覗いている。それを狙って突きを試みたが、外れて突き垂を直撃した。二番目に立ち合った迫にも、突き垂を掻い潜りはしたが、喉仏を掠めて首筋を擦った。稽古が終わって、ワイシャツから覗いた迫の右の首筋には、異様なほど赤黒く太い内出血の帯ができていたが……。

「ありうる……か」

ふと視界に動くものがあって、矢田部は視線を素早く投げる。父親の夥しく皺の寄った左瞼が、細かく痙攣して震えていた。もう何年も意識が戻らない父親だが、時々、顔面の神経が思い出したように痙攣する。細かい菱形の皺が犇《ひし》めいて、斜めに短く引き攣れたような瞼の奥には、眼球の丸みがひっそりと眠っている。その上の額の真ん中……白髪の生え際に、薄赤い蛭《ひる》が一匹這っているように、ケロイドの傷痕がテラリと部屋の光を反射していた。

――おまえの剣道は何だッ？　それで剣道か、研吾？　竹刀なんぞに甘んじているから、本気の気剣体の一本がない。相手を殺す。相手に殺される。真剣勝負からしか、剣道は生まれない。せめて防具を捨てろ。せめて木剣で相手を叩き殺せッ。

幼い頃から、父親の将造と地稽古するのが、何よりも嫌《しらふ》だった。容赦ない。そして、酒を飲んで目が据わり出した時が、一番怖かった。まだ素面の時は県警や大学体育会などの指導にあたっていたくらいだから真っ当な剣道だったのかも知れないが、酒に酔い、目が据わり、瞬きの色が変わった時に、大きく一回深く長い息をつく。その瞬間、幼い頃からの条件反射のように矢田部は震え上がったのだ。

——研吾……剣を取れ……。

酔うと、防具をまったくつけさせないで、木刀で立ち合わされることもしばしばだった。年季の入って黒光りする赤樫の木刀を父親が構えるたびに、今日こそ死ぬ、と冗談ではなく本気で思ったのだ。

——諸手突きで自らの中心を貫いてみろッ。殺せッ。

何が「武」だ。戈《ほこ》を止めるのが、武だろう? 争いを止めるのが、「武」じゃないのか? この平和な時代にもかかわらず、剣に取り憑かれ、勝つことだけに執着する男の姿は、最も脆く、弱く、情けないものに見えた。そんな男が大嫌いだったのだ。憎かった。おそらく、唯一、自分が殺意を覚えた人間は、親父しかいない。だから、自分が殺される前に、必死で攻撃したのだ。それでもかなわない。小手に木刀を入れても、すかさず右手を外してこちらの攻撃を抜き、左の片手で木刀を鞭のように入れてきて、耳元を強打される。技を出そうと思って前に出るたびに、執拗に剣先が鳩尾《みぞおち》を抉るように入ってくる。踏み込んだ右足の脛《すね》を木刀で払われる。剣道ではなく、剣術。真剣での立合いに近い。

「……ねえ、……俺、父さんを、殺していいかな……?」

高校時代に、まだ生きていた母親に一度だけいったことがある。まるで武道などとは無縁の、気持ちの穏やかで優しかった母親は、ただ泣き崩れるだけで、肯定も否定もしなかった。それが正直な返事だと思った。きっと悪いことが起こる。周りの友達が当たり前に親子で仲良く旅行などをしている時に、酒乱の親父を相手に木刀で叩き合っていたのだから。

きっと、悪い、こと、が、起こる――。

軽くノックする音がしたと思うと、すかさずドアが開かれて、年配の看護師が入ってきた。

「矢田部さん。お変わりないですかあ？」

クリップボードに挟んだ薬剤の処方箋を小脇に抱え、吊るされた点滴のいくつかの袋をチェックし、心電図を確かめている。規則的な波の繰り返しは一分間に五五回。恐ろしくゆったりとした脈拍は昔から変わらない。鋭い山の稜線のような波がスコープに描き出されるたびに、矢田部は次の波を断ち切るような呼吸を無意識のうちにしている自分に気づくのだ。親父の心臓を一突きするための剣先。背中を突き破るくらいに、強く踏み込んでの打突。

「また、瞼に痙攣出てますねえ。いいことですよう、矢田部さん。今日はもう、足のマッサージの方は……？」

ぼんやりと心電図計の方にやっていた視線を看護師に戻すと、酸素マスクをアルコール消毒しながらこちらの表情を確かめている。

「……ああ、……まだ、やっておりません……。今すぐに」と、スツールから立ち上がり、将造のベッドの足元へとスツールを動かした。

布団の端を剝ぐと、やはりもはや命を失った流木のような足が現われる。そして、逆八の字に開いた大きな足の裏が、それでも自らの存在を主張するような不遜さでこちらを向いていた。歪に節くれだった指や、網のように青黒い静脈が犇いている土踏まず、道場の床を踏み抜くほどに叩きつけてきた足が、自分の顔を蹴りにくる感じがして、矢田部はあえて何も考えないようにマッサージを始めた。

温かい、のだ。皮の厚さや角質化した踵も、何も変わらない。自分と同じように右足の親指の爪が歪に萎縮しているのも変わりがない。踏み込んだ時に相手の右足と激しくぶつかって生爪を何度も剝いでしまった痕だ。昔と何も変わらない足の感触に、「研吾、剣を持て」と、上から声がいつ掛かってきても不思議ではなかった。だから、その声を聞きたくなくて、俺は木剣を思い切り、あんたの頭頂目掛けて、振り下ろしたのだ。そして、俺は刺し違える形で、右の肋骨を三本折った。

「ほんとに、矢田部さん、いつも偉いわねえ。……こんなに一生懸命看病されて、お父さんも幸せだわあ」

看護師は将造の耳からコンパクトな体温計を抜いて、数値をクリップボードの紙に記している。

「今は、実の奥さんだって、一ヶ月に一回しかお見舞いにこないご家庭もあるというのにねえ……。ちゃんと、お父さんは、あなたのこと、分かっているわよぅ。感謝してる。ねえ、将造さん」

父親の入院着の胸元を軽く撫でて、看護師は目尻に皺を浮かべた。矢田部は黙したまま、将造の足裏を揉みながら頭を下げる。

「それじゃ、また帰る時にナースセンターに声を掛けてください」

「いつも、ありがとうございます」

矢田部はマッサージする手を止めて、看護師が病室のドアを閉める姿を見送った。また、胸中にいつもの言葉がふと朧に浮かんでくる。

――ねえ、看護師さん。……俺、この男を、殺しても、いいかな……？

四

薄青い煙の層が柔らかく沈澱しているように見える。そっと息を吹き掛けたら、均整の取れていた煙の表面がたちまち乱れて、壊れてしまいそうなほどだ。

バシャリと間抜けな音がして、ぼんやりしていた目の焦点を戻すと、下手なウインドサーファーが白い帆を水面に倒して波紋を立たせている。融は大きく深呼吸して、なんとか見分けのつく稲村ガ崎の水平線に目を細めた。完璧なほど夕刻の海は凪いでいて、煙の溜まりか繊細な絹のヴェールでも広がっているようだ。わずかに岸辺に小さく折り畳まれるようにして波が寄せ、眠い音を繰り返している。波打ち際に蛇行するように上がっているテングサの潮臭さが鼻先を擦って、何か独りで稲村ガ崎にきているのが恥ずかしいような気持ちにもなった。

「やっぱ、イッシー達とゲーセンにいけば良かったかな……」

剣道場から出て学校の正門に向かった時、同じクラスの石崎達と会って、大船駅近くのゲームセンターに誘われた。取り戻したｉＰｏｄのイヤホンに必死に息を吹きつけていたところだったから気づかなくて、いきなり後ろから肩に手を掛けられた時、また剣道部の連中かと思ってとっさに構えたのだ。

「融、俺、プレミアムいった」と石崎がスティックを振る仕草を見せ、一緒にいた花沢が、「マジだよ」と眼を見開いていってきた。

「マジで？　プレミアム・アンコール・ステージ？」

DrumMania V6 BLAZING!!!!　いわゆるドラマニ。パーカッションのシミュレーションゲームだ。ハイハット、スネア、タム、バスドラ……。ドラムセットを模したものをスティックで叩いてリズムを合わせるゲーム、といえば簡単だが、プロのミュージシャンでもプレミアムステージは難しいといわれている。石崎に先を越されたか、と腹の底を猛烈に煽《あお》られる気分になったが、その時は一緒に大船のゲーセンに遊びにいくよりも、いちはやくｉＰｏｄに入れてあるHilcrhymeやLou Reedが無事か確かめたかったのだ。堀内とか迫とかいう奴らが勝手に消したということもありうる。

——なんで、百人一首なわけ？　平家物語なわけ？

長沢という奴がそういって笑ったが、少なからず自分の頭に完全に血が上ったのは、あの一言が大きかった。奴らの汚い耳にイヤホンを突っ込まれたのも腹が抉られるくらい頭にきたが、自分の大事なリストが、何というか……剣道部の奴らに回された気分で、殺意に近いものを覚えたのだ。おまえらに、詩歌の面白さなんて分かるかよ。

——鵲《かささぎ》の渡せる橋に置く霜の白きを見れば夜ぞ更けにける
凄いパースペクティブだ。おまえらにはピンとこないだろう。家持が天の川や宮中の階をイメージしたかどうかなど関係ない。とにかく、闇の中にボーッと霜の降りた橋が浮かび上がり、怖ろしいほどの静寂に包まれて、息さえ凍る。エロスとホラーをＣＧ画面で見ている感じで、この歌一つでもイメージが別世界に突っ立っているじゃないか。

「ああ、石崎、悪い。今日、俺、これから家の用事で帰らなきゃならないんだよ」と、ドラマニに後ろ髪を引かれつつ、稲村ガ崎まできてしまった。

でも、まあいいか。こんな眠くなるほど凪いだ夕方の海も珍しい。彼女がいればもっといいのだけれど、鵲が翼を並べて天の川に渡すという橋の出会いはまだ訪れずということで、寂しい時は都合よく運命論者になるという手もある。

それより、この海だ。この稲村ガ崎の海をどうリリックにする?

融は湾曲した防波堤の壁を背もたれにして、砂浜にローファーの足を投げ出す。風も波もないせいで、サーファーもほとんどいず、まだビギナーのウインドサーファーが何人か倒れた帆で水面を叩いているだけだ。左には新田義貞の碑のある公園から黒々とした松の群れ影が溢れ出ているが、磯に近い部分は黄土色の岩肌が露わになって、奇妙な寂しさを醸していた。磯に立つ釣り人の姿も、徒労をリール竿にぶら下げたり、引き上げたりしている。靄のかかった薄紫色の空が、藍色の滲んだような水平線を少しずつ浮かび上がらせてきた。視線を自分の坐っている砂鉄混じりの砂浜に戻すたび、日が翳《かげ》ってくるのが分かる。

幼い頃から見ている稲村ガ崎の海……。生まれて最初にこの海を前にした時、まだ融は言葉も覚えていなかった。二歳くらいか。両親に連れられて、初めて目にした大海に、ただ岸辺に突っ立ち、泣き叫ぶしかなかったらしい。「怖かったら、こっちにいらっしゃい」と母親が声をかけても、何がどうなったのか分からず、ただ茫洋とした海の広がりに存在の底から翻弄されたのだ。今だからこそ、存在などという言葉を使えるけれども、存在の意味すらも分からない幼子が完全に圧倒されている事態は、衝撃などというレベルではなかったかも、とも思う。そんな幼児の頃のエピソードを友人の一人に話したら、彼は初めて雪景色を見た時に腰を抜かしたらしい。二人してゲラゲラ笑ってしまったが、あれから自分達は言葉を覚え始めて、海にひっくり返されたり、雪景色に卒倒してしまったりすることもなくなってしまった。もちろん、まだまだ言葉にできない驚くべき出来事は待っているに違いないだろうが……。

「……大海の磯もとどろによする波、われてくだけてさけて散るかも……って、波ないし……」

でも、実朝はやっぱり凄ぇ、と思っている。「鎌倉の歴史」という特別枠の時間で、国語の田村だったか、日本史の飯塚だったか忘れてしまったが、教師が口にした短歌を聞いて、最初、作者の源実朝はアホじゃないかと思った。韻を踏んでいるところは良しとしても、ただ磯に砕ける波を歌っているだけのチープなものだと感じたのだ。だけど、実際に独りでよく海にくるようになって、一八〇度解釈が変わった。これは徹底的に孤独なリリックだ。そして、自分自身が海になっている。さらに砕ける波がそのまま自分の心になっていると気づいた。それから時々、寿福寺裏の北条政子と並んでやぐらに納まっている実朝の墓にお参りして、「どうか、詩の力を授けてください」などと頼んだりしていたのだが、最近はあまりいかなくなってしまった。

防波堤のコンクリートが背中に硬くて、体勢を変えようと砂に右手をついたら、手首と腕の筋肉に軽い痛みが走った。一瞬、藍色の突き垂と胴の間から覗いた白い喉元が過ぎる。反射的に息が止まり、腹の底に力が入った。融は自分の無意識の反応に小さく苦笑したが、それでも竹刀の先が敵を捉えた感触を思い起こして、妙な快感が走りもする。

「……何だよ、俺……」

剣道の防具の気持ち悪さ……特に面の薄気味悪さ。昔図鑑で見たサナダムシの頭部や鉄仮面を想起して、何か顔の見えない匿名的な感じというのか、サイボーグ的な感じというのか。どうにも好きになれないけれど、実際にやってみたら相手の顔はよく見えた。むしろ、堀内という男も迫という男も普段の顔よりも表情が表われているように思えた。いや、奴らが自分に対する憎さや苛立ちを消そうとして遠い目つきをした時、逆にその抱えた怒りみたいなものが見えてきたのだ。だから、自分も応じた。絶対許さねえし。ブルース・リーのスタンスを真似てみた時、狙いをつけたのは相手の喉元だった。だが、面から下に伸びているツタンカーメンの顎みたいな突き垂が邪魔になった。あれを掻い潜って喉仏を突こうと思ったのに、堀内の場合はもろに外れて突き垂に直撃。まだ迫という男とやった時の方が惜しかった。結局外れはしたが首筋には竹刀の先が当たったはずだ。いくぞ、いくぞ、という相手の闘志が表面張力になってくるのが感じられた時、次の瞬間のわずかな動きに反応して爆発させる。クラウチングスタート。スプリンターをやっていた時も、同じだ。位置について……用意……1、2、パンッ。その1、2の時に自分の体の周りの空気が表面張力を持って圧してくる。こちらも同時にその張力を利用する。いや、むしろ、自分の力にするように取り込んでいく。そして、爆発。

すでにゴールテープが胸にかかっている。

反射神経なら負けない。って、仲間達に「おまえのは自信過剰だっつうの」といわれて笑われるけど、要は集中力と、いい意味での緊張の問題じゃね？　堀内やら迫やら長沢やら、剣道部だろうがボクシング部だろうがサッカー部だろうが、何より理不尽な文句をつけてきて俺のｉＰｏｄリストを馬鹿にするような奴らには、絶対負けるわけにいかないし……。

融はまた剣道場で受けた屈辱を思い出して、脈拍が上がってくるのを感じたが、ずっと考えないように素知らぬ振りをしていた一撃が、今また目の前に炸裂するのを覚えた。陽炎のような膨らみが覆ったと思ったら、頭上に竹刀が音を立てていた。違う。一本入れられた直後に、陽炎のような気配が覆ったといえばいいか。斬られた後に残影が動いて、それに対して自分は突こうと竹刀を上げようとした。だけど、すでに斬られているんだから、自分はもう死んでいたんだ……。

矢田部……。年季の入った垂のネームにそう入っていた。あの人、一体、何なわけ……。まったく堀内や迫とは構えも動きも次元が違う。あれが剣道というものなのか？

格闘技ならＫ－１やアルティメットなどをテレビで見て、自分でも対戦しているのをシミュレーションしてみたことはある。相手のパンチや蹴りに対して、どう反応できるか。実際に対峙するのと観ているのとでは大分違うのだろうが、それでも防御や攻撃のタイミングくらいは仮想できる。普通の選手なら決めのストレートや蹴りを入れる時に、軸足に瞬時に重心を入れるけど必ず体が止まる瞬間がある。その時に反応すればいい。

だけど、クロアチアのミルコ・クロコップ。あいつが変則の回し蹴りを入れる時、他の選手達とは違って、軸足とは逆の方に一旦重心を移しながら重いやつを入れてくる。あれは判断しにくい。昔、ヘビー級のマイク・タイソンのボクシングをDVDで観た時にも感じたけど、右のストレートを入れる時、右足の方に重心が移っていた。あの二人は体をねじって力を溜める瞬間がないから、反応しにくいんだ。何か右手と右足、左手と左足を一緒に出して歩くようなやり方……。

いつのまにか融は目を閉じて、ミルコやタイソンの動きをシミュレーションしながら、呼吸を調整している自分に気づいた。

何やってるわけ、俺？　武道なんて、俺、関係ねえし。ラップ命だし。

と思った瞬間に、また矢田部という人の面打ちがフラッシュバックした。あの人、自分が喉を突こうと剣先を上げた時に右足で竹刀を制して一本入れてきたけど、あれは防御してからの攻撃じゃない。同時。むしろ、攻撃の方が先……。

三殺法……。

――三つを殺す法……相手の剣と技と気を殺す。

融は脇に置いたバッグからキャンパスノートを取り出して、ページを開く。稲村ガ崎は薄暗くなり始めていたが、白いページはまだよく見える。シャープペンシルを取り出すと、「三殺法」と書いてみた。サンサッポウ。Sansappo。語句を記す時には、必ず読みとローマ字表記を入れることにしている。もちろん、リリックの韻のためだ。

数行前の空白には、「守破離　シュハリ　shuhari」と「両刃交鋒　リョウジンコウボウ？　Ryojinkobo？」と乱暴な字で書いてある。守破離？　両刃交鋒？……なんでこんな言葉を記したんだっけ？　融は記憶を追っていって、「ああ」と顔を顰《しか》めた。大船駅のホームで剣道部の奴らと遭遇した時に見たものだ。竹刀袋に白抜きの明朝体で描かれていた言葉。あれから忘れないようにと、ノートに記しておいたけれど、まだ意味を調べていなかった。たぶん、読みはシュハリとリョウジンコウボウでいいとは思う。家に帰ったら、すぐにも辞書かウィキペディアで調べてみなければ。

「起こり　オコリ　okori」とも書いてみる。

――だから、観るということができないと、相手の起こりが分からない。ああ、起こりというのは、相手が技を出す一瞬前のことだ……。

矢田部が教えてくれた言葉を反芻して、相手が技を出す一瞬前のこと、とも付け加える。あの矢田部という人の面は、全然「起こり」が見えなかった。打たれた後で残像として分かったとしかいいようがない。

「観見　カンケン　kanken」

宮本武蔵の『五輪書』にある言葉。全体を広く、心で捉えること。遠き所を近く見、近き所を遠く見ること。

シャープペンシルをバッグの中に放り込んで、腕組みしてノートを見つめた。

一体、この言葉達は何だ？

守破離。

両刃交鋒。

三殺法。

起こり。

観見……。

奇妙な言葉の並びに、何か腹の底をワクワクさせられるような感じを覚える。まったく未知の地図を目の前にしているような気分にもなった。ゴシック系？　密教系？　忍び系？　ごつごつとした輪郭を持つ言葉であるのに、形を表わすものではない。むしろ無形のものが言葉になって世界につなぎ留められている。

詩。

剣道部の奴らは好きになれないけど、これらの言葉は面白い。「起こり」という言葉を知らなかったら、「起こり」を見分けることはできない。ボクシングでいうテレパンチに近い。素人のパンチは殴ってくる前に簡単に教えてくれるということを、ボクシングの世界ではそう呼ぶと聞いたことがある。一瞬の動作を言葉で解析する。数学でいえば、微分っていうやつ？　だったら、「起こり」をさらに微分する言葉も限りなく存在するはずだ。それを見つけられたら、相手の動きなどスローモーションじゃん。

いきなり頭上でトビの鳴く声が二筋旋回するのを耳にして、融はノートから目を上げた。大きさの違うT字型のシルエットが二つ、ゆっくりと藍色の空を旋回している。一羽は影が大きいが、描く輪が小さい。もう一羽はさらに上空で大きな輪を描いていた。と、思うと上の方のトビがいきなり翼をすぼめて、斜めに滑翔してくるのが見えた。ラグビーボールみたいな形の影が一気に大きくなってくる。

「何やってんだ、あれ……」

上から滑空してきたトビがまた羽を開いて、閃くように体を宙に躍らせると、下のトビに攻撃を仕掛けた。激しい羽音がはためいて、細かい羽毛が散る影が見える。下のトビのくわえていた餌を狙っているようだった。潜り込むようにしてかわすトビと、小さな弧を描いて体を返すトビと、影が交差して縺《もつ》れ合い、また離れる。突き出した嘴と蹴り上げる脚。一瞬、蝶の羽が二つに千切れたように見える。二つの影が空に貼りついた。静寂。すぐにも交差し、葉が落ちるように蛇行しながら逃げるトビに、錐揉みで追うトビが続いて、二羽が一気に海へと直下していく。だが、水面近くで同時に体を翻して二手に分かれ、穏やかな海に波紋を作った。

「……おまえら、起こり、見え過ぎ」

融はキャンパスノートをバッグに入れると、ｉＰｏｄを取り出し、イヤホンを耳に差した。ＯＮ。

――願いと愛込めて再度トライI wanna fly so high, alright?

Hilcrhyme の「ツボミ」。

無事で良かった俺の無二の楽曲リスト……。

「羽田、おまえ、それ、どうした?」

今日これで三回目だ。融は半面を顰めて小さく舌打ちする。一限のＨＲに続いて、三限日本史の飯塚、四限化学の斉藤。何かいわないと気が済まないのか、それとも暇なのか、いちいち着ているベストを注意される。確かに、自分のベストが学校で許可されているものとまったく違うというか、違反しているのは承知している。

別にいいよ、と断ったのに、潔癖症の母親が剣道部の防具で汚れた学ランをクリーニングに出すとうるさいから、着てきたのだ。黒か紺色のベスト、もしくはカーディガン。生徒手帳にはそう記されているが、その種類のベストもカーディガンも中学時代のもので小さくて恰好悪い。カジュアルハウス306で買った私服のベストを着てきたのだ。ワイシャツだけでもいいかと思ったが、まだ少し肌寒い気がして自慢のコレクションの一つを持ち出した。ラップユニットを作った時、ステージやクラブでも何とかサマになるやつ。確かに、色は黒だが素材が前はベロアで、クロスが刻まれた銀の三つボタン、背中がフェイクスキン。ついでに海賊の髑髏《どくろ》の銀刺繍が小さく入っているから、教師達が引っ掛かるのも分からないでもない。それで当たり前に着ているのもバランスとしておかしいと思って、ワイシャツの襟をあえて立ててみたのが悪かった。

「寝ぼけて、ベストを間違えてきました」

一限の時はこの言い訳がクラスでウケた。三限の時はちょうど南北朝の瀬戸内水軍のところをやっていたから、「夢で村上水軍のお告げがありました」と答えたが、海賊マークと結びつかなかったのか、これはイマイチだった。一瞬、化学の斉藤にも何か返そうとしてみたけど、面倒臭くなって「すみません」とだけ答える。それよりもノートの整理が先決だ。

融はゲイ＝リュサックの気体反応の法則とドルトンの原子説についての板書は無視し

て、リリックのためのいつものキャンパスノートを開く。昨夕、家に戻って、広辞苑や大辞林を調べても「守破離」や「両刃交鋒」などの言葉は出ていなかったが、インターネットを試みたらかなりの件数出てきた。

守破離……剣道の修行段階を示す教え。「守」は師匠の教えに忠実に従って、確実に身につける段階。「破」は「守」で学んだものをさらに工夫し、技術を高める段階。「離」は、「守」「破」を超越して、独自の剣を確立していく段階。

何かを会得するためのプロセスはどの世界にもあるだろうが、融にとっては武道という古いジャンルにもかかわらず明確な形で修行過程が言葉にされているのを見て、かすかに畏怖に似たものを覚え、たじろいでいる自分がいるのに気づいたのだ。一体、何故、こんなものが現代にまで残っているのだろうと。

そして、両刃交鋒。対峙した二人が構え合った時、剣先が触れるか触れないかを触刃という。その時に、先、つまり相手を呑むくらいの気合で優位に立っていないといけない。もう少し入って、剣先が交わる間合いを交刃。斬るか斬られるかの間合い。一足一刀生死の間と呼ばれている、剣道で最も大切なフェーズらしい。いくつか調べた中に、その言葉が禅の公案からきていることも記されていた。

「両刃鋒を交えて避くることを須《もち》いず、好手還って火裏の蓮に同じ、宛然自ら衝天の気あり」

古典の文体が理解しづらかったが、解説には、千鍛万錬した者は交刃の間合いにおいて、さらに意気が盛んになる、とあった。火裏の蓮は、普通火の中に草木を投げ込めば萎れてしまうが、蓮の花だけは逆に色もにおいも増すという法話からきているらしい。天空を衝くほどの気力が漲るということか。すでに剣先を交えた時点で世界すべてを手に入れるということだろう。もうこの時点では勝敗などというレベルではない。この公案を解決して、幕末の剣術家・山岡鉄舟という人は無刀流を創り上げたという。

昨日走り書きしたノートを見つめながら、融は自分らの日常と次元を異にした言葉に、不穏さに似た興奮を感じてしまうのを否定できなかった。憎らしい剣道部の奴らの仕打ちはあったにしても、数日前までまったく知らなかった世界だ。これらの言葉を白川や迫、堀内達は当たり前に学んで、剣道に活かしているのか。実際に聞いてみたいが、同級生とはいえ白川にこちらから声をかけるわけにいかない。何しろ、奴が自分を最初に騙した張本人じゃないか。

朝教室に入った時に目が合って、むこうはバツの悪そうな顔をしてにやけて見せたが、あえて無視した。完璧に腹を立てているわけではない。ただ、やはり、まずは謝るべきだろう。むこうから話しかけてくるのが筋というものだ。借りていたデヴィッド・ボウイのCDなどすぐに返してやる。高野高校のサキちゃんの件ももう時効だろう。

窓側の自分の席から、五列ほど斜め前にいる白川の後ろ姿に視線をやったら、机に突っ伏して寝ていた。

「……羽田ぁ……。羽〜田君。羽田殿ッ。……なあ、羽田ぁ。悪かったって、謝る。この通り。な、俺の立場的にも、ああするしかなく……って、とにかく、俺が悪い。……

でも、おまえ、凄くね？　迫さんと、互角って、おまえ、マジ、天性の剣士なんじゃね？　もう、おまえ、剣道部では古武道の人ってことになってるんだけど……」

　案の定、白川は昼休みに入って、ようやく声をかけてきて、気持ちの悪い猫撫で声で詫びを入れたり、持ち上げたりした。初めは融も無視していたのだが、学食の大盛りカツカレーで手を打つことにする。

「……なあ、白川。あの矢田部って人は、神奈川じゃ、剣道、相当凄い人なわけ？」

　そう融が聞くと、白川は一杯一八〇円のラーメンから顔を上げて、賑わった学食内を見渡して剣道部員がいるか確かめているようだった。

「っていうか、カツ一口くらい食わせたいとか思わね？　……まあ、いいや。矢田部研吾さん、五段。学生時代はかなり有名だったみたい。あの矢田部先生の親父さんが、全国的にも名を馳せた凄い剣士だったらしいよ。矢田部将造だったかな。どっちも光邑雪峯禅師のお弟子さんだけどな」

　光邑雪峯禅師……？　名前を聞いたことがあるような気がするが……。

「……光邑って……」

　白川の薄い眉が淡い影を浮かべ、ねじれて寄った。

「おまえ、何いってんの。坐禅の時間でいっつも顔見てんじゃん。あのおっかねえ坊さん」

　坐禅の時間？　そうか、あの眼光炯々とも表現したい強面《こわおもて》の老師か。北鎌倉学院高校はまったく仏教系とは関係ないが、臨済宗の建總寺と隣り合わせということもあって月曜日の朝三十分だけ体育館で坐禅をやることになっている。その時に指導にあたっている僧が光邑雪峯禅師だ。

「あの人、剣道範士八段だよ」

「八段ッ。坊主なのにかよ?」

「羽田ぁ。おまえ、何いってんの? 元々剣道って禅からきてるといってもいいくらいなんだよ。おまえ、今日朝食ってきたタクアンだけどさ。その発明者の沢庵禅師って、宮本武蔵の師匠なんだけど」

タクアン食ってねえし。嫌いだし。だけど、禅思想が剣道の根底にあるというのは初耳だった。

「白川、おまえ、守破離って言葉知ってる?」

「もちろん」

「じゃ、両刃交鋒は?」

「当たり前じゃん」

「は? なんで、俺に教えてくれないんだよ。俺がいろんな言葉集めてんの知ってんだろうが」

白川はラーメンを箸ですくいながら、学生服の両肩をすぼめて笑った。融は小馬鹿にされた気分になって、カレースプーンを宙で止めながら白川の目をじっと見つめる。まったく融の視線を感じていないかのように白川は麺を啜《すす》っていたが、急に箸を止めると、思い出したように眉間を開き、また周りを素早く見やった。

「羽田……、ここだけの話だけどさ。あの矢田部先生なんだけど、ずいぶん前にさ……その剣豪の親父さんと勝負してさ……」

割り箸を握ったままの手を口にかざし、目を見開いた白川の顔が近づいてきた。白目がかなり充血しているのは、さっきの化学の時間、ずっと寝ていたせいか。

「お父さんを、殺《や》っちゃったみたい」

「はあッ!?　殺したッ!?」

「馬鹿、おまえ、声がでかいよッ」と白川が反射的に首をすくめて、視線だけ周りに泳がせる。

「……噂だけどさ。防具なしで勝負とかで、木刀で互いに立ち合ったらしいんだ。赤樫の木刀で、モロ食らったら、そりゃ死ぬよ。マジで真剣勝負だよ。で、矢田部先生のお父さんは頭蓋骨陥没、矢田部先生は右の肋骨のほとんど骨折。二人で即救急車で搬送だよ」

「それ、マジかよ……」

白川の顔を覗き込むと、神妙な表情をして深くうなずいて見せた。まったく起こりを感じさせずに、面を入れてきた矢田部という男の静謐《せいひつ》な眼差しが浮かんでくる。中段の落ち着いた構えがフワッと膨らんだと思った時には、すでに面に小気味いい音が立っていて、自分の脇を影のように滑り抜けていた。融の竹刀は上がりもしない。今になって、北学剣道部を代表して穏やかに自分に謝ってくれた顔が、感情のない冷酷なものにも思えてくる。木刀でやり合って自分の父親を死に追いやるなど、事故という話ではないだろう。事故ではなく、事件だ。

「まあ、個人的な果たし合いみたいなもんだからね。どちらも過失ということになったんだけどさ。ま、竹刀でも、割れた先が目から脳を貫いて、試合で死んだ奴がいるから、武道やスポーツはしようがねえよ」

「……白川……このカレー、食う？」

「何それ。でも、もらう。……で、羽田ぁ。おまえ、剣道部入らない？　おまえ、一からやったら凄いことになるって。迫さんとか堀内さんとか、この試合で部活終わりだし。受験準備。な、羽田。北学剣道部、入らね？」

返事をする気もなく、融は学食をそのまま出てしまった。白川の話のせいで消化が悪く、午後からの二時間はやたら腹を撫でてはカレー臭いゲップをしていたが、放課後にもなると俄然ゲーセンでドラマニをやりたくなる。石崎達に声をかけたが、今度は彼らの方が補習で駄目。一人でゲーセンにいくのも、と思いつつ、すでに足は北鎌倉の駅に向かっていて、横須賀線に乗っていた。

大船駅からゲームセンターに向かう途中、ルミネウィング前の階段でいつものホームレスの爺さんがだらしなく腰かけている姿を融は見る。どす黒い顔の中の白く乾いた唇をしきりに動かしている。

よく会う爺さんだと融は思う。大船駅を利用する人達、みんながそう思っているに違いない。要するにルミネウィング前の主だ。隣でやはり同じように腰を下ろしてホームレスの話を親身な感じで聞いている、警官だろうか、それとも警備員だろうか、濃紺の制帽を被った男の背中があった。

五

「何もかもな、悪質広告というやつだと思わんか。なあ、あんた、矢田部さんなぁ。医療と介護の自己負担が高額になる者はぁ、その負担が軽減されるっつうけれども、これはー、死ねっちゅうことなんだな。高額とーいわれる基準と負担のバランスな、矢田部さん。俺はあんたのことは、子供ン時から知ってるよぅ。な、子供ン時からな。田所商会は、そんなトリックみたいな、損益分岐点みたいなもんには、騙されないはずだったがぁ、突然変異ともいえるぅ癌細胞が、一気に大船の町を蝕み始めたから、高額の医療費を払わなければならんほどになったぁ。いや、介護費もそうだな、矢田部さんな。あんたのことは子供ン時から、よく知ってるけどもな……」

田所のおっさんは、節くれ立った黒い枝のような人差指を突き出しながら、その手で握ったワンカップ酒を揺らしている。リューマチを患っているのか、所々隆起した右手は人差指が曲がらない。指先を丸く覆った人差指の爪で宙に何か文字でも書くように動かしては、喋り続けるのだ。

矢田部も田所と一緒にルミネウィング前の階段に腰を下ろして、何とか場所を移動してもらおうとタイミングを計っていたが、なかなか男は話をやめようとしてくれない。

握ったワンカップの中身を揺らすたびに、日本酒の甘いにおいが矢田部の鼻先を掠めて、腹の底を硬くさせる。

「この辺はぁ、あんた、大体、バラックみたいな家の集まりだったからねぇ。俺はその最初の人間だから、ああ。商工会議所やら自治会やらが、あんた、赤十字基金に一人いくらということで寄付する形で組み込まれ始めた時にぃ、俺は、くるよ、と思ったねえ。さっきの医療介護だよぅ。なあ、矢田部さん、一〇〇万円が高額だとして、大体九九万円くらいまで一般庶民に支払わせ続けるのが、国のやり方だな。九九万円の体なんてのは、もうボロボロなんだあ。あと、一万円の体は死ぬぅ。払えなくても死ぬぅ。俺はだから、最初から自己破産的な人生をな、念頭に置いてきたわけだぁ。むろん、誰にもぅ人様には迷惑はかけないんだあ。分かるかなあ、矢田部さん……」

高校生や買い物帰りの主婦達、駅前にいくつか並んだ進学塾に通う小学生らが、途切れることなく階段を下りていく。階段脇のタイル壁に寄りかかりながら喋り続ける田所のおっさんは、自分の父親より二、三歳上くらいだろう。黒ずんで萎《しぼ》んだ顔にはそれでもいつもと同じく目尻に幾重もの笑い皺を刻ませているが、無理な生活が何倍もの速度で体をいじめているのが分かる。大船の人間なら誰もが知っているホームレスとなり、もう何年になるのかはっきりしないが、焦げた芯のように縮れ、凝った体と、汚れた衣服をまとう姿が、当たり前になってしまった。その事実自体が、憔悴の果てを表わしていた。

いや、だが、田所のおっさんの方がまだ立派だともいえる。自分の父親の方がよほどに落ちているではないか、と矢田部は思う。紛れもなく、田所のおっさんは生きている。そして、親父は屍同然だ。

「俺はな、他力本願も自力本願もぅ、否定も肯定もしないんだな。九九万円のヨイヨイの体が、ここにあるというのを、癌細胞に見せつけてやるんだな。奴らにとっては、俺が癌細胞だからしてぇ、俺はこの町を離れないんだよぅ。田所喜一ぃ、ここにありってわけだな」

白い唾の塊のついた口角を歪ませると、ワンカップ酒を一口放り込むように飲む。黒い鳥肌に覆われた尖った喉仏が、一個の生き物のように上下に動いた。

「田所さん……、まあ、お話は分かりましたから、あっちのモノレール脇のデッキに移動しましょうよ」

「矢田部さんなあ、あんたに分かるわけがないだろう。俺さえ自分のいってることが分からねえんだよぅ。あんたもそんな服着てないで、一杯やればいいんだぁ。俺は制服というのが大嫌いなんだぁ。小峰の馬鹿野郎もな……小峰はあんたの同僚だろう？　あのジジイもな、元々は仲通りの金物屋だったんだあ。あいつも制服なんぞ着やがってぇ」

小峰というのは駅ビルの車両出入管理を担当している年配の警備員のことだ。「はいはい」と軽く流しながら、矢田部は田所の脇に腕を入れて立ち上がらせた。田所の持っていたワンカップの酒が制服の袖を濡らす。

「俺はあそこ居心地が悪いんだよぅ。いっつもよ、観音様が優しーい顔してよ、俺のこと見るからなぁ……」

酒臭さと饐《す》えたにおいの混じった息が矢田部の顔を荒く撫でた。いつも田所の脇を抱えて移動させるたびに、驚くほど男の体重が軽いのに気づく。病院のベッドの上から父親の体を完全に持ち上げたことはないが、きっと同じように軽いのだろう。ふと細い流木のような体軀になった将造の姿が見えてきて、矢田部は奥歯を嚙み締める。

「田所さん……おにぎりか何か、買ってこようか？」

「酒ぇ、買ってきてくれよぅ。俺と呑めよぅ」

「それは駄目ですよう」

「馬鹿野郎ぅ。生き方の秘訣ってやつを教えてやろうってのによぅ……」

ルミネウィング横のペデストリアンデッキを少し歩いているうちに、湘南モノレール駅が近づいてくる。そのまま江ノ島の海にでもいきたい気分だった。よく若い頃はモノレールや江ノ電に乗って、七里ガ浜や江ノ島にいったものだった。よく揺れるモノレールの窓の遥かむこうに、きらりと刃のような反射で海が光るのを見るたびに、もうつらい剣道なんかやめてしまおうと思ったのを矢田部は覚えている。それなのに、ますます剣道に巻き込まれ、ハマっていってしまったことも。

モノレールの始発駅を右に曲がって小さな広場に出ると、東海道線や横須賀線を挟んだすぐ近い小高い山の上に、白く巨大な観世音が聳《そび》え立って、大船の町を見下ろしている。頭から覆った柔らかな白衣の波と、ふくよかな穏やかな顔は、何故か東南アジアからの参詣者を引きつけるらしいが、矢田部のような地元の人間には、何か奇異で、一歩間違えたら悪趣味にさえ思えた。

「ほら、よぅ。また、優しーい顔して、笑ってらっしゃるじゃねえか。まいるんだよぅ。観音様の建立が着手されたのは、昭和四年だぁ。途中、戦争やらで中断して、完成したんは、三五年だよぅ。その時も、あんた、ここらは、ほんとにバラックだぁ。矢田部さん、あんたはまだ生まれてもいねえ。……ああ、疲れたなぁ。疲れたぁ。俺は、でも、生きていけるからなぁ。時に自力、時に他力だぁ。なあ、矢田部さん、酒買ってきてくれよぅ」

汚れた衣服に染みついた小便のにおいが鼻をつく。ホームレス生活に必要なものは、紙袋やダンボール箱の中に入れて、コインロッカー脇や公衆トイレ裏に置いてあるらしいが、仲通りの商店街を歩けば、田所の場合、食べるものにだけは困らない。むしろ、バラック時代から主のように大船の町を生きてきたのだ。嫌でも商店街の誰かが声をかけてきて、腹の足しになるものなどを渡してくれるらしい。鎌倉市の福祉協議会などが援助を申し出ても、断り続けているのは、癌細胞とやらの意地だけで通しているわけではない。そのしたたかさは、むしろ矢田部にとっては頼もしいくらいに思えた。

「じゃあ、田所さん、俺は仕事に戻りますよ」

「おぅ。まあ、とにかく、酒持ってこいや」

群がり寄ってくる鳩を気にするでもなく、肩にとまる鳩さえ放っておく田所の姿に、軽く頭を下げる。

大船の阿羅漢だな、と苦笑しながら警備員室に戻ると、休憩中の沢口が「また、田所のおっさんにからまれたか」と相好を崩して声をかけてきた。

「いやー、また難しい哲学を聞かされました」

「田所理論だな」

六個のモニター画面に視線を走らせる。様々なアングルから捉えられた映像には人がひっきりなしに動いていて、蟻の巣にでもマイクロスコープを忍ばせたようにも見える。

冷蔵庫の麦茶を入れようとした時、制服の袖口についた日本酒のにおいがほのかに上ってきた。一瞬、腹の奥から歪で獰猛な自らの手が鎌首をもたげるような感触があって、同時に視野を黒い火花が細かく枝分かれして散るのが見える。いつまで経ってもアルコールへの触手が、枯れることはないのか。

「うん？　矢田部君、何か、いいにおいがするじゃないか」

注いでいる麦茶から顔を上げると、沢口が大袈裟に眉を開いて笑っていた。

「田所のおっさんのワンカップ……」

「お相伴にあずかったわけか？」

「まさか。勤務中ですよ。それに……」

沢口の破顔した表情の中に、かすかな憐憫に似た影が斑《まだら》に浮かぶのを矢田部は認めた。気を遣われることが最も響く。自分がアルコール中毒で横須賀病院に入院していたことを知らない者達には、初めから呑めない体なのだといえば済む話だ。だが、昔からの知り合いや沢口などには、その間に一枚も二枚もよけいなものが挟まれる。

「なに、矢田部君。何度もいってるけど、もう大丈夫なんだよ、君の場合……。適度に呑んで、きちっとここまでと決めていれば、大丈夫なんだよ。俺の死んだ親父はそうだったからな。それでまっとうに八七歳までしっかり生きた。うーん、なんだ、剣道もいいけど、たまには息抜きというやつをやらないとな、矢田部君」

まったく何も反応しない植物状態になった父親の土気色の横顔が浮かぶ。幼い頃からの理不尽なほどの仕打ちの繰り返しに、あんなに憎くて仕方がなかったというのに、今となってはむしろ口をきき、体を動かし、挑みかかってこられる方が、こちらも対応できるというものだ。すでに責めることもできず、あるいは、剣で向かっていくこともかなわない。ただ、命はあるものの凝固した塊として存在しているだけの父と、じっと対峙している地獄のような耐え難さを一番感じているのは自分なのだ。こんな時に、またアルコールに逃げたら、間違いなくもう戻ってこられないだろう。破滅……。

きっと、悪い、こと、が、起こる——。

まだ母親が生きている頃から、何度も胸中で反芻して癖になっていた言葉がふわりと浮いて揺れたようで、矢田部は無意識のうちに眉間に力を込めた。

「ああ、矢田部君、無理にというわけではないけれどもさ、息抜きというのは、ちょこちょことな……」

「いえ……ちょっと田所のおっさんのことを……」と、矢田部は慌ててごまかして、グラスに注いだ麦茶を一口あおった。

「田所さん、おいくつくらいなのかな、と……。うちの親父と同じくらいか……」

「ああ、まだ六五、六歳くらいじゃなかったかな……。まあ、ああいう生活だから老けて見えるけれども……。矢田部君の親父さんはおいくつになる？」

「六十……二になるかと……」

車両出入管理の小峰から話は聞いているのだろう、沢口は軽く何度かうなずいて、それ以上、矢田部の父親の話も酒の話もしなかった。

闇に眼差しを澄ますつもりで立ってみる。

遠近感のない暗闇には、遥か向こうにでも間近にでも敵が息を潜めて、こちらの惑いを窺っている気配があった。矢田部はゆっくりと頭上を突くように木刀を振り上げると、刃筋を確かめながら一本一本丁寧に素振りを始めた。

虚空の面を打つたびに一歩前に出た力と、木刀を握る手の内、伸びきった腕の瞬発力が、一致するように試みる。早い素振りでも、ゆっくりした素振りでも、その宙に結ばれる焦点は、世界の核になるように収斂させなければならない。わずかにでもブレがあると、一本は崩れる。

初夏とはいえ、まだ朝夜は涼しく、狭い庭の土が足の裏に冷たい。摺り足で前進しながら、左右の斜め振りに移る。一本ごとに集中するたびに、体の中にわだかまっていた雑念が消えていく。今日あったこまごましたことなど、素振りの一〇本くらいやるうちに、まったく消えていくのだ。沢口のいう息抜きも分からないではないが、ただ独り黙々とやる素振りは、リセットに近い。完全に自分自身をゼロに近づける最も簡便な方法だと矢田部は思う。

——空の星を数えよ。

光邑雪峯禅師が建總寺での接心会の時に使う言葉は、白隠下雑則にあるものだが、自分の素振りはそれに近いものだろう。坐禅をすると、初めは雑念ばかりが浮かんできて、それを取り払おうとする自分自体が最も雑念の核になる。そこで修行者は数息観というものをやるのだ。無心、無我。ヒトーツ、フタ－ツ、とその数自体に集中して、数になりきるまで延々行う。それと同じで、星の数をまったく何も考えず、ただ数えよ、という教えだ。

一振り一振りに集中して、握っている木刀であるとか、足捌きであるとかではなく、ただ虚空の一点にピタリと静止する剣先そのものになる。いや、剣先すらもないか。闇の中で素振りを繰り返し、よけいな力が抜けてきたところで、踏み込みを爆発させて、思い切り面打ちを一本決め、それから切り返しに移った。なるべく一息でやる。体の中が真空になってしまうのではないかと思うほど、一息での切り返しは息が上がって苦しい。これを七〇歳近い光邑雪峯は、当たり前のように何度も繰り返すことができるのだ。坐禅と読経で鍛え上げた腹式呼吸の賜物だろう。

矢田部は大きく振りかぶった木刀を蹲踞とともにゆっくり下げて、息を整える。何度か深呼吸を繰り返して、静かに立ち上がった。一人での素振りにおいても、蹲踞から立った時には、すでに攻めの意識でほんのわずかにでも前に出ていなければならない。虚空の闇に立ち上ってくる幻像を待ちながら、中段に構えた剣先を、浮きが水面に揺れるように柔らかく上下させた。目の前の闇に、まだ若かった頃の父親が現われたり、最後に立ち合った夜の父親が朧に立ち上ってきたり、あるいは光邑雪峯の姿が浮かんできたりする。

ぼんやりとした輪郭が見えてきて、矢田部は細く長い息を吐き続けた。

相手の構え……。

低い。

自分の中段の剣先と同じ高さくらいにまで、屈み込んでいる。

下段……。

羽田融という若者の姿が現われた。まったく剣道を知らない者が、竹刀が重いからと、ダラリと剣先を下げた構え。それでも、素早く前後の移動ができるように大きく足を開いて、機を窺う息遣いは、鎌倉寿福寺で生まれた念阿弥慈音の念流を想起させたのだ。

融が幻像として目の前に現われたことに、矢田部はわずかに唇の片端を上げたが、少しでも隙を作ったら、奴は一気に喉元を突いてくるだろう。こちらの起こりを、全身の神経をそばだてて待っている。下から突き上げてくる剣先を殺さねばならない。いや、剣先よりも、空けて待っている面を一瞬のうちに砕くか。

融が静かに呼吸しているのが分かる。互いの隙を待っている間、相手が息を吐いている時はこちらからは攻撃できない。だが、息を吸った時がチャンスだ。人は本能的に息を吸っている時には防御も攻撃もできない。

吸った。

その瞬間に大きく踏み込んで、面への打突に出た。虚空を切り裂く。視野の隅に閃光が小さく弧を描くのが見え、融の上げた剣先を足で潰すようにして殺そうとした。だが、その光は木刀のものでも、竹刀のものでもない。

真剣。

融の下げた刀は、刃部が上を向いている。峰でも鎬《しのぎ》でもなく、まさに刃。次の瞬間に、右足の踵から親指と人差指の間まで裂かれ、噴き出した血煙に眼前を覆われているのも束の間、喉元に刀の鍔まで入れられていた。

融という若者の眼……。最後に見た眼差しは、すでに前もって相手の死をごく当たり前に予想している獣のものだ。そのまま自分の死んだ体を素通りして、いってしまう者の顔。

虚空の中に倒れゆく間に捉えた融の顔が、父親の相貌に変わっていくのを矢田部は見た。


古い墓石には緑色の苔がうっすらと斑《まだら》に浮いている。

「浄覚寺」とネームの入った桶から水を掬《すく》い、墓石にかけては毛の短くなったタワシで擦った。すでに出始めた蚊が、時々まとわりついてきて苛立たせる。矢田部は一心に石を擦っては、水を静かに上から這わせる。緑色に汚れた水が波紋を作って、下に伝っていくたびに、「ああ、さっぱりしたあ」と、昔、母親が墓掃除をしながらいっていた言葉を思い出した。そんな母親が心筋梗塞で逝ってから、六年ほどになる。

「お爺ちゃんもお婆ちゃんも、研吾が剣道で準優勝した時、喜んでくれたわねえ」

「何故優勝できなかった?」と唾棄したのは、父親の将造だけだったが、ずいぶん昔の大学剣道の関東大会での話だ。筑波大の龍剣といわれた黒岩四段との決勝戦で、自分の攻めている気持ちを吸われるかのように手足が出ず、二本の面を取られて負けた。

「研吾だって、あんなに凄かったじゃないですか。立派ですよ」という母親に、「おまえは、生きる死ぬというものを分かっているのか。研吾はもう死んだよ」と父親の将造は吐き捨てた。いつものことだからと、矢田部は父親の言葉を流して聞いていたが、母親の静子は珍しくそれから三日間将造と口をきかなかった。それを思い出すと、矢田部は無性におかしくなってきて口元を歪めてしまう。掌で墓石を擦ると、「矢田部家之墓」という簡素な明朝体の溝がくすぐってくる。

墓の周りの雑草を丁寧にむしり取り、花入れの水も何度も替えて綺麗なものにした。母親が五三歳の若さで死んでしまったのは、父親のせいだ。自らに向けてのような仕打ちは、女の母親にはしなかったが、不遜なほど高圧的で剛愎《ごうふく》な態度に苦しみ続けたのは間違いない。

「親父は……相変わらずだよ……」

笑みを含めた独り言を墓石の母親に投げてみるが、実際には腹の中がよれるような気持ちになって、一気に現実の重みが覆い被さってくる。

自分がアルコール依存症になって、ひどい言動を撒き散らしたりする姿を母親が知らずにすんだのがせめてもの救いだった。天上の者にはすべてお見通しというところだろうが、呑み始めるのが夕方から昼になり、午前中になり、起きたと同時に酒瓶に手を伸ばすようになった息子の姿をどう見ていたか。特に禁断症状めいた兆候の現われる時が、最もひどかった。

　幻聴や幻覚がたえず訪れる。安いラジオスピーカーのコーン紙を引っ掻くような何十人もの声が重なり、遥か何億光年の惑星人からの声だと思っていると、唐突に生っぽい女の掠れ声が「おあおあおあ……」と言葉にならない呪文で耳元を湿らせる。部屋の壁の隅で、チラリと何かが動く。ゴキブリかと思っているうちにも、さらに視野の隅のあちらこちらに黒い小さな影が動き出して、いつのまにか壁一面を夥しい数のゴキブリが這い回っているのだ。それも皆、接触することもなく、すべてが等間隔の距離を保ちながら、一斉に蠢いた。手元にあった木刀で何度も狂ったようにゴキブリを突いて、壁は無残なほどに穴だらけになってしまったのだ。

「……母さん……お守りください……」

　まだ命日には数日早かったが、母方の伯父が墓参りにくる前に掃除をしておきたかったし、当日では墓前で出くわす可能性もある。自分が親父に肋骨を三本折られ、親父が頭蓋骨陥没で意識を失ったあの夜以来、病院への入院手続きなどは全部母方の親戚にやってもらったのだ。

　矢田部は骨折と同時に、横須賀病院の神経内科に、アルコール依存症というもう一つの病いで入院させられる羽目になってしまったが、もしも入院していなければ、客間の床の間にあった備前拵えの父親の日本刀で自らの命を絶っていたかも知れない。

　強引にも入院の手はずを整えた伯父は、母と同じで温厚な人柄ではあったが、妹を亡くしたすぐ後に、今度は滅茶苦茶な矢田部家の親子関係を目の当たりにして、相当に消耗したに違いない。放っておいてくれ、といいたいところだったし、実際に苛立ち、暴言を投げつけたこともある自分としては、できるだけ斎藤の伯父には会いたくなかったのだ。

「……これからまた北学の剣道部の稽古にいってまいります……」

合掌を解いて眼を上げると、線香の束の灰が半分ほど開いて広がっている。いつのまにか思わぬ時間を墓前で過ごしていたのか。腕時計に視線を走らせてから、浄覚寺から借りていた桶やタワシ、剣道の防具袋などを持って立ち上がった。

「またくるよ」と墓に一礼して、寺の庫裡《くり》に戻ると、大黒の姿が眼に入った。

「大黒さん、桶とタワシをありがとうございました」

声をかけると、広い土間から振り返った老婆の顔が顰《しか》む。

「矢田部です。さきほど御住職様からお借りしました」

少し腰を屈めながら、足を引きずるようにして玄関に出てきて、矢田部の持っている黒い竹刀袋に視線を彷徨わせているのが分かった。

「ああ……矢田部さんとこの、息子さんか……」

不機嫌そうに皺ばんだ眼の底からどろりと睨まれるのを、矢田部は感じた。陽気な住職とは違って、昔から大黒を苦手に思っていたが、年々その気持ちは強くなっていく。

やはり、矢田部家とは関係のない斎藤の伯父に、墓周りの掃除や浄覚寺への布施などを任せていた、自らの引け目からかも知れない。

「……墓参りに、そんな長いもん、持って、何考えてるんだか……」

また大黒の視線が竹刀袋を射てきて、矢田部は思わず体の陰に隠すように竹刀袋を立てた。

「……すみません」

「あんた……ほれ、あんたのご親戚の斎藤さんがおっしゃってたけど……お父さんの……何いうたか……将造さんか……お具合はどうなんだ？」

矢田部は一瞬言葉に詰まって、痩せこけた老婆が着ているシンプルな白いワンピースに眼を落とした。サンダルを突っかけた肉の薄い足の脛にも静脈が浮き上がり、シミに覆われている。

「……斎藤の伯父が何か……」

「……いや、そうじゃない。……あんた……五悪というのを知っとるか……」

老婆の口元に夥しく寄った皺が蠢いた。

「ゴアク……ですか……」

「殺生。偸盗《ちゅうとう》。邪淫。妄語。飲酒……」

最後の言葉を老婆は「オンジュ」といったが、すぐにも酒のことだとは分かった。

「矢田部の人間は、五悪にまみれているんではないか。あんた、そういうもんは、山門の外に置いてくるもんだ。……あんた、殺生の中でも、最も許されんのが、親殺しだぞ。それだけは許されん。分かるか。将造さんに息があっても、こういっちゃ何だが、あんたのしたことは……親殺しだぞ。分かるか……」

「何をいうてる」

低いしわがれた声が庫裡の奥から聞こえてきて、視線を投げると浄覚寺住職の瑞泉和尚が上がり框《がまち》に立っていた。

「おうおう、研吾さんか。大ご苦労、大ご苦労。お墓参りは終わったか」

瑞泉が矢田部の姿を認めると、満面に笑みの皺を広げて袈裟衣の袖を動かした。大黒はそのまま口を閉ざして、知らぬ振りを決め込むように庭の方に歩いていく。矢田部は軽く頭を下げて、眼の端で老婆の後ろ姿を送ったが、すぐにも瑞泉和尚が声をかけてきた。

「研吾さん、まあ、お茶でも飲んでいきなさい」

「いえ、今日は……」

「……あれが……何かいうたかな。ほんによけいなことばかり口にしくさる大黒だからな」

「そういうわけではないのです」

涼しげな絽織《ろお》りの衣の上で、瑞泉が海亀のようなきょとんとした表情を見せている。

「これから、北鎌倉学院の方で剣道の稽古がありまして……」

「おう、そうか。大ご苦労、大ご苦労。だったら、建總寺の光邑禅師にくれぐれもよろしう伝えてくだされや」

矢田部は深く一礼して庫裡から離れたが、茅葺屋根の山門に出て、もう一度浄覚寺を振り返った。掃き清められた石畳の狭い参道の奥に、老婆の白い後ろ姿が低木の緑の合間にチラチラと覗いている。死んだ母親の霊ということもありうるか、と矢田部は目を伏せた。

六

平清盛の話はつまらなかったが、清盛に対しての謀反の罪で、鬼界が島に流された俊寛の話はけっこうきた。きたというか、泣けた。つうか、ロビンソン・クルーソーの物語よりも酷くてせつな過ぎる。

日本史の飯塚先生がいきなり教壇で唸り始めた時には何が起きたかと思ったが、謡曲というものらしい。クラスメイトがコクリコクリやるのに反して、融はむしろ飯塚が鼻を膨らませ、低い声を絞り上げながら謡うフレーズに眼を瞠《みは》ったのだ。

同時期に同じ罪で島に流された丹波の少将成経、平判官入道康頼にだけ赦免状が出て、一人俊寛僧都だけはシカトされたという。つまり、自分だけ島に置いてけぼりを食らうシーンだった。

「待てよ待てよという声も、姿もしだいに遠ざかる沖つ波の、幽かなる声絶えて、舟影も人影も消えて見えずなりにけり、跡消えて見えずなりにけり……」

やばい。絶対の孤独感。寂寥《せきりよう》。自分だったら狂う。昔から自分は閉所恐怖症だったけど、これは海が自分を閉じ込める歌だと融は思う。

「時を感じては、花も涙をそそぎ、別れを恨みては、鳥も心を動かせり、もとよりもこの島は、鬼界が島と聞くなれば、鬼ある所にて、今生よりの冥途なり、たといいかなる鬼なりと、このあわれなどか知らざらん……」

完全に世界から難破しているじゃないか。俊寛の胸を掻きむしるような絶望を思うと、自分まで腹の底がおかしくなりそうになる。融はラップのリリック用のキャンパスノートを開いて、「俊寛　シュンカン　shunkan」とシャープペンシルを走らせた。ついでに、「この孤独に値するもの……現代バージョンで」とも記す。

失恋？　仲間はずれ？　いじめ？　自己破産？　孤独死？　……たぶん、角度を変えたら、この世の中には俊寛がゴマンといるはずだ。はるか昔に謡曲でリアルに謡い上げたのだから、ラップでも可能だとも思う。

そんなことを考えているうちにチャイムが鳴り、放課後となった。大半の奴らが部活に向かう後ろ姿を見て、「待てよ待てよ」といいたいところだが、それほどでもない。大船のゲーセンのことを考えると、いきたい心が疼いてくる。DrumMania V6 BLAZING!!!!この前はもう少しで、プレミアム・アンコール・ステージまで進むところだったのだ。だが、もうさすがに、お金が続かない。音源をダウンロードするiTunesカード購入分のお金にまで食い込みそうで、それだけは譲れない。

「融、また明日なあ」と、野球部の竹下がでかいスポーツバッグをかついで、声をかけてくる。野球部も三年生が引退したばかりで天下だといっていたが、坊主刈りの後頭部が入道康頼している感じだ。元々、竹下も自分と同じ陸上競技部だった。奴は四〇〇メートルの中距離。やはり先輩とうまくいかなくて野球部に移ったのだ。陸上部も嫌な先

輩達が引退したはずだから、一〇〇メートル一一秒フラットの自分をもう一度陸上部へ

と誘いにきてもいいのに……まあ、できる奴は厭われるってわけで……。

融はキャンパスノートや日本史の教科書をバッグに放り込むと、窓の外に見える建總

寺の杉林に眼を細めた。細かい葉に反射する光が前よりもずっと強くなっている。目を

しばたたかせると、たくさんの残像が統計の分布図に集まった点のように瞬いた。

埃臭い校舎の正面玄関を出ると、まばらに帰宅する生徒達とは逆に正門からやってくるがっしりした体軀の男が眼に入った。誰だと思ったのは一瞬のことで、融にはすぐにも剣先の動きがフラッシュバックしてくる。喉元を突こうとした自分の竹刀を踏み込むように制して、軽々と面のど真ん中を打ってきた剣道部のコーチ、矢田部研吾という人だ。だらしなく歩く生徒達の人影の中で、黒い防具袋と竹刀袋を持った姿勢のいい男の姿が、嫌でも眼についた。

三殺法……相手の剣と技と気を殺す……。起こり……相手が技を出す一瞬前のこと……。観見……全体を広く、心で捉えること……。

——羽田……、ここだけの話だけどさ。あの矢田部先生なんだけど、ずいぶん前にさ……その剣豪の親父さんと勝負してさ……。

ふと白川が学食で声をひそめていっていた話が思い出される。

——お父さんを、殺っちゃったみたい。

人を……殺した人……。そう思うと、いきなり体の芯から震えがくる。恐怖、だろう

か？　それともとてつもない嫌悪感？　いくら剣道の厳しい立合いとはいっても、防具もつけず木刀で叩き合って、父親は頭蓋骨陥没で死亡、本人は肋骨のほとんどを骨折なんてことがあっていいのか。頭蓋骨が陥没するほど木刀を振り抜くなど、最初から殺すつもりとしか思えない。そんな男がまた普通の顔して、剣道具を持って北学の道場に教えにくること自体が分からない。

鉢合わせにならないようにすぐにも歩く方向を変えたかったが、かえって気づかれてしまうだろう。視野の端で牽制しながらさりげなく遠回りしようとすると、むこうの大きな人影の右手が上がるのが分かった。

自分へでないことを願う、と視線をさりげなく投げると、明らかに自分に向かって手を上げていて無視するわけにいかなくなった。

「羽田君、だったな」

矢田部という男が近づいてきて、わずかに笑顔を見せた。

「……この前は……どうも……」

首を軽く突き出して挨拶するのが精一杯だった。そんな自分の態度に矢田部の表情が一瞬曇る。剣道やってても殺人者は殺人者だろう……？

「これから帰るのか、羽田君？　良かったら、剣道部の稽古に顔を出さないか」

「……いえ……」

「迫達はもういないみたいだぞ」と、またわずかに唇に笑みを浮かべて、親密な態度を見せているつもりだろうが、そうはいかない。ほんの一瞬だけ睨む感じで視線を矢田部の眼に向けた。矢田部の眼の底が硬くなるのが見てとれる。薄暗いものが表情の奥に現われて、これが矢田部という人の本当の顔だと融は思う。

「……羽田君……、この前の堀内や迫と立ち合った時……、おまえ、突き垂じゃなく、本当は相手の喉仏を狙っただろう」

おまえ？

「下手したら、死ぬぞ」

は？　死ぬって、人を殺《あや》めたのは、あんたじゃね？

思わず眼を剝いて睨み上げた融の眼差しが、矢田部の刺すような視線とぶつかった。融の体の奥から炎《ほむら》に似たものがこみ上げてくる。

三殺法？　観見？　知るかよ、そんなもん。

融は無意識のうちにも体を正対させるように動かして、さらに頭一つ高い男の顔を睨み上げた。ふと、矢田部の視線の焦点が消えたようになって、何の感情も混じえずに自分の奥を素通りしていくものに変わる。

この眼……道場で竹刀を構えた時に、面の中で見せた目つきと同じだ。自分の敵意を感じ取って、すでに対処しているということだ。こんな目つきをして、自らの父親の頭に木刀を振り下ろしたのか……？

「剣道は……殺し合いじゃないんだ……。むしろ……」

矢田部という男は真逆のことをいっている。自分のやったことを棚に上げて、一体そんなことをいう資格があるのかよ？

そう思うと同時に、矢田部という男の体の中にどす黒いものが蠢いている気がして、今度は本当に怖くなった。自分達高校生とはまったく重力の違う悪や欲望を抱え込んでいて、その暗いものに覆われ、呑み込まれそうになる。一気に北鎌倉学院の風景が遠のいて、目の前の男だけが大きく立ち塞がってくる感じだった。

「おう、研吾」

突然、背後から野太い声が聞こえてきて、矢田部との間に隙間ができた。風景が逆流して戻ってきたように思えて、融はその隙に男から半歩だけ下がった。体の筋肉が硬直したようにぎこちないのを自分でも感じる。完全に男に呑まれていた証拠だ。

「光邑師範」

矢田部という男も視線を融から移して、後ろの声の主に静かに頭を下げた。融が振り返ると、老いた禿頭の僧侶が灰色の作務衣を着て立っている。だが、眉尻の毛が獰猛なほど垂れ下がった下には、恐ろしいほど強い眼差しがあった。大袈裟なほど口を開いて、歳のわりには丈夫そうな歯を剝き出して笑っている。坐禅の時間に教えにくる建總寺東光庵の住職。白川のいっていた光邑雪峯禅師だ。

「稽古にきてくれたか。ご苦労だ、研吾。俺も今からいくから」

「浄覚寺のご住職が、光邑師範にくれぐれもよろしくと……」

「おう、瑞泉さんがか。研吾、じゃあ、オフクロさんの墓参りにいってきたのか。良し良し……」

矢田部と光邑が話している間にその場を立ち去ってしまおうと、融はさりげなく正門に向かおうとした。すると、「おい、小僧ッ」と、光邑がいきなり強い語気で背中に声をかけてくる。

「おまえは、部活をサボる気か？　矢田部先生がきてるだろうに」

「は？」

あまりに唐突な言葉に虚をつかれて、融は自分を見据えている光邑の顔をただ見返すくらいしかできなかった。

「ああ、師範。彼は剣道部ではないんですよ」と矢田部が言葉を挟む。

「剣道部じゃないって、おまえ達は、またこんなとこで何糞真面目な顔して睨み合ってたんだ。……まあ、いい。小僧は、部活は何部なんだ？」

小僧って何だよ、と思いながらも、坐禅の時間の時にいつも「小僧ら、小僧ら」といっていたのが蘇ってきた。

——いいか、小僧ら。地球の底まで息を吐け。宇宙の先まで息を吸え。ひとーつッ。ふたーつッ。

「いや……、俺は何部でもないです」

「何部でもないって……、もう家に帰るだけか？」

白い毛の混じった太い眉が上がって、何か眼を輝かせたようにも見えた。一体何かと思っていると、目尻に笑みを浮かべた光邑禅師は矢田部に、「先にいってってくれや」と顎で示した。

「いや、俺もう帰りますけど」

「まあ、そういわんで、ちと手伝うてくれ。ちょうど良かったわ。何、寺の若いモンが皆、托鉢で出払っていて、どうしようかと思うておったんだ」

道場に向かう矢田部の後ろ姿にちらりと視線を投げて、融はまた光邑の皺だらけの顔を見つめた。矢田部という男よりもずっと裏がなくて、安心できる気はする。だが、この爺さんが、剣道範士八段。白川は確かそういっていた。それにしても、偶然目の前にいた北学の生徒に手伝ってくれって、調子良過ぎじゃね？

「もちろん、駄賃は払うから」

「いや、俺は……」

矢田部と睨み合っていた不快さがまだ消えなくて、うまく応対できないでいると、光邑禅師がこともなげに、「三時間五千円で、どうだ？」といってきた。

「ご、五千円、っすかッ？」

「五千円」

「マジでですか⁉」

その額を聞いて、さっきまでの矢田部とのちょっとした悶着などすぐにも吹き飛んでしまう感じだ。しかも、三時間って。まさか坐禅の時間で北学の生徒達を教えている老師が、やばいことをさせるわけもない。ゲーセン代にも、iTunesカード代にもなる。有り難い話だ。だが、すぐに応じるのも馬鹿みたいだから、少しは内容なんぞを確かめてからの方がいい。っつうか、内容など何でも良かったけど。三時間で五千円なんていう美味しいバイトは、必死こいて探してもまずないし。

「……でも……何やるんですか？」

「薪割り」

「マキワリ……って何っすか？」

融がきょとんとした顔で聞くと、さらに光邑の方も唖然とした表情で見据えてきた。

「小僧……薪というのを知らんか？」

「薪って、木の、ですか……」

「だから、その木をだ、鉈《なた》で割って、風呂やら炊事用の薪にしてくれということだ……。まあいい。何しろついてこい」

そういって作務衣姿の光邑禅師は建總寺の方に足取りよく向かい始めた。やはり剣道や坐禅のせいか背筋が伸びて、年寄りのわりには動きが軽く見える。融も五千円欲しさに禅師の後を追うしかない。

「あの……光邑先生……風呂や炊事に薪って、お寺ではガスとか電気とか使っていないんですか？」

「小僧……臨済宗の修行僧のいる庫裡で、そんなガスなんてもん使うてどうする？　みな、すべて昔のまま。大体、薪で炊いた米が一番うまいもんだ。いいか、小僧。この裏の六国見山《ろっこくけんざん》にしろ鎌倉山にしろ山が痩せないようにするためには、ある程度柴刈りをせねばならん。その刈ったものを無駄にせんように炭や薪にする。山が痩せなければ、川も潤う。海も潤う。分かるか？　魚が獲れんようになったいうのは、山が枯れてしまったからということでもある」

「……循環……っていうやつですか……」

「因果ともいうな、小僧」

光邑雪峯が連れてきた所は、これも因果というのか因縁というのか、建總寺との間にある剣道場と弓道場の横だった。すでに剣道部の打ち込みをやる竹刀の音や掛け声が嫌でも耳に入ってくる。しかも剣道場のすぐ脇で、道場の窓から白川達の稽古する姿がすぐ間近に見えた。

物凄くバツが悪い。おそらく迫や堀内という先輩達はもういないのだろうが、ちょっと前にこの道場でとてつもなく恰好悪い姿で立合いというのか、やり合ったのだ。やはり、うまい話など世の中にはないのだろう、とも思う。いや、それでも五千円という額は何ものにも代え難い。おーい、白川。おまえが臭い剣道着を着ている間に、俺は五千円もゲットだぞ。しかも、三時間で。

「いいか、小僧。ここに積んである板っきれを、このくらいに切ってくれ」

光邑は納屋の庇《ひさし》の下に積まれた薪から、リレーのバトンよりも少し太いくらいの薪を手に取って示した。修行僧達が作務としてやったのだろう、綺麗に割られた薪の重なりが、だいぶ少なくなってきているのが分かった。まとめていた藁縄がだらしなく何本か撓んでもいて、それを光邑はむっつりとした顔で抜き取ってもいる。

「この丸太の台の上に、板切れをのせて、鉈でも、その小型の斧でも使って……いいか、小僧、こうやる。よーく見てろ。慎重にやらんと怪我するからの」

丸太台の上に板切れを立てると、光邑は鉈の刃をその上の辺に丁寧に当てて押しつける。そして、板と鉈を上下させて丸太台に叩きつけ、食い込ませた。それを繰り返すと、木が乾いた音を立てて裂けて、綺麗な新しい断面を現わしながら割れた。

「今、蚊取り線香を持ってくるからな」

「これ、全部やるんですか?」

「いやあ、できる範囲でいい。それでも充分助かる」

光邑が東光庵に戻ろうとする時、融は口ごもりながらも声をかけてみた。矢田部のことだ。何か体の中に煙が籠もっているようで気持ちが悪かった。

「あの……さっきの人……」

「何だ、小僧。やっぱり、揉めておったのだろう」と、光邑がまっすぐ睨みつけながらも、口は笑っている。

「あれはワシの弟子みたいなもんだ。剣道は相当な腕前だが、優しい男でなあ。忙しいのに、剣道部のコーチをしてくれおったり……聞いておったろう、オフクロさんの墓参りにいったり、病気の親父さんを毎日介護したりなあ。なかなかできるもんじゃない」

病気の親父さん……?

「だが、若い頃はけっこうなヤンチャで、ワシにしょっちゅう嚙みついてたわ」

「……病気の親父さん……?」

「矢田部将造いうてな。これはまあ、研吾よりもはるかに凄腕の剣豪だな」

「矢田部という人のお父さんは……生きてるんですか……?」

光邑の眉が複雑にねじり上がって、瞼に攣れるような皺が寄った。

「小僧、おまえは、何いうとる？」

「……いや……いいんです。すみません……」

光邑禅師の渋い視線が融の顔に彷徨っていたが、一拍二拍置いてから、「まあいいわい」と背中を見せた。

白川ぁー！　ざけんなぁー！　生きてるじゃねえかぁ！

危うく、自分は矢田部という人に「てめえが、人殺しだろ」と声を荒らげる寸前だったのだ。自分がムキになって絡んでいったのを、妙な顔をして受けていた男の態度が、今になって腑に落ちる。

――剣道は……殺し合いじゃないんだ……。むしろ……。

むしろ……、何なんだ？　何をいいたかったんだ、あの人は……？

ああ、畜生。顔から火が噴き出るというのは、こういうことをいうのだろう。完璧に自分が馬鹿ゆえに世界から取り残された気分だ。俊寛僧都だよ。白川はさしずめ無慈悲な清盛入道という奴だろう。馬鹿野郎ーッ。

剣道場の窓を見やると、切り返しというのか、二人一組になって連続で打ち込んでいく稽古をやっている。その中に「白川」という垂をつけた姿が、派手に竹刀を回すようにして、後退する相手の竹刀を打っていた。肩に力が入って、竹刀を振るたびに上半身が前後に揺れているように見える。起こりが丸見えじゃねえか、白川ー。ついでに素早く「迫」や「堀内」とネームの入った垂を探してみたが、その姿はない。やはり、あの錬成大会が引退試合だったようだ。そのかわり、道場の一番奥で独り黙々と木刀で素振りをする矢田部の姿があった。宙の一点を見据えながら、一本一本しっかりと決めていて、白川達と全然雰囲気が違うのは自分にも分かる。

父親を殺していないにしても、防具なしで木刀で立ち合ったのは本当の話だろうか。武道の世界は分からない。果たし合い……？　てめえの安っぽいプライドだか義だか知らないけど、そのために決闘みたいなことをする奴らが分からない。って、自分はｉＰｏｄのために迫や堀内の喉元を本気で突こうとしたのだ。矢田部という人に図星を指され、それも不愉快の大きな原因には違いない。

「小僧、蚊取り線香だ。もう蚊が出てきたからな」

振り返ると、藍色の剣道着に胴をつけた光邑が立っていて、息を呑むほどに上衣や袴が似合っていた。作務衣や袈裟よりずっと恰好いいじゃん。

「いいか、慎重にな。怪我するなや」

小手を入れた面を脇に抱え、その手に二本竹刀を握っている。

「ああ、光邑先生……」と、融は道場に向かう光邑禅師の背中に声をかけた。

「剣道が……殺し合いじゃないとしたら……、何なんですか？」

胴の紐が交差して襷掛けしたような老師の背中がゆっくり振り返る。

「ああ？　剣道は、これ、殺し合いだ」

そういって、また口角を大きく上げると歯を剝き出して、道場の角を曲がっていった。

すぐ横の道場で稽古する激しい音を聞きながら、丸太の上で何度も薪割りを繰り返す。最初のうちはあまりに時代錯誤な感じで、時代劇や歴史ドラマの中みたいだと思っていたが、やっているうちに面白くなってきた。何より、鉈を下ろしている間、何も考えなくていいのが良かった。

板切れを立てる。鉈をいい位置に下ろす。上下にトントンとやる。スカッと割れる。木のにおいが膨らむ。そのうち面倒になって、年季が入っているが小型の斧を使ってやると、もっと力を入れずに済んだ。さすがに鉈とは違って重さがあるから、右手だけでやっていると疲れる。左手に持ち替えて、板の上の縁《へり》に狙いをつけて落とすだけ。斧の鉄の重みで面白いほど綺麗に薪が割れた。

時々、重なっていた板っきれを持ち上げた時、ワラワラとダンゴムシが出てきたり、灰色のでかい蜘蛛が現われたりして怯んだが、それを除けば別に苦労はない。後は特別硬い節に出くわすことがあったが、亀裂が勝手によけるようにして走ってくれた。

丸太の台の両脇にたまった薪をまとめて、何度目かの山を納屋の壁に作り、ふと道場の窓に視線をやると、面をつけた矢田部と光邑の立ち合っている姿が見えた。部員達も道場の脇で正坐して、横に並びながら凝視している。どちらも中段の構えで正対しているが、矢田部の方がはるかに体が大きく見える。逆に光邑の方はまるで一本の草が当たり前に立っているようで、体は小さいが何処にも力みが感じられない。確か、矢田部は五段。歳の差というものもあるのだろうか。五段と八段、どちらが強いのかは融にはまだ分からなかったが、こんなにも傍から見ると違いが出るものなのかと思った。

「サヤァーッ！」と、奇妙な声を張り上げたのは矢田部の方だ。

「サァササー」

低い声でさらに奇妙な掛け声を発したのは光邑禅師。

矢田部が剣先を小さな振り幅で静かに上下させながら、袴の下の右足をわずかににじらせるように出した。光邑の剣先がそれを制するようにかすかに下がる。その下がり方がまるで両の掌で優しくなだめるように矢田部の体を上から押さえる感じだった。

融は思わず息を呑む。そのまま光邑はさりげなく半歩出て、剣先をかなり大きく右に開いた。今だ。光邑禅師の面はがら空きじゃないか。融の右足に反射的に力が入って、体が揺れた。だが、矢田部は右足を大きく引きながら、竹刀を上段に振りかぶって後退し、また左足を引きながら中段にゆっくり戻した。

何やってるわけ、あの二人。

矢田部の竹刀の軌跡は炎が一回大きく立ってから、またわだかまって沈んだように見える。光邑の右に開いた剣先が戻った。

その時。

矢田部の竹刀の先が煌めいて小さなリングを描いたと思うと、光邑の竹刀を潜り抜ける。

爆発。

すでに前に飛び込もうとしていた矢田部の竹刀。いや、さらに光邑の剣先がもう一度小魚が水面から跳ねるように回った。

！

波紋。広がり。反射。そのまま光邑の剣がまっすぐ宙に伸びる。踏み込みと同時に矢田部の面をとらえた。

「面ーッ」

周りで見学していた部員達が一斉に拍手する。光邑の踏み込みはそれほど大きくはないけれど、すでに矢田部の脇を通り過ぎて、振り返りながら中段の構えを決めていた。矢田部が剣先を右膝の位置にまで下ろして、頭を下げている。完全に一本を決められたということだろう。

マジ、凄ぇじゃん、爺さん。

自分が矢田部という男だったら、どう対処したのだろう。剣先をだらりと下げて、ブルース・リーの構え。だが、あの光邑の爺さんは、こちらが風を起こすと、むこうに靡く草のようになやしてしまうだろう。自分の場合も、相手の攻撃を待つタイプだ。だが、それまでにクラウチングスタートの要領ですべてのエネルギーを溜めている。また矢田部のように竹刀を踏み込まれたら、もうアウトだ。ならば、もう少し剣先を上げて構える？　いや、それとも完全に竹刀を振り上げたままで、相手の起こりを待つ？

道場の脇で何度かシミュレーションしてみる。左足を前に出してみたり、構えを上段風にしてみたり、あるいはフェンシングみたいに構えてみたり……。堀内という先輩には勝ったし、迫とは相打ちに近かった。だが想像以上に、剣道ってやつは難しくないか

……？

「おう、小僧。どうだ？」

背後で光邑禅師の声が聞こえて、融は慌てて想像で構えていた手を下げた。

「半分くらいはいったか？」

小脇に面と小手を抱えて戻ってくる光邑は、禿頭にびっしりと汗をかいていた。

「いえ、大体、終わりましたけど……」

「おう、早いな。ご苦労ご苦労。……？」

納屋の壁に積み上げられた薪を見て、光邑が太い眉を上げ、また融の方をギロリとした目つきで見る。

「……小僧、おまえ、どうやって薪を割った？」

「え？　まず、かった、っすか……。いや、こうやって……」

融は斧を手にすると、まだ少し残っていた板きれを丸太の台にのせて、狙いをつけて下ろした。割れる。また倒れた板を立てて、斧を下ろす。割れる。さらに小さくなった板を立て、今度は左手で斧を下ろす。割れる。

「小僧ッ、おまえの手を見せてみろ」

「は？」

「いいから見せてみろッ」

融は訝《いぶか》しげな気持ちを抱えながらも、恐る恐る両の掌を光邑の前に差し出した。気づかなかったが、どちらの手も小指と薬指の根元が真っ赤になって血豆みたいになっていた。

「おい、ちょっと俺の竹刀を持て。これが打てるか」

そういったかと思うと、光邑は面を丸太の台の上に置き、右手だけ小手をつけた。そして、薪を一本握ると、立てて宙にかざしてみせた。

何やってるわけ……？

融は握らされた竹刀を高く振り上げて、光邑の立てている薪のてっぺんを叩く。

「これはどうだ」

薪が右に動く。薪の頭を叩く。薪が左下に動く。てっぺんを叩く。今度は右上に高く掲げられる。叩く。真ん中にくる。融も薪の頭のど真ん中に竹刀を振り下ろす。

七

まるで相手にならない。腹で攻める。光邑雪峯の拳を攻める。ジリジリと押すつもりが、その自分の力の流れのさらにど真ん中を逆流するように、光邑の無言の攻めが入り込んできて、思わず上段に構えながら下がる始末だった。中段に戻して、じっと落ち着いて待てばいいのに、光邑の故意に右に開いた剣先が戻る時に、耐えられずに入っていった。誘いだ。自分の迷いを誘っているのだと分かっていても、打ち急いで入っていた。と同時に、剣先が肩透かしを食らったように小さく裏から返される。そう思った時には、自分の面の上で乾いた音が立って、光邑は脇を通り抜けていた。

「研吾。オフクロさんの墓参りにいったにしては、落ち着かんな。おまえ、あんな所で上段に構えてしまうというのは、心が浮いているということだ。左手が心だというのは、分かってる話だろう……」

確かにそうだった。上段に構える必然性がなくて上げたのは、単に気持ちが弱く浮いてしまったからだ。浄覚寺の大黒にいわれた「親殺し」という言葉を、何処かで引きずっているせいだ。

「将造の具合はどうだ？　変わりはないか？」

そんなことまで気遣われた自分の隙に苛立ってくる。光邑禅師との立合いは一本だけだったが、さらに挑んだとしても今日の自分ではますます雑な剣道になったはずだ。矢田部は道場の端で正坐し、重い手つきで面を取ると、細く長い息を吐き出した。自分の中の雑音や汚れをすべて吐き出すようにしたが、よけいに残るものがある。燻《いぶ》され、黒く焦げよじれた幼虫のような塊が腹の底にしがみついているのを感じた。

凝視していた床の節目模様からふと目を上げると、剣道部員達が道場の窓際に寄り集まって外を見ている。光邑禅師が塔頭《たっちゅう》の東光庵に戻りがてら、外から部員達に何か説法でもしているのか。まさか部員の誰かが窓から物でも投げ捨てたなどということはないだろうが……。

矢田部もゆっくり立ち上がると、手拭で額の汗を拭いながら道場の窓に寄る。部員達の肩越しに見えたのは、薪を握った光邑禅師と、竹刀を構えたあの羽田融という青年だった。一瞬、羽田と光邑の間に何かあったのかと思ったが、すぐにも光邑の張り上げる声で違うと分かる。

「もっと大きくッ、強くッ」

光邑は右手だけに小手をつけて薪を握り、垂直に立てている。羽田の方は光邑の竹刀をぎこちない手の内で構えていた。

「小僧、これはどうだ？」

光邑が立てた薪を素早く右に動かす。と、羽田は振りかぶった竹刀をその薪のど真ん中に打ちつけた。

……!?

「もっと速くッ」

今度は左に薪が動く。羽田はすかさずその頭を振りかぶった竹刀で叩きつける。

「これはどうだ？　これは？　これは？」

光邑は羽田の一振りが薪を捉えるたびに、素早くあちらこちらに動かして、次の打突を待ち、また違う位置に動かしている。羽田という青年は息を荒くしながらも的確に打ち込んで、すべてヒットさせていた。

まだ大きく振り上げないのであれば、掠りや当たりはするだろうが、羽田は高く真上に剣先を上げてから、一瞬のうちに振り下ろして当てている。打突した瞬間に力を込める、手の内の冴えはないものの、あれは完全に下まで振り抜こうとしているからだ。

「これならば、どうだ？」

光邑が無謀にも薪を自らの鼻先に触れるほどに立て、禿頭の上五センチほどに薪のてっぺんを掲げた。外れたら、光邑の頭にもろに竹刀が打ちつけられる。だが、羽田は当たり前のように同じ調子で、そのわずかな先を真芯で捉えてしまった。

「決まりッ！　羽田！　入部決定！」

そう叫んだのは、窓際にしがみついて見入っていた白川という剣道部員だ。確か、羽田という生徒と同じクラスのはずだ。白川の声に羽田が竹刀を止めたままこちらを向いて、「は？」と素っ頓狂な声を出したのを聞いて、部員達も思わず笑いを漏らす。羽田と対峙していた光邑も額に汗を光らせながら、並びのいい歯を剥き出して笑っていた。

「光邑先生……俺、疲れたし」

竹刀を下げた羽田の顔を、光邑が口角を上げながらも炯々とした目で見据え、薪を握っていた手元をようやく下ろした。

「良し、小僧ッ。薪割りの駄賃をやる。こっちにこい」

そういって、光邑は踵を返して藍染の衣の背中を見せる。羽田という生徒も訳も分からないまま、丸太の台の上に置きっ放しになった光邑の面や竹刀を抱え、慌てて追うように東光庵に向かっていった。

羽田融という若者の左拳の使い方……。できている。たいていが右腕の方に力が入って剣先がぶれるはずだが、体のど真ん中を走る正中線をただ左拳が当たり前のように通過して、確実に打突部位を捉えていた。

矢田部は駅ビルを巡回していても、羽田の左拳と剣先の軌跡が何度も頭の中に閃いては、無意識のうちにも低い唸りを漏らしてしまう。落ちてくる水滴を横に斬るのとはまた違うが、羽田という生徒は左右に素早く移動する影の起点でも終点でも、あるいは途中の点でも確実に斬ることができるのではないか。

手首の柔らかさと動体視力……そして、左拳。つまりは、光邑禅師にいわせれば、心という奴だ。素質、天性、才能……。

——研吾、おまえには剣才がまるでない。何よりも、殺しの心がない。相手をか？　馬鹿いうな。糞みたいに弱いおまえ自身を殺す心がないというんだ。

すでに言葉を発することもない父親の将造の声を聞こうとしているのは、むしろ自分の方だ。もはや二度と剣を交わすことなどないはずだが、将造の声が耳元でざらつくたびに、夜の庭で構える、年季の入った赤樫の木刀の先が、自分の体を凝り固めるようだ。憎悪。恐怖。それとも嫉妬もあるのか。あの剣を構えた時に、道場や試合場全体を制するような獰猛な黒さ……。その何処かに亀裂や傷や綻びを入れようと、幼い頃から自分の剣のあり方を探していたが、むしろ、その握っていた竹刀自体を父親にでも道場の床にでも放り投げてしまえば、それで済んだ話なのだ。それができない。そんな簡単なことができないから、父親の頭蓋骨を陥没させてしまったのだ。

「五八〇円になります……」

ふと顔を上げると、コンビニエンスストアのレジの青年が腫れぼったい瞼を小さく開いて、またすぐに視線をカウンターに落として疲れた表情をしている。揚げ竹輪の入った鮭弁当。夜勤明けの時は、家で食事を作るのが億劫で、大船駅近くのコンビニの弁当か牛丼屋で済ますことが多く、食う前から、誰もいない家の居間で、モソモソ独りで口を動かしている自分の姿が見える。コンビニエンスストアを出ると、すでに朝日が差していて、自分がさっきまで警備をしていた駅ビルの窓ガラスや壁を薄桃色に光らせている。眩しさに皺ばんだ目元に雑な感じで眠気が滲んできて、一気に体じゅうに疲れが粘った。

「……光邑禅師は……もう朝の読経か？　それとも、素振りか……？」

朝早い通勤客が何人か急ぎ足で駅に向かい始めているのと逆行して、北鎌倉の家に向から。まだ横須賀線の下り始発も出ていないし、タクシーに乗る余裕があるのであれば、父親の入院費に少しでも回さなければならない。

警備員としての給料と母親の生命保険料、父親の微々たる障害保険……。またいずれ転院しなければならないだろうが、手続きにさえ金がかかる。矢田部は路側帯を歩く自らの足元に目を落としながら、行政センター前を歩いていった。

――突然変異ともいえるぅ癌細胞が、一気に大船の町を蝕み始めたから、高額の医療費を……。

誰の声だ、誰の声だ？　と歩くリズムに合わせて重く呟いているうちに、顔色は土色にくすんでいるが、歯抜けの陽気な表情が浮かんできて、無性に会いたくなっている。今頃、田所のおっさんはルミネウィング前の階段脇、証明用写真のボックスの中か、階段下のコインロッカーの横で寝ているのだろう。

「……もうボロボロなんだぁ。後、一万円の体は死ぬぅ……か。俺はだから、最初から自己破産的な人生をな、念頭に置いてきたわけだぁ……だな、田所のおっさん」

弁当の入ったポリエチレンの袋をガサガサいわせながら歩いているうちに、山ノ内の自宅に着く。弁当を居間のテーブルに置いて、下手な毛筆で宛名が書かれた白い封筒にちらりと目をやった。「矢田部研吾」の「部」「研」「吾」の口の部分が、歪んだ丸になっているのは、北沢の昔からの癖だ。封を切ったまま、そこに投げ出しておいた手紙をもう一度手に取り、矢田部は中からパソコンで打たれた用紙を開く。

「政和大学剣道部顧問　松岡孝道先生御喜寿記念　政龍旗大会企画会議」と、大袈裟に

タイトルが振られているが、学生時代からイベント好きだった北沢が考え出したことだろう。北沢とは五年ほど前に会ったが、他の同期メンバーとは、もう卒業してから一度も会っていない。体育会の剣道部で、いわゆる同じ釜の飯を食った連中が集まって、顧問の松岡先生の喜寿祝いのイベントをやろうという案内には違いないが、北沢の手書きで「矢田部、おまえ、政龍旗大会進行役。とまれ一献、何しろ一献」と添えてあった。要は久しぶりに会って酒を酌み交わそうという話だ。それでも思わず口元を緩めた矢田部だったが、日時が今日の夕刻だ。返事も出さないまま放置しておいたのは、もちろん父親の介護がたえず頭にあって気が乗らなかったからだし、学生時代の仲間達は父親の状態も、自分がアルコール中毒になったことも知らないのだ。唯一、自分がアル中になる前に亡くなった母親の葬儀に、北沢が顔を出してくれたくらいだが、彼すらも父親の植物状態については知らない。

矢田部は案内の紙をテーブルの上に力なく投げ出すと、鮭弁当を薄汚れた電子レンジの中にセットした。

新橋・烏森《からすもり》神社近くの路地は、帰りがけに一杯引っ掛けるサラリーマン達で賑わっている。何処の呑み屋街も不況でめっきり客足が減ったといっているが、久しぶりにきた新橋はまるで以前と変わらない様子だった。むしろ、不況だからこそ愚痴やら辛さを酒に溶かしたくなるのか。

矢田部は狭い路地を二人、三人と連れ合って歩くサラリーマン達をよけながら、高さも大きさも違うまちまちな赤提灯や古い看板の列に視線を投げる。まったく出かけるつもりもなかったのに、正午過ぎに目が覚め、しばらくするうち、鎌倉の谷戸《やと》の狭間でじっとわだかまっている自分の姿がますます燻《くすぶ》るようで、衝動的に北沢からの案内の封筒を手にして出てきたのだ。居間横の縁側から、地面の窪みや芝が剝げて土が露出している荒れた庭を眺めていた時、自分の一人稽古の痕跡や、あるいは父親が素振りしていた頃の跡まで地面に残っていて、自分を虚しくさせる。何より、そうやって放心して眺めている自分を、執拗に覆ってくる言葉の調子が重苦しかった。「親殺し」という、浄覚寺大黒の言葉を素通りさせることができないのが、自らの弱さだというのはよく分かっている。人にいわせたら、悪たれ婆のほざきで済んでしまう話だろう。

だが、自分だけがその言葉を知り尽くしているのだ。知り尽くしているゆえの弱さだった。あの夜、同時に出た面と胴打ちであるのに、父親が一拍だけ胴打ちを遅らせた瞬間を、矢田部ははっきりと覚えている。あの零コンマ何秒の瞬間を、人生の長さのように見ているのが、浄覚寺の大黒だ。そして、たぶん浄覚寺境内奥の庭で、大黒と重なるように見えた亡き母親も、間違いなく自分の手の内の容赦のなさを絶対に許しはしないだろう……。

「鳥新」という看板が目に入って、矢田部は足を止める。大勢の客の髪や顔の脂で、紺色の暖簾が色を変えているような店だが、中からは怒声にも似た多くの笑い声が膨らんできていた。

暖簾を潜って、「政和大学剣道部の……」と柿色の作務衣を着た店員に声をかけると、

「お二階のお座敷になりまーす」と返ってくる。階段下の靴箱にはそれらしき男達の靴がいくつも並んでいた。まさか学生時代のような能天気な顔に戻すことなどできはしないが、鬱屈した翳りめいたものだけでも隠さねばならない。二階座敷の襖の前で矢田部は一回深呼吸すると、勢いよく戸を開いた。

　同時に「オーッ」と低い声のどよめきが上がって、脂ぎった満面の笑みが寄り合って揺れ動くのが見える。すでに十数人が揃っていて、矢田部を中へ迎え入れようと飛び出してきた若い男の顔があったが、まったく見覚えがない。

「矢田部先輩ッ。お久しぶりです。三年後輩の中瀬です。まあまあ、こちらへどうぞ」

　その名前を聞いても思い出せないが、奥で手を上げている体格のいい男達四人組は嫌でもすぐに分かる。案内状をくれた高倉建設の北沢。千葉県警に入ったと聞いた荒井。三橋ホールディングスだったか、渉外部の賀川。大手保険会社にいる渡辺。皆、大学時代の剣道大会で団体戦の時に組んでいたメンバーだ。県警でも剣道を続けているのだろう、荒井はほとんど体格に変わりがなかったが、他の者達はかなり肉付きが良くなったり、逆に痩せたりしている。

「ほれほれー矢田部ーッ。駆けつけ三杯ーッ」と、北沢が銚子をぞんざいな手つきでぶら下げて、ひっきりなしに上下させている。

「おい、北沢。今の若いの誰だ？」

「中瀬じゃねえか。おまえがしょっちゅうシゴいていたろうがあ。まあいい、ほれ、一杯ッ」

座敷の中はすでに日本酒のにおいや男達の体臭が充満していて胸が悪くなるくらいだが、かけ始めたクーラーも効かず、さらに笑い声やだみ声が籠もった空気をさらに揉んでいる。

「いやぁ、俺、今、ドクターストップだよ。γ-GTPがえらいことになっていて、一滴も駄目」

「馬鹿ぁ。酒豪矢田部が呑まないで何とするの。一口つけろ。矢田部研吾の小手返し面ッ、体当たり、さらに突き突き、真面ーッ! な、渡辺ッ」

北沢の唾を飛ばして喋り立てる言葉に、周りの者が一斉に肩を揺らした。

「矢田部のあれなあ。筑波大学との試合で、相手の村上を場外にまで押し出しても、突き突き、面ッ、なあ」と、渡辺が相好を崩して、前のめりになる。

「俺達、あれ、反則になって、負けるかと思ったんだよな」

「おい、賀川ぁ。副将のおまえが勝ってれば、問題ねえんだよ」

また北沢が賀川に突っ込みを入れて、宙に翳したままの銚子を揺らしている。

「北沢、マジで俺、今、呑めないんだよ。俺の分も呑め」と、矢田部は烏龍茶を店員に頼んだ。

「なんだよ、おチャケかよぅ」

腸《はらわた》がわななく感じで、喉元が締めつけられる。アルコール……。体じゅうの細胞がそばだつかと思うと、鏝《こて》でなめすように平らになってひんやりする。すでに断酒してから一年以上も経つのに、酒のにおいに囲まれると、こんなにも反応してしまうのか。丹田に力を込めて、呑みたい気持ちを搾り出すように息を細く吐く。「飲酒《おんじゅ》」という声。殺生。偸盗。邪淫。妄語。飲酒。……うるさい、と腹の底で唸りながらも、矢田部は笑みを湛えたまま北沢の銚子を無理にも奪って、他の者達の猪口に注いだ。

「γ-ＧＴＰって、俺、まだ正常なんだけど、なんか、糖尿っぽいんだよねえ」と渡辺が半面顰めて見せる。

「まだ三〇だぜ。糖尿病はまずいっしょ。大体、夫婦関係、どうなってるわけ？」

渡辺と賀川の二人はすでに結婚していると聞いた。荒井、北沢はまだ一人身だが、母の葬儀にきてくれた時に、北沢は建設会社の受付の女性と話が進んでいるといっていたはずだ。学生時代の仲間達の声が自分の気持ちを少しは揉み解《ほぐ》してくれるが、勤め先帰りのスーツ姿がまるで自分には遠い。背後でどっと笑い声が上がって、振り返ると、さっきの中瀬という若い奴が名刺を掲げて先輩達に頭を下げているのが見えた。矢田部は横須賀病院を退院して就職したＫＳ警備会社の名刺も持っていない。巡回に徹する仕事に名刺も何もないだろう。それでも依存症になるまでは、品川に本社のある通信機器メーカーの人事部の名刺を持っていたのだ。

「大体、渡辺は突きが甘かったから。立つにしても立たないにしても、外れるよ」

荒井がすでに酒の回った赤ら顔を押し広げて、冗談を放ち、隣の賀川の肩を叩いては体をよじらせる。

「あのなあ、賀川。俺、完璧にストレスのせいだと思うよ。ここだけの話だけどさ、うちの会社、損保部門がさ、金融庁から業務改善命令だぜ」

「それは支払い遅れが悪いんだろうが」

「俺らのせいじゃないさ。歴代の、上の、経営陣の怠慢ってやつ」

「矢田部、おまえのとこ、ソフトバンク系のツールじゃねえよね。ソフトバンクも、あれ、他社の携帯電話とのメールを無料にするらしいじゃない？」

いきなり、賀川が話を振ってきて、矢田部は口をつけようとした烏龍茶のグラスを止めた。一瞬の逡巡が自分の中にあるのに気づいて、その渦を巻くような空白に、病院で寝ている父親や大黒の言葉、何故か羽田融という青年の竹刀の軌跡などまで一気に入り込んでくる。

「いや……俺、転職したっていったよな？」

いってないよ、と自ら胸中に言葉を落としている。

「あの会社じゃ、結局、剣道やる時間が作れなくてさ……。俺、剣道を、取ったさ」

「剣道を、かッ」と千葉県警にいる荒井が酔眼を見開いて身を乗り出してきた。荒井こそ間違いなく警察で剣道を続けているのだろうが、自分の場合、事実はアルコール依存症で社会生活が送れずにクビになっただけだ。

「……地元鎌倉で警備員、やってる。後、高校でコーチ」

コーチ、という時に、わずかに表情を歪ませ、無理にも頼まれてやっているのだと演技までしている自分がいた。

「コーチかよッ。凄ぇな。それで、おまえ、全然、体、昔と変わってねえんだなあ。はあ、剣道馬鹿っちゅうのはいるんだよ、これが。筋金入りだよ。松岡先生も、ありゃ、正真正銘の剣道馬鹿だぜ」

　北沢が恩師の松岡先生の名前を出したことで、集まりの趣旨について少し話が始まったが、すぐにも仕事の話に戻ってしまう。そして、また竹刀に模した割り箸を左右の手に一本ずつ持って剣道の攻防を巡って唾を飛ばすのだが、話は自ずと仕事へと傾いていくのだ。

「でもさあ、俺、時間、ねえんだよなあ」

「うちもなあ、黒い三角印がつくばかりだしよ」

　賀川が三橋ホールディングスの株価前比について漏らし、北沢も高倉建設の営業不振について愚痴を零《こぼ》した。だが、おまえらは……。と、矢田部はそれまで思いもしなかった感情のせり上がりを覚え、動揺している自分に気づく。おまえらは世間に名の通った東証一部の企業じゃねえか、と自らの中のもう一人が薄暗い顔をもたげてくるのだ。ダナキャランだかアルマーニだか知らないが、立派なスーツを着ているじゃねえか。渡辺、おまえの取り出した名刺ケースは、嫌らしいほどピカピカしていただろう？　全然掌に剣道のマメなどもできていず、それでも剣道に未練があるかのような振りをするのは、今のおまえが多忙を極める企業マンだということを示したいからだろう？

「矢田部、おまえの親父さん、まだ神奈川県警で剣道、教えているか？」

　荒井も他の連中の話についていけなかったのか、声をかけてきた。だが、最も矢田部には触れて欲しくない話だ。

「おぅッ、矢田部将造、不動明王の剣ッ」と、株価の話をしていた賀川まで、いきなり声音を一段上げていってくる。

「……いやあ、親父はもうリタイアだよ。木刀すら持たない。好々爺だよ」

「好々爺⁉　武蔵の神武不殺の心境か。まだ続けていらっしゃったら、千葉県警の方にもコーチにきて欲しかったんだけどなあ」

いくわけないだろう？　親父は死んでいるんだよ、荒井。浄覚寺の大黒さんにいわせれば、俺が殺したんだ。俺、が、殺、し、た……。

「無理無理。親父、もう半分耄碌《もうろく》だから」

……疲れた。消耗した。だから、よせば良かったのだ。

酔客達の酒臭い息にまみれながら、東海道線の吊革に摑まる自分の姿が暗い車窓に映っている。多摩川の闇の遥かむこうに灯っている家々の光を、睨みつけるようにしている自分の顔は、頰が削げ、父親にあまりにも似ていた。

松岡孝道先生喜寿祝いの記念試合の企画準備を、場の雰囲気から自分が任される方向に動いていたが、できるわけがない。寝たきりで、しかも植物状態の親を抱えている自分に何ができるというのだ？　車窓に映った皺の寄ったグレーの麻ジャケットとポロシャツ姿が、体格にかかわらず貧相に見える。奴らはひょっとして、すべてを知っているのではないか、という疑念さえ頭をもたげてきて、矢田部は小さく頭を振った。完全な疑心暗鬼。剣道で一番抱えてはいけない驚懼疑惑の四病そのものじゃないか。

俺は矢田部研吾……。俺は、矢田部研吾。小手返し面、体当たり、突き、突き、真面、の矢田部……。

大船駅で降りて、家まで歩いて気持ちを落ち着かせようと思った。庭で無心になってヘトヘトになるまで素振りを繰り返そうとも思った。駅前の通りを抜け、路地を曲がる。さらに曲がって……まだ入ったこともない小さな店の暖簾を手で払う。

俺は……矢田部研吾。絶対に馬鹿な真似はしない。

「お客さん、何にしましょう？」

籐で編まれた小さい簡素な椅子に座ると、狭いカウンターを挟んで店主らしき男の老いた声が聞こえてくる。俺は……。

「お客さん？　ご注文は……？」

顔を上げると、痩せた首に手拭を巻いた店主の、キョトンとした表情があった。

「……酒……。冷で……」

矢田部は古いカウンターについた両肘に、じわりと体重をかける。

八

通された部屋は薄暗い和室で、日本史の教科書に出てきた書院造りの写真そのままだった。古い軸の掛けられた床の間や、トロトロと黒光りしている違い棚、夕日を映しているあかり障子……。室町時代に始まって、桃山時代に発達した日本の住宅建築様式ってやつ？

融《とおる》は座布団の上に正坐しながら、視線をあちこちに彷徨わせては、眉根をねじり上げる。こんなに古い昔風の和室に入ったのは初めてだった。くすんで染みの浮き出た珪藻土の壁や、煤《すす》けたように黒く年季の入った天井。ついでにお寺の塔頭《たっちゅう》のせいか、何処からともなく線香のにおいもする。もうすぐ夏だというのに、不思議と空気がひんやりとしていて、汗すらも引いていく。何より、わずかに奥まって影を孕んでいる床の間の掛け軸と、その下にあるもの……。

意味は分からないけれど、極太の毛筆で書かれた墨文字は、「滴水滴凍」と読める。床の間の暗がりの中で、それこそ雫の玉の瘤《こぶ》を作ったり、かすれたりした文字が不穏な力を漲らせて緊張感を醸しているが、この部屋が涼しく思えるのは、あの言葉のせいか

……？

テキスイテキトウ……？　水が滴る？　氷が滴る？　それとも、水が滴って、そのたびに凍る？　今にも黒い文字が滴り、凝《こご》り、また滴り落ちそうにも見える。そして、その氷の雫の下には、鈍く黒い艶を発した日本刀と脇差が、刀掛けに対になってひっそりと横に並べられていた。

床の間の暗がりを吸い込んでいるのか、それとも日本刀が暗さを放っているのか。二本の鹿角の枝分かれした股にのせられた刀は、よく見ると、柄の部分や鍔近くの鞘の根元が、手脂か擦れかのせいで色の反射が少し違っていた。模擬刀だったら観光土産店のショーケースにあるものを何度も見たことがあるが、あれが本物だったら初めて見ることになる。もちろん、鎌倉には正宗工芸という歴史のある刀鍛冶屋があるのは知っていたが、いつもその前を素通りしていたし、別に興味もなかった。

それにしても剣道ならまだしも、坊主のくせに日本刀っていうのは、どうなわけ……？　と融が思っていると、縁側の廊下を軋ませながら歩いてくる光邑雪峯《みつむらせつぽう》の足音が聞こえてくる。融は床の間の刀から視線を外し、少し背筋を伸ばした。

「いやいや、待たせたな」

剣道着から、洗い立てで清潔そうな灰色の作務衣に着替えた光邑の姿が、襖から現われる。相変わらず丈夫そうな歯を剝き出して笑っているが、目だけは強い光を湛えている。手には黒い抹茶碗が二つのった盆を持っていた。

「小僧は、今、何年生だ？」

卓の上に盆を置くと、光邑は抹茶の入った碗を融の前に置く。

「羽田《はだ》融、です。二年生です」

　黒い抹茶碗の底には、泡の立った抹茶が蛍光の緑色のような明るさで溜まっている。明度が狂うというか、目の底が平らになるような妙な色彩だと融は思う。

「羽田、融、か。そうか、小僧は、二年生か。まあ、一服やれ」

　お菓子もついていたが、豊島屋の小さな鳩の形をした落雁だ。豊島屋だったら、断然、鳩サブレーの方が好きなんだけどな、と抹茶碗に手を伸ばす。確か、抹茶というのは、二回か三回茶碗を回さなければならなかったのだ。テレビで見たことがあるが、実際の飲み方などまるで知らない。神妙な手つきで抹茶碗を回そうとしていると、「良い良い」と光邑が察してか、節くれ立った無骨な手を宙にかざして振った。

「ほら、小僧、足も崩して楽にしなさい」

　融は軽く首を突き出して、胡坐《あぐら》をかき、片手で抹茶碗を傾けた。苦い。が、胸の中がすくような、腹の底が落ち着くような気持ちになる。光邑が自分で点ててくれたお茶だろう。柔らかく温めの泡が口の中に入るたびに、体じゅうの細胞をじんわりと休ませ、澄ませていく気がした。

「小僧は、今、何をやっている時が、一番面白い？」

　虚をつかれて、「は？」と思わず声が漏れてしまった。

「だから、何をしている時が、最も楽しいかと聞いている」

　それはラップのリリックを作っている時に決まっている。だが、七〇歳近い老人にラップもヒップホップも話しても分からないだろう。光邑禅師の顔を見ると、獰猛《どうもう》なほど眉尻の毛が垂れ下がっていて、その下の目がまた威嚇するように睨みつけている。それでも口元は般若の面のような感じで、口角が怖いほど上がって笑っているのだ。

「……リリックっつうか、詞、を作っている時です」

「ほう、小僧、詩か。ポエトリーだな。どんな詩だ。聞かせてみい」

「いや……」

ってていうか、早く薪割りのバイト代五千円をいただきたいんですけど……。

「……また、今度の時に……」

光邑はまったく視線を外そうとしない。食い入るような眼差しで、自分の目に穴でも開けようとしているのではないか、と融は思う。光邑の視線が入り込んできて、蟻の穴みたいに腹の中にまで届き、舐め回している。居心地が悪くて、融は光邑の目を見たり、抹茶碗を見たり、鳩の落雁に視線を落としたりしては、また光邑の目を見る。

「言葉か。言葉なあ、小僧。大事でもあるし、よけいなもんでもあるわな。禅の世界では不立文字いうての、言葉ではなく、以心伝心。心で通じ合うのを理想とする。むろん、そこでも『心』という言葉で表わされているうちは、本物ではない。『心』以前の心、だな。そして、そこで初めて、言葉でも存分に遊ぶことができる」

融の眉間がわずかに硬くなる。光邑の爺さんが何をいっているのか、正確には分からなかったが、「心」以前の心、というのは、なんとなく分かる。いや、自分がリリックにしたいのは、それだ。

「……フリュウ……モンジ……ですか？　っていうか、それは僕にはよく分からないですけど、自分のリリックは……、先生のいう、『心』以前の心……、『心』と呼ばれる前の心を、書きたいと思っているのは同じだと思います。なんか矛盾してるんだけど、『想い』の前の想いというか……」

光邑雪峯の目がさらに大きく見開いて、「うーんッ」と低く唸ってきた。

一体、何を聞きたいわけ？　俺はこれでも色々忙しい身なんですけど、光邑先生。先生からバイト代の五千円を貰ったら、コンビニでiTunesカードを買って、Hilcrhymeの曲をダウンロードしたいし、作りかけのリリックを完成させたいし、できれば、その前にちょっと大船のゲーセンに寄って、ドラマニを一回でもいいからやりたいんですけど……。

でも、とも思った。フリュウモンジって、音韻として良くね？　何か渋い響きがある。浮流問児。風龍悶侍。譜粒紋辞……。タイトルとして漢字を適当に当てはめただけでも、フックのある歌ができそうな気がする。

「あの……光邑先生。フリュウ……モンジというのは……どう書くんですか？」

「うん？　不立文字か？　文字として立たず。否定の不、立ち上がるの立つ、文字、だな」

「不立文字……」

「以心伝心……心を以って、心を伝える」

「以心伝心……」

「直指人心ともいうな。理屈ではなく、まっすぐに人の心を指す」

「……ジキシ……ニンシン……」

以心伝心直指人心。Ishindenshin jikishininshin……。

漢詩のようにも、経のようにも聞こえるが、音の連なりがすでに韻を踏んでいる。面白い。奇妙な言葉が飛び出してくる光邑禅師の顔を見ると、じっと自分の目の底を見つめ、探っているような表情をしていた。床の間を背負った老人の顔が、何故かとてつもなく大きく見えてきて、一体なんでこんな巨大な顔なんだと独り思ったりもする。

「あの……ついでに何ですけど……後ろの、あの文字……掛け軸の……。あれは、何と読むんですか？」

融は光邑の禿頭の背後で躍る墨文字に視線を移して、口にした。今、キャンパスノートを取り出して、メモするのも何か恥ずかしいから、できるだけ頭の中のノートに記憶させなければならない。

「何だ、小僧。おまえは、こういうものに、関心があるのか？　……小僧はどう読む？」

小僧、ではなくて、羽田融。

「え？　……滴水……滴、凍……かな。よく分からない……。滴、じゃなくて、酒、かな」

草書体で書かれ、墨を引きずった崩し文字は、まともに聞かれると、読みの自信がなくなってくる。

「いやいや、美味そうな氷結の般若湯ではあるなッ」と、光邑が口を大きく開き、派手に息を漏らして笑った。

「滴水滴凍で正解だ、小僧ッ。よう読んだ。良し良し。ならば、意味は何だ？」

「以心伝心、直指人心」

ハッ、と光邑の開いた口から破裂音が飛び出すと、「いや、これは、まいったッ」と白毛混じりの太い眉を上げて、さらに目の玉を剝く。

ほんの冗談でいってみたのに、こんなにウケるとは思わなかった。それにしても七〇歳近い老人が、皺だらけの顔を遠慮なしにおっぴろげているのが不思議で、愉快な気分になる。親戚の中でもヒョウキンで通っている自分の父親でさえ、こんな顔をすることはない、と融も思わずおかしさに唇を歪めた。この人が建總寺東光庵の偉いご住職で、剣道範士八段というのも、何か笑える。それとも、だからこそ、こんな顔ができるのだろうか。

「小僧、おまえは面白い奴だなあ。水が一滴垂れると、すぐさま凍る。また、滴ると、一瞬のうちに凍る。な、刹那刹那、瞬間瞬間。間髪を容《い》れずに、十全にそのものの本分を生き切るということだ。分かるか？」

分かるような、分からないような……。だが、水滴が少しずつ溜まり、重力に負けて落ちる寸前に、その中で宇宙がひっくり返って内包されているのは見える。それが、一瞬のうちに凍るのもイメージできた。煌めいた滴の氷を、光邑雪峯禅師は刀を一閃させて、真っ二つに斬ることができるのだろうか。

「その掛け軸の下にある刀は、ホンモノなんですか？」

「うん？　この大小拵《こしらえ》か？」と、光邑はわずかに半身をねじる。鞘は黒漆で塗られていて、薄暗がりの中、ぼんやりとした艶を発している。柄も黒糸でがっちりと巻いてあるが、握った掌の汗を吸い込んで、鞣《なめ》されているようにも見えた。融は無意識のうちに親指の先で掌の血豆に触れる。沁みるような痛さに、見ると、かすかに破れて薄黄色い漿液が滲み出ていた。一体、何故、こんな血豆ができているのだろうと、他人事のように考えて、そうか、薪割りの斧のせいだと納得する。薪割りのバイト代を貰いにきたというのに、いつのまにかまったく見知らぬ土地にある古い日本家屋の一室に坐っていたようで、妙な気持ちになる。

「真剣だ」

「斬れるんですか？」

「斬れる」

急に真面目な面持ちでいう光邑の言葉を聞いて、薄暗い和室の中に鋭い裂け目が入ったように思えた。物凄く物騒だ。凶器といっていいのか、本当に斬れるものがそこにあるだけで、何かまったく別の時間や次元みたいなものが自分の首元に添っていた気がした。大袈裟かも知れないが、ひょっとして、これが日常ってやつか、とも思ってみる。

「……先生達のやっている剣道って……、やっぱ……殺し合いなんですか……？」

逡巡しながら融が口にしてみると、見据え睨んでいた光邑の顔が、また破れて、歯が剝き出しになった。

「殺人刀《せつにんとう》、という言葉がある。殺す、人、刀、だ」

幼い頃にテレビで見た映像が脳裏を過ぎる。黒い牛の太い首が大刀で一瞬のうちに刎《は》ねられた図。大きな頭が落ちたのも分からず、体だけがまだ残っていて、そして、遅れてコテッと倒れた。

「殺活わが手裡《しゅり》にあり、いうての。殺すも活かすも己次第いうわけだ」

あのテレビ映像を見てから、一週間くらい夢でうなされていたと母親がいっていた。

「だがな、小僧。わしら仏教をやるもんは、不殺生。生きているものの命を断つなど絶対にやってはならんことになっている。特に、人と天人と龍の命を断つのは最も大きな罪となる。何故か分かるか？　……仏法を聞くことができるからだ。だのに、殺人刀などという。ニュースに出てくる昨今の、殺傷事件みたいなもんか？　奴らには、憎しみがある。欲望がある。邪心がある。被害者や周りの者達には、どうにもならぬ悲しみがある。で、どうする？　憎しみの自由も、悲しみの自由も、またあるのも事実。この感情を携えているのは、一体誰だ？」

爺さんがいってるんだから、爺さんだろう？　何をいっているのか、分からない。

「……その本人達、なんじゃないですか……？」

「そうだ、己だ。自分だ。その己という、憎しみやら悲しみやら、うじゃうじゃとしたもんを抱えている己自体を斬る。己を活かすも殺すも、この己次第で、まずはその己を徹底的に否定する。これが、殺人刀。そして、自由になったところで、己を活かすのが、活人剣」

「……カツニンケン……？」

殺人刀活人剣。Setsuninto katsuninken。

「あの矢田部っていう人がいおうとしていたのは……。ああ、いや、さっき、正門近くで……」

東光庵の裏の方で、ガラス窓を次々に閉める音が籠もって聞こえてきた。たぶん、掃除を終えた部員達が剣道場の窓を閉めているのだろう。

「なんだ、小僧は、研吾とそんな話をして、睨み合っておったのか？　……まったく二人して、あんな所での。えらい殺気立っていたわ。小僧が匕首《あいくち》を研吾の喉元に突きつけ、研吾が小僧の首に太刀をあてがっていたというか……、ま、中々の見ものだったがな」

そういって光邑は大きく開いていた口を奇妙な形にすぼめたと思うと、嬉しそうに目を細めた。まるで、古語辞典の後ろの方に出ている能面の「うそぶき」みたいな顔だ。

融は矢田部という男の覗かせた無表情な眼差しを思い出す。暗いというのでも、寂しげというのでもない。よく摑めない目つき。矢田部に比べたら、光邑雪峯禅師は隙だらけといっていいほど、あけっぴろげで、安心できる。

「研吾が何いうたか分からんが……」

「光邑先生とは違って……あの人は……剣道は殺し合いじゃない、といってましたけど……」

老人の皺の寄った口の両端が下がって、大きく溜息をつくように息を漏らした。

「弱いのう、弱い。研吾も、若いもんも、まだ殺人刀でいい。殺しにかかっていい。なあ、小僧。おまえ、その何だ、詩か。いい詩を書くためだったら、世界なんてどうなっても良かろうが？　人が殺されようが、構わんだろう？」

「え⁉」と、融は思わず目を見開いて、光邑のとぼけたような顔を見つめた。禿頭の額に漣《さざなみ》みたいに幾重もの皺が寄って、蛇腹になっている。

「最高の詩が書けたら、自分も死んでも構わんということだ。本気でそれが好きということは、そういうことだろうが、小僧」

体の内側でザリザリという粗い音が立つ気がした。乱暴に内臓を揉まれる。腹の中の襟首を摑まれた感じだった。

「……禅でいう殺人刀活人剣を、剣の世界では言い換えをやっていてだな、小僧。江戸時代の剣豪、柳生宗矩《やぎゆうむねのり》という男が……、柳生新陰流というのを、時代劇か何かで聞いたことがあるだろう？　その達人の男が、『兵法家伝書』という本を著していてだな。相手を威圧し、その動きを制して勝つのが、殺人刀というた。逆に、相手を自由に動かして勝つのが、活人剣だと。要するに、元々、剣道は相手に勝つために技を磨くのだから、殺人刀。だが、こちらの心次第で自分を活かし、相手を活かし、さらには人を活かすのが、活人剣いうわけだ。分かるか？」

さらに薄暗くなった部屋で、老師と二人きりで向き合っているシチュエーションが、あまりに奇妙で、それこそ時代劇のワンシーンみたいだ。光邑の目から視線を外したら失礼だと思っていたが、さっきから視野の隅の一部が燃え上がっているように思える。錯覚？　蠟燭の炎？　それとも戦火？　と無意識のうちにも、自分のいる時間や空間が戦国の世であることをリアルに感じている自分は、何なのだろう。俺って、羽田融だよな？　北鎌倉学院高校二年。ラップ命。七里ガ浜の住宅街に住んでいる……。と、光邑禅師から視線を外して、チラリと炎の方を見ると、あかり障子に強烈なほどに橙色した夕焼けが映っていて、竹だろう、ナイフのような何枚かの葉の影が降っていた。

「なあ、小僧。ワシの話は分かったか？」

「あ、はい。以心伝心です」と、融はまた素早く視線を戻す。

「おまえ、そういうのは、何度もいうもんじゃないわ。……さて、それでだ、小僧。ちょっと待っておれ」

はいッ、と融は我に返ったかのように、背筋を伸ばす。ようやく、バイト代だ。光邑が和室を出ていく足音を聞きながら、冷めてさらに苦くなった抹茶を飲み、また光邑の歩く足音が廊下に膨らんでくるのを聞いて、正坐に坐り直した。

「小僧、これをな」といいながら現われた光邑を見ると、「気剣体」と染め抜かれた長い布袋を持っていた。

は？　何それ……？

「木刀を小僧に上げるから、まず素振りの練習をしなさい」

木刀？　しなさい？　って、何、薪割りのバイト代はどうしたわけ……？

融が見ていると、光邑は黒い艶を発した木刀を真面目な面持ちで袋から取り出した。蜜蠟色の鍔のついた木刀が、あかり障子からの夕焼けの光で、濡れたように光っている。

「この木刀は……」と光邑。

「……あの、光邑先生……バイト代……薪割りの……」

「ああ、そうじゃったの」

光邑は木刀を胡坐をかいた膝の上に置くと、作務衣の懐から白い紙の小さな包みを取り出した。

「いや、大ご苦労、大ご苦労」

懐紙にきっちり包まれた封を融も両手で丁寧に受け取る。良かった。マジでもらえないのかと思った。三時間もかからずに五千円。有り難いです、和尚様。

融が学生服のポケットに大事に仕舞い込む間にも、光邑は木刀を構えたり、剣先を上に向けて刃にあたる部分を見つめたりしていた。

「この木刀は、黒檀でできているから、普通稽古に使う赤樫のものよりも、かなり重いが、小僧、おまえは若いから大丈夫だろう」

「大丈夫だろ、って、先生、俺は……」

「いいか？ なんで竹刀でやる剣道に、木刀かと思うだろ？ しかも、普通、木刀は竹刀よりもはるかに軽い。このくらいの木刀なら、筋肉を鍛えることにもなろうが、まあ、そんなことはどうでもいいんだ、剣道には。いいか？ 木刀は刃を模して作ってある。つまりは、斬るということだ。いかに、正しい刃筋を摑むか。小僧、こんな風に刀を寝せて振り下ろしても、峰にあたるだけで斬れんだろう？ 振り下ろす方向にまっすぐ刃筋が入らなければならない。袈裟斬りにしても、面打ちにしても同じ……」

光邑は少し横を向いて、宙に黒檀の木刀を振り下ろす。ヒュンッという空気を斬る音とともに、宙にピタリと剣先が止まる。斜めに振っても同じ。そのたびに反射した光の残像が弧を描いて、宙の薄暗がりの中に残った。

「光邑先生……。俺、でも、剣道なんてやらないし……やる気もない、です……」

「うん？」と、光邑の木刀が止まった。太い片方の眉尻が上がって、垂れ下がった眉毛の奥から、睨むようにも笑っているようにも見える、複雑な眼差しが射てきた。

「小僧……。まだまだ、いいバイトがあったのだがなあ。……薪割りの他に、六国見山の柴刈り、東光庵の掃除、接心会の受付、暁天坐禅の案内……短時間で割りのいいアルバイトだというに、もったいないのう」

「……………」

「まあ、大体、今日と同じで、三時間くらいで五千円は出そうと思っていたが、まあ、他の生徒にでも頼めばいい話だから、ワシの方はかまわんが……」

「ちょっと待ってください、先生ッ」

融は眉間に力を込めながら、正坐した自分の膝元を見つめ下ろした。

なんで、俺って、こう誘惑に弱いわけ？　いわゆる、これをゲンキンというんだろう？　本当に、本当に、帰宅部の自分としては、短時間のバイトで、しかも時給一六〇〇円クラスというのは、助かるんですけどッ。マジで凄く助かるんですけどッ……。

「週に、一、二度でもいい。道場にこい、小僧」

これは、ひょっとして、活人剣といっていいのではないか？

「いいか、小僧。剣を振る時は、両腕をしっかり伸ばす。手の内は柔らかく、打突する瞬間に締める。気剣体の一致だ。気合と剣と体の動きが一点で、ぴったり一致する。足さばきは……」

夕食のハンバーグを食べてから、パソコンに楽曲をダウンロードしようと思ったが、その前に英語の宿題である「データベース」とかいう本の中の単語を書き写さなければならない。正直、英単語でも漢字でも、高校の授業に関するものになると、たちまちやる気がなくなる。というか、こっちに興味がないと、頭に入ってくるものも入ってこないんじゃね？

部屋の洋服ダンスの脇に立てかけた木刀の袋をぼんやり見ていて、融は椅子から立ち上がると、「気剣体」の袋に手を伸ばした。竹刀も重いと思っていたが、光邑先生から預かった黒檀の木刀はさらに重かった。結わえられた紐をほどき、木刀を取り出す。黒檀といっていたが、何か黒漆でも塗られたような光を発している。ただ、柄の部分は手脂で曇り、刃部には夥しい小さな凹みが残っていた。かなりの年季物というところだろう。

木刀を部屋の中で構えてみる。手の内はできるだけ力を抜いて、左手は体の真ん中を通る正中線を絶対に外さない。足も、ブルース・リーみたいに開くのではなく、左足の爪先もまっすぐ前に向ける。木刀を振り上げてみたかったが、天井に剣先が届いてしまう。やっぱ、素振りは外だ。そのまま階下に下りて、リビングのサッシを開けようとすると、

「融ちゃん、あんた、何、それ？」

体にいいからと飲み続けている黒酢と蜂蜜を入れたグラス。中に入った氷を鳴らしながら、母親がテレビから視線を外して声をかけてきた。

「え？　だから、建總寺の光邑っていうお坊さんが、振れって……」

「なんで、融ちゃんが、剣なの？」

「知らねえし」

融は庭の芝に裸足のまま降りて、遠く夜の相模湾に目をやった。点々と水平線を縫うように光が瞬いている。三浦半島や西湘バイパスの光を見つめて、深呼吸すると、だいぶ潮のにおいが強くなってきたように思う。潮風も梅雨ほどではないけれど、これから湿度を持ってくるのだろう。

静かに黒檀の木刀を構えてみると、すでに肩の力を無意識のうちに入れているのに気づく。柔らかく。力を抜いて。息を腹の底から細く長く吐き出して、よけいな力みを抜いてみた。闇の天空から自分のツムジに糸が垂れて、引っ張り上げる感じ。ゆっくり木刀を振り上げる。後ろに大きく剣先を回し、また大きく前に膝のあたりまで。木刀を振り下ろすと同時に、右足を一歩出し、左足を引きつける。

——なるべく、素早く左足を引きつける。なんでだ、小僧？　……そうだ、次の攻撃のための態勢だ。

一〇本くらい繰り返しただけで、左手の小指の付け根が沁みるように痛い。今日やった薪割りでできた血豆だ。だが、一本一本丁寧に素振りするたびに、何も考えなくていいというか、体の中や頭の中が透明になっていく気がした。

融はもう一度構え直して、今度は面打ちの素振りをしてみる。左拳がちょうど自分の額の位置くらいまで上げる。剣先はあまり後ろに向けず、天を突くように。思い切り前に振り下ろし、両腕ともまっすぐに伸ばす。

――肩の位置と肘と手首がまっすぐ。地面と水平になるように。いいか、この時だぞ、小僧。気剣体。すべてが集中する。手の内の冴えが決め手だ。

柄を握っている右手と左手の間隔が開いているのに、面を打った時に両腕の肘を伸ばし切るのが難しい。振り上げて、下ろすと同時に右足、左足。宙で剣先を止める時、木刀が凄く重くて、肩や二の腕や下腕部の筋肉が悲鳴を上げるのが分かる。

光邑先生は軽々と振り下ろしていた。ついでに、ヒュンッと風を切る音までさせて。

融もできるだけ早く振り下ろしてみる。まったく音がしない。え？　マジで？　何度も繰り返す。全然、風を切る音など聞こえない。嘘だろう？

もう一度、力を抜く。手の内は柔らかく。振り上げる。打つ。止める。全然、音なんてしないし。何か肘の関節の中でミチッとかいう変な音が聞こえるだけ。畜生、あんな年寄りが木刀を鳴らせるのに、なんで……。

面打ちの素振りを繰り返す。いつのまにか額や首や背中には汗が噴き出てきた。息も弾んできて、単なる素振りが想像以上に大変だというのに気づき始めた。こんなの、白川達はやってたわけか？

深呼吸をしてから、また中段に構えてみる。闇の一点を見つめ、息を整えながら、剣先をさらに下げた。下段。リビングのカーテン越しに漏れる光に、庭のツツジの葉がかすかに反射しているが、そのあたりに朧《おぼろ》に立ち上がってくるシルエットが浮かんできた。自分よりも背がある。がっしりした体軀。異様なほどの威圧。すぐにも、あの矢田部研吾という人だと思った。

あの人は必ず面を打ってくる。自分のがら空きの面を瞬時のうちに捉えてくる。俺は同時にあの人の喉元を突く。だが、矢田部さんは面打ちと同時に、こちらの剣を踏んでくるだろう。今手にしているのは竹刀でも、木刀でもない。ホンモノの刀。真剣……。闇の中、気配を殺して刃の部分を静かに上に向ける。右手首が返り、左手は柄に添えるようにした。

滴水滴凍　テキスイテキトウ　tekisuitekito。

――水が一滴垂れると、すぐさま凍る。また、滴ると、一瞬のうちに凍る。な、刹那刹那、瞬間瞬間。間髪を容れずに、十全にそのものの本分を生き切るということだ。

矢田部さんの動きは雫。雫が落ちる瞬間。雫を斬る。凍る。矢田部さんの右足はこの黒檀の真剣で裂けて、血煙が上がるだろう。だが、同時に、自分の頭も割れて血潮が噴き出す。

やばい。やばい。やばい……。

木刀を下段に構えたまま動けなくなっていた時に、リビングのカーテンがいきなり開いて、目の端に光が走った。一閃。斬るッ。斬られるッ。

「融ちゃんッ、ほら、あんたの好きな、ヒルクライム、今、テレビに出てるわよッ」

え？　マジ？

「Hilcrhyme !?」

融はリビングに立つ母親の姿に視線をやって、部屋からの光の眩しさに目をしばたたかせた。黒檀の木刀を握った構えを解いて、すぐにもリビングに上がろうとする。

だが、剣の交わった一瞬の火花と音が、闇の中に残されているのを背後に感じていた。

九

体じゅうの細胞が開いた、と思った。

渦巻くような奔流が恐ろしいほどの熱さで巡り、すぐにも氷の冷たさに変わる。そしてまた、赤々としたマグマが体の隅々にまで経巡るのだ。

稲妻が見える。管弦楽団が一斉に大音量で奏でるワンッという轟音。眠って枯れ萎《しぼ》んでいた凝りが瞬きして深呼吸するたびに、我慢がならないほどの臭い息を吐き出し、自分をせせら笑ってくる。

おまえは、何を我慢していたのだ、と。

どろりどろりと重い透明な粘液が視界に下りてきて、「おう、そうかよ」と低い唸りを漏らして、矢田部はまたグラスを傾け、一気にあおる。内臓がわななないて踊っているじゃないか。

突きッ！　突きッ！

剣先が喉元を刺してこようが、腸《はらわた》をえぐってこようが、まったくかまわない。鍔元まで差し込んでこい。喉を刺し抜かれ、後ろの壁に突き立った刀にぶら下がりながら、俺は酒を呑む。

いい絵だろう?

剣道形四本目の突きの刀の峰を、俺は爪立ってバランスを取りながら渡ってみせる。矢田部研吾のやじろべえ……。磔に処せられた自分が日本刀の峰に立ち、その日本刀は自分の首元を貫き、後ろの古臭い壁に突き立っている。

「……あんたは、なんで、俺を、磔にする……?」

「……お客さん……、何いってんだよう。もう、そろそろ……」

「ああ?」と、矢田部は朦朧とした眼差しの中にも敵意を滾《たぎ》らせた視線をカウンターの中に投げた。さっきまで、何故かカウンターの小さな壁を三国山脈だと思っていた自分……。そのむこうに初老の山男が突っ立って、眉をねじり上げている。

「……もう、かなり、呑まれてますよ……」

一匹のチャバネゴキブリが山脈を登攀《とうはん》しているのを見ていて、馬鹿馬鹿しい奴だと、割り箸の先で一刺ししたら、茶色い雪崩が起きた。こっちには澄んだ湖がグラスの中で波紋を揺らしているというのに。俺はそこに釣り糸を垂れて、人魚を釣り上げようとしていたんだ。形のいい見事な乳房とくびれた腰。その下には虹色に光る鱗の尾が艶《なま》めかしくのたうっている。妖艶な人魚と交わるはずが、茶色い雪崩のおかげで、建總寺の本堂脇にぶら下がった樫の板木に彫り込まれた魚に変わり果てた。しかも、魚の腹は何万回と叩かれて、無残な凹みになって抉《えぐ》られている。そこに俺の精を放出しろというのか?

目の焦点が戻ってきた時に、薄汚い手拭を首に巻いて、しみったれたツラをした店のオヤジがカウンターの上から覗き込んでいた。矢田部は溶けたような瞬きをして、オヤジの目をしばらく見上げていたが、空になったグラスを無言のままカウンターの上に置く。

「……お客さん……もう二升近いですよ……。今夜はぁ、どうですか、このへんで……」

斜めに立ちのぼる陽炎にも見える店主の影を追うと、奥の暗がりで独り坐る男の姿が視野に入る。ちらりとこちらに視線を流してきた気がするが、矢田部は柔らかく視線を切って、またカウンターの上に置いた空のグラスを揺れる手で指差した。

「もう一杯だけにしておいてくださいよ……」

視野の隅の男が目を伏せながらも、自分の気配を窺うのが後頭部の何気なさを装った輪郭で分かる。矢田部は深酔いに任せて体を揺らしつつ、目だけは男の暗い横顔へと静かに向けた。

「もう看板ですからねえ……」

店主とカウンターの男が目配せしたように見える。グラスに注がれる日本酒の反射が視野の隅で揺れているが、酒のように見せて刀の鯉口を切っているのかも知れないと思う。カウンターの男が懐にゆっくり手を忍ばせようとしているじゃないか。奴が小刀を抜いて、自分に投げつけてくる間に、店主の男が抜いた刀で水平に俺の首を刎ねようとしているのか。

カウンターの三国山脈には茶色い雪崩が、いつのまにか夥しい数のゴキブリの群となって蠢いている。虫や動物は第六感というものが働くから、これから起きる惨事を予知しているのだろう。自分が人魚を釣り上げようとしている間に、政和大学の連中か、それとも浄覚寺の大黒に頼まれた刺客めいた奴らが、自分の命を狙いにきたか……。

「……気づかれましたか、矢田部……研吾さん……」

低く鼻に籠もった鈍重な声がカウンターの隅から聞こえてきた。体を動かさないまま男の視線だけがこちらに向かってくるのを矢田部は見る。

「お客さん、はい、ラストねえ……」

ラスト……だと？　店主の鯉口と鍔との隙間に光るものを牽制しながら、カウンター奥の男の眼差しに目を細める。……おまえは、前の勤め先にいた人事部部長の……滑川じゃないのか？

――おーい、矢田部ぇ。おまえ、ヤットーの竹刀振るのはいいがな、酒で人生、棒に振るというのは、いただけないわあ。よう、矢田部。自己管理っつうのは、おまえ、人事部の基本なんじゃないのか？　なんだ、矢田部、なんかいえー。おまえ、そういうのを、棒を呑んだようっていうんだよう。それとも竹刀を呑んだよう、か？　ええ？　棒ほど願って針ほど叶うってな。要するに、おまえ、簡単にいうと、落伍者だから。うちにはいらないんだわ。酒喰らって、死んでもらっていいんだわ。

品川にある通信機器メーカーの人事部フロアで、他の社員のいる前でいわれ、せせら笑われたことは、忘れるわけがない。

北沢や賀川達が新橋の飲み屋でわざとらしくも仕事の話をしていたのは、すべて自分

の境遇を知っていたからじゃないのか……。あるいは、故意に自分をからかおうとして

いたのではないか……？　親父と木刀で果たし合いのようなことをして、植物状態にし、

てめえは極度のアルコール依存症になった落伍者を、初めから笑いのめそうとして、今

日の飲み会さえあったのではないのか……。そんな失格者が松岡孝道先生の喜寿祝の幹

事をやるなど、お笑い種もいいところだろう。

「……まだ、生きていたのか、矢田部ぇ……」

男の顔が羽虫の蝟集《いしゅう》したように縮んだり膨らんだりしたと思うと、雨に溶ける泥人形の顔のように崩れ始める。眉尻が垂れ下がり、目が潰れ、口元が歪んだ顔は、自分を笑うためにあるのだ。顎や鼻先から泥水が垂れる。柔らかく生臭い風が自分の頬を撫でた。

その瞬間、男は背広の内に素早く手を入れて、宙に振り上げる。

光ッ。

奥の暗がりに小さな弧が瞬く。と同時に、店主の体がかすかに震えて、手元が明滅した。

抜くッ。

「滑川ッ！」

矢田部は反射的に近くにあったアルミの灰皿を引っ摑む。次の瞬間にはカウンター奥の男に投げつけていた。さっきまで湖脇にできた円盤状の氷だと思っていた灰皿。

「お客さんッ」

店主が声を上げるか上げないかのうちにも、カウンター越しに店主の手元を押さえる。

筋張った手首。すぐさま返す手で刀を抜く。脇差、か。そのまま逆手で一気に店主の胸を突いた。

「何やってんだよッ、あんたッ」

怒声と共にグラスが砕け散る派手な音がして、矢田部は対角線上の二人の男に素早く短い視線を投げた。間合いを計る。いきなり吐き気が込み上げてきて、カウンターの三国山脈に蠢いていた虫が自分の腹の中に侵入してきたのかも知れないと思う。今、隙を見せるわけにはいかない。

「ふざけないでくれようッ、あんたッ」

カウンターのむこうで、首に巻いた手拭でしきりに顔を拭いながら、店主が目を剝いて睨みつけていた。奥の男は……。

いない。

消えた、か。

「あんたッ、酒乱かいッ。金置いて、とっとと出てってくれ。ったくようッ」

痩せた胸から血を噴き出していたはずの店主は、顔や胸を手拭で拭きながら口を尖らせている。カウンターに置いていた日本酒のグラスは何処だ？　店主が足元に砕け散ったものを、履いている下駄で面倒そうに寄せているのが見える。

「……奥にいた奴は……何処に消えた……？」

こっちを振り返った店主が顔を顰《しか》めながら、視線を上下に動かして、小さく舌打ちした。

「……あんた……、もう午前の三時だよ。誰が、こんな時間に、呑んでるんだ。あんただけだよッ。ほら、早く、金置いて、出てけや。あんた、また、ちっとでも変なことしたら、警察呼ぶよ」

滑川は……いない？

……幻覚……。

禁断症状の時にも様々な幻覚や幻聴を経験したが、アルコール依存症では過度の飲酒でも幻覚を見る。いや、それでも、この店主が奴を逃がしたかも知れないじゃないか。外で待ち伏せしているということもありうる。ただ俺を笑いたいがためにだ。

「……オヤジ……水を……一杯もらえないか？」

「……ああ？　いい加減にしてくれよう。冗談じゃねえよ。とっとと出てけや」

闇は斜めになり、倒れかかってくる。

背後の足音は滑川か？　振り返っても、外灯や信号の光が滲んでいるだけで人影はない。斑《まだら》に幻覚が忍び寄る。

俺は……呑んだか？

矢田部研吾は、呑んだか？

木刀でもいい。竹刀でもいい。握るものが欲しかった。水銀灯の明かりから隠れた闇に潜む者……そいつが飛び出した瞬間に袈裟斬りでも、突きでも食らわしてやる。いきなり込み上げてくるものがあって、矢田部は道端の植木脇にもたれ込むようにして突発的に戻した。みっともないほど首を突き出してえずいている自分は、介錯するには恰好だろう。

目の中にモザイク状に光る幾何学模様をいつか見た気がする、と思っているうちにも、膝をアスファルトに落とし、がっくりとうな垂れた。一生呑まないと固く心に決めていたのに、ほんのちょっとした隙間に滑り込んでしまった。まだ初めのうちは狭いし、浅い。その窮屈な亀裂に身悶えすれば、それでも体は自然に押し出されるに違いない。

まだ間に合う。まだ間に合う……。

と、眉間に力を込めながら歯を食いしばっているうちに、ふと幾何学模様の残像が、大手保険会社に勤めている渡辺の名刺ケースの反射だと思う。いやらしいほどピカピカとした金属の名刺ケースに、ダイア柄を重ねたような彫りが施されていた。あのケースの中で、名刺に挟まれて平らにのされている自分……。いや、まだ俺はそっちを望んでいるのではないか。通信機器メーカーの人事部に籍を置いていた方が遥かに楽に違いないだろう……。

楽……。楽って、何だ……?

矢田部は低い唸り声を上げながら、植木脇に立ち上がって、ふらつきながら空を見上げた。西に傾いた半月が二重にも三重にも見える。手の甲で口元を拭い、月を睨みつける。

——両頭倶に截断して、一剣天に倚《よ》って寒《すさま》じ。

誰に教えて貰ったフレーズか。光邑雪峯禅師か、父親か……。

苦、楽。生、死……。二つの極に分けるなどという分別が邪魔だ。両頭を断ち斬ってしまえば良い。何も考えぬ一剣なるものをただまっすぐ生きよ。

まっすぐ生きよ、だと？　くだらない。まっすぐ生きてどうなる。澄んだ剣先を向けて構える光邑禅師の中段が見え、矢田部は右の手刀を宙にかざしてみる。光邑の剣先が迷いもせずに自分の胸元を突いてくるのが見えた。

そうくるか、禅師。ならば俺は……。

自分を突いた光邑の剣の刃をこともなげに握って返し、そのまま禅師の首元を左手で鷲掴む。そして、高々と光邑の体を持ち上げたと思うと、地面に叩きつけた。

いきなり視野の左半分をクルマのヘッドライトに焙《あぶ》られ、クラクションを鳴らされる。

「やかましいや、この野郎ッ！」

矢田部の怒鳴りつけた声が路面に響き渡るが、タクシーの赤いテールランプはますます自分の気持ちを焙るだけで、無視して遠ざかるだけだ。いつのまにか道路の真ん中をふらついていた自分の足は、一体何処に向かっているんだ？　朝までやっている立ち呑み屋か。山ノ内にある家か。それとも建總寺の道場か……。

前後左右に揺れながら、乱れた爪先を見つめて彷徨い続け、酔いがだいぶ落ち着いてきた頃には、父親の顔を見下ろしていた。

ベッドの枕元に取りつけられた豆ランプほどのＬＥＤライトが、父親のくすんだ顔を奇怪な岩の塊のように見せている。心電図は相変わらず一分間に五五回ほどのゆったりとした脈拍。点滴のチューブが、父親の体に差し込まれているのではなく、むしろ、体から奇妙な血管や神経が伸び出して、悪いものを病室にじわじわと滲出させているようにも見える。だが、体を覆った毛布の白いカバーの起伏は、遺体でも覆っている感じでひっそりとしていた。窪んだ眼窩《がんか》や頰骨の凹みに張りついた土気色の皮膚も、すでに霊安室に置かれた者のようだ。少しずつ父親の命も毒も病室の中に気化させながら、ひからびていく。

白髪の生え際にケロイド状の傷痕。大きな蛭がへばりついているようで、そのうち自分が見つめ下ろしている間に、これが動き出し始めるのだろう。まばらに聞こえてくる人の囁き声に似た幻聴や、視野の下をゆっくりと過ぎる巨大なオオサンショウウオの幻覚と同じように、父親の額の蛭も数を増して、自分の体を這い上がってくるに違いない。

「……そうさ。俺は、呑んださ……」

親父の力なく閉じられた目は、いきなりカッと見開いて、半身を起こすのだろう。

「あんたと同じだ……。堕ちる……」

その節くれだった指で俺を躊躇なく差し、「糞みたいに弱いおまえ自身を殺す心がない」と唾を飛ばすはずだ。

「……親父……剣を取れよ。取ってみろよ……」

ニヤリと血の気のない親父の唇の片端が上がる。だから、俺はこうしてやるのだ。

矢田部は左手を静かに伸ばすと、将造の尖った喉仏の上にかざす。そして、武骨な指をいっぱいに開いた。

間合いが限界にあった。

交刃。一足一刀生死の間。かすかな息の漏れだけでも、緊迫した間合いの表面張力が崩れる。どちらが先に出るか。水面の揺れ。親父の爪先が見えぬほどの皺を地面に作る。まだ零《こぼ》れない。と、赤樫の木刀が月光に小さく煌めいて、左にわずかに上がった。反射的に自分の剣先が釣られる。が、すでに返して自分の右の胴を打ち抜こうとする親父の剣先。光が目の前に弧を描いていて、湾曲した残像のど真ん中にこちらの気剣体を爆発させるしかなかった。

「面ッ」「胴ッ」なのか。

「胴ッ」「面ッ」なのか。

親父の頭頂部に自分の木刀を振り下ろす刹那、放射状の線分の中で、親父の胴打ちの木刀がほんの瞬きの間だけ緩んだ、ように思えた。だが、自分の手に鈍い響きが確かにあったと同時に、右胸から脇腹に途方もない灼熱が生まれ、そのまま意識を失ってしまったのだ。

隣に住む池谷家の者が庭に倒れる自分達親子を発見し、救急車を呼んでくれたのも覚えていない。あの時、俺は酒を呑んでいたのか、親父も酒を呑んでいたのか。どちらも素面だったのかさえ覚えていない。ただ……。

——諸手《もろて》突きで自らの中心を貫いてみろッ。殺せッ。

その声で逆に生き返った時には、すでに病院に運び込まれて三日が経っていたらしく、横に立って無表情な眼差しで見下ろしていた親父が、「何故、殺さなかった？」と問うてきたのだ。

「親父……。あんたが生きているわけがない……」

——だから、こうするんだろう。

と、親父の節くれだった手が自分の首を獰猛な力で締めつけてきて……。

枕元の携帯電話が鈍い振動音を立てていた。矢田部は夢の中の将造から逃れ、目をうっすらと開ける。自分の首を憤怒の表情で絞めつけていた親父の唸り声ではなく、携帯電話のマナーモードの振動。半身起き上がると、ひどい眩暈《めまい》と同時に頭痛の波と吐き気が押し寄せてくる。液晶画面には、「沢口」と表示されていて、一拍遅れて、同じ職場の警備員、沢口さんだと知れた。

しまった。と、思うのも束の間、時計を見ると、はるかに勤務時間を過ぎていて、その瞬間に自分の中で何かが音を立てて落ちるのが分かった。何年も禁酒していた緊張や自制の塊が土嚢のようにドサリと底に落ちる。いや、堕ちる。白々と乾いた風景が脳裏に広がり、自分の周りは空疎な地平線が遠く囲んでいるだけだ。そして、頭痛や吐き気を抱えているにもかかわらず、酒が呑みたいと思った。アルコールが体に染み渡れば、少しは風景に色が生まれるに違いないと。

「……矢田部君、どうした？　大丈夫か？」

携帯電話の奥から沢口の柔らかな声が聞こえてきて、矢田部は硬く目を閉じる。また何処かで見たモザイク状の模様が瞼の裏で斜めに上がっていく。

「……すみません、沢口さん……。ひどい風邪をひいたみたいで……どうにも起き上がれず……」

「ああ、いい、いい。いや、こんなことは今までなかったから、何処かで事故にでも遭ったのではないかって、皆で心配していたんだ。風邪か、うん、体が休養を欲しているんだ。矢田部君、頑張り過ぎだから、こっちのことは気にせず、ゆっくり休んでくれや」

　布団の上で正坐しながら頭を下げるだけで、矢田部は携帯電話を切ったが、すでに自分のこれからする行動は分かっている。

　酒だ。血管自体がアルコールを求めている。呑まなければならない。

　だが、家の中にはアルコールの類は一切ないはずだ。入院していた横須賀病院の指導で、調理用のみりんさえも置いていない。贈答で稀にいただいた酒も、警備会社の同僚に渡していたのだ。

　二日酔いでぬかるんだ重い体を起こし、顔を洗う。むくんだ顔の表面に紅斑のようなものが出ていて、白目の部分が黄色く濁っている。一度鏡の前で、中段の構えをしてみたが、恐ろしいほどの徒労感に腕をだらしなく落としてしまった。まずは、酒だ。酔ってから考える。酔ってから立て直せばいい。

　近くのコンビニエンスストアにいって、カップ酒や焼酎などを買い込み、家に戻るや玄関の框《かまち》に上がらない前にカップ酒の蓋を開けた。一息に半分ほど呑む。腸《はらわた》に沁みる酒が一気に体じゅうの血管の道筋を巡るのが分かった。朦朧としていた視界がむしろくっきりとしてくるのだ。またカップ酒を傾け、最後まで呷る。もう一本蓋を開ける。今度は味わいながら呑む。

昨晩の俺の行動……。新橋・烏森神社近くの「鳥新」で、大学時代の仲間達と会い、大船に戻ってから、知らない飲み屋に入ったのだ。そこで泥酔してから……どう歩いて、家に戻ってきたのか、分からない。親父と会った……か……？　いや、何度も見るあの夜の夢を見ただけだろう。……だが、確かに、病室の暗いライトと心電図の波形をはっきりとした感触で覚えている。

矢田部はカップ酒を空けながら、何気なく自らの左手を開いて凝視してみた。薬指と小指の根元の土手に硬く黄色いタコができた剣士の手だが、武骨なほどに大きく見える手が他人のもののようにも感じる。何故、俺は手なんぞをまじまじと見ている……？

小さな溜息を漏らすと、矢田部はようやく框に上がって、コンビニエンスストアのポリエチレンの袋をがさつかせながら、居間へと入った。

嫌でも仏壇に飾られた母親の写真が視野の隅に入る。今、母親の写真を見てはならないのだと矢田部は思う。生きてさえいてくれたら、「何やってんのッ」と仕事先へと押し出したに違いない。自分の脆さ……弱さ……。「糞みたいに弱いおまえ自身を殺す心がない」……。

母親の穏やかに微笑んでいる写真なんぞ見たら、俺は泣くに決まっている。だから、また訳が分からなくなるまで呑む。写真立てに入っている母親の写真は、矢田部が小学六年生の時に地元の剣道大会で準優勝した記念に撮ったものだ。本当は母親の右脇には、防具をつけたままふざけ、竹刀をバットに見立ててフラミンゴ打法の恰好をしている自分がいたはずだ。もちろん、写真を撮ったのは親父ではない。剣友会の親御さん達の誰かだった。親父の前で竹刀をバットのように構えたら、即座に殴られていただろうからだ。

翌日も、次の翌日も、矢田部は警備員室にも、稽古をやるはずの北鎌倉学院高校にも連絡を入れなかった。電話をしなければならない、と思う気持ちが、べったりとタールを全身に塗り込められ、仕舞いにはその塊を頭の上から落とされる気分になって、呼吸ができなくなる。自分の弱さであることも、逃げであることも分かっているのだ。この自分がまさかこんなにも簡単に崩れるとは思ってもいなかったというのに。

焼酎のロックを呑みながら、畳に伸びた夕日の色を見つめていて、テレビで見た南米の砂漠の上空を飛んでいるのを想像している。赤土が乾いて、夥しい亀裂が漣のように何処までも広がっている。唐突に黒い矩形の倉庫が横たわっているが、そこから何機の戦闘機が出動しては、自分を目掛けて痒いくらいのミサイルを飛ばしてくるのだろう。また、出動態勢に入ったのか、倉庫が爆音で震え出す。

うるさい。うるさい。うるさい……。

矢田部はグラスをテーブルの上に置いて、黒い倉庫に手を伸ばした。着信表示には、また「北沢」と出ている。もうこれで五回目だ。本気で自分に政龍旗大会の進行役をやらせようとしているのか。無視して畳に投げ出し、グラスの焼酎を傾けると、今度はインターホンのチャイムが悪趣味なメロディを奏でた。

うるさい、といっているだろう？

何度もチャイムが鳴らされ、今度は玄関戸を叩く音まで聞こえてくる。

殺すぞ……。

矢田部は低い呻き声を上げて立ち上がると、台所の壁にあるインターホンの受話器を乱暴に取った。言葉を発すること自体が苦しく、重い。

「……何……ですか……？」

「………」

「どなたですか……」

「……あ、あの、僕、北鎌倉学院高校の羽田です。羽田融です。あの、剣道部の白川君と同じクラスの……」

羽田……？　顔が浮かぶ前に、急流を思わせる下段の構えが、目の前に現われた。羽田、融。自分の右足の踵を真っ二つに裂いて、そのまま剣先を返して喉元に突きを入れた奴、か……。

「……ああ……。なんで、おまえが、俺の所にくるんだ？　何の用事だ？」

俺を斬りにきたか？　そうだろう。誰の刺客だ？　滑川か？　政和大学か、建總寺か、浄覚寺か、ＫＳ警備会社か……？　それとも矢田部将造か。

「ああ、あの、東光庵の光邑雪峯先生の遣いできました。……なんか、この……茶封筒を……渡してくれって、矢田部先生に……」

インターホンの受話器の奥で、何かを取り出す音が聞こえてくる。

「……光邑禅師が、か……？」

本当かどうかは分からない。羽田というガキは嘘をついている可能性もある。学校の正門前で見せた、あの挑戦的な目つき。自分と剣を交えた時の、すでに相手の死を手に入れたような、親父に似た眼差し。

「……今……いく……」

矢田部は受話器を壁のインターホンに戻すと、ふらつく足元で自らの部屋までいき、立てかけた赤樫の木刀を手にした。そして、玄関の方へと静かに向かうと、縁側にある戸袋の陰に木刀を立てかける。

「今、開ける」

声をかけ、格子のはめられたガラス戸に視線をやる。夕焼けのオレンジ色を背景にして、羽田という青年の影がわずかに斜めに歪んで見えた。

間違いなく長い刀の影も映っている。

十

筆ペンで書かれた地図は、太くてまっすぐの鎌倉街道と細い路地の掠れた線だけの簡素なもので、いかにも光邑雪峯禅師らしい。時々、墨の点が打たれているのは、「ここが円覚寺だな、小僧。ここは、光照寺だ」と筆ペンを置いただけ。

矢田部先生が道場にきてからでいいのではないかと思ったが、急ぎの書類らしく、それにこの細かな作務というやつが自分の大事なバイト料に変わるのだ。薪割りで味をしめて、また東光庵に一応光邑から借りている木刀を持って顔を出したら、早速遣いをいいつかった。

「研吾がここのところ、顔を出さんのだあ。悪いが、ちょいとこれを自宅まで持っていってくれや」

融は預かった茶封筒を入れたHALATIONのバッグと、「気剣体」と染め抜きされた木刀袋を持って、北鎌倉の山ノ内の路地を歩き回り、ようやくクルマも通れない細い路地奥に矢田部の家を見つけた。結局、光邑禅師の手書きの地図は、一本路地を間違えていたが。

後ろに山の控えた谷戸の奥。三段ほどの石段と、古い日本家屋の平屋建てで、玄関が曇りガラスをはめた格子戸になっている。なんか年季だよなあ、と思っていると湿った黒土と黴《かび》臭いにおいが鼻先を突いてもきた。玄関灯も庇《ひさし》に丸く白いバレーボール大のガラス球がついたレトロな感じで、そのガラスの底には羽虫の死骸だろうか、うっすらと溜まって黒ずんでいた。木製の表札には間違いなく、「矢田部」と黒い明朝体で彫り込まれている。

融は地図を学生服のポケットに押し込むと、玄関の右脇についたインターホンのボタンを二回押す。シンプルな電子音が家の奥から籠もって聞こえてくる。もう一度押す。

「……留守、か……」

融は念のためにガラス戸を軽く拳で叩いてみて、「矢田部先生」と声をかけようとした。と、いきなり、インターホンから紙を破ったような音が聞こえてきて、「……何……ですか……？」と、恐ろしく低く鈍い男の声が漏れてきた。

一瞬、矢田部とは別人の声だと思って怯み、さらに「……何……ですか……？」という乱暴な物言いに、どう返事をしていいか分からず逡巡してしまう。

「どなたですか……」

ようやく、この声で矢田部本人であることが分かったが、インターホン越しとはいえ、まったく声質が違う。やはり、矢田部研吾という男は、裏表があるというか、二重人格者に違いない。竹刀を構えた時や校門近くでふと見せた、感情に関するものというのか、すべて落とした無表情の摑み所のなさが蘇ってくる。無表情なのに、淡々と攻撃してくるというのが、おっかないのだ。

「なんで、おまえが、俺の所にくるんだ？　何の用事だ？」などと、かなりぞんざいな言い方をされたが、こっちは大事な小遣い稼ぎのためだ。別にきたくて、きたわけではない。

融は「気剣体」の黒檀の木刀を小脇に抱え、取り出した茶封筒を両手で持ってガラス戸の前に立った。家の奥から矢田部の廊下を歩いてくる音が聞こえてくる。

「今、開ける」

くぐもった矢田部の声がして、融はわずかに半歩戸から下がった。その時に木刀が脇から滑り落ちそうになって慌てて袋の上から柄の部分を握った。曇りガラスに矢田部の姿が膨らんで、玄関戸の鍵を乱雑に外す音がしたと思うと、また矢田部のシルエットが素早くむこうにぼける。

……？

融がきょとんとした瞬間、いきなりガラス戸が耳に痛い音を立てて、勢いよく開いた。そして、目の前に、木刀の剣先が突きつけられていた。

何ッ⁉

思わず息を呑み、目を見開いたまま、体が金縛りにあった状態のようになる。

一体、何？　何なわけ？

木刀を突き出した矢田部の風貌に視線を移すと、学校で見た時とあまりに別人で、インターホンの声以上に啞然としてしまう。影になってはっきりとは見えないが、赤黒くくすんだ顔に無精髭が生えて、かなり憔悴している感じだった。

そう思っているのも束の間、矢田部の構えた木刀の先が右に左に瞬時に走って、ガラス戸の木枠を叩く。戸がさらに開くと同時に、矢田部は剣先をさらに融の鼻先に突きつけてきた。

「……矢田部……先生……」

融が目を凝《こ》らすと、汗染みのできたグレーのTシャツを着た矢田部が、片足をタタキに、もう片方の足を上がり框にのせて、鈍い眼差しで睨みつけているのが見えた。目の底の方から威圧してくる眼差しと、鉛の溶け出したような鈍重な表情が、異様なほどだ。直後に、とてつもなく強烈なアルコールのにおいが鼻を突いてくる。

「どういうことだ……？」

酒と饐《す》えた息のにおいが一気にふくらんできて、融は眉根を寄せ、矢田部の目を見返した。どういうことだ？　って、こっちの科白《せりふ》じゃねえの？

背後の夕日が庇で切れて、矢田部の腹から上を影が覆っている。片手で握られた木刀の先の方だけ赤々と燃えて、宙に浮かんでいるようだ。

「……どういうことって……、俺は、ただ……」

矢田部の目がどろりと光って、わずかに視線が動いたのが分かった。融が脇に抱えている木刀に粘った視線を揺らしている。

「おまえの……手にしているものは何だ？」

「……光邑先生から……預かっている茶封筒です……」

「ふざけるなッ」

腹から唸るような矢田部の怒声に、融もさすがにその理不尽さにキレそうになる。だが、そんな腹立ちと同時に、矢田部研吾の隠していた脆さのようなものが覗いた気がして、融は何処かでクールなほど落ち着いている自分がいるのも感じた。自分よりも年上で体軀の大きな男が必死になって威圧しようとしている様が、意外なほどに怖くない。むしろ、何に対してこの男は脅えているのだろうと思うくらいだ。

——弱いのう、弱い。研吾も、若いもんも、まだ殺人刀でいい。殺しにかかっていい。なあ、小僧。

光邑雪峯が塔頭の部屋で話してくれた言葉が、ふと蘇ってくる。殺人刀活人剣。Setsuninto katsuninken。どういう文脈での話だったか、よく覚えていないけれど、憎しみやら悲しみやら抱えている自分自体を斬るということだったと思う。

「おまえが携えているのは……木刀か、真剣か？ 俺が戸を開けた時に、おまえはそれを抜こうとした……」

左脇に木刀を挟み、その左手で茶封筒を持っていたが、右手は確かに袋越しに木刀の柄の部分を握ったままだった。しかも滑り落ちそうになって握った木刀の柄が、もっと体の前にせり出している。

「……これは……滑りそうに……」

「違う。戸を開けて、俺が剣先を突き出した時に、おまえは抜こうとした。反射的に鯉口を切った」

「そんなことは……」

「いや、おまえは、俺を、斬ろうとした」

矢田部の目を睨んでいる視野の隅に光るものが入って、融は素早く視線を投げる。下駄箱の上に空っぽのワンカップ酒のグラスが二つ。よじれたアルミの蓋がだらしなく転がっているのが見える。

「……斬ろうとなど、していません。斬る気も……」

「誰に頼まれた？」と、木刀の剣先がより鼻先に触れるほど寄ってきた。クッと耳の奥で空気が音を立てたような気がして、瞬時に頭に血が上る。融は木刀の柄を握っていた手を放して、矢田部の突きつけた剣先を横に払おうとした。と、剣先が融の手の下をクルリと回って、また鼻先を捉える。

「おまえは、誰に、頼まれたんだ？」

今度は逆に払おうとしたが、また矢田部の剣先が素早く融の手を掻い潜り、鼻先でピタリと止まる。融は一回大きく息を吸い込むと、矢田部から視線を外しながら派手に溜息を下に吐き出した。

「だからッ、光邑先生にッ、頼まれてッ」

「光邑禅師が……俺を斬れといったのか？」

は？　と顔を上げる。あんた、アホじゃね？　と、思わず声に出しそうにもなっていた。

「俺は、光邑先生から、あんたに、この封筒を渡すようにいわれただけですよ。急ぎの書類らしいっすよ。俺は早いところ、これ、あんたに渡して、帰りたいんですけど」

口の利き方がちょっとまずいかと思いつつも、ふて腐れた気分が収まらず、なるようになれという気持ちだった。何なら茶封筒を投げ出して、ずらかってもいいんだ。ひどい酒臭さに、今にも反吐が出そうだというのに。

「ならば、おまえは、何故、そんなものを持っている？」

「何をですか？」

「その長いもんだ」

矢田部は上がり框にかけていた左足を、ゆっくりとタタキに下ろして、木刀を両手で握って構える。庇の影が斜めにグレーのTシャツの胸を横切り、表情がもっとはっきりした。充血した目の下には袋というのか、青黒い隈が出ていて、肌が赤いのか黒いのか、それとも青いのか、よく分からない。頬や口の周りや顎にまで、磁石でそばだった砂鉄のような無精髭が覆っている。その唇も白くかさついて、口角に小さな泡の固まりが付着していた。

矢田部の巨大なクルミのような喉仏が一回大きく上下する。融が前に狙った突き垂《だれ》の下の急所だ。

今なら勝てるんじゃね？

「おまえは、剣道を馬鹿にしていたはずだろ」

矢田部が粘ったように瞬きする。

「剣道部の奴らの、喉元を狙い……今度は、俺を殺《や》りにきたか」

矢田部が、目を、閉じた。

今なら矢田部の喉仏を砕くことができる。体の中を熱い奔流が駆け巡るのを感じる。まだ間に合う。腹の底がわなないた。融は木刀の柄を袋越しに逆手で摑む。そして、息を細く吐き出しながら、ゆっくり脇から袋ごと木刀を抜くと、染め抜きされた「気剣体」の文字の側を矢田部にかざして見せた。

「……光邑先生が、振れって、この木刀を貸してくれたんですけど。三日程前に」

「……光邑禅師が……？」

瞼を上げた矢田部の視線が一瞬鈍く木刀袋にうろついたと思うと、目の輪郭に力が籠もったのが分かった。

「俺は、別に、素振りなど、やる気もなかったんですけど……」

「……羽田、だったか……。今、体に充満していたな。ガキ臭い殺意には違いないが……おまえが本気で抜いていたら、俺はおまえの鼻を砕いていた。……その中を……見せてみろ」

矢田部の構えていた木刀の剣先から、緊迫していた力が薄くなって、融の鼻先から少し離れる。まるで気づいていなかったが、剣先との距離が生まれたと同時に、自由に息のできるスペースが広がったと思った。それも膨大なくらいに空間が拓けた感じだ。ようやく、男の背後に伸びる縁側の廊下や古く煤けたような漆喰の壁が目に入ってくる。

「……じゃあ、自分で見てください」と、融は持っていた茶封筒と一緒に木刀を矢田部の前に差し出した。男の息がひどく酒臭く、胃液のような饐えたにおいが鼻をついて、融は息を止める。そして、思ってもいなかったのに、また矢田部の構えて宙にうろつかせている木刀の剣先を、空いた右手で素早く横に払おうとした。

だが、矢田部は「気剣体」の木刀袋を摑みながら、こともなげに自らの木刀の剣先を小さく片手で回転させて、融の右手首の内側にピタリと当てた。

「羽田君、とやら……。おまえには絶対、俺の剣を捌けない。何故だ？」

見据えてくる矢田部の眼差しを、融も睨み返す。もし、矢田部の構えている木刀が真剣だったら、自分の右手首は静脈を切られて血が噴き出ているだろう。だが、俺だって……、俺だって、本気になれば……あんたの右足の踵から膝、腿まで斬り裂いて、その後、喉仏を刀の根元まで貫いている。

「おまえ、見え過ぎなんだ。動く前に、呼吸を止めるのが分かる。一瞬の空白が凍って、音を立てる。こっちは、いつでも砕ける」

冷静でいたはずが、今度は無性に腹が立ってきて、暴発したい気分がせり上がってきた。一体、この人、何なんだよッ。このままクラウチングスタートを爆発させて、あんたをぶっ倒してもいいんだ。溜めて、溜めて、溜めて、自分の周りにあるエネルギーさえも吸い寄せながら、力を溜めて、瞬時に爆発させる。どんな巨漢でも後ろにひっくり返るさ。

「ほら、またか。見えるぞ。見える。おまえの薄っぺらな殺意が」

「……殺意……なんて、ないです。……むしろ、それがあるのは、矢田部……先生の方じゃないですか……？」

いってしまった、と思った。あまりに生意気な、度を越した物言いは、矢田部でなくても激昂ものに違いない。っていうか、勝手にキレろ、という感じだ。人がわざわざ頼まれたものを自宅まで持ってきたというのに、いきなり酒臭い息を吐きながら絡んできて、こんなタチの悪い酔っ払いは見たことも聞いたこともない。

融は両眉を大きく上げると、あえてだるそうな目つきをして、矢田部の顔を眺めた。だが、矢田部はわずかに視線を上下させ、鼻から息を漏らして軽く笑っただけだ。

「……俺に、その殺意が、ほんとにあればな……」

矢田部は独りごちるように低く鈍い声を漏らすと、融の木刀と茶封筒を取り、構えていた木刀を初めて解いた。そして、下駄箱に立て掛け、茶封筒と「気剣体」の木刀袋を手にしながら上がり框に乱暴に腰を下ろした。

自分はどうすればいいのだろう。どうせなら、このまま帰ってしまってもいいような気がした。融は、矢田部が木刀袋の紐の結びをゆっくり解いているのを見ている他ない。この矢田部という二重人格だか三重人格だか分からない奴から、いち早く離れたかった。光邑先生には、黒檀の木刀は矢田部に預けてきたといえば済む話じゃね？　とにかく茶封筒を渡す仕事は果たしたのだ。

「じゃあ、俺はこれで帰りますので……」

「じゃあ、じゃないだろッ。おまえ、ちょっと待てッ。光邑禅師から預かったものを、置いていく気かッ？」

また、いきなり怒声を浴びせかけられた。と思うと、矢田部が袋から覗いた黒檀の木刀を見て、それまでの溶けた鉛のような表情をキリキリと緊張させていく。

「……おまえ……これ……。光邑禅師が、おまえに振れと、いった、のか……？」

柄の部分が出、飴色の鍔が覗き、黒い光沢を放った刀身が現われた。

「……この……木刀……」

融が一体何事だと呆気に取られて矢田部を見下ろしているうちに、矢田部の口から奇妙な溜息が震えながら漏れてきた。そして、白くかさついた唇が攣《つ》れたと思うと、口角から一筋唾液が垂れ、張り詰めていた顔全体を痙攣させながら歪ませた。

何⁉　一体……？

矢田部は黒檀の木刀の柄や刀身を武骨な手で確かめるように撫で擦りながら、息を震わせる。そのうち嗚咽のようなものが口元から発せられて、伏せていた目から涙が、一つ、二つと零れ始めた。

融はただ呆然と矢田部の姿を見下ろしているしかなかったが、幅の広い逞しいTシャツの両肩が小刻みに震え、俯いた鼻の先に涙の滴が溜まっていくのを見ているうちに、腹の中をねじられるような気分になる。光邑から預かったその木刀に何があるのか分かるわけもない。

「……すまん。……早く、これを持ってけ。……大事に扱え……」

さっきまで酒臭い息を吐きながら理不尽なほど絡んでいた矢田部が、細く囁くような声を漏らす。「気剣体」の袋に素早く木刀を戻すと、俯いたまま手を伸ばして差し出してきた。コンクリートの埃っぽいタタキには黒い点々とした染みがいくつか落ちてもいる。

「……悪い……。独りに、してくれ……」

……はあ？

腹の中にトグロを巻いていた気持ち悪さが、一気に硬くなる。

ふざけるな、あんた……。

融は矢田部の手から木刀をもぎ取るようにして奪うと、俯いた男の頭頂部を強く睨みつけていた。

あんたの、それ……自、己、陶、酔、というやつじゃないのか？　あまりに勝手な、自、己、愛、っつうやつじゃねえの？

さんざん荒れて暴言を吐いていた男が、何があったのか分からないが、いきなり萎れて、泣き始めている。ごつい両手で頭をさらに抱えて俯く矢田部の姿を見て、真上から黒檀の木刀を思い切り振り下ろしたいと思っている自分がいた。

……殺意……？

殺意、だ。

矢田部……研吾……。あんた、俺、完全に頭にきたわ。本気で頭にきた。何だよ、あんたの自意識ってやつはッ。いい大人の男が、ふざけるなッ。これほどダイレクトに、人に対して殺してやりたいくらいの気持ちになったのは初めてだった。

矢田部研吾……あんたを、必ず、倒す。

絶対に、こてんぱんに、のしてやる。

マジでだからな。本気だからな。

ひどい筋肉痛で、腕を伸ばすたびに思わず悲鳴が上がるほどだった。

「しかし、羽田が自分から稽古に参加したいだなんてなあ。何か気持ち悪いよなあ」

放課後、北鎌倉学院の剣道場に一緒に向かいながら、白川が奇妙な形で唇を綻ばせていってきた。おかしくてニヤついているのだろうけど、それをモロに出したら、自分の気が変わるんじゃないかと思って堪えているのだろう。

「っつうか、光邑先生にさ。バイト料、貰わないとさ」

「何だよ、それ」

昨日、あまりにムシャクシャして、何度も袋に入った木刀の先をアスファルトに打ちつけては帰宅したが、思い出せば思い出すほど腹の中にわだかまった不愉快な気分が膨らんできて、我慢がならなかった。

庭に出て、そこから見える七里ガ浜沖の水平線が夕空の紺色に溶けても、まだ黒檀の木刀の素振りを繰り返して、挙句の果ては、夕食が冷めたじゃない、と母親にまで怒られた。たぶん、千回は素振りを繰り返したはずだ。左手の小指、薬指、中指の付け根は血豆になって破れるし、腕の筋肉はパンパンになるし、左の尻から腿の裏側、アキレス腱まで、攣ったようになった。

だが、黒檀の木刀は矢田部研吾の面や小手や胴をめった打ちにしている。シミュレーションの中で、矢田部が「すまなかった。悪かった」といっても許さない。それから、いよいよ立合いになって、薄闇の中、矢田部が大きく中段に構える姿に対して、どう入っていくかを研究してみた。

五段。神奈川県の若手実力者。自分、素人。下段に黒檀の木刀を構えて、ブルース・リーのように足を開いてみたが、これはすでに無効。木刀や竹刀では踏み込まれて、そのまま頭上に強烈な一打を食らう。剣道部の奴らのほとんどがやっているように中段に構えると、少しは相手の攻撃に対して八方に捌きが利くような気がした。でも、こっちが面を打ちにいこうとしても、先に小手を取られそうで入る勇気が出てこない。小手を狙いにいけば、面を打たれそうな気になる。たかが、想像の矢田部研吾なのに、がんじがらめになっている。仕舞いにはフェイントすら考えず、滅茶苦茶に空を打ち込んで息を上げるだけだったのだ。

剣道場では、体育の時のジャージ姿だったのは、当然自分だけだ。なんかカッコ悪い。白川も他の者達も濃紺の藍染の胴着に袴姿で、それだけで剣士っつうか、強そうじゃね？　自分も袴をつけてみたいが、今のところは我慢だ。

まず正坐からしてやり方があって、適当に坐ったら、白川に「おまえ、何、それ」と笑われた。左坐右起。左足から坐り、立ち上がる時は右足からって、いちいち面倒臭い。何度もスムースに正坐できるように練習して、それから蹲踞《そんきょ》の仕方。これも単純にしゃがみ込むのではない。立ち上がった時に、すでに臨戦態勢にあるように、左足が少し後ろにくる感じにする。

「白川……。今日、矢田部って奴、くるかな？」

「羽田ぁ。頼むわ。矢田部、先、生、だからッ」

中段の構え。他の者達は全員、赤樫の木刀だが、自分だけ光邑禅師から借りている黒檀の木刀。

「羽田、おまえ、肩にまず力が入っている。左足、鉤足《かぎあし》。爪先が開いているって。上体が反り返り過ぎ。左手の拳は臍《へそ》から一握りの所に。剣先が、おまえ、上、向き過ぎだって。腕もリラックス、力抜いて、力抜いて……」

白川が先輩風吹かせて、細かくアドバイスしてくる。武道は形じゃないんじゃないの？　実際の勝負になったら、そんなの関係ないだろ？　そう思って、白川に構えて貰った。

「なあ、白川。当てないからさ、ちょっといい？　シミュレーション」

白川はそんな融の言葉に、わずかに唇の片端を上げて苦い笑みを溜める。お互いに中段の構えになって対してみると、いつもおちゃらけている白川が、いやに落ち着いて、澄んだ眼差しを向けてくる。少し動揺する。たぶん、胴着と袴に、防具をつけているせいだ。つまり、一端《いっぱし》の剣士に見えるってこと。

融は木刀を構えたまま、軽く前後に動いてみる。白川はわずかに剣先を上下に揺らす。ここはフェイントで、胴に入れてみようと思った。面に打突すると見せかけて、胴に入る。相手は捌こうとして、剣を上げるはずだ。

今だッ。

融はフェイントのための剣先を上げながら半歩入り込んだ。と、すでに白川が踏み込んできて、自分の右手首の上に剣先を寸止めして、横に走り抜けていた。

「うわッ。何ッ。今のッ」

右手首、つまり小手の部分にわずかな風を感じるだけで、自分は剣先を上げたまま唖然としているばかりだった。

「いや、普通」

「じゃあ、これはッ」

今度は白川の小手をより小さく素早く狙おうと思った。スピードなら負けない。絶対に負けない。対峙して、前後に動き、白川の体が近づいた時、全瞬発力を使って相手の小手に剣先を振るった。だが、白川は小手打ちを抜くようにして、両手を上げると、そのまま面を打ってきて抜ける。髪の毛を優しく風が撫でていった。

「白川ッ。これ、どういうわけッ？」

「……だから、普通だって。……おまえ、たぶん、フェイントとか、考えてんじゃねえの？　剣道にフェイントって無駄なんだよ。相手がフェイントをしかける動き自体を、先にこっちが制するから。動いたら、もう勝負がついてる」

「……マジで？　マジでマジで？」

白川の動きや言葉だけでも圧倒されている自分がいた。剣道って一体どういう武道なわけ？　だが、目からウロコというのか、コペルニクス的転回というのか、コロンブスの卵というのか、今まで見ていた風景がスカッと割れて、突き刺さってくる感じもした。

「白川、今、何段？」

「二段」

二段……。矢田部研吾は五段。あの酔っ払いのナルシストを倒すためには、遥かな距離がある。っていうか、俺、構えさえできてないじゃん。ほんの数十センチ先の小手まで、膨大な距離と時間が存在しているのが、剣道というものか？

「白川……マジで、剣道教えてくれる？」

「っつうか、俺らだって、矢田部先生に教わってんだからさ。羽田だって……」

そう白川がいいかけた時、道場の入口の方から、「おう、小僧ッ」という野太い声が聞こえてきて、融は振り返った。胴着を身に着けた光邑雪峯が、口角を目一杯上げて笑っている。

「あ、白川。俺、ちょっと挨拶してくるわ」と、融が木刀を無雑作に下げる。

「おい、羽田ぁ。蹲踞。刀納め。それから、五歩下がって、礼」

白川の剣歴としての先輩風に、融はそれでもおとなしく従うと、上座の方に歩んでいく光邑の許へと駆け寄る。

「小僧ぅ。きたなぁ。良し良し」

光邑は眉尻の毛の下から睨みながらも、嬉しそうに笑顔を零していた。そして、融が握っている黒檀の木刀にちらりと視線を走らせて、頷いて見せる。

「研吾に渡してくれたか。部員の昇段審査申込書が入っておるから、急がせて悪かったなあ」

光邑は正坐して、抱えていた面と小手を膝元に並べる。融も慌てて光邑の正面に正坐した。左坐右起。黒檀の木刀は自分の左側に丁寧に置く。

「一応、ちゃんと手渡ししました」

　うんうんと頷きながら、光邑は面の上に紺色の手拭をかけ、胴の胸についている革の輪と紐をチェックしている。ちなみに手拭に染め抜かれた文字は、「懸待一致」という文字に見える。Kentaiitti ケンタイイッチ？

「だけど、矢田部……先生は、ひどく酒臭くて、めちゃくちゃ機嫌悪かったです」

　胴の胸乳革にやっている光邑の指の動きが止まり、顔から笑みが一瞬のうちに消えるのが分かった。こちらの息を止めるのではないかと思うほどの強い眼差しが、突き刺してきた。

「酒……臭い、だと？」

「……はい。相当に、呑んでいた感じでした……」

　光邑の強張った顔が上がり、眉間に強く皺が刻まれる。

「それで……小僧は、無事だったか」

　木刀を突きつけられたり、「殺りにきたのか」などといわれたことを、いちいち具体的に話すのも何か面倒で、ただ「まあ、色々ありましたけど……」と添えるだけにした。昨日の細かいことを思い出すと、また腹の中を乱暴に掻き回される感じが蘇ってくる。

　光邑が目を細めながら遠い眼差しをして、深く長い息を吐き出す音が聞こえてきた。

「ただ……」

「……ただ、何だ、小僧」

「……この……木刀を見たら、……急に、何というか……泣き出して……。俺は、はあ？　みたいな。どうしていいか分からず、そのまま帰ってきました」

光邑の表情にかすかな変化があって、遠かった視線が戻ってくる。目尻をわずかに柔らかく煙らせながら、自分をまた直視してきた。

「……木刀を見て……研吾が、泣いた、か。で……小僧は、それを見て、どう思ったのだ？」

「どう思ったって……何か分からないし」

「頭にきたか？　うん？　小僧の顔に存分に書いてあるわ。頭にきたんだろう。研吾をのしてやりたい、そう思うただろう」

「……………」

「研吾をぶっ倒してやりたい、そう思うたのだろう、小僧ッ」

光邑雪峯の目に力が漲り、怖いほど睨みつけてくる。だが、皺に囲まれた口元の端には、妙な笑みが滲んでいる。

「小僧……。研吾をな、剣で、ぶっ倒してみい。なあ、そうだろう小僧」

十一

一目見ただけで分かった。

融の「気剣体」と染め抜かれた木刀袋から現われたものは、間違いなく自分が手にしたことのある黒檀の木刀だ。しかも、光邑禅師以上に、自らの汗や涙や、血さえも沁み込んでいるといってもいい木刀――。

呑み続けているアルコールのせいで頭も体も朦朧としていたのに、黒光りした木刀を目にしたと同時に、腹の底から頭頂部へと刺し貫かれたような思いだった。

不覚にも涙まで零してしまったが、矢田部は融が帰った後も、玄関の上がり框でじっとうずくまるように坐り込んで、裸足の足元を見つめ続けた。コンクリートのタタキに黒く点々と沁みついていく一つ一つの放射状の痕が、重なり、歪《いびつ》に広がっていく。恥ずかしげもなく落ちた涙に、俺の吐く血だ、と胸中言葉にしていて、その自己憐憫にも似た弱さに腹立ち、悔しくて、さらに涙が鼻の先に溜まる。情けない。

俺は弱い。俺は弱い。

――研吾、将造に一本入れたように、その木刀で面を入れてみぃッ！

光邑雪峯禅師の声が耳の奥で炸裂して、獰猛なほどに気を漲らせた構えが見える。

うがッ！

――勝負は勝負だ。勝たねばならん。勝たねば、おまえが、死ぬ。真っ当な道理だろ

アルコール依存症の通院治療の許可が出た時に、光邑禅師が北鎌倉学院高校剣道場に自分を呼び出したのを思い出す。

何故、あのタイミングで自分が光邑に呼び出されたのか……。

すでに大学を卒業した時点で光邑禅師とは中々会うこともなくなったが、最も自分が弱りきって世間に出るのに嫌気が差し、絶望的な気分になっていた頃の話だ。親父が光邑に連絡を入れるなどはありえない。親父は今と同じく、あの夜から植物状態で意識すらない。光邑禅師は後で自分を呼び出した理由について、「北学剣道部の指導をやって欲しい」とだけしか話さなかったが、おそらく浄覚寺の住職か大黒にでも聞いたのかも知れない。

――研吾、何があったか、いうてみい。

自分の憔悴し、今にも死にそうな表情を見て、不審に思ったのか。真正面に正坐して見据えながら問うてきた光邑の眼差しに、矢田部は自棄《やけ》なのか無気力なのか分からない気分のまま口にしたのだ。

――あんたにいっても、分からないですよ。

――いうてみい、研吾。

――親父を殺したんですよ……。

光邑禅師は矢田部の言葉を聞いても、眉一つ動かさなかった。射すくめるような視線

のまま、低く唸るような声を誰もいない道場に響かせたのだ。

——ほう。おまえに親父さんが殺せたというのか。

——殺したんだよ、俺が……。

そう矢田部が答えると、光邑雪峯は横に置いていた二本の木刀のうち一本を渡してきた。それが赤樫の木刀の三倍は重く硬い、黒檀の木刀。融が「気剣体」の袋に入れて持っていた木刀だった。

——ならば、それで、わしを殺してみろ。親父さんにやったのと同じように。

——何の意味もないでしょう、光邑禅師。

——意味がないというのは、とてつもなく重要なことだ。

そういったと同時に、光邑は脇に置いた赤樫の木刀で、右膝を立てながら居合のように横から矢田部の首元を狙ってきた。草を薙《な》ぐような一閃が瞬く。矢田部も右膝を浮かしながら反射的に渡された黒檀の木刀を立て、柄で受けた。耳元で硬く乾いた音が鳴って、鼓膜を叩く。一瞬目の前が反転したように黒く潰れ、稲妻のような光。光邑の本気の振りの重さが受けた右手に響き、矢田部はすかさず後ろに退いて、木刀を構えたのだ。

まだ、あの時のことをはっきり覚えている。父親との最後の立合いの次に、死を意識した対峙だった。いや、自分はまだいい。相手の光邑は赤樫の木刀でスピードや切れは出るが、黒檀の木刀の威力はその比ではない。矢田部の握った木刀は、頭に振り下ろしただけで頭蓋骨を砕くくらいの破壊力があっただろう。もちろん、その重さは打突の速度を鈍らせはする。だが、触れでもしたら、老いた光邑の体に、父親と同様、あるいはそれ以上にダメージを与えるには違いなかった。それを賭して、光邑雪峯禅師は向かってきたのだ。

一体、何のために……。

啐啄《そったく》同時。

親鳥の温め続けた卵が、いざ孵《かえ》る時、内側から雛が殻を突き、外からは親鳥が突く。そのタイミングが合わなければ、雛は孵らない。境界の薄い膜。その限界に近い境界での一瞬。

交刃。

光邑は気合を入れた声を発して、中段に構える。草が靡くような柔らかさの中に、強靱な核が孕み込まれた構えだった。体から放射するものが強くて、時に巨大な壁が立ちはだかっているように見えるが、矢田部が反発して剣先に力を籠もらせると、大きな布のはためきに変わる。ただ攻撃しただけでは、石礫《いしつぶて》が布に受け止められるように、なやされるだけだろう。

黒檀の木刀をやはり中段に構え、重心を腹の底に据える。と、矢田部はいきなり後方に二、三歩素早く摺り足で下がってみた。光邑との間合いが苦しかった。相手が本気で殺しにかかってくる対峙は、もう父親との夜の立合いで充分だ。自分はもう剣道などやらない。剣道など自らの人生から消えたのだ。そう思っていた。

だが、矢田部の後退に合わせて、光邑はアメンボが水面を滑るように前進してきて、間合いを切らせない。すでに互いに打ち間に入っていて、呼吸の乱れを少しでも覗かせたら、勝負が決まる。

　気が踵にまで降りている、熟した構え。まるで隙がない。だが、自分が打たれたとしても、一瞬遅れて黒檀の木刀が入れば、光邑雪峯のダメージは再起できないほどのものになるだろう。

　あんたは馬鹿だ……あんたは馬鹿だ……、と胸中言葉にしているうちにも、光邑の完璧な構えから発する、そよとした風すらない不気味さに手が出ない。ただ、気の練られた満ちたりに呑み込まれるばかりだった。

　一刀即万刀、万刀即一刀。まったく欠けている所も、余す所もない。円相というやつだ。すべてが循環してつながり、途切れることもなく円となる。気剣体。剣の動きが体の動きとしてつながり、体の動きが剣の動きとつながっている。光邑の円の中心に矢を射るか。だが、そのまま矢は自らのど真ん中に返ってくる。

　上段に構えて間合いを切ろうとしても、まるで通用しない気配があった。すでに光邑雪峯禅師は、自分に斬られることを当たり前に覚悟して、むしろ、それを待っている無刀の状態に近い。イラつく。焦る。息が乱れる。あんたはこの木刀を頭に振り下ろしたら、間違いなく死ぬんだぞ、光邑禅師。

　剣先を触れ合わせているうちに、完全にこちらの気を抜かれているのが分かった。鎌倉寿福寺の禅僧念阿弥慈音が編み出した念流のやり方だ。

　――立合ひて敵に気を遣ひ切らせること第一なり。その気の根本は臍の下にあり。

「念流兵法心得」にあるフレーズそのままだ。丹田に気を収めた光邑の呼吸はまったく乱れることなく、こっちの呼吸まで自らのものにしている。すでに負けている。何をやっても初めから負けているじゃないか。

そう思って、黒檀の木刀を床に投げ出そうとした時、光邑が故意に大きく振りかぶって攻めてきた。

！

無意識のうちにも右に払って捌く。目の前には突き出された光邑の右腕。その右手首の上に黒檀の木刀を振り下ろそうとした。と、光邑が木刀の柄を握っていた右手を離す。剣先が空を切った。そのまま光邑の左手だけで握られた木刀が、小さい弧を描く。一瞬後、矢田部の右胸を裂いた。

鈍痛を覚えたのも束の間、次の瞬間には鍔ぜり合いとなって、小手をつけていない互いの拳と拳がぶつかり、また反発し合うように離れる。靡いた草の揺れ戻し。撓《しな》る。いや、引き面！　頭上の空を鎌のような光が過ぎり、唸ってきた。鎌首をもたげた大蛇の牙。瞬時に頭を引きながら、木刀を垂直に立てた。大蛇は真っ二つに裂けながらも、鼻先を掠める。光邑の剣先が自分の鍔元に激しい音を立てて止まった。

そのまま相手は突きにくるか。自分が光邑の面を取るか。

——打ってこいッ！

光邑の発した声と同時に、矢田部は相手の木刀を上からなやし入れて、下から回し上げることをやっていた。そのまま巻き上げ、宙に光邑の木刀を抛《ほう》ろうとしたのだ。だが、光邑は剣の動きを読んだのか、矢田部の回す木刀に添わせて同じように回す。矢田部からしたら、水面に浮いている木っ端を突いている感触のように摑みどころがなく、自らの動きで空回りして転倒する感じだ。

――弱いッ！

光邑の剣先がわずかに左に上がる。矢田部も思わず応じた。まったく同じ。あの夜と同じシチュエーション。矢田部が踏み込み、剣先を上げる。光邑も剣先を返し、矢田部の右胴へと袈裟斬りに振り下ろしてくる。

死ぬぞッ！

――死ねッ！

光邑の怒声とともに、右胴を抉るように木刀の撓った曲線が入ってくる。そして、自分は――禿頭の頂き目がけて、黒檀の木刀を全身の力で振り下ろしていた。

！

肋骨がまた砕けたか。光邑は死んだか。世界が凍った瞬間だった。何事が起きたのかも分からないまま、白く灼熱した時間が凝って、止まる。

寸、止め。

光邑禅師は矢田部の右胴に触れるか触れないかのところで木刀を止め、矢田部は光邑の頭の真上にぎりぎり黒檀の木刀を止めていた。動かない。互いに息もしない。光邑が死ぬことは自分が死ぬこと。止めたままの互いの剣が、その体と刃部との隙間に、生死を含んだ世界すべてを呼び込んでいた。針がわずかに振れれば、自分達は消滅する。何もかもなくなる。それもありなのだろう。

光邑は瞬き一つせずに、ただじっと矢田部の目を見つめ上げている。その時、光邑雪峯禅師という老いた男が、本当の自分の父親のように感じて、矢田部は木刀をかざしたまま泣いてしまったのだ。

点々と落ちる涙の痕を見つめていて、今自分は何処にいて涙を流しているのか、と茫漠とした錯覚の中にいるのに気づく。東光庵脇の剣道場で光邑雪峯を前にして嗚咽を漏らしているのか……と自分の手元を見ても、黒檀の木刀は握られていない。コンクリートの上の黒い染みの広がりから、ゆっくり眼を上げる。すでに、日が落ちて薄暗くなっている玄関先があった。

ガラス戸を開け放ったままのせいで、いつのまにかやぶ蚊が何匹も腕やら足にしがみつき、血を吸っている。おまえらも酒に酔って、飛べなくなるぞ。雑な手つきで手や足を叩き、顔を濡らしていた涙を拭う。

――研吾。おまえの心と体が澄むまで、その黒檀の木刀で素振りを繰り返せ。それは、無刀流のわしの師匠からいただいたものだ。振って振って、振りまくれ。おまえは、まだ禅でいえば、「洞山五位」の偏中正のあたり。無刀流でいえば、絶妙剣のあたりに入ったところだろう。理を摑んだだけでは足らん。無心なる中よりはたらき出るものなり、妙を絶したるはたらきなり。迷うくらいなら、ただ振れ、研吾。

それから剣道を再開して、刃筋を確かめるための木刀も赤樫ではなく、はるかに重い光邑の黒檀の木刀でやるようになったのだ。一年ほどで光邑に返したが、あの「気剣体」の袋から現われたのを見た時、目の前の風景がぐらりと揺れたかのような眩暈がきた。

あの黒檀の木刀……。俺を救ってくれた……剣……。

「だが……」と、無意識のうちにも呟きを放っていて、矢田部は顔を上げた。

だが……何故、あの木刀を……羽田融、という、青年が、持っている……？

光邑雪峯禅師が振れといった……？　羽田という、まったく剣道も知らないガキに……？

いや、ひょっとして、光邑禅師は、稽古に出てこない自分がまたアルコールになどに逃げてしまったのを見透かして、あえて融に黒檀の木刀を持たせ、遣いによこしたのではないか。俺が木刀を確かめるのを見越して……？

違う。

矢田部は上がり框に投げ出していた茶封筒を手に取り、玄関の明かりをつけた。中を見ると、剣道連盟に提出する昇段審査受審者の名簿だ。初段、二段、三段の審査を受ける北鎌倉学院高校の剣道部員名が何名か記入されている。光邑禅師はこれを届けさせるためだけに、融を遣いによこした。それだけの話かも知れない。だが、ならば、あの木刀は……。

三段受審者は、子供の頃から剣道をやっている白川一人。そして、枠の一番下に急遽つけ加えられたかのように、一級受審者の名前もある。

一級……？　そんな初心者が剣道部にいたか？

「一級審査受審者　羽田融　北鎌倉学院高校二年」

明らかに光邑雪峯禅師の字で書かれていた。

茶封筒を持ち、木刀袋を左脇に抱えたまま玄関先に立っていた融のシルエットが蘇ってくる。自分が木刀でガラス戸を開け、すかさず剣先を融の鼻先に突きつけた時、奴は反射的に木刀袋の柄を握った。あれは驚いて、体を震わせたという類ではない。間違いなく、剣を抜こうとして袋の上から柄を握り、鯉口を切ったのだ。

羽田……融。

光邑禅師があの青年に黒檀の木刀を預けたというのは、紛れもない剣才を見抜いたということだ。下段に構えた融の姿が見えてくる。古武道のように両足を広げ、低く構えながら息を潜めている。ほんのかすかな動きでも逃さない。抜群の反射を見せてくる。奴はそよりとした風でも、あるいはにおいのようなものさえも斬る感覚を持っているのだ。

視野の隅で白刃が煌めく。自分の踏み込んだ右足を踵から一直線に膝まで斬り上げてくるか。それとも下からの袈裟斬りで右腹から左肩までを斬ってくるか。面打ちが間に合わない。突きでいくか。

矢田部は上がり框に立てかけておいた赤樫の木刀に手を伸ばした。

朝、それでも八時前には起きたが、体の中を砂鉄のようなものが流れる感触に、矢田部はウイスキー瓶の蓋を開ける。ラッパ呑みして一口やると、内臓に沁みるように熱が巡ってきて、視野がうっすらと明るくなった気がした。

この一口でやめようと思っているのに、もう一口含んで唸る。さらに、もう一口呷る。明るくなったと思った視野が瞬きするたびに色を変え、ぶよりとした寒天のような膜が体を覆ってくるのを感じてきて、もうどうでもいい、と腹の底に鈍い声を落としていた。

だが、頭の隅に痼《しこ》った影があって、邪魔をするように引き留める。携帯電話に何度も連絡を入れてくる北沢のことでも、政龍旗大会の進行役のことでも、警備会社の仕事のことでも、夜中に病院に忍び込み、眠り続ける親父の首元に手をかざしたことでもない。

黒檀の木刀。そして、その木刀を持っていた羽田融という青年。

一体何を引きずっているのかと朦朧とした頭の奥を探ると、強迫観念の塊のように黒檀の木刀が鈍く光っているのだ。

うるさい、と思いながら、拘泥してしまう自らの脆さ。父親が最も唾棄していた自分の弱さだろう。やめてしまう。逃げてしまう。そんな潔い捨て方ができずに、うじうじと悩み続けて腐っていく自分は、それこそ黒檀の木刀で頭をかち割られ、親父のようになってしまうか、死んでしまう方がいいのかも知れない。また、その考え方自体が脆弱で、腹を抉られるような嫌悪感に襲われるのだ。

矢田部はウイスキー瓶をテーブルの上に置くと、浴室にいって水風呂を浴びる。気分を変えるためでも、酒をやめるためでもない。何も考えない。何も考えないまま、体が動く方にいけばいい。風呂から出ても、ウイスキーを一口やり、警備会社に電話を入れて、一週間の休みを申し出る。

俺はどうするのか、俺はどうするのか、と自問を繰り返しながらも、動くのだけはやめずにいて、いつのまにか自室の防具袋の前に正坐していた。面を取り出し、面ぶとんや面紐を整える。胴も取り出し、胴台を手拭で磨き、小手も歪みを取り除いた。竹刀。年季の入った竹刀袋から二本取り出して、中結《なかゆい》や弦を確かめる。正坐したまま静かに竹刀を構えると、剣先が震えていた。アルコールのせいであるのは間違いない。ゆっくり大きく振り上げ、一気に下ろす。宙で止める。剣先はやはりぶれる。繰り返す。繰り返す。

北鎌倉学院高校の剣道場では、すでに稽古が始まっていた。

部員達の掛け声に紛れて、光邑の野太い声が聞こえてくる。矢田部のいない間、光邑禅師が指導に当たっていたのだろう。矢田部は道場の入口で一礼して、中に入った。素振りをしていた部員達が気づいて、自分の方に短い視線を送ってくるのが分かる。光邑は自分が休んでいる間、どう説明していたのか。それとも、あの羽田融という青年から、自分が酒を呑み始めたことを光邑は聞いているかも知れない。

矢田部が静かに道場の奥へと歩みを進めていくと、稽古をつけていた光邑が鋭い視線をよこして二、三度うなずいて見せた。その横に一人だけジャージ姿のまま木刀を振っている部員がいる。

黒檀の木刀。羽田融だ。

奴は本気で剣道部に入部したのか……？　赤樫の木刀よりも三倍も重い木刀を、ゆっくりと丁寧に上下振りしている。まだ足捌きや肩の力みが、始めたばかりの者の振りを表わしているが、刃筋はまったく波を打っていない。まっすぐ振り上げ、まっすぐ降ろしている。有段者でも振り上げた時、右や左にわずかに傾くことがあるが、同じ軌跡を通って空を裂いている。

「研吾ーッ。すぐに面をつけろーッ」

矢田部が正坐して防具を揃えていると、光邑が声を張り上げてくる。光邑自身も床に正坐して禿頭に手拭を巻き始めていた。いきなりの地稽古になるのだろう。矢田部は急いで垂、胴、手拭、面とつけていく。ふと面金の中で自らの息が酒臭いことに気づく。いや、もはや体中から発散していて、近づいたら相当に酒臭いには違いない。

小手をつけ竹刀を持って立ち上がると、すでに待っていた光邑と距離を持って対峙する。礼。光邑禅師の鋭い眼光が面金を通して、睨みつけてくる。三歩大きく踏み出し、竹刀を抜きながら蹲踞。立ち上がる。

と、同時に道場を震わせるような掛声が、光邑の面の中から発せられ、いきなり竹刀が空を擦過して撓った。

「面ーッ！」

気づいた時には自分の頭の上で音が立って、光邑が走り抜けている。矢田部が振り返ると、すでに残心を示していた光邑が、すかさず剣先を小さく左に上げてくる。矢田部の竹刀がつられて上がったところを、光邑の小手打ちが炸裂した。キレのある打突は右手に衝撃を走らせ、危うく竹刀を落としそうになる。怯む間もなく光邑が腰の入った体当たりをしてきて、矢田部が後方に一、二歩下がった隙に、抉るように剣先が入ってきた。

「突きだーッ、おらぁ」

突き垂のど真ん中を突かれ、軽い脳震盪《のうしんとう》になったように眩暈がくる。さらに、光邑はまた矢田部の頭頂部に鋭い面打ちを入れてきた。

「面なりーッ！」

その間、矢田部はまったく手が出ない。相手の動きにわずかに反応して剣先を小さく上下させているだけだった。まるで打って出られない。間合いも摑めない。鍔ぜり合いに持ち込んでみたら、光邑が面金の奥から憤怒の相を漲らせて声を飛ばしてきた。

「研吾ッ。なんだ、おまえの剣はッ。緩い、弱いッ。まったく気合が入ってないッ。何故、下がるッ。おら、おらッ。今も下がってるわ」

鍔元を下に押さえつけられて、跳ね返すように手元を上げると、光邑は素早く一歩下がって右胴を抉ってきた。「パーンッ！」という乾いた音が道場に響き渡る。胴の上からでも胸郭にダメージがきて、思わず矢田部は噎《む》せたように咳き込んだ。その隙にまた面が入る。

激しく動いているのは光邑の方だが、むしろ矢田部の息が切れている。呼吸すらも光邑の剣捌きに操られているのだ。アルコールのせいもあって、意識が薄くなりかけさえしていた。

「研吾ーッ。今のおまえの剣では、どんな者にも勝てんわッ。ほらッ、ほらッ」

光邑雪峯は片手で竹刀を回し、面を打つと見せかけて小手を入れてくる。矢田部が竹刀を下げれば、小突くように突き垂に剣先を伸ばしてきた。

「なんで、そこで下がるッ。中途半端に逃げるのなら、前に逃げろ、研吾ッ、ああ？ほら、前へ、前へ、前へッ」

光邑はそう声を発するたびに、さらに間合いを詰めてきて、矢田部の方は無意識のうちにも圧されて場外に出る感じだった。しまいには道場の壁にまで追い詰められて、まったく身動きができなくなる。

「研吾、息を整えろ」

ようやく竹刀を右脇に下ろした光邑だが、威嚇するように睨みつけたままだ。そして、くるりと背中を見せると、「小僧ーッ」と声を張り上げた。

「小僧ーッ。白川から防具を借りて、つけてみぃッ」

黒檀の木刀を振っていた羽田融という青年がキョトンとした顔をしながら、光邑の方を見ている。

「白川ーッ。小僧にちょいと防具をつけてやれ」

光邑が部員達の方へいくと、融という青年が何か不平っぽい口をきいて、ごねているのが、かすかに聞こえる。耳鳴りと面ぶとんのせいで、良く聞き取れないが、「カッコ悪い」だの、「足軽みたいだし」だの、という声が途切れ途切れに聞こえていたが、光邑が何かいったと同時に、融が表情をいきなり変えて顔をこっちに向け、強い視線を送ってきた。光邑も振り返る。

「研吾ーッ。この小僧と立ち合えッ」

立ち合う……？　自分に部員になったばかりの羽田融とやれというのか？　大体、初心者が面や胴などをつけること自体、早過ぎるじゃないか。自分など剣道を始めた時、一年間面などつけさせてもらえなかった。

正坐した融に白川や他の部員達が急いで防具をつけているのが見える。その横で面を外した光邑禅師が目尻に皺を入れ、見守っていた。

そうか。そんなに酒臭いか。アル中の五段は一級を受ける初心者にも負けるか。ましてや、光邑禅師が見込んだ生来の剣才を持った青年ときた。自分がこてんぱんにやられるというのか。笑わせる。馬鹿らしい。光邑禅師……面白い余興を仕込んでくれたな。

ジャージの上から防具をつけた羽田融が、白川の竹刀を借りて立ち上がった。一丁前に右足から立ち上がっている。光邑禅師が融の面金の中を覗き込んで何か喋っているのが見え、生意気にも融は何回かうなずき返してもいた。

「研吾ッ、小僧ッ」

光邑禅師の掛け声で矢田部も融も、遠く向き合って一礼する。三歩出て竹刀を抜きながらの蹲踞。光邑が教えたのか、融は霜が降りるような静けさで蹲踞している。だが、面金の奥。恐ろしく憎しみに満ちた眼差しがあった。いや、憎さなどという感情の色ではなく、やはり前に覗かせた食い殺す獣のような目。煙の一筋が昇るように立ち上がる。

「始めッ！」

融が竹刀を中段に構えた。下段じゃないのか、羽田融？　面の中の形相は殺気立った気迫に満ちているが、肩や腕に力が入り、ガチガチになっている。何より剣先が上がり過ぎて、小手ががら空きだった。

「小手ッ！」

矢田部はうむをいわせず、融の小手に一本入れて脇を走り抜ける。残心。そのまま、今度は剣先の下がった所を面に飛び込んだ。乾いて小気味いい音が融の面の上で弾ける。体当たり。ぐらついた融が竹刀を思わず上げて胴が空く。そこを手首を利かせて、右胴逆胴右胴と瞬時に三発胴打ちを入れた。道場に響き渡る音に、部員達が声を上げるのが分かった。

どうした、ガキ？　怯んでいるのか？　打ってこい。どれだけでも捌いてやる。

面金を通した融の眼差しに焦点を合わせると、まったく表情が変わっていない。打たれたことに対する動揺すらもなく、ただ睨みつけてきている。どうくる？　下段にするか？　俺の突き垂を掻い潜って、喉仏をモロに突いてくるか。きてみろッ。

融の呼吸がスーッと下がったように見えて、打突してくるかと待ってみたが、何を思ったのか、恐ろしくゆっくりと竹刀を振り上げる。まっすぐ天を貫いた恰好は炎の構えに近いが、一体、何を考えているのか。

と、その時、柳の枝が撓った。細い残影。何だ？　と剣先をわずかに上げた瞬間、矢田部の面の上で竹刀が炸裂した。

「面ッ！」

床を激しく踏み込む音と面打ちの音が同時にきて、矢田部が茫然としているうちにも、融は風のように過《よ》ぎっていた。

「小僧ッ、そこで、残心だッ」

走り抜けた勢いでよたりながらも、融が振り返って竹刀を構え直す。中段の構え。剣先が宙にぴたりと静止している。

十二

「一本ッ！　面ありッ！」

　融が竹刀を中段に構え直したと同時に、光邑雪峯の野太い声が道場に響き渡った。周りから、どよめきと拍手する音が、面ぶとんを通してかすかに聞こえてくる。

　何？　入った？

　融は面の中で視線だけ動かして光邑禅師を確かめると、間違いなく右手を上げて、自分が一本面を取ったのだと示している。すぐにも矢田部の方に視線を返すと、面金の奥の表情が茫然としているのが分かった。だが、中段のどっしりした構えはまだ解いていない。

「元へッ」

　光邑の声に、蹲踞をした位置にまで戻りながら、融は手の内に残る打突の感触を嚙み締めた。光邑禅師に振らされている黒檀の木刀に比べると、噓みたいに竹刀が軽く感じて、何か手刀で矢田部の面を割ったような……。よく分からない。分からないが、全身が打突そのものになったというか、瞬間そのものになったというか。だから、一本取ったというよりも、自分自身が一つ完成したような不思議な感覚があった。

ただ、立ち合う前に光邑雪峯禅師にいわれた通り、あえて大きく振り上げ、一拍置いてから、勢いよく入ったのだ。

——小僧、いいか。まず、初めは、研吾に打たせてやれ。しばらくしたら、大きくゆっくり竹刀を振り上げるんだ。そして、一、二で入れッ。

矢田部の剣先や体の輪郭が身構えて一瞬固まるのが見えて、その次にがら空きの面上の芯が真っ白になって見えた。そして、そこから放射する線。空白の中に音が鳴って、何だと思ったら、自分が迷わず振り下ろした竹刀の物打ちが矢田部の面の上に炸裂していた。

面ッ。

そのまま走り抜ける。「小僧ッ、そこで、残心だッ」の声が聞こえて、慌てて振り返り、竹刀をまた中段に構えたのだ。ただ、それだけ。だけど、物凄く……物凄ぅーく、気持ちが良かった。

「小僧ッ、研吾ッ。もう一本ッ。始めッ」

これで終わりかと思ったら、また光邑が声を張り上げた。どぎまぎしているのも束の間、矢田部が面金の奥から、「イヤッサーッ！」という激しい掛け声を飛ばしてきた。

銀色に光るブラインドのような面金のむこうに、薄暗く鈍いが全体を捉えている矢田部の眼差しが控えていた。観見の目付けというやつだ。中段に構えた剣先がゆっくり小さく上下して、こちらを誘っているのが分かる。今度は自分のやり方でいってみる。いい意味で神経を緊張させ、どんなかすかな動きにでも反応してみせる。一〇〇メートルのスタートラインで、ピストル音を待つ感じ。○・○何秒クラスの反射――。

「面ッ！」

自分の面の上で乾いた音が立って、くらりと眩暈のくるような衝撃があったと思うと、矢田部の大きな影が脇を過ぎっていく。

え⁉

振り返ると、右手首に激痛が走って、直後また頭上にズンッとくる打突があった。

「小手ッ面ッ！」

巨大な風呂敷のような影が目の前をふわりと覆う。と、そのまま矢田部の体が自分の真正面に衝突してきて、後ろに吹き飛ばされた。支える脚さえもつれて、道場の床の上に派手にもんどりうって倒れてしまった。

「どうしたッ、おらおらおらーッ」

自分がどういう恰好で倒れたのか、天地さえ分からない。面の中で探るように顔を上げると、矢田部研吾が片手で剣先を突きつけ、面金を冷ややかに光らせながら見下ろしていた。面や胴、小手をつけて立ちはだかっている姿が、何か頑丈な甲冑《かっちゅう》のようにも見えて、運慶だったか、鎌倉時代の武士の彫像みたいに、威圧している。

……畜……生。……誰だよ。斬りにきただの、誰に頼まれただの、と酒臭い息を吐きながら絡み、挙句の果てには、黒檀の木刀を見て、いきなりメソメソ泣き始めた奴は……？　何が殺意だ？　何が「……悪い……。独りに、してくれ……」だよ？　あんたは、本当は、物凄く弱いんだよ……。

融はいつのまにか床に投げ出してしまっていた竹刀を摑み、杖のように床を突いて立ち上がろうとした。と、矢田部が片手で融の竹刀をぞんざいに横に払う。また融はバランスを崩して、思わず両手を床につき、四つん這いになってしまった。

「おいッ。竹刀をついて、立つな」

「………」

床に向かって大きく溜息を吐き出すと、融はいったん正坐して、竹刀を自分の脇に置いた。静かに握る。右足からゆっくり立ち上がる。

「元へッ」と光邑禅師。

融は左脇に帯刀した竹刀の柄に右手を添え、鯉口を切るように竹刀をかざした。左足が鉤足《かぎあし》にならないように。前後の足幅もあまり広げず、左足の踵は紙一枚が入るくらいに浮かせる。

「始めッ」

「セヤーッ！」

矢田部が掛け声とともに、融の剣先を右から巻いて、いきなり面に入ってきた。一瞬目の前が反転したように稲妻が走った。錆臭いにおいが鼻の奥で開く。竹刀に蛇が絡みついてきたかのように、完全に剣先を縛られていた。と、振り返った瞬間、もう一度面上に弧の残像が過ぎる。面金の上から顔を撫でられる感じ。すかさず竹刀を斜めに上げたら、融の右胴を上から薙ぐように矢田部の剣先が抉ってきた。訳が分からないまま、融も面に打っていこうと前に飛び出す。鞭が短く小さく飛んできて、右小手を斬り落とされた感じだ。

　どうやっても駄目だ。まったく手が出ない。さっきの面一本は何だったわけ？　相手の面金の奥には、史上最悪に弱い男のツラがあるというのに、竹刀を構えた姿は分厚い鉄壁のように頑丈で、動じるところがない。ついでに、怖ろしく酒臭い息で、こっちが気持ち悪くなるくらいだった。相手の竹刀の先革が、視野を塞ぐくらいに大きく見える。どうすればいい？　どうすれば……。

　立ち合う前に、光邑禅師にいわれたことがふと浮かんできて、「そうか。落ち着いて上げればいい」と閃く。間合いがどのくらいか見当もつかなかったが、融は細く息を吸いながら、張り詰めて暴発しそうな空気を自分の側に引き寄せるようにして竹刀をゆっくりと上げた。虎が後ろ足で立ち上がり、敵を見下ろす気持ちだ。溜める。相手の気も、力も、自分の中に溜め込む。そして、振り抜く！

「胴ッ！」

　矢田部が袈裟斬りに自分の半身を真っ二つにして、左へと風のように抜けた。面に打って出た自分の剣先は宙を空振りしただけで、掠りさえしない。

　ど、う、し、て……？

　……畜生、畜生、畜生……。

「それそれそれそれッ」と、矢田部が煽るような声を吐いてきて、剣先を上下させながらまた間合いを詰めてくる。酒臭いにおいが面の中の鼻先にまで膨らんできて、あまりの悔しさに地団駄を踏みたいような、泣きたいような気持ちになり、奥歯を思い切り嚙み締めた。

一か八か……。

融は後ろにスキップして一、二歩後退する。情けないくらい息が苦しくなっていたが、それを覗かせるのは絶対に避けなければならない。矢田部は呼吸を読んで、こちらが息を吐き切って吸う時に打突してくる。肩を上下させないように呼吸を細めて左足を大きく引いた。上半身を屈ませながら、ゆっくりと剣先を下ろしていく。鹿威《ししおど》しが水を溜めて傾く感じ……。弓の弦を静かに引いていく感覚……。

変則の下段。

矢田部の面奥を見ると、わずかに無愛想な唇の片端が上がったように見える。

笑ったのか？　もうこの構えは通用しないと？

融は矢田部の目を睨みつけたまま、剣先を下げた竹刀の柄尻を左小手の盆にあてがった。そして、右手首をねじるようにして静かに竹刀の表裏を返す。この瞬間に、光の反射が剣先から鍔まで走って、竹刀は真剣に変わったはずだ。すでに弦の方が下になり、刃部が上。矢田部の髪の毛一本落ちてきても、刃に触れれば事もなげにハラリと斬れるだろう。そうじゃないのか、矢田部先生……？

滴水滴凍　テキスイテキトウ　tekisuitekito。

竹刀を返したのを察して、矢田部が攻めの気配を呑み込むようにして腹に溜め込むのを感じる。爆発させる前の凝縮。自分も殺られるだろうが、踏み込んでくれれば、相手の足を踵から裂く。それとも右小手を下から斬り上げ、手首を宙に飛ばし、喉元を突く。

矢田部の体の中で血が揺れているのが分かる。タイミングを計りながら前後に血袋を揺らして、一瞬速く脳天に真剣を振り下ろそうとしているのだ。

「やめーッ。そこまでッ！」

何？

今まさに、即発しそうだったところに、光邑雪峯の声が道場に響き渡った。

嘘だろう？

冗談じゃない。酔っ払い剣士の矢田部に翻弄されて、何度も打たれ、床にまで倒される始末だ。まるで馬鹿みたい、というか、みじめったらありゃしない。

矢田部が構えを解いたのも無視して、融は下段のままジリジリと間合いを詰めた。面金の奥で、矢田部が眉根をねじり上げ、尻目に見ているのが分かる。その小馬鹿にした表情が、よけいに悔しい。今すぐにも、小手でも面でも、いや、一本でもなくていいから、相手を斬りつけたかった。

「ほらッ、小僧ッ。元へだッ」

もう一度光邑禅師が声を張り上げる。ちらりと視線を投げると、白い眉毛の下から鋭い眼光で睨んでいた。融も小さく舌打ちして、ようやく下段の構えを解くと、ふて腐れた気持ちでまた立合いの位置まで戻る。

「ああ、光邑先生……、俺、小僧、ではなく、羽田ですから……」

こんな立合いの場所で面をつけたまま喋ることではなかったが、癪《しゃく》に障ってつい口に出してしまう。「そこで、なんでそう一言多いの？」って、母親によくいわれるけど、遺伝じゃね？　体の中に怒りや悔しさが渦巻いて、眩暈すら覚えるくらいだった。

「そうか、小僧。羽田か。よし、羽田も研吾も竹刀を構え直せ」

試合が終わる時の礼節としての構え。

「今の勝負は、面一本で、小僧の勝ちッ」

そういって、光邑は融の側の右手を上げた。

は？　何それ？　って、ちっとも嬉しくないし。見学していた他の部員達からもまばらな拍手を送られて、お情けでもらった一本勝ちに燻《くすぶ》る気持ちだ。

「小僧の面打ちは気剣体一致の一本、文句なしだ。研吾の攻めは積極的に入っているようだが、気が足らん。迷いや疑いだらけの、攻めに終始した。よし、蹲踞ッ」

融も矢田部も竹刀を構えたまま蹲踞して、納刀する。立ち上がり、摺り足で五歩後退。礼。

道場の端に戻ると、白川が飛んできて、しきりに肩を叩く。面紐を外してくれたり、小手を取ったりしてくれるが、どうにも腑に落ちなかった。自分では気づかなかったほど息が上がっていて、喘鳴《ぜんめい》みたいな音が口から出ているし、考えられないくらい頭や顔から汗が噴き出して、止まる気配すらない。

「羽田ぁ！　凄ぇじゃん！　矢田部先生から一本取ったんだぜッ」

額から流れ落ちる汗が目の中に入って、涙みたいに見えるんじゃないかと思う。実際、悔しくて涙が滲み出ているのかも知れない。あんなに何もできないまま面も小手も胴も立て続けに打たれてしまい、恥ずかしい。相手が五段の実力者だとはいえ、酒臭いにおいをプンプンさせて、酔っ払っている奴に完敗だなんて……。ひょっとして、矢田部の酒臭さにこっちが酔って、うまく立ち合えなかったということもあるか、とも思ってみて、さらに情けなくなる。

「おまえの面、物凄ぇ速ぇし、威力あるって。マジで。見えなかったよ」

矢田部の方を見ると、すでに光邑禅師と切り返しをやり始めていた。竹刀が弾け壊れるのではないかと思うほどの激しい切り返しだ。こっちはまだ呼吸困難が治まらない状態なのに、爺《じじい》や大人って何？　と思う。

「部員の中で、矢田部先生に面入れたの、おまえだけだわ。これは前代未聞っちゅう話っしょ」

白川の顔を見ると、本気で興奮しているのか、白目が剝き出るほど両目を見開いて唾をやたら飛ばしながら喋っている。……一体、剣道って、何なんだよ……？

「……白川……。俺、手も足も出なかったじゃん……。せめて、最後……」

「おまえ、何いってんの？　一本、入れたんだって。完璧な面打ち。踏み込みといい、発声といい。おまえがあんな声出すとは思わなかったし」

声……？

「……何、俺、『面』とか、いった……？」

「いった、いった。物凄ぇ気勢だった。でもやっぱさ、あそこで上段に構えるっつうのが、羽田だよなあ。普通、やんないし、畏れ多くて。とにかく、上段に構えてからの即攻撃の速さがさ、半端ねえっつうか。あれ、黒檀の木刀を素振りしてるせいだな」

上段に構えてからの即攻撃？　周りの者達にはそう見えたのかも知れないが、自分は光邑雪峯にいわれた通りやってみただけだ。人にいわれてやっただけ……。中段からの大きな面打ち。ゆっくり振り上げる。そこで打つのではなく、一、二で出ただけ。でも、何故、あんな緩やかな振り上げの面を、矢田部研吾は捌くことができなかったんだ？　あえて自分に一本打たせたのでないのは、面の中の茫然とした表情で素人の自分にも分かった。何故……。

「羽田、おまえ、本気で稽古やってみい。けっこう、マジで凄いことになるかもよ」

「白川さあ、いいかげんなこというなって。俺、どう見ても駄目じゃねえ？　あんなボロボロに打たれてさ。床にまで転がされたんだぜ」

「うわッ。羽田ぁ、おまえ、馬鹿じゃねえの。五段の先生とやって打たれるのは、当たり前だろうが。打たれて感謝、打って反省、なんだよ、剣道は」

融は顔の汗を拭いていた手拭の手を止めて、白川の顔をまじまじと見た。道場の奥では、光邑と矢田部が激しい声を掛け合いながら、切り返しを続けている。自らの弱さを叩き、削り落としていく特訓のようにも見えた。

「打たれて感謝、打って反省、って……なんか、それ、気持ち悪くね？」

頭のてっぺんを指で触ると薄いタンコブのようなものが疼き、右手首は赤く腫れてジンジンしていた。何が気の入っていない打突だよ。相当の衝撃があったし、もしもまったく無関係な第三者の審判員が見ていたら、もう嫌というほど何本も矢田部研吾に取られていたはずだ。

横須賀線に沿って北鎌倉駅に向かって歩いていると、後ろから誰か何人か走ってくる足音が聞こえてくる。融が左のふくらはぎの筋肉痛をかばうようにして脇に寄ると、「よッ」と肩を強く叩かれた。その瞬間、僧帽筋《そうぼうきん》というのか、肩甲骨の脇の筋肉までいかれているのに気づく。顔をしかめながら見ると、石崎と花沢だった。

「羽田ぁ、おまえ、どうしたの？　そんな長いもん持って」

石崎が息を弾ませながら、融の持っている「気剣体」の木刀袋を見て面白がっている。

「なんかさあ。悪い世界に引きずり込まれたあ」

「大丈夫かよ、おまえ。あの光邑先生だろ？　おっかねえぞ」

「バイト代出すっていうからさ……」と融が話しかけた時に、久里浜行きの下りの横須賀線が轟音を立ててすぐ横を通過し、声が掻き消える。花沢も石崎も顔をひん曲げて耳を傾けていたが、聞こえなかったみたいだ。

「でも、おまえ、ドラマニよりも剣道の方、才能あるかもよ」と石崎。

「俺ら、どっちもプレミアム・アンコール・ステージ、いったわ」

花沢がそういって、スポーツバッグから覗いているマイ・スティックを示した。花沢はディープ・パープルとかレッド・ツェッペリンとかいう、七〇年代のバンドのドラムスをコピーしているくらいだから、その上も狙えるかも知れない。

「これから、大船のゲーセン、いくんだけど、羽田もいくか？」

いいな、DrumMania V6 BLAZING!!!!。久しぶりにやりたい気分だったが、とにかくあの地稽古で消耗したのと腹が減ったのとで、まずはマックか吉野家だ。

「俺も大船に出るつもりだけど……後で、じゃあ、寄ってみるわ」

「おう、そしたら先いってる。悪い、ひと電車でも早くいきたいからさ、俺ら、走るわ」

そういって二人とも軽く手を上げたと思うと、次の上り電車に間に合うように走っていく。二人の後ろ姿を見ていて、自分も一緒にいっても構わないのだと思っているのに、どんよりと重いものが足元を抑え込んでいた。

目を閉じなくても、映像が浮かんでくる。うむをいわさぬ一瞬の間に炸裂する打突……。小手から面への連続打ち。体当たり。肋骨に響く胴打ち。しかも、右左右とこちらの正中線を弄ぶように流れる三連続の胴打ち。スズメバチの攻撃のようでいて、鉄壁みたいに鈍重で、風に揺れ騒ぐ草むらかと思うと、氷の冷たさで真剣がまっすぐ入ってくる。

まったく歯が立たない。立たなかった。自分よりも一〇歳以上も年上の、反射神経だって運動神経だって、どうやっても自分の方が上のはずなのに、敏捷性や感覚などというものを事もなげに指で弾かれた感じだった。要するに、相手にならず、お手玉にされたということだ。

腹の底が固くなって、喉の奥を締めつけられるような痛みがくる。そう思っているうちにも無意識に音が出るほど歯軋りして、木刀の袋を握る拳に力が入った。駅の方に目を向けると、すでに石崎や花沢達の姿はなく、むこうから高野高校の女子高生達が数人歩いてくるのが見える。

上りの横須賀線、高野高校の女の子達、右側の円覚寺……目を凝らそうと思っても、視界が震えながら滲んで、喉の奥がクークー鳴った。

馬鹿じゃね、俺？

そう胸の中で独り言を漏らすと、よけいみじめさと悔しさで体の中が渦巻くようだった。手の甲で額の汗を拭う振りをしながら、目も拭う。大体、なんで光邑禅師はこんな素人の自分に、矢田部研吾と立ち合わせたんだよ。あいつに自信をつけさせたかったから？　それとも、俺が本当に勝つと思ってた？　って、自分の方が、本当にたぶん勝つんじゃないかと思っていて、それがあまりに甘いって思わせたかったから……？

五段とアマチュア。負けて当たり前じゃん。それで済んだ話で、今までそんな小さいことに拘泥する自分ではけっしてなかったのに、何か全存在を否定されたくらいにこたえてしまった。

……馬鹿じゃねえの、俺……。

Ｓｕｉｃａを改札口にタッチさせて、上りのホームに渡る。男子生徒など初めから見てないけど、高野高校や北鎌倉女子高校の女子達をさりげなくチェックする、いつものことすらやる気も起こらず、バッグからしおしおとｉＰｏｄを取り出した。せめて音楽だよ。なんでこんな時、イヤホンコードが絡むわけ……。

融は絡まったコードを伸ばしながら、ホームに滑り込んできた横須賀線上りを見る。ドビュッシー？　ディラン？　やっぱ、Hilcrhyme っしょ。曲は「ツボミ」がいい。

――「おい、どうした？」　そんなトコ居ないでもっとこっち来いよ　さぁ踏み出せ1歩勇気出し　縮めるその遠い距離を……。

車窓を過ぎる北鎌倉の山や緑や家々の屋根が時々煌めいて、眩しいくらいだ。瞬くと点々とオレンジ色の残像が斜め上に上っていく。鎌倉山の稜線から小さく凝り固まった積乱雲が覗いていて、生まれたての雲の白さに心を奪われそうになる。もうすぐ夏だよ。海、江ノ島、花火、BBQ、彼女、ついでに期末試験……。ぼんやり外を見ているうちに電車は大船の街に入って、白い巨大な大船観音が小山の上で微笑む姿が見えてきた。

融は床に置いたバッグを担ぎ、木刀袋をしっかり左手で持つ。周りの人にぶつからないように木刀の位置を気遣う自分が、嘘みたいだ。なんで俺が剣道？　と今さらながら思っていて、苦いような、ハラハラするような不思議な気分にもなる。

混雑した人々に混じって改札口を出ると、ルミネウィングの前でヒップホップダンスを練習している若い奴らの姿が目に入る。融は片耳だけイヤホンを外して、音楽を確めてみるが、よく知らない海外のラッパーのものだった。会社帰りのサラリーマンや、ルミネウィングからユニクロの袋をぶら下げて出てくる主婦、みどりの窓口前で旅行パンフレットを見ている老夫婦、円陣を組んで楽しそうに笑っている何処かの吹奏楽部の連中……。あ、ダブルチーズバーガー。黒い大きな楽器ケースを担いでいる奴が、うまそうにマックのバーガーを食っているのを見て、俄然、腹が減ってきた。やっぱり今日は吉野家ではなくて、マクドナルドに決めた。その後、気が乗れば、ゲーセンで石崎達と合流する。

融はルミネウィングの前を通り、商店街へと通じる階段を急いで降り始めた。いき交う人々の中を、膨らんだ紙袋を両手にぶら下げ、ゆっくり降りていく爺さんの後ろ姿が見える。乱れた白髪や衣服の薄汚さから、いつも大船駅近辺にいるホームレスの爺さんだろうと融は思う。片足が悪いのか、一段下がっては止まり、一段下がっては止まっている。

Hilcrhyme の音楽に混じって、階段下のパチンコ屋が流す派手な音楽が聞こえてくる。向かいのドラッグストアの畳み掛けるような宣伝も。横断歩道のシグナル音。クルマのクラクション……。耳の中が混乱しそうになる。iＰｏｄのスイッチを切って、イヤホンを外しながら階段を降りていくと、ふと視野の右端で黒い影が膨らんだ。

なんだと思っているのも束の間、「ああッ！」と大きな声が間近でして、融は反射的に視線を投げた。さっきのホームレスの爺さんが、すでに階段を踏み外して、自分の横に体が投げ出されていた。

「危ないッ！」

持っていた紙袋が宙に飛んでいる。いや、すでに爺さんは頭から放り出される感じでッ……。

融は無意識のうちに体をひねって、老人の体を受け止めようとした。イヤホンが弾け飛ぶ。重いッ。まずいッ。片足で踏ん張って、老人の体を支えようとしたが、落ちる勢いがついていて、抱えた自分まで片足を階段の縁《へり》に滑らせて転んでいた。

！

融が下になり、老人が上になる恰好で階段の縁を滑り、「あ、俺、死ぬわ……」とポツリ胸の中に言葉が落ちた時、何故か数段で止まった。

踊り場。……踊り場ッ。踊り場ぁ。踊り場ぁぁぁぁッ。

助かったあああ。俺、大丈夫？　爺さん、大丈夫？

「おおぉ、悪い、兄ちゃん、悪いぃー」

饐えた息が鼻先を撫でて、味噌っ歯の覗いた口が目の前にあった。ついでに汚れた服からも何か変なにおいがする。自分の頭の横にはパンパンに膨れ上がった爺さんの紙袋が転がり、担いでいたバッグの紐は首に絡む始末。iPodのコードも何故か爺さんの黒ずんだ耳に引っ掛かっている。

「……お爺ちゃんは、大丈夫？　何処か、ぶつけなかった？」

もつれるようにして、ゆっくり二人で起き上がると、ホームレスの爺さんは一回深呼吸してから、節くれだった褐色の右手の指を何度か閉じたり開いたり、白っぽい口をぽかんと開けて、体に痛みがないか探っているようだった。

「……たまげたな、たまげたぁ。……いや、俺は、な。大丈夫だよぅ。いや、でも、兄ちゃん、大丈夫かぁ。俺はなあ、九九万円のヨイヨイの体で、癌細胞だらけだから、死なないんだぁ。なぁ、兄ちゃん、ありがとうなぁ」

爺さんのよく分からない話を聞きながら、融はぶつけた肘や膝の痛みをこらえつつ制服の汚れを払う。と、背後から、「おい」と、唐突にぞんざいな口調で声を掛けてくる者がいた。

石崎？　花沢？

踊り場の下に続く階段を振り返ると、「気剣体」の木刀袋。それをまっすぐ鼻先に突きつけられていた。

「あッ」と、思わず口から声が漏れてしまう。すっかり黒檀の木刀のことを忘れていた。

「大事な木刀を投げるなよ」

え？　と視線を上げる。茶色い長い髪を後ろにまとめている男と目が合った。冷酷なほど涼やかな眼差し。そして、右耳にピアスリングの反射。

……あ、迫《さこ》ッ……元北鎌倉学院剣道部主将……。

「お、お、剣道だなぁ。剣道ぅ。な、俺は、剣道に関してはうるさいんだぁ。三殺法《さんさつぽう》だぞぅ、三殺法ぅ。兄ちゃん達は、鎌倉の剣聖とも剣鬼ともいわれるぅ、剣士を知っているかぁ？」

だが、木刀を手渡してくれる迫の口元には、笑みが溜められていた。

「……矢田部ぇ将造ぅ鬼の剣、いうて、無敵の剣士だぁ。その倅《せがれ》も剣士でぇ、ほれ、ちようど、このビルのぅ……」

十三

ふわりと白い靄に包まれ、体が傾く。何の衝撃も痛みもない。ただ、横になって下流の方へと流される。穏やかな温度。柔らかい。心地よい。敵がない。自分もない。施無畏《せむい》。自らの体が粒子になって、漂い、拡散し、また朧に集まって、水の上の煙のようだ……。

――心を広く直にして、きつくひつぱらず、少しもたるまず、心のかたよらぬやうに、心をまん中におきて、心を静かにゆるがせて、其ゆるぎのせつなも、ゆるぎやまぬやうに、能々吟味すべし。

宮本武蔵『五輪書』水之巻の「兵法心持の事」……剣豪武蔵が導いてくれているのか？　一度もそんな境地になることはなかったが、自分が死ぬ時になって、初めて分かるものだったか……。心をまん中におきて、心を静かにゆるがせて……。

いきなり氷柱《つらら》の群れが砕けながら、顔に落ちてきた。あまりに唐突な痛さと冷たさに、矢田部は一回大きく空気を飲み込んで、その自らの呼吸の音で目を覚ました。

何だ……？　と目の焦点を絞る。大きな格子状の天井が斜めに傾いでいるように見えて、その右に黒い人影がやはり斜めに立ち、見下ろしている。

……親父、か……。

「……誰……だ……？」

「戯《たわ》けがッ」

低い野太い声が響いて、矢田部は反射的に目を見開く。光邑雪峯が手に水色のポリバケツをぶら下げていた。意識がはっきりしてくるうちに、自らが床に倒れ、いつのまにか面を外された顔に水を浴びせかけられていたのを知る。

「……光……邑……師範……」

半身起き上がって道場に視線を投げると、すでに剣道部員達はいなくて、床の遠い地平線が夕日にくっきり浮かび上がっている。あまりに簡素で堅牢な直線に難儀さを覚え、重い息を吐くと、自らの酒臭さに顔を顰める。

「研吾、正坐」

光邑の声にゆっくりと起き上がり、自分の面を探す。上座近くの隅に、介錯された生首のようにひっそりと置かれ、面金を鈍く光らせていた。自分で自分の首を見ている有様だ。矢田部は袴を整え、濡れた髪を掻き上げながら、すでに座っている光邑に正対した。

「研吾……。おまえ、何故、あの小僧に一本、面を、しかも真面を取られたか、分かっているだろうな」

「………」

「今のおまえは、四病もいいところだ」

怖ろしいほどの眼差しで睨んでいると思っていたが、光邑は硬く目を閉じている。

「素人目には、あの小僧は上段に構えたように見えたろうが、むろん、違うのは分かろうが？」

「……はい」

「研吾、おまえは迷った。おまえは疑った。そうだろ？　確かに、おまえと小僧とでは、剣道では勝負にならんだろう。だというのに、おまえは怯えていた。自らを疑っていた。それは何だ？　弱さだ。脆さだ、研吾。おまえはとことん弱い。そうだな？　……あの小僧の面はな、俺がいうた。俺がそうせい、いうたのだ。絶対におまえから面を一本取れると、確信があった」

矢田部は思わず光邑の眉毛に隠れた皺ばんだ瞼を睨みつける。と、いきなり、その目が開いて、息を止めるほどの強い眼差しが直視してきた。

「竹刀をゆっくり上げて、一、二と数えてから打て、といったのだ」

中段に構えた羽田融が、息を静めて踵へと下ろす感じがあった。それと同時におもむろに剣先を天井に向けて炎のようにかざした。何をやってるんだ、こいつは。何を考えている？　そう思ってしまったのだ。それが、光邑のいう、「一、二」の間だ。

「普通、瞬時に突きで攻めるだろう。あるいは、剣先を上げた時に、小手だろう。それともすかさず胴を打ち抜くか。ところが、おまえは、考えた、悩んだ、迷った。驚懼疑《きようくぎ》惑《わく》が、あの時に渦巻いて、がんじがらめもいいところだわ。その自らに対する疑いは、何だ？　矢田部研吾はそんなに自分なるもんがあるんか？　……あの小僧、一、二と待ってから出た時の面の、迷いのなさ。まあ、捨て身の打突は素人には多々あることだが……しかし、あの小僧の面は、誰にも真似できん」

　柳の枝が撓った。と思ったら、竹刀が鞭のように飛んできたのだ。弧を描く撓りの速さ、戻りの速さ。最も力を発揮する時に面が炸裂していた。

「……光邑師範……、あの羽田融という生徒の……」

「もう剣道部員だ」

「彼の振っている黒檀の木刀は……」

「そういう話をしているのではない、研吾。おまえの酒への逃げも、驚懼疑惑からだ。そうだろう？　そして、おまえの父親の将造は……何に逃げよったと思う？」

　虚を衝かれて動揺を隠せず、反射的に右目の目尻が痙攣するのが自分でも分かった。自らのアルコール中毒が剣道でいう四病の脆さからというのはまだしも、そのことと親父とどう関わるというのだ？　何がいいたい、師範？

「将造は、剣道自体に、逃げよった」

「……剣道自体に？」

「だから、あいつはずっと殺人剣のままだった。だが、研吾とのあの立合いの時に、ようやく何かに気づいたのではあるまいか……」

「何かにとは、何なんです、師範」

「そんなことは、自分で考えろ。ワシにも本当のところは分からんわ。ただ、そうでなければ、おまえが将造のかわりに、病院で寝ておるわけだろう。それとも、すでにおまえは死んでおろう」

矢田部は光邑禅師の眼光の底を見据えてみる。何の引っ掛かりも、示唆もない。黒い眼球が道場の床に跳ね返った夕日を映して、濡れ光っているだけだ。

「研吾、酒をやめろ」

「…………」

「研吾、今、この瞬間から、酒をやめろ。分かったか？」

「……はい」

そう答えると、複雑に刻まれていた眉間の皺が晴れたようにも見える。だが、光邑禅師は信じていないかも知れないと、矢田部は思う。たえず自らを疑っている俺自身が、殊勝な返事をすること自体に迷いながらも、「はい」などといって逃げようとしているのだから。あの素人のガキに一本真面を喰らったのも、アルコールに再び手を出したのも、俺の中の四病、そんな驚懼疑惑による心の動揺がさせているのだと。そうだろう、光邑禅師？　そういうことをいいたいのだろう？

「研吾、いいか。念書ものだぞ」

「……分かりました」

睨んでいた眼差しが一瞬下ろされて、口角を下げた光邑の唇から、長い息の音が漏れる。わずかに道着の両肩が下がって、一息ついたという感じだった。今なら光邑禅師に面でも小手でも入れられるだろう。こちらが気を失うまで執拗に攻め立てた相手を、一瞬のうちに斬る赫機《かっき》というものだ。

「……おまえの親父なら、今、すかさず竹刀を振りかざしてくるところだろうがなあ……。研吾……おまえ、電光影裏に春風を斬る、という偈《げ》を知っているか？」

電光影裏斬春風……。

「あの円覚寺の開山、無学祖元の言葉だ。祖元和尚がまだ中国にいた頃、元の軍隊が乱入してきて、その首領が祖元の首元に刀を突きつけた。だが、祖元はまったく動揺もなく泰然自若。そして、いうたらしいわ。珍重す大元三尺の剣、電光影裏に春風を斬る」

何かの禅語録で読んだことがあるような気もする。それとも鎌倉八幡宮のぼんぼり祭りに寄せられた揮毫《きごう》の中に、そんな偈を見た記憶もある。だが、それで何がいいたい。

「そんなご大層な立派な剣も、稲妻がピカッと光っている間に春風を斬るくらいのもんだ。斬るおまえも斬られる己も、斬らそうとする己も斬ろうとするおまえも、まったくたいしたことない話だわ、と。さすがにその刀をかざした元兵の首領は、祖元の言葉を聞いて尻尾を巻いて退散したそうだ。……なあ、研吾、将造ならばそれでもすかさず斬る男だ。ああ、遮二無二、ずたずたに斬るだろうがなあ」

矢田部将造の殺人剣。

「だが、おまえは斬らない、斬れない。そういう俺はどうだかなあ……。祖元に逆に斬られていたか。それとも、それこそ一緒になって酒でも呑んでいたか」

光邑の白い眉尻が下がって、顔に皺が幾重にも漣を立てる。

「……で、研吾。おまえ、あの羽田融という小僧はどうだと思う？　斬るかな。いや、おまえを斬ったな。迷いもせず。どう思う？　あいつはこの北学剣道部にとっては、儲けものというやつだな。まあ、剣を握り始めたばかりで、滅茶苦茶ではあるが……将造になるか、研吾になるか、それとも超えるかも知れんな。珍重の大元三尺になるであろう剣は、何を斬るか。なあ、研吾……」

大船駅前の自販機でスポーツ飲料を一気に飲み、それから勤務先に挨拶に伺うつもりだった。翌日からいつものように出勤するためにだ。体調不良という理由で一週間の休暇願いを出していたが、警備員は一人休んだだけで、ローテーションがすべて崩れてしまう。年配の沢口にこれ以上迷惑をかけるわけにもいかない。そして、光邑雪峯との約束——。

だが、二本目のビールを空けて、日本酒へと移っていた。光邑との立合いの激しさが奔流のように体の中を掻きむしり、羽田融の一本が頭を真っ二つに割ってくる。しまいには、父親の不快な話まで持ち出され、すべてを綺麗に忘れ流してしまおうと思えば思うほど、胸の底にどす黒く重い塊がわだかまり、そこから気色の悪い触手が無数に伸びてくるのだ。

——その自らに対する疑いは、何だ？　矢田部研吾はそんなに自分なるもんがあるんか？

光邑禅師は、自分がないのか、ああ？　てめえは疑うことすらしない阿呆か？　ちょっとしたことで小さな殺意のようなものが頭をもたげるが、俺は光邑の首元に三尺の太刀をかざしても、斬れない臆病者なんだろう。何が、電光影裏に春風を斬る、だ。

矢田部は空になった日本酒のグラスをカウンター上に置く。

「あらぁ、お客さん、ほんと、いい呑みっぷりぃー。お強いのねえ」

カウンターの中から大島紬《つむぎ》を着た五〇歳過ぎくらいの女将が声を掛けてくる。日本酒の瓶を傾ける時に袖口から白い腕が覗いて、そこだけぼんやりと発光しているように見える。

「アル中なんだよ、俺は……」

「あら、嫌だ。アル中だなんていいませんよ」

白い腕が伸びてきて、目の前に日本酒がなみなみと注がれたグラスを優しく置いた。それをまた半分ほど一気に呷る。体の内側から放射状に広がっていた棘が、それでも柔らかくなっていく気がする。だが、ふとした拍子に、その切っ先が体の中の何処かに当たって、声を上げたくなるほどに痛いのだ。

カウンターだけの狭い店の戸口が開いて、「あら、カズノちゃん」と女将が声を上げる。

「今日はまた早いのねえ」

「今日はお休みですよ。横浜での買い物の帰り……」

小さな声で「よいしょ」と漏らして、紙袋を持ち上げたようながさついた音が聞こえた。

「通れるかしら……」

矢田部は入ってきた女を目の端にも入れず、またグラスを傾ける。胃の腑というよりも体じゅうの細胞がアルコールを飲んでいる。いや、舌なめずりして、早く酔いの潮位を上げようとしているのだ。

「……あの、すみません……」

自分の皮膚が溶け出して、外と区別がつかなくなれば、とりあえずは落ち着ける。心を静かにゆるがせて、其ゆるぎのせつなも、ゆるぎやまぬやうに……。何のフレーズだ？　ごく最近、自分はその言葉を思い出し……そうだ、宮本武蔵か、難儀な男だ、剣豪が何だというのだ、疲れるだけだろう、違うか……？

「お客さん、これ、少し、動かしても……」

光邑禅師との立合いで気絶し、意識が戻る刹那に見た風景……。

「……え？　ああ……」と、矢田部はようやく入ってきた女の顔を見上げる。自分よりも五歳ほど上の女が、髙島屋の紙袋を抱えたまま足元を見つめては困ったように眉根を淡く寄せていた。

「すみません……」と、矢田部は鈍い動作で体をひねり、床に置いた防具袋を動かそうとした。一瞬、頭の上に影が過ぎる。鳥の影か？　いや、滑川？　また人事部の滑川が女を使って俺を殺りにきたか、と、すかさず反射的に手を頭上にかざす。

「隙ありッ」

女が手刀で打ち込んでくるのを軽く捌いて、横腹に拳を入れようとした。あまりに華奢な女の手首の感触に矢田部も力を抜く。

「えッ⁉」

拳を女のワンピースに触れる寸前で止めて、視線を短く上げる。

「わ、何々ッ。ほんとに剣士って、こうなの？　凄ーい。時代劇みたいー」

酔眼のまま睨みつけると、女は片手で持った紙袋と撥ねられた手を宙に止めたまま、目を丸くしていた。

「カズノちゃん、嫌だ、何やってんのよう、あんた、お客さんにー」

「違うの違うの。ほら、お客さんのお荷物、剣道の防具袋、ほら刀の袋もあるし。だから、ちょっと悪戯して、隙あり、面って、やろうとしたの。そしたら、ほんとによけちゃった。凄ーい。……矢、田、部、さん？　っておっしゃるの？　私、護身術教えてもらおうかしら……」

防具袋に小さく刺繡された「矢田部」の黄色い文字を見たのだろう。矢田部は黙ったまま防具袋と竹刀袋を動かして、女が歩くための隙間を作った。

「でも、本当に凄い。剣道やる人って、みんな、こうなのかしら。私も、誰かに襲われたら……」

「カズノちゃん、護身術って、私たち、もう誰にも襲われないから」

「嫌だ、ママと一緒にしないでよ。これでもまだ独身なんだから」

二人の女が笑う声を聞きながら、矢田部はグラスを空けて、またカウンターの上に置いた。

「もう？　ねえ、カズノちゃん、この人凄いのよ。やっぱり、剣道っていうか、武道やる人って、お酒強いのかしら……」

「ママ、私も日本酒ちょうだい」

「ねえ、お客さん……お名前……矢田部さん、っておっしゃるの？」

視野の隅で、また刀が一閃したように見えて、矢田部が視線を投げると、カズノと呼ばれている女が煙草をくわえ、火をつけていた。柔らかな煙の塊が膨らんで、天井に幾筋もの模様を描いていく。また前の職場にいた滑川の妄想を自分は抱えているのか。

――おーい、矢田部ぇ。おまえ、ヤットーの竹刀振るのはいいがな、酒で人生、棒に振るというのは、いただけないわあ。

すでに昔の話じゃないか。胸底の澱《おり》はとうにひからびていると思っているはずなのに、自ら発酵させて臭いものに鼻をひくつかせているのだ。弱い、弱い、弱い……。軽く頭を振って女将に目を戻すと、「何……？」と呟いた。

「いえ、いいんです。いいの、いいの」

「……何ですか、女将さん。気持ち悪いじゃないか。いってくださいよ」と、できるだけ穏やかな酔客を装ってみる。

「いえねえ。お客さん、矢田部さんっておっしゃるんでしょう？　剣道で矢田部さんって……お客さん、矢田部……将造、さんって、何かご関係おありになる？」

日本酒を満たしたグラスをカウンターの上に静かに置き、女将の白い指が印を結んだような形で遠ざかる。矢田部は店の蛍光灯の光を溜めた日本酒が、カウンターの上に濡れたような光の虚像を映しているのを見つめる。まったく初めての店で父親の名前を聞くとは思いもしなかった。

「……いや……知らないな……。矢田部……何、ですか？」

矢田部将造。死に損ないの殺人剣。俺の親父。

「矢田部将造、さん。……神奈川、というか、全国的にも有名な剣道の人、ですよ。前は、うちにも時々いらっしゃっていたんだけど、ねえ、カズノちゃん？」

カズノが手にしていた携帯電話から顔を上げて、ふと目の端に悪戯っぽい笑みを浮かべながら、斜に女将を見上げる。

「知らないわよう、私はぁ。一度も会ったことありませんけど？　ママ、何、怪しいー」

「あら、そう？」と女将はごまかしたように目を伏せ、空いている手を意味もなく手拭にやった。矢田部はグラスに口をつけ、また半分ほど呷る。カズノという女が愛嬌で上げた「乾杯」の声も間に合わない。

「……その、矢田部、という剣士の方は……何歳くらいの方ですか？」

「そうねえ、今は、たぶん、六二、三歳くらいになるかしら……。前は神奈川県警で剣道を教えていたんですよ。七段」

カズノが携帯電話を勢いよく畳み、「ずいぶん、お詳しいこと」と女将をからかって、日本酒のグラスを傾けた。胸襟の開いた、細い喉元がかすかに波打つ。顎の裏に小さな黒子《ほくろ》が覗いて、肌の白さを際立たせていた。雰囲気からして、女将と同じ水商売に携わる女かも知れないが、すぐにも頬や首元がうっすらと赤くなるほどにアルコールはあまり強くないらしかった。

「嫌ぁねえ、カズノちゃん。ただ、このお客さんが剣道やってらっしゃるっていうから……」

「別に誰もいってないし、ママ？」

クククッと喉の奥で笑いを抑えて、砂が流れるように落ちた栗色の前髪を掻き上げる。矢田部は日本酒を傾けながらも、この女将とカズノという女は、初めから自分を矢田部将造の息子だと知って話しているのではないか、と妙な妄想の触手が揺らめき伸びてくるのを感じた。体の中に棲息した球状の棘の塊から、俺の脳味噌にまで侵入してきやがる。矢田部将造の話など聞きたくもない。

「ねえ、でも、剣道をやっている人って、かっこいいわあ。あの、ほら、袴姿というのは、女心をくすぐるわよね」

「ほら、けっこう、お年寄りの方まで続けていらっしゃるでしょう？　それが他のスポーツとは違うのよ。道、なの、道」

矢田部はさらに空になったグラスを女将に示す。一瞬、女将の片方の眉根がわずかに上がったのが分かった。だから、俺は正真正銘のアル中なんだよ、女将。日本酒が駄目なら、生の焼酎をグラスにたっぷり入れて貰っていい。

そう思っている間にも、カウンターと仕切り板の垂直に交わった線が、道場の地平線に見えてくる。斜めに入り込んできていた夕日の赤さ。萎《しぼ》んだ生首を床に置かれ、頭部のないまま正坐している自分が見える。

「その首の上に、矢田部将造の首をつけておくか？」

「ああ、それでいい、構わん構わん。小僧、将造の首をこっちへ持ってこい」

「矢田部先生の首は、僕がもらっていいですか？」

「少し、お水も召し上がってください」

ええ？　と顔を上げると、女将がもう一つのグラスを置いてくれていた。

「……これで……俺の、頭から……ぶっかけて……気合を入れろ、と……？」

「嫌だ、矢田部さん、面白いー。ね、凄いわ、ママ、この人の肩の筋肉……」

いつのまにかカズノという女がカウンターの端から自分の横に移ってきていて、右肩を触られていた。また空けたグラスをかざす。カズノもおかわりをして、「乾杯」とグラスを合わせてきて、体を寄せる。女のにおいがする。女のにおい……。

カズノちゃん、あなた、やめなさい。失礼よ。素敵ぃ、あなた、独身ですかぁ？　将造という男は……ここで……剣道の話を……したことがあるのか？　ママさんと、昔、できていたんじゃないの？　男と女だもの、そんなものぅ。凄い手の大きさー。研吾、おまえは弱い。道、なのよ、道。こっちはそれだけは踏み込めない。……殺意……なんて、ないです。うちもなあ、黒い三角印がつくばかりだしよ……。

「……この人、大丈夫かしら……？」

「大丈夫大丈夫、私、タクシーで途中まで送ってくから」

「あなた、気をつけてよ」

「何がよぅ、ママ。失礼ね。もし襲うとしたら、私の方が襲ってやります」

朦朧とした頭の上を女達の囁きが撫でて、くすぐったさと気持ち悪さが体の中を経巡ってくるが、それも遠くにある感覚だった。誰がくすぐったいんだ？　誰が気持ち悪い？　これが最後の酒になるなら、それもいいだろう。だが、その前に、すべての者の首を刎ねて、道場の端から端まで並べてやる。俺はとことん弱いから、最後にそれくらい許してもらえるだろう？

ほら、頭、ぶつけないで。タクシーよ。江ノ島方面に。いいお店だったでしょう？　江ノ島って、何処へ？　灯台の光。潮の匂い。顎の裏の小さな黒子。ああ、素敵ッ。ママさんとの関係なんて、私、ほんとに知らないわ。乳房。首に浮き出た静脈。パトカーのサイレン。ああ、素敵素敵素敵ッ。逆流する血。爆発寸前の心臓。女の吐息……。

十四

「……つまりはぁ、このビルの警備をやっておるぅ、矢田部研吾いう警備員はぁ、俺のな、警備員でもあるわけだぁ。なあ、癌細胞だらけのヨイヨイでも、大事にしてくれるというのはぁ、なあ、あんた、それは剣聖ゆえの三殺法がぁ、できているということだからしてぇ……」

下から手渡された木刀袋を受けながら、融は迫の睨み上げるような眼差しを計った。無感情のようなクールな視線は相変わらずだが、確かに薄い唇の片端がわずかに攣れて、笑みを溜めている。どういう意味の笑みなのかは分からない。

「三殺法、分かるかぁ？　なあ、三つを殺すんだぁ、な。まず、剣を殺す。な。次に相手の技を殺す、だぁ。そしてぇ……」

バツの悪さを感じて融が小さく顎先を突き出して礼を示すと、迫も目を伏せて面倒そうに小刻みに頷いてみせる。

「相手のタマをぅ殺す。つまり、急所だなぁ」

「って、気、だろう？　オヤジさん」と、迫がいきなり片方の眉を弓なりにして、ホームレスの男に顔を向けた。

「剣、技、気だ」

融も思わず迫の反応とホームレスの男の飄々とした姿に、笑いを漏らしてしまう。迫も唇をねじ曲げて乾いた息を吐き出した。

「じゃあ、お爺ちゃん、俺いきますけど、ほんと、階段気をつけて……」

「おぅおぅッ。ありがとうな。兄ちゃんな」

アルミの手すりに摑まって一瞬ボーッとした表情で立ち尽くすと、ホームレスの男はまた味噌っ歯の覗く洞《ほら》のような口を開けて笑う。足元の紙袋は爺さんの全生活用品が詰まっているのだろうか。

融が軽く会釈して階段を降り始めると、三段ほど下にいた迫も踵を返して歩を進める。迫のまとめた後ろ髪があまりに綺麗で、頭頂部は甲虫の背中みたいに光っているし、束ねた部分は女の子のポニーテールみたいに艶を発して揺れている。シャンプーとかリンスとかにこだわっているのだろうか。自分はいつも面倒臭くて、メリットシャンプーだけで済ませているが……。

二人して階段を降りるのが、何か居心地悪い構図だと思いながら、一言も口をきかないまま下まで降りた。その間、迫は背後で自分が木刀を持っていることに対して敏感になっていたかも知れない。ひょっとして、俺が性格悪い奴だったら、後ろからどついてもおかしくないんじゃね？　それとも余裕？　すでに三殺法で、俺の剣も、技も、タマ、じゃなくて、気も、封じているというわけか？

「……剣道……始めたのか……？」

階段下で迫がむこうを向きながら、いきなり話しかけてきた。横断歩道前の信号機の音やパチンコ屋から漏れてくる派手な音楽などに掻き消されて、よく聞こえない。

「え？」

「剣道、始めたのか、っつうの」

迫が顔半分だけ振り向いて、目の端で視線を投げてきた。並ぶと自分よりも一五センチは背が高い。急に北学の後輩である自覚を強いられるようで、腹の中が硬くなるというか、寒くなるというか。

剣道、始めたのか……？

まったくの素人の自分が、あの髪をツンツン逆立てていた堀内に突きで勝ち、さらにこの迫とやって何とか相打ちみたいなところまで持っていったから、調子に乗って剣道部入部かよ、といわれているのだ。どう答えていいか分からない。バイト代を鼻先にぶら下げた光邑禅師に、まんまと騙されてというのも説得力に欠ける、というかカッコ悪い。なんていおうかと思っているうちにも、口が開いていた。

「悪いっすか？」

何故こんな非礼な言葉が自分の口から飛び出すのか。明らかに暴言だと唇を嚙む前に、迫が「うん？」と眉根を寄せて強い視線を投げてきた。瞳孔が開いて、獲物に喰らいつく前の鮫の眼みたいだ。それとも黒曜石？　一瞬張り詰めたかに見えた顔がわずかに緩んで、横断歩道前を歩く人々に細めた目をやっている。

「悪いなんて、誰もいってねえだろ。良きことでねえの、羽田、君？」

良きこと？

何か面の一本も取られた気分で、どう反応していいか分からず、また下唇と顎を突き出す感じで頭を下げてみた。

「……その木刀……、重いな。赤樫じゃないだろ」

「……黒檀、です」

「黒檀？」

「光邑雪峯先生が、これで振れって」

そう答えると、迫の目つきが少し変わって、木刀の入っている「気剣体」の袋を一瞥してきた。

「光邑先生、相変わらずか？　坐禅の時間では見かけるけどな。……面つけると、恐ろしいくらい無表情になるだろ。あれ、怖いんだよな。まだ、あのダルマみたいな眉とギラギラの目の方が安心する」

融はわずかに目を見開いた。迫のいうことが面白かった。まだ自分は部員になったばかりで、面をつけた光邑禅師と立ち合ったこともないから分からないが、あんなに獰猛な形相をして声を張り上げる光邑禅師が、面をつけたと同時に正体を消すというのか。

「羽田、君……、ま、羽田、でいいか。おまえ、構え……下段でやってんのか？」

急にこちらに向き直って、また視線を木刀袋と自分の顔とに往復させる。ふと、前に立ち合った時に見せた息遣いが思い出される。静かに攻撃の気配を踵の方に沈め、澄ましていく感じだ。

「……いえ、今は、中段にするように、光邑先生も矢田部先生も……」

「だよな。その方がいいって。もったいねえよ。下段から振り上げていくよりも、中段の方がおまえの速さは生きると思う……。ああ、そういえば……」

きっと次に聞かれる、と思った。ああ、そういえば、あの時、下段の構えから突いてきたのは、本当は突き垂を狙ったのではなく、俺の喉仏を狙ったんだろ？　俺の喉を潰そうとしただろ、おまえ？

「さっき、あの爺さん、矢田部先生のこと、いってたな」

「え？」と、不意を衝かれて間抜けな声を漏らしてしまった。

「ほら、あそこのビルの警備員をやっている矢田部研吾って、いってただろ？」

初め何のことをいっているのかと思ったが、ようやく頭の中で繫がる。鎌倉の剣聖とも剣鬼ともいわれる矢田部将造？　という男がいて、その息子が北学剣道部コーチ、さっき自分が地稽古をやらせてもらった矢田部研吾。ホームレスの爺さんと一緒に階段を転げ落ちたことや、何より迫に木刀を手渡されたのとでパニックになって、爺さんの話がよく耳に入ってこなかった。と、前にやはりルミネウィング前の階段で腰掛けていた爺さんのお喋りを、親身になって聞いていた警備員の姿が脳裏を過ぎる。濃紺の制帽を被った男の後ろ姿しか見ていないが、あの時の人が、矢田部先生……？

「矢田部先生は、ここで、警備員の仕事を……？」

「お元気かな。ちょっとここに寄って、挨拶にいった方がいいかも知んねえな」

迫の整えられた眉がわずかに歪んだ。

「ああ、まだ道場だと……。さっきまで俺、ボロクソにやられましたから……」

カハッと乾いた笑いが迫の口から飛び出して、ＣＭに出てきそうなほど白い歯が覗いた。初めて見た迫の笑顔だった。ちょっと俺の好きな Hilcrhyme のＴＯＣさんに似てるんじゃね？

「何だよ、もう矢田部先生に稽古つけてもらってんのかよ。矢田部先生にはさあ、全然かなわないんだよ、まったく手が出ない。掠りもしない」

迫の目が一瞬斜め上を射る。何だと思ったら、ツバメが閃きながら空を裂いていく。矢田部研吾に一本だけ入った面の不可思議について聞くべきか。何故あんなにもマトモに入ったのか。

「……迫、さん……」

迫先輩というべきかと思いつつも、そんな間柄ではない。むしろ、偶然にも会って、少し自分達の空気がなごんだからといって「先輩」などといったら、逆に気持ちが悪いというものだ。

「ああ？」

「……あの、一つ、聞いていいですか……？　俺、今日、矢田部先生とやっていて、一本だけマトモに面が入ったんですけど……」

迫の片方の眉が上がって、目に硬い光が走ったのが分かる。

「どっちがどっちに？」

「……俺が矢田部先生に……一本……」

「はあ？」

迫の表情が一気に顰め面に変わって、唇が奇妙な形に開いた。

「いえ、あの、立ち合う前に、光邑先生にいわれたことをやったんすけど……ゆっくり振り上げて、それから少し置いて、一気に入る」

迫の尖った視線が自分の目や口元や額にうろつくのを感じる。それから唾棄するタイミングで迫が目を逸らした。

「おまえ、それ、マグレちゅうもんなんだよ。偶然入った。しかも、たぶん、真面だったんじゃゃね？」

マグレ？

「……あのな、矢田部先生は、たぶん、見たんじゃねえのかな。おまえの出そうとする技を見ちまったんだよ。それだけ矢田部先生の余裕がさ、マイナス方向に働いたんだ。俺らが、よく、中学の剣道部に教えにいってた時、あんまりガキ達の剣捌きが緩くてさ、面の打突にくるのに、凄ぇスローモーションみたいなんだよ。そうすると、あ、こいつ、一体、何してくるんだろ、何やってるわけ、みたいな。見て、待っちゃうことがあるんだよ。ま、ほんとは駄目なんだけどね。どんなタイプの相手の攻撃も捌けないと……」

俺の打突を、見、た？　見て、待った？　白川がいったように、上段からの打ちのスピードが半端じゃなかったから、ではない？　そう思ったと同時に、急に腹の底に渦を巻きながら熱いものが蠢き始めるのを感じた。焦りか、怒りか、悔しさか、それとも自己嫌悪？　まったくのマグレって……。

「……おまえ……どうしたんだよ」

迫の顔を見上げると、木刀袋を握っている自分の手に視線を落としていた。無意識のうちに硬く強く握り締めていた。短距離一〇〇メートルの時に鍛えた瞬発力と反射神経。スタートの合図と同時に二メートルくらいは飛び出す溜めと速度。竹刀を上げたままでドンッと鳴ったら、絶対誰よりも速い、はず……。いや、むしろ矢田部先生は反応できなかったのではなくて、ただ見ていただけ……。

「ああ、いや……」

「じゃあ、俺、いくわ。これから代《よ》ゼミだよ。嫌んなるよ、ったくさ。部員の奴らによろしくな」

迫はそういって片手を軽く抛《ほう》るように上げてから歩き出そうとして、また止まった。

「ああ、そうだ。……羽田、おまえにも、聞きたいことが、一つあったんだ」

きた。……おまえ、俺の喉仏をもろに突こうとしただろ。剣道は殺し合いじゃねえんだよ。

「おまえさ、なんでiPodに、百人一首とか平家物語が、入ってるわけ?」

「は?」

「俺は聞いてないけど、おまえのiPod、ほら、長沢達が聞いて、いってたじゃねえか。おまえ、長沢達にいったよな。おめえの汚え耳にイヤホン突っ込んだのかよ、ってな」

迫が唇を複雑に曲げて嬉しそうに思い出し笑いを嚙み殺している。

「いや……」

迫が涼やかに細めた目に笑みを漂わせながら、また視線を上下させた。

「ま、いいや。じゃあな」と、迫は束ねた後ろ髪を揺らして横断歩道を渡っていく。

言葉、に興味があるんですよ。俺はラップ・ミュージシャンになりたいんだ。そうだ、迫にもう一つ聞けば良かったと融は思う。光邑雪峯先生の手拭に染め抜きされた「懸待一致」という言葉。ケンタイイッチ？　Kentaiitti？

いや、だが、今はもう一度、北学の道場に戻って、矢田部とやるべきだと、融は思った。一体、何故そんな気持ちがせり上がってくるのか、自分でも説明がつかない。メチャクチャに叩かれるのは分かっているが、見させないくらいの速さで打ってみたい。腹が馬鹿みたいに減っているのに……俺って、どうなったんだろう。俺は、こんな妙なことに執着するタイプだっただろうか。自分でも分からない。悔しさとも焦りともつかない奔流が、体の内側を乱暴に巡っていて、じっとしていられないのだ。まだ、時計は六時にもなっていない。たぶん、矢田部と光邑はまだ激しい稽古をしているはずだ。もう一本、もう一本だけ、勝負させて欲しいッ。

自分は一体何をしているのだろう。何をしている？

融はそう何度も胸の底に言葉を落としながら、重い木刀袋を握り締めて北鎌倉学院高校に向かって走った。帰宅する生徒達の流れに逆らって必死の形相になっているのは承知だけど、今日のうちに矢田部ともう一回剣を交えないと、自分は一歩も進めないんじやないかと大袈裟なことを本気で考えている。

白川や他の部員達は拍手をしてくれたけど、自分があの五段の実力者に一本入れたにもかかわらず、少しも喜べなかったのは何か本能の部分で分かっていたからのような気がする。間違いなく、あの瞬間に斬られていたのは自分だったといってもおかしくない。あまりに稚拙な攻撃に矢田部研吾は虚を衝かれただけ。ならば互角で、ではなく、さらに虚を衝かせない、いや虚も衝かせない打突というものがあるはずだ。

息せき切って正門に駆け込み、道場に向かう。まだ、いるか。全身汗だくになって、道場のガラス戸に手をかける。開いた。と、コンクリートのタタキには、白い鼻緒の下駄が一足丁寧に揃えられているだけで、他の靴などは並んでいなかった。後はいつものゴム草履が二足、端の方に並んでいる。

中を覗くと、道場には誰の姿もなく、窓からのすでに暮れかけた長い西日が薄紫色に曇った空気を刃のように浮き上がらせているだけだった。

遅かった、か……。

小さく息を吐くと、ガタリと音が聞こえる。融が道場の中にさらに首を突っ込んで覗くと、防具室兼用の物置から音が漏れてくるようだった。また、何か物を床に投げるような音。

誰だ？　と思っている間もなく、薄墨色の作務衣を着た光邑雪峯の姿が現われた。険しい眉の下で見開かれた目が憤怒の相にも見える。日本史だったか美術だったかの教科書に、火炎を背負った不動明王像が載っていたが、まるでそんな相貌だ。そして、両手には明王の宝剣と羂索《けんさく》ではなく、長い刀と生首！　だった。左手に剣、右手に静脈や動脈や筋のようなものが垂れ下がった生首をぶら下げている。

矢田部研吾の生首……だ。

「おう、小僧、何だ、忘れ物かぁ」

息を呑んで目を見開いていた融に光邑が野太い声をかけてきた。道場によく響く声に、さらに目を開けて強張っていると、「しかし、いいところにきたなあ、小僧ッ」と重ねて声を張り上げてきた。道場の薄紫色の空気が震えて、紅蓮色の焔を上げるように思える。

「……いえ……」

「どうしたぁ、小僧ッ」

ぶら下げていた生首を、光邑は道場の床の上に無雑作に置く。古くてくたびれ、紐もほつれた面。弦が切れて竹がバラバラになった竹刀。

「おまえは、しかし、いつもいいタイミングできてくれるわ。ほら、手伝え。今、物置の整理をしていたとこだわ」

光邑が防具室に入ると、またすぐにも出てきて、ぼろぼろになった面や胴を床に置く。融もすぐに靴を脱いで光邑の後に従った。突拍子もない想像だったとはいえ、一瞬リアルに見えた光邑不動明王の手にぶら下がった生首を、何故自分は矢田部研吾のものだと思ったのだろう。腹の裏側を撫でられるような不穏な感触を覚えながら、防具室に入る。

汗の饐えたにおいと黴臭さに反射的に息を止めたが、「これもいらん。これも」と次々に光邑がクタクタになった面や垂を渡してくる。

「よし、これはいい。そっちの床に置いたやつは、このダンボール箱に入れて道場の玄関に出しておいてくれや」

光邑は奥の棚に載ったまだ綺麗な面を掌で一、二度叩き、脇の小机の上に置いた。そこには胴台が夥しい傷で曇った胴も置いてある。

「小僧、ちょいと待っておれ。塔頭にいってくる」

光邑が防具室から出ようとした時、融はすかさず声をかけた。何のために汗まみれになるほど全速力で走ってきたのか分からない。

「あの……光邑先生。矢田部先生は、もう帰りましたか？」

「うん？」と怪訝な表情をして立ち止まって、光邑が白い眉を寄せた。

「なんだ、研吾がどうした？」

「いえ……さっきの稽古の時に、僕が一本入れた面なんですけど……」

「あれは見事な真面一本だ。誰にも文句のつけようがない。なあ、ワシのいった通りだろう。必ず小僧ならば研吾の面を取れると思ったわ」

「あれは俺じゃなくても、入ったんだと思います。俺のあの時の面が良かったわけじゃありません」

光邑は獰猛に垂れ下がった眉の下で、殺しにくるのかと思うくらいの目つきで睨みつけてくる。だが、威圧するのでも、脅すのでもない、ただ真剣な眼差しがあるだけだ。

「あれは、俺がゆっくり振り上げた時、矢田部先生が、見た、んだと思います」

「……見た……と？　何をだ？」

「俺がどうやって打ってくるのか、こいつは何をするのかと」

「で、どうした？」

「……で、俺は、もう一回、矢田部先生と立ち合って、今度は見させないくらいの打ちをやってみようと……」

いきなり光邑が破顔して、「戯けがぁ、小僧ッ」と大笑いした。何だよ、と融が顔を上げると、禅師の両目が見据えていた。

「今日の研吾は、あの時、もう死んだ。見たの、見ないの、よりも、小僧が捨て身の一本を入れた。あれは完全に相手を斬った。真剣勝負だったら、研吾にいかような理由があれ、死んだのだ。おまえの勝ちだわ」

「でも、あの後、さんざん面も小手も胴も入れられました」

「あれは気剣体の打突ではない。おまえの肉は斬られたかも知れんが、骨は斬られていない。生き死にの勝負はそういうもんだ。……だが、小僧、おまえ、今、研吾がいたとして、もう一度地稽古、いや、勝負をしたとしても、どうやっても勝てんわ。おまえがどんなに頑張っても、研吾には勝てん。おそらく他の部員達とやっても相手にならず、打ち負かされる。今の小僧は、さっきの研吾とまったく同じだ。四病に捕まっている。驚懼疑惑の四つ。ところが、小僧の面が入った時は、それらが一切なかった。だから、真面が決まった。小僧、ちょいと考えながら、それらをダンボール箱に入れておけ」

そういって光邑がいこうとするのを、融は「分からねえしッ」と声を荒らげて光邑の先に回った。

「どうやったら、勝てるんすか?」と無意識のうちにも手刀をかざしていた。

「無理だというてるだろ」

「こうやったらッ」と、融はカンフーのように瞬時のうちに手刀の風を光邑の顔面にぶつけようとした。と、光邑はこともなげに半歩下がって、自らの手の外側で軽くなやす。融の手が弾かれて、その勢いで半身が左に廻るほどだった。

え⁉

フェイント。顔を狙うように見せかけて、光邑の右腹を拳で狙う。と、その瞬間、ピタンッと光邑の平手が融の額を叩いた。作務衣に染みついた線香の匂いが鼻先を掠めたと思うと、そのまま胸骨のあたりを拳でグリグリと押され、痛さに思わず後退する。光邑禅師の拳を払おうとしたら、今度は外され、まるで自分の払う力を利用するかのようにクルリと廻った手が伸びて、また額にピタンッ。

「小僧、ほれほれ。ワシはちっとも速くないぞ。おまえの何倍ものろい。だが、おまえの速さなぞ、少しも効かんのだなぁ。何故だぁ、何故だぁ」

額にやられた手を払おうとして頑張ると、またクルリと掻い潜った光邑の手が額を打つ。逆も同じ。

「畜生ッ!」

ついに、どうにもならなくなって融は後ろを振り向くと、思い切り床を蹴った。悔しくて、悔しくて、どうにもならない。でかい声を張り上げながら、走り出したい気分だった。噴煙。爆発。怒り。屈辱。自暴自棄。もう一度、床を踏みつける。もう一度。

「小僧、剣道ちゅうもんは、面白いだろう。修行、修行。まあ、いいから、ここで待っとれ。そこのもんを入れておいてくれや」

そういい残して、光邑は何事もなかったように下駄の音を鳴らしていく。この苛立ちを向ける場所がない。自分に向けるしかなくて、ただ膨張し、暴発する感じだ。四病？驚懼疑惑？　竹刀も持たずに、なんであんな爺さんに手玉に取られているんだ？　光邑の目に驚き、光邑の平手を懼《おそ》れ、光邑の言葉を疑い、光邑の動きに惑う。

違う、違う、違うッ。

俺に驚き、俺を懼れ、俺を疑い、俺に惑う。そういうことなんだろッ。俺という存在がなくなれば、うまくいくってか？

「ちょうど、宅配便が届いたところでな」と、もう光邑がビニール袋に入ったものを持って戻ってきた。

「なんだ、小僧。作務が進んでおらんじゃないか……。まあ、いいか。小僧、おまえ、そこに坐れ」

まだ光邑に背を向けたままふて腐れていたが、黙っているのも癪で「小僧、じゃなくて、羽田です。羽田融ッ」と声を張り上げる。道場に響いた自分の声が、まるで幼児が駄々をこねているようで、さらに頭に血が上った。

「おぅ、そうだったな。羽田、融、君だ。ほれ、まあ、いいから、こっち向いて坐れ」

しぶしぶと後ろを振り返り、光邑に視線をやらないまま無雑作に坐ろうとした。

「左坐ッ」

光邑の声に左足から坐り直す。

「こっちを見ろ、小僧」

ゆっくり視線を上げると、光邑禅師は穏やかに笑みを湛えていて、床の上に透明なビニール袋に入った藍色のものを置いていた。

「小僧、おまえの胴着だ。今、ちょうど届いたばかりだ」

「は？」

「出して、着てみい」

「……つうか、俺、そんなの頼んでないし、お金もないし……」

「だから、実物賃金というやつだ。作務を手伝えばいいだけの話だろうが。まあ、いいから、ほれ、着てみい」

矢田部研吾に翻弄され、光邑禅師にも馬鹿にされた屈辱感で燻《くすぶ》っているというのに、自分用に誂《あつら》えてくれたものでも着るわけにはいかない。これで、いそいそと着たら、本当の愚か者じゃないか。

「小僧ッ。戯けがッ！　着ろ、といったら、着ろッ。おまえは、ここから始まる。これから始まる。それとも何か、おまえ、この爺を足蹴にしたと、担任にいうてもいいか、おぅ？　しかも、あんな薪割りごときで、五千円もワシから奪ったのだ」

信じられねえし……これで建總寺東光庵の住職かよ。融は憮然としたまま目の前に置かれたビニール袋を手に取る。かなり重い。袋を引き裂くと、真新しい藍色の剣道着と袴が入っていた。融は着ていた学生服を脱いで、袖を通そうとする。

「馬鹿がッ。胴着を身につけるのにシャツを着ている奴がいるかッ」

黙って半身裸になり剣道着を羽織る。新しい藍染のにおいが鼻をくすぐり、ゴワリとした感触が肌を擦った。

「身頃を重ね合わせて、その胸紐は蝶結び。次は袴」

ふと剣道着の裾を見ると、黄色い刺繍で「羽田」と入っている。明朝体文字。袴の後ろにも黄色い明朝体の刺繍で「羽田」。さりげなく視線を光邑禅師に送ると、腕を組みながら皺ばんだ唇をきつく結んでいる。

「いいか、本来ならパンツも脱ぐんだぞ。フリチンだ。まあ、今日はいいわ。左足から先に穿き、前の部分を下腹部に当てる。丹田を意識しろ」

下腹部。丹田。といわれてもよく分からないし。光邑が立て膝をして、長い前紐を後ろに回してくれ、さらに前に回して、臍の下、六、七センチあたりで交差させて絞った。何か風景が変わるような、目が醒めるような気分。光邑はもう一度紐を後ろに回して蝶結びにしてくれた。奇妙なくらいに下っ腹に力が入って、落ち着く。何これ？　っていうくらいに気が引き締まる。

「腰板のヘラを胴着と前紐の間に差し込んで……そうだ、腰板をしっかり腰と背中に当てて、その左右の後紐を前で交差させる。しっかり。そうだ。左右の紐は真結び。紐の端は両脇の前紐と胴着の間に納める。そう。うーん、良しッ。小僧ッ。その、おまえの木刀を手に持って、あそこの鏡の前に立ってみろ」

「小僧ッ。いいから、鏡の前に立てッ」

いわれるままに木刀袋から黒檀の木刀を取り出し、道場の端にある大きな鏡に向かう。

意識しなくても自然に摺り足になっている自分がいた。足を進めるたびに、丹田という
のか下腹部の芯に力が溜まり、背筋が伸びていく。

木刀を左手に持ったまま、鏡の前にきた。


！


剣士……。

マジ、あれ、俺？

もうどう見ても、凄腕の剣士にしか見えない男が立っている。

「蹲踞ーッ」と、光邑の声が道場に響く。木刀を構えながら、静かに霜が降りるように
蹲踞する。そして、煙が一筋上るように、また静かに立ち上がる。

「上下振り五〇本、始めーッ」

「いや……別に」

十五

灼けつくような喉の渇きと鈍い頭痛に、矢田部はうっすらと瞼を開いた。

見慣れない大きな窓ガラスが一面薄青く光っているのが見えて、あれは父親の頭のCTスキャン像を映すライトボックスか、と思う。

小さく弧を描く軌跡が光の中を過《よ》ぎり、その矩形の脇に垂れた奇妙な模様のカーテンが同じリズムで繰り返し揺れている。女がふざけて自らスカートを持ち上げ、その裾を靡《なび》かせているのか、とぼんやりした頭で思った瞬間に、息を呑んで半身起き上がった。

重苦しい頭痛と吐き気。

女は？　と光にしばたたかせた目を彷徨《さまよ》わせると、趣味の悪い色のアラベスク模様の壁紙と、天井から放射状にドレープを描いて垂れ下がる薄汚れたレースが目に入った。

「……何処……だ、よ……」

自分が寝ていた大きなベッドの頭上を覆うような天蓋といい、埃で煙ったシャンデリアといい、壁紙のどぎつさといい……。ライトボックスと錯覚した窓の方に目をやると、まだ女がスカートの裾を誘うように振って見せていたが、すぐにも下のエアコンの空気口からの風で小さくはためくカーテンだと分かった。

ウォーターベッドなのか、動くたびに不安定に体を玩《もてあそ》ばれ、深酒の酔いの錘《おもり》が右左にと揺れる。矢田部は低く唸ってベッドから降りると、大きな窓ガラスに寄って、薄青い光がさらに濃い藍色に断ち切られるのを見た。

「……海……」

左に視線をやると、旋回しながら飛んでいるトビの遥か下に、濃緑色にうずくまる江ノ島があって、矢田部は大きく溜息をつく。巨大な鯨が漂流し、力尽きて、じっと浮かんでいる姿……。何年ぶりに、いや、何十年ぶりにまともに目の前にした感がある江ノ島は、その背中をやはり巨大な怪鳥に啄《ついば》まれて凸凹にされているようにも見えた。

「……江ノ島……って……、俺は……」

断片的に、小さな呑み屋のカウンターが蘇り、女……白い肌と、濡れて黒ずんだ亀裂や黒子《ほくろ》が脳裏を過ぎり、「素敵素敵」という掠れた声が耳元を湿らせ、そして、父親の将造の裸の背中が何故か思い浮かんでくる。

切れ切れの記憶を追っている自分がすでに全裸で、体の芯でぶら下がるだらしないものに手をやり、鼻先に持ってきては確かめているではないか。体の内に残ったアルコールで女の匂いさえ分からないが、ごみ箱にいくつも乱暴に丸められたティッシュの塊が目に入って、込み上がる吐き気を無理にも呑み込んでいる。ティッシュの上には、栗色の何本もの細く長い髪が無雑作に捨てられていて、思わず額を拳で打った。

シーツの乱れた夥しい皺が、温めた牛乳の皮を思わせるが、まだ女の頭や背中や尻の丸みが残っているようだ。ベッドのむこうには防具袋と竹刀袋。確か、カズノという名前だった。明らかに、片瀬西浜の道路沿いに並ぶラブホテルの一つに自分は取り残されて、酒膨れして朦朧とした頭で昨夜の事態を反芻しているのだ。

「知るか……。ガキでもあるまいし……」

ポータブル冷蔵庫を開け、犇《ひし》めくドリンクの中からミネラルウォーターを取り出して、口にした。また大きなガラス窓に寄ると、サイドテーブルの灰皿に二本のよじれた吸殻が残っているのに気がつく。フィルターにワイン色のルージュが細かな皺を作ってついてもいた。女の顎の裏にあった小さな黒子……。体を思い切り開かせ、貪るように首筋や乳房を食《は》んだ感触が残るが、夢であったかも知れず、自分はただ泥酔したまま昏倒していたということもあるだろうか。

厚手の窓ガラスの取っ手を回し、引いてみる。潮風で錆びついているのか、中々開かないが、力を込めると、空気が抜けたような音を立てて開いた。同時に、片瀬海岸に寄せる波の音や一三四号線を走るクルマのエンジン音が、綿を詰め込まれていたような耳穴を通じさせる。

昨夜の時間を引きずって、それを攪拌《かくはん》だけしていたエアコンの空気に、江ノ島からの潮風が膨らんでもきた。部屋の中よりもむしろ湿って生温かい海の風は、悪酔いした細胞を少しは目覚めさせるが、羞恥を催すようなにおいは女の体を強く思い出させた。

トビの高く転がす鳴き声が上空から聞こえてくる。空を見上げようとする視線を、海上の眩しい瞬きが引きつけた。江ノ島の東側の海でウインドサーフィンを楽しむ者達のセールが、一様に同じ形で風を孕んで光っている。海辺の方では、西の方にもすでに波に戯れる海水浴客が出ていて、小さな波が寄せるたびに飛び上がっては、時々風にのって高い声が届いてきた。

「……一体、この……風景は、何なんだよ……」

まったく自分と無関係に展《ひら》けた江ノ島の海が、笑いたくなるほど遠い。今、ラブホテルの一室でミネラルウォーターを飲みながら江ノ島を眺めている自分が、他人のようにも思えるのだ。他人……？　こんな日常の風景を自分とは無関係と思っている、その自分自体が、感傷的で救いようもなく情けない、という話だろう。

驚懼疑惑《きょうくぎわく》か、光邑禅師《みつむら》……？

――おまえは、考えた、悩んだ、迷った。驚懼疑惑が、あの時に渦巻いて、がんじがらめもいいところだわ。その自らに対する疑いは、何だ？　矢田部研吾はそんなに自分なるもんがあるんか？

光邑雪峯《せっぽう》の腹底からの声が自分の体の内側から聞こえてきて、矢田部はまた酸っぱいものが胃から込み上げてくるのを感じた。無理にもミネラルウォーターのボトルを傾けて、口の端から溢れるほどに呑み込む。冷蔵庫で冷やされたボトルの水が首筋から胸へと伝わり、下腹部へと落ち、男の先へと溜まり、滴る。

ペットボトルに少なくなった水を矢田部は頭からかけて、葉脈のように伝う冷たさをさらに確かめてもみる。足元の薄汚れたカーペットが色を濃くして染みを広げていく。こんなことを昨晩も考えたはずだ。自分の頭から水をぶっかけて……そうだ、呑み屋のカウンター……。その時、道場の端で、介錯されて頭部を失った自分が正坐をしているのが見えて、矢田部将造の首をつけておくか、と誰かにいわれたのを聞いたのだ。

矢田部将造の首、だ？　いや、呑み屋の女将が、矢田部将造を知っているか、と訊ねてきたはずだ。カズノが女将の態度をからかい、俺は俺で口ごもるようにして逃げた。

細く残る記憶を辿るだけでも悪酔いがぶり返し、矢田部はまた冷蔵庫の扉を開けると、缶ビールを取り出してタブを引き、一息に半分ほど呷る。発泡の波が視界に光を閃かせて、一瞬、あの羽田融《はだとおる》という若者の真面の打突が脳天に炸裂してくるようだった。炎の型といわれる上段に構えたと思ったら、一、二、溜めて、一気に迷いもせず飛び込んできた。完全に捨て身。だからこそ腕も体も竹刀も鞭のように伸びる。こちらからは見えない真空の層に沿って、入り込まれた感じだった。

缶ビールを最後まで呷ると、華奢なアルミの缶を紙コップのように握り潰して、冷蔵庫の上に置く。ぼんやりと振り返れば、江ノ島を囲んだ相模湾の海面全体が煌めいて、さんざめいている。所々、目の錯覚かと思えるような黒く濃い穴が光の中に穿たれているが、今度はサーファーの姿やウインドサーフのセールが、光の反射に負けて影になっているのだ。緑の繁茂した江ノ島の縁《へり》や中腹に時々瞬くものは、民家か土産屋の窓ガラスか。展望台にも硬く鋭い光の反射が見えた。

眩しさに目を背けると、悪趣味な模様の壁に自分の影が映っていた。がっしりとした体軀の輪郭の外側を、海からの光の波が蠢いて取り囲んでいる。時々、自らの影の中にも染み入ってきて、輪郭が朧《おぼろ》に揺れてハレーションを起こしていた。

むしろ、あの光に翻弄されている頼りない影の方が、自分という奴に近い。海の反射する光がもっと強かったりしたら、自分の影は痩せて、朧になり、映ることさえなくなるのだろう。

壁に届いている光の反射は、形も不安定でアメーバの増殖運動でも見るようにたえず蠢いて、震えている。よく見れば、自分の影はさらにグラデーションができていて、まったく光に侵されない細長い芯の部分だけ、いかにもラブホテルの壁にありがちなアラベスク模様がはっきりしていた。

融け出してしまいたい。そう思うのも、たかが潮に洗われた細い流木のような影の芯を見て、自分だなどといっている感傷に過ぎないのだろう。馬鹿馬鹿しい。だが、それが俺なのだ。俺なんだろう?

矢田部は奥歯を噛み締めて、バスルームの扉を開けた。


江ノ島に通じる弁天橋にはまばらにだが、すでにカップルや団体客達がそぞろ歩いていて、周りの砂浜にも寝そべったり、オイルを肌に塗ったり、あるいは、バーベキューの鉄板を一心に煽ぎ、紫色の粗末な煙を上げている者もいた。

潮のにおいがきつく、体にまとわりつくほど湿っている。視線を海に投げると、夥しい楔形の光の蝟集《いしゅう》が頭の中に溜まって、微熱を孕むかのようだ。砂浜に打ち上げられたホンダワラやアメフラシのせいか、それとも弁天橋の欄干に沿って並ぶ屋台のサザエのつぼ焼きのせいか、歩けば歩くほど潮のにおいが濃くなってくる。

「おっ、大将ッ。一本景気づけにどうだいッ」

島の左を占めるヨットハーバーの、繊細なマストの林立に視線をやっていると、だみ声が耳に飛び込んできた。灼けて色の薄くなった赤い幟《のぼり》に、江ノ島名物さざえつぼ焼き、だの、おでん、の文字が潮風に揺れる屋台。襟ぐりの広い薄茶けた下着のシャツに、鉢巻を巻いた日焼け顔のオヤジが、矢田部を見て人好きのする笑顔を見せている。

「そんなでっかいもん、持って、難儀だろう。一杯、やって、弁天様だ。な、大将ッ」

オヤジは矢田部の肩からぶら下げた防具袋と手に持った竹刀袋に目をやっている。屋台の庇《ひさし》に油で汚れたラジオがぶら下がっていて、古いディキシーランドジャズが流れていた。

「ああ、じゃあ、カップ酒をくれないかな」

「おう、キンキンに冷やしたやつか、常温か？」

「冷やしたやつを二本だ」

屋台の、やはり潮風と日の光に灼けた暖簾の影に首を屈めると、ふと、その小さな暗がりと、おでんやサザエ、イカなどを焼いているにおいに、奇妙な眩暈《めまい》がくる。いや、眩暈というよりも自分の感覚が迂回して戻ってくるような感触だった。

いつか、ここに、きたことがある……。

既視感とも、先の話ともいえた。俺はここでオヤジから酒を受け取り、一本を呑み、もう一本を手に持って、江ノ島に上る。そして、横にいるまだ四、五歳の子供に、「よし、いくぞ」と声をかける……？

そんな記憶とも想像ともいえないものが妙に切実に感じられて、バケツに入れられた大きな氷をかき回しているオヤジの後頭部を見つめた。よく日に焼けて、首など褐色に染まり、皮膚の皺が細かい菱形の集まったように年季が入っている。江ノ島は、久しぶりとはいえ、幼い頃から遠足でも、仲間とも遊びにきているところだったではないか。何故、唐突に自分が奇妙な心持ちになったのか、分からない。

「よしゃ。キンキンのカップ酒だ」

ガランガランと氷の入ったバケツをかき回し、中から取り出したカップ酒が濡れたまま二本出てくる。そして、俺はこういうのだろう。オヤジ、後でまた寄るから、この荷物を預かってくれや。

「オヤジ、後でまた寄るから、この荷物を預かってくれるかな」

「おぅ、いいよ。邪魔にもならねえだろうから。いいんだろ、そのへんに置いとけば」

矢田部は受け取った一本のカップ酒のアルミ蓋を開け、一気に傾けた。潮のにおいと太陽と波の音とディキシーランドジャズ……。ただ江ノ島弁天橋の屋台にいることがあるだけで、後のことは忘れた。と同時に、一つだけはっきり記憶の輪郭が瞬くのを感じた。

父親だ。

父親の将造と幼い頃の自分は間違いなく江ノ島に遊びにきている。自分は屋台をやっているおじさんから、売り物にもならない小さなサザエを二つもらったことがあったはずだ。一瞬だが鮮明な記憶の断片とともに、若かった頃の父親の漲るような体軀やにおいのようなものまで蘇ってきて、頭の奥にある芯を何者かに引っ張られるのを矢田部は覚えた。

「いい呑みっぷりだねえ、大将ッ」

あれは何かの大会の後ではなかったか。江ノ島には江ノ電できて、電車に乗っている間に見た薄青い相模湾の海原や、他の客がいるのも構わず無理に自分が箱から優勝カップを出させて、その煌めきを自慢したのが思い出される。

「剣士だなあ、大将ッ」

あの時、もう一人いたような気配が記憶の底に残っているが、どう辿っても母親の雰囲気やにおいや柔らかさが感じられてこない。父親と幼い自分と、もう一人の空白がある気がするが、男だったか女だったかも思い出せない。ただ、何十年も前の曖昧な空気の中を、破線や陽炎のように時々気配だけが覗く程度だ。

矢田部はカップに残った酒を一口で呷って、「じゃあ、よろしく頼みます。二、三時間で戻って、また一杯やりますから」と屋台のオヤジに声をかけた。防具袋と竹刀袋を手にしたオヤジが屋台の脇に置く。そのすぐ近くは遊覧船の発着所になっているのか、黄色い帽子を被った園児達がはしゃいでいた。

「おい、大将ッ。携帯電話が震えてるよ。いいのかい」

防具袋の脇ポケットに入れたままの携帯電話を忘れていたが、そのまま放っておくのもオヤジに悪いような気がした。

「ああ、すみません。うっかり忘れてた……」と、節くれだった褐色の老いた手から携帯電話を受け取ると、しつこくまだ振動している。日差しが強くて着信の相手が中々読み取れないが、屋台の暖簾の影で確かめると、わずかに「北沢」という文字が読めた。

すぐにも携帯電話を切って、ズボンのポケットに押し込む。

一瞬でも、カズノという女からではないかと思った自分が愚かしい。泥酔していて電話番号交換をしたのか、赤外線通信で交換したのかもまったく覚えていないが、着信相手をカズノにつなげてしまう自分が、あまりにおめでたい。

そう思った刹那に、父親と自分と一緒にいたもう一人の影が、母親ではなく、まったく知らない女性ではなかったかと思い当たった。間違いなく、もう一人女がいて、自分のことを「研ちゃん、研ちゃん」と呼んでいた声が生々しく蘇り、そして、父親はあの時、江ノ電や弁天橋では、不思議なくらいに優しかったのだ。

苦いというか、気色が悪いというか、自らが恥じるような複雑な薄笑いが唇に思わず浮かんでしまう。一緒にいた女が夏らしい白いワンピース姿だったか、それとも越後上布のような着物だったか。大船の病院の一室で寝ている、老いて植物状態になった男のあの足の裏が、幼い記憶から突き出てくるようだ。

弁天橋を渡ると、錆で変色した青銅の古い鳥居が構えていて、狭い参道を挟んで乱雑なほど店が犇いているのが見える。緩い坂を上る観光客の背中があり、夫婦饅頭を蒸す湯気が威勢よく噴き出、貝細工の風鈴がオパールのような虹色の光を反射してもいる。「江ノ島最中」を売る店員の声に混じって、郵便局の復元した黒塗りの書状箱脇ではしゃぐ女の子達の声、干物の匂いに、こまごまと原色や金銀の色に溢れた土産物屋があり、古くは宿坊だった岩本楼や江ノ島丼を出している食堂もある。店の者やら観光客の入り乱れる声に嬲《なぶ》られながら、坂道を上っていくうちに、朱塗りの大鳥居に出た。

その奥の石段の上に見える龍宮城のような門に覚えはなかったが、石段の辺りでまた男の影が濃くなり、そこから右に曲がって歩いていくのか、江ノ島エスカーと呼ばれるエスカレーターに乗るのか、と迷っていたのではなかったか。

「研ちゃんが大変でしょう」という女の声は、やはり、母親のものではない。いや、今、このなくてもいい自分という感傷がその当時の記憶を作り上げているのかも知れないが、父親は確かにここで、自分を軽々と肩車し、自分は自分でめったに体験できない高さ、しかもチャンバラこそすれ父親らしい遊びはほとんどしてくれなかった父が肩車してくれることに、大得意になったのだ。

矢田部はもちろん酒に浸った体で男坂と呼ばれる急坂を登る気にもなれず、江ノ島エスカーの方へと進んだ。薄暗がりにきて江ノ島に群生する植物の青臭さが濃くなったと思うと、冷えたコンクリートと機械油のにおいがまとわりついてくる。持っていたカップ酒の蓋を開け、また一口やる。

いや違う。男坂は歩いて登っていない。エスカレーター乗り場の薄暗がりや坑道をいくような閉塞感の中、それでも肩車されたままの視界の高さと天井が近い息苦しさを覚えている。そして、振り返った時に、その空白の人が父親のシャツの背中に、額を擦りつけていたのも。

今ならばいくらでも女の科白《せりふ》を考えつくことができるが、その女性が何者であれ、ただ父親の俗が覗いただけで笑えるというものだ。そして、殺人剣の剣士にもごく当たり前な日常があったというだけの話だ。

「ねえ、テンボウトウダイまでいけるぅ？　テンボウトウダイまでいけるぅ？」

幼い男の子の声が響いて、小さく振り返ると、横浜ベイスターズの野球帽を被った幼児が、自分のズボンの腰のあたりをしっかりと摑んで見上げているのを矢田部は見た。

「……テンボウトウダイって、……そうか、展望台、展望灯台か。いけるよ。すぐだ」

「あそこのちかくにある、ショクブツエンで、父さんは、ぼくをわざとマイゴにさせるよ」

「……迷子？」

「あんまりぼくが、なきわめくものだから、父さんは、ものすごくおこるんだよ。ほんとうに、おまえはヨワムシだといって、すごいかおをして。だから、ぼくは母さんのことをずっとおおきなこえでよびつづけて……。そしたら、父さんはもっともっとおこって、オニみたいなかおになるんだよ」

「……鬼、か？　父さんがか？」

矢田部は見上げている男の子を見つめ下ろしながら、またカップ酒を一口やる。

気色の悪いガキだ、と長いエスカレーターに他に誰もいないのをいいことに、思い切り足蹴にしてやりたい衝動に駆られた時に、急に足元が止まってもたつき、カップ酒を派手に零《こぼ》した。一連二連のエスカレーターが終わり、辺津《へつ》宮《みや》に着いたのだ。

上にいた若い観光客のカップルが噴き出して、そそくさと中津宮へのエスカレーターに乗っていく。矢田部は酒で濡れたシャツも薄汚れたズボンもかまわず、そのままふらついた足取りで三連のエスカレーターに足を進めた。後ろを振り返ると、すでにベイスターズの帽子を被った幼児はいなくて、何処かに消えてしまったらしい。

「なんか、お酒、ここまで、臭いんだけど……」

「……アル中なんじゃね」

　囁いているつもりらしいが、前のカップルの声が響いてよく聞こえる。アルコール依存症だというのは、俺が一番よく知っているよ。だけどな、俺は、テンボウトウダイという所までいきたいんだ。

　テンボウトウダイ……テンボウトウダイ……。

　あのロケットの発射台のような展望灯台は覚えている。いつ発射して宇宙へ飛び立つか分からないミサイルロケットが仕込まれた灯台。最も人間として意味のない者がその展望台に上った時に、発射ボタンが押される。幼い矢田部はいつからそんなことを信じてしまったのか。小学校の遠足できた時もそんなことをいって友達に笑われたのだ。

　と、目の前に現われた展望灯台は、自分が想像していたものと形が変わっていて、遠目にソフトクリームのコーンの部分のようにも見えるし、W杯の優勝トロフィーのようにも見えた。そうか、確か灯台が新たに建設されたというのを、ずいぶん前に新聞かニュースで知っていた気がする。江ノ島エスカーに乗っても、ライトアップされた展望灯台のポスターくらい何枚もあっただろうに、自分の見るものはすべて二〇年も前の風景だったに違いない。

「研ちゃんも、剣士になるのかしら……」

　辺津宮か中津宮か奥津宮か分からないが、お参りした時に、女の声が頭の上に優しく落ちてきたのも、生温かな欠片《かけら》として覚えている。

灯台の元から見る太平洋は、藍色の水平線が右に傾いたり左に傾いたりしていたが、恐ろしいほどの容量を湛えていて、その厖大さゆえに波頭の白い傷さえもない。岩壁の下では奇岩に砕けて、夥しい泡を白く吐いているのだろうが、目の高さにある海原は、エイがゆっくりと巨大な胸ヒレを膨らませているかのように、まるで動じるところがなかった。

水平線が右に傾き、自分の体が左へとふらつく。水平線が左に傾き、体が右に。潮風を胸郭いっぱいに吸い込めば、相模湾が遠のき、酒臭い息を搾り出そうとして、海が近づく。

燦然《さんぜん》とした海原の光にやられて、俺の輪郭はなくなりつつあるだろう。アルコールで朦朧とした意識は、波の音にも潮風にも馴染んでいるかのようで、まるで光など届いていない。自らが一粒子となって融け出し、藍色になりきることはできないのか。

自分、自分、自分……。うるさくてかなわない己というやつがいつも邪魔をする。本気で逃げるか。憎しみしか感じない父親の介護からも。仕事からも。北鎌倉学院高校の剣道部コーチからも……。本気で逃げて、本気で捨てるか。

その時、ふと燻《いぶ》されたような低い声が聞こえてくる。

――将造は、剣道自体に逃げよった。だから、あいつはずっと殺人剣のままだった。

光邑雪峯の声が耳の奥に籠もって、ますます分からなくさせる。遥かむこうに横たわる水平線を睨みつけると、今度は水の中にいるように霞んでよく見えない。

十六

木刀袋の他に、「守破離」と極太の墨文字の書体で染め抜かれた竹刀袋も持たされた。饐《す》えたにおいの防具室の中に仕舞われていた面や小手、胴などから、まだ使えるものを見繕ってくれた光邑禅師の気持ちは有り難いが、新品の藍染の剣道着まで調達してもらったのは、むしろ気が重い。もはや、剣道部から逃れられない足枷《あしかせ》みたいなものじゃないか。

だが、うんざりした表情を装っている自分の心の底で、小さく浮き立つような嬉しさが小躍りしているのも事実だった。融は真新しい剣道着を着装して鏡の前に立った自分の姿を思い出しては、無意識のうちににもにんまりしてしまう。

だって、あれ、マジで、剣士じゃね？

同級生の白川どころか、迫《さこ》や堀内などの先輩達よりもサマになっている気さえした。もちろん、光邑雪峯禅師が袴の紐や剣道着の背中の皺を整えてくれたからということもあるが、衣服が人を選ぶということもあるはずだ。

「そのうち、もっと似合うようにもなる」と光邑先生はいっていたが、あの獰猛な白い眉毛の下の目に、一瞬小さく感嘆した瞳孔の閃きを間違いなく見た気がする。こんなことを他の奴らにいったら、「また融の自意識過剰が始まった」と腹を抱えて笑うだろうけど、きっと自分は似合っている。ラップ命の高校生だが、日本の武士の遺伝子ってやつじゃね、Ｙｏ！

融は横須賀線の線路脇の道を歩きながら、たった今まで道場で過ごしていた時間を反芻しては、思わず右足を送り出すたびに左足の膕《ひかがみ》、膝の裏側に力が充実するのを確かめた。すでに、いつものルーズな感じで学生ズボンを穿いているというのに、まだ袴の後紐が引き締めた臍《へそ》の下のあたりに、力の塊が籠もった感じもする。

——なんでも、あなたは外側から入る。

母親の科白だが、やっぱ、かなり大事なことなんじゃないか？　剣道は着装がなってないと駄目なんだぜ。あんまり色が落ちて年季の入り過ぎた剣道着も駄目だって、光邑禅師は話していた。出るんだよ、中身が。つまり、外側を洗練させれば、中身がそれに合わせてくるということもあるだろう。

右手だけで木刀袋と竹刀袋を握っていたせいで、手が痛くなり、持ち替える。

「気剣体」と「守破離」。

Shuhari。

「小僧、おまえのいっていることは、いきなり、『離』にいこうとしているという話だ。体が若いから、動きが速いからといって、それで勝とうとしても、まったく通用しないのが、剣道の妙味だ」

融が矢田部研吾に負けたのが分からないと食い下がった時に、光邑雪峯禅師にそういわれた。自分にだって分かっている。幼い頃から猛烈な荒稽古を続けてきた者とやっても勝つわけがない。だが、少しくらいは、掠ってもいいだろう？　それこそ、剣道独自の攻防にも隙間や死角があって、それが覗いた瞬間に自分の言葉や声や息が入り込むように打突が入ってもおかしくないじゃないか。一発当たった面が、そのマグレというやつだったが、むしろ、あれは矢田部研吾が自分のことをまるでウスノロと思ったからこそ入った一本だった。

悔しい、悔しいッ、悔しい！

また、腹の底からムラムラと苛立ちが込み上げてきて、思わず木刀や竹刀の袋を握っていた手に力が入った。

明日、また、もう一度挑戦だ。こんな素人の自分と立ち合ってくれるか分からないが、思い切っていけばいい。

遠く北鎌倉駅から発車した横須賀線が、ゆっくりと向かってくるのが見える。昔はネービーブルーの車体に黄色がかった白のラインのデザインだったのに、今は全部ジュラルミンかアルミの銀色の車体に、名残の紺と白のラインが入っているものか、湘南新宿ラインの緑色とオレンジのラインが入っているものだけだ。昔のデザインのものの方が遥かに好い。

カーブに入り始めて、静かに傾き始めた横須賀線の先頭車両の顔を睨んでいた視線を外すと、融は線路脇の繁茂する雑草に目をやった。セイタカアワダチソウの長い茎が、木製の柵の間から伸びて脇道に傾いているものがある。そのうちの一本に目をつけて、これが横須賀線の風に煽られて動いた時、斬る、と思った。

バッグを道に置き、竹刀袋の方を置くと、重い黒檀の木刀袋の方を選ぶ。居合のように構えて待つうちに、斜めに傾いた横須賀線が激しい音を立てながら近づいてくる。線路脇に奔放に伸びている雑草が順番に立ち騒いで、勢いのある縦の波になって向かってきた。上から嬲られ、お碗のように窪《な》んだ草の群が、また激しく泡立っては、線路脇の夕方をせせら笑うかに見える。風に薙ぎ倒される草。背伸びする草。飛び上がる草。

くるッ。

横須賀線が轟音とともに横を通過する。一瞬遅れて巻き込むような風が身を包んだと思うと、目にしていたセイタカアワダチソウの首が鞭のように撓《しな》った。

今ッ。

融は一歩踏み込みながら、脇に構えていた木刀袋を横に抜いた。アワダチソウの首が、飛、ぶ。かと思ったのも束の間、木刀袋の剣先をこともなげに潜り抜ける。馬鹿にしたように、ごく当たり前に茎は背を起こして、うなずき、疾駆する車輪の巻き上げた風に、不規則に首を左右に揺すって笑うだけだった。

悔しいッ。……悔しい、悔しいッ、悔しい！

右足を大きく一歩前に出し、木刀袋を右腕一本でかざした大袈裟な恰好が恥ずかしい。

ふと訳もなく、胸の底にポツリと前衛俳句のフレーズが落ちる。

積木の狂院　指訪れる腕の坂——。

なんでこんな時、大原テルカズの俳句なんて思い出すんだろう。

融はすでに通過した横須賀線の音を背後に聞きながら、密かに渇いた笑いを漏らしてみる。自意識の塊。驚懼疑惑　キョウクギワク　kyokugiwaku……。

とりあえず、明日だ。


薄いレースのカーテンがかすかに揺れて、融はキャンパスノートから目を上げる。夜の相模湾の柔らかな海風が窓から入ってくるたびに、顔を撫でられるくすぐったさに頬を親指の爪で軽く引っ掻いた。

七里ガ浜の遠い波の音に混じって、一三四号線を暴走する一台のバイクのエンジン音が聞こえてきたりする。浜で上げているのか、時々、安っぽいロケット花火の間抜けな音も届いてきた。

日本史の中世の項を参考書で読んでいたのに、コラム欄に載っていた能の「屋島」に夢中になってしまい、いつのまにかキャンパスノートに思いつくまま記していた。源氏方大将・源義経。悪七兵衛景清と三保谷四郎の錣引《しころびき》。佐藤継信の最期……。だが、なんで人と人とが争って、殺し合いまでしなけりゃならないんだろうかとも思う。本当に生きる死ぬの瀬戸際ならまだしも、武勲や名誉のために死んだり、殺したりした古人の、がんじがらめの運命が哀れにさえ感じた。

――おまえ、その何だ、詩か。いい詩を書くためだったら、世界なんてどうなっても良かろうが？　人が殺されようが、構わんだろう？

いつか光邑雪峯の東光庵に招かれた時にいわれた言葉が蘇ってくる。

——最高の詩が書けたら、自分も死んでも構わんということだ。本気でそれが好きということは、そういうことだろうが、小僧。

まだ光邑禅師のいうことなら分かる気がする。自分のためなら……。でも、その自分というやつを本気で見極められなければ、世間体やら忠義心やら道徳やらで編みこまれた嘘の自分を信じる馬鹿をやる羽目に陥るだろう。俺はラップの言葉でほんものの世界を表現する。ほんものの自分を見つける。

「作者・世阿弥は、義経と自分を重ねていた?」とも、書き入れてみる。「自分のための作品でなければ、アーティストは表現などやらない(!)」とも、荒れた文字で書き殴った。

そのメモの前のページには、「滴水滴凍　テキスイテキトウ　tekisuitekito」や「殺人刀活人剣　セツニントウカツニンケン　setsunintokatsuninken」とか、つい最近覚えた剣道や仏教のフレーズが並んでいる。「懸待一致　ケンタイイッチ　kentaiitti」は「?」マークがついたままで、意味が書かれていない。

自分が矢田部研吾という男と勝負したいと思っているのは、依怙地《いこじ》だろうが、悔しさだろうが、妄想だろうが、自信過剰だろうが、とにかく自分自身のためだ。ただそれだけだ。剣道の理念だとか思想だとか教えだとかは、まったく関係ない。理由はよく分からないけど、胸の奥底にある本能みたいなものが、熾《おこ》りみたいにフーフー赤らんで発熱しているのを感じる。「守破離」なんて糞喰らえだ。

そう思って洋服ダンスに立てかけた木刀袋と竹刀袋に視線をチラリとやった時、机の上の携帯電話が震えて、ゆっくり回転した。液晶の小さな窓を覗くと、「白川」と文字が光っている。

一体、何だよ。わざわざ電話なんて珍しい。……ひょっとして高野高校か何処かの女子を紹介したいとか⁉　あの文化祭で見かけ、白川に声をかけてもらったサキちゃんレベル⁉

「ああ、羽田ぁ？　何してたぁ？　自らを慰めていたわけではなかろうね」

「屋島」と死の関係について思い巡らしていたというのに、思わず溜息が漏れる。だが、その次に、「もうその必要もないと思われる」という白川の言葉を待つ自分がいて、唇の片端が奇妙な形に攣《つ》れるのを感じた。

「あのさぁ、羽田。英語の期末テストの範囲って、セクション8も入るんだっけ？」

「はい？」

「だからぁ、英語のテスト範囲。俺、うっかり授業中寝てて、聞き逃がした」

「……それだけ？」

「……それだけ」

融はもう一度溜息をつくと、椅子から立ち上がり、窓辺に寄った。部屋の明かりを反射している網戸を開けると、相模湾からの湿った風が入ってくる。湿気を帯びているが、すでに夏の夜のにおいだ。わずかに粘りのある風は肌にひんやりして、それでも、何処かに微熱を孕んでいる。稲村ガ崎や七里ガ浜の砂浜にわだかまった日中の熱が潮風に乗って届いてくるのだ。柔らかな砂の中に裸足の爪先をねじ入れた時の、肉のような熱を想像して、融は下腹部の芯が灯るのを感じる。

「羽田ぁ、それだけ？　って、おまえ、じゃあ、どれだけならいいんだよ」

白川の喋る奥で、遠く踏切の警報音がかすかに聞こえる。白川の住む逗子駅近くの踏切の音も、相模湾からの風に乗って白川のいるマンションの部屋に届いているのだろう。

「……ああ、そういえば、今日、大船駅で、迫と会ったわ」

「……迫って……迫先輩、か？　羽田、おまえ、そのいい方、やめようって。もう羽田も北学の剣道部員なんだからさ。で、また、迫先輩に、変な絡み、やったわけ？」

「違ぇよ。ちゃんと挨拶したし」

海に向かってなだらかな傾斜になっている住宅街は、星団のように家の明かりが広がっているが、一三四号線のむこうはいきなり海で黒く潰れている。東の方に目をやると、点々と光を瞬かせている三浦半島の海沿いと稜線が、街の光を溜めてぼんやりした空にシルエットをはっきりさせていた。一、二度夜空の端が光る。黒い綿埃のような筋が浮かび上がり、その奥で雷が小さな怒気を孕んでいるのだろうか。

「俺、木刀持っていたからさ、おまえ、剣道始めたのかって聞かれたよ。だから、悪いっすか？　って聞き返した」

耳に当てていた携帯電話から、白川の噴き出す息が荒く漏れてきた。

「で、迫先輩、なんて？」

「……何もいわなかった」

本当は、「良きことでねえの？」と軽くいなされたのだ。

「……羽田ぁ、おまえは、なんで、そういうことを……」と、さらに歯の間から息を漏らす音が携帯電話の奥で聞こえた。

「迫……さん、代《よ》ゼミにいくっていってたわ。大変だよな、三年生は」

「代ゼミ、かあ……。そうだ、で、英語はセクション8は含まれるのか？」

西の方に視線を流すと、黒い海にうずくまったような江ノ島が見えた。灯台がゆっくりと瞬いては、光の柱を横に投げていく。西湘バイパスや平塚方面の明かりで島の輪郭がくっきりと見えるが、突然海の中に生まれた森のようにも、陵《りよう》のようにも見える。バンッと叩きつけるような音がすぐ目の前で聞こえ、何かと思ったら、網戸の裏にコガネムシが何処からか飛んできて、しがみついていた。

「セクション9まで。荒川、いってたよ」

英語教師の荒川がいっていたのは、確か、セクション7までだ。

「9って……無理。終わった」

「なあ、白川。明日も、矢田部先生は稽古にくる日かなあ」

そう聞きながらも、今日初めて藍染の剣道着を着たことを話そうかとつい喉元まで出かかったが、明日実際に着装して白川を驚かせた方がいいと思った。

「明日……も、くる日だよ。基本、月火水は稽古つけにきてくれるから。そうだ、羽田、おまえ、この八月、一級審査だからな」

「は？　イッキュウ……？　何それ」

「剣道一級だよ、光邑先生から聞いてんだろ？　初段取る前に、一級は取らなきゃ駄目だからさ。確か、もう光邑先生は申し込みを県の剣道連盟に提出したはずだぜ」

「一級って、俺、級も段もいらねえし。そんなもん嫌だよ。何のためにそんなもん取らなきゃならないんだよ」

融は江ノ島の灯台の光が膨らんで瞬くのを見る。

「取っとけって。おまえなら初段くらい、すぐだから。形とか筆記試験についても、俺が懇切丁寧に教えてやっからさ」

「筆記試験って、何よ、それぇ。俺、剣道部やめるわ。そんなん冗談じゃねえし」

「馬鹿いってんなよ。剣道の理念とか理合いとか学ばないと駄目なん……」

試合や形ならばまだしも、筆記試験がある剣道の昇段審査とは一体何なのだ？　と思った。剣道の段審査に筆記試験があるなどというのは、融にとっては初耳で、ただ呆然とするほどのカルチャーショックを受けた。まだ、英語の期末テストの方が理解しやすい。

一体、何を問うのか……。礼儀について？　兵法の蓄積？　心構え？　まさか武道における国家的・社会的意義についてとか？　ありえない。資格とか段とか免許とかを判定する基準についてが分からない。誰がどの権限や実力で、人の力を保証しようというのかが分からない。だから、自分は陸上競技みたいな、特に誰が見ても明らかな記録を自分のために更新する方が好きなのだ。

「もしもしぃ……？　おい、羽田ぁ……？」

まるで自分がイメージしているものとは違う世界が、剣道にあることだけは間違いない。スポーツでも格闘技でもない。

道……？

厄介なものに組み込まれそうな気もする。組み込まれて安心できる人間と、絶対に拒絶したい人間と……。自信をつける人間と、むしろ逆に失望する人間と……。自分は誰の目から見ても、後者だろう。

「おーい、羽田くーん……？」

もし完璧な面打ちが決まったとして、それは誰のものでもないだろう。級や段になど変えられるものではないのではないか……。もしも、本気で相手を斬るしかないならば、免許皆伝も段も黒帯もチャンピオンも、まるでその一閃においては、むしろ自由なはずだ。

耳からわずかに離した携帯電話からは、「あれ？　電波おかしい？　何？　ま、いいか」という白川のとぼけた声が聞こえていたが、いつのまにか切れていた。江ノ島の灯台から視線を上げると、かなり上の方に膨らんだ半月が浮かんでいる。薄い斑《まだら》の模様が痣《あざ》のようにも染みのようにも見えた。

月光。月影。月色。月華。皓月。月前。月明……。

融は部屋の電気を消すと、しばらく床に座り込んで、豹の目のような月を見つめていた。

「羽田ぁッ！　おまえ、凄ぇ似合うッ！」と白川にいわれても、「しっかり伸びた、いい面打ちだ」と光邑禅師にいわれても、あまり面白くなかった。

矢田部研吾が稽古にこなかったからだ。

剣道部員達の前で初めて、藍染の剣道着を身につけ、胴や垂《たれ》や小手もつけて稽古していたが、いつまで経っても矢田部はこなかった。基本の素振りから始まり、打ち込み稽古、切り返し、掛かり稽古に、地稽古。面と小手をつけただけで恐ろしいほど汗が噴き出て、息もできないほどに上がってしまう。面金から見る風景は狭くて、それだけでも呼吸や気持ちに圧迫感をもたらし、少しでも気を緩めると、パニックになりそうなほどの焦りが口を塞いでくる。深海の暗い底に潜って、もう次の一吸いの酸素がボンベには残っていないのではないかと恐慌をきたすのは、こんな感じではないか、と思う。だが、次の相手が元立ちになって、自分の休みない打突を待っているのだ。

それでも必死になって稽古で踏ん張ったのは、矢田部を待っていたからだ。矢田部研吾がきたら、地稽古をつけてもらい、今度は思い切り速い面を入れてやると思っていた。

そして、稽古の時間が終わっても矢田部は現われなかった。

「羽田ぁ。おまえ、いけるわ。光邑先生もおっしゃっていたけど、おまえ、初心者にありがちの余分な力が入ってない。ただ、手首から竹刀を上げないこと。肩だよ。すべて肩を支点にして上げるんだよ。いいか、どんなコンパクトで速い面打ちでも小手打ちでも、肩が支点だぜ。こんな感じ、これ、分かる?」

白川が北鎌倉駅に向かう間、ずっと両手の素手を空にかざして説明してくれる。

「おまえの小手に俺が一本入れたのは、おまえが手首から竹刀を上げようとするからだ。

剣先上がった。くる。同時に、俺は残っている羽田の小手に入れる。な、もし、おまえが肩から上げていたら、俺は空振って、その間におまえの面が入っていた。間違いなく。小さくても肩なんだ」

　円覚寺前を通る時に、融は「悪い。俺、今日、寄ってく所あるからさ」と白川に声を掛ける。そのままいけばＳｕｉｃａの自動改札で鎌倉方面にも大船方面にもいけるが、踏切を渡って鎌倉街道に出たかった。

「おい、羽田ぁ。鎌倉のマックに寄って、マックシェイク飲もうぜ。俺、すでに脱水症状だよぅ」

「悪いな、今日は、ちょい北鎌倉で用があるんだ」

「何だよ、もしかして、北鎌女か高野高校の子と、デートとか？　聞き捨てなんねえし」

「馬鹿。そんなんじゃねえよ。ちょっとオフクロに頼まれた用事でさ」

　白川はあえて疑うような眼差しをして茶化していたが、下りの横須賀線を知らせる踏切のシグナルが鳴ると、「じゃ、また明日な」と手を上げた。融も遮断機が降りないうちに、鎌倉街道側に走る。

　線路を挟んだ白川の後ろ姿を振り返りながら、自分は一体どうするつもりなんだろうと思う。円覚寺前の白鷺池の橋を渡り、鎌倉街道に出て、どっちへ歩くつもりだ？　たぶん、右だろう。北鎌倉女子高校の生徒達が群をなして歩いてくるのと逆に、大船方面にいくのだろう。

事実、抹茶色に藻が水面を覆った白鷺池を渡り、すぐにも右に曲がっている。狭い鎌倉街道に渋滞するクルマの列を横切って、むこうに渡り、交番前を過ぎる。大陸という中華料理屋、侘助という古い茶房の前を歩き、さらにいく。白いセーラー服に紺色のスカートを穿いた北鎌女の女の子達が、一団になって近づいてくるのが見えた。こっちは肩に掛けたバッグに、木刀袋と竹刀袋を持っているから、車道側に出るのがジェントルマンというやつだろう。

そんなことを胸中口にしている自分は、だがあまりに滑稽なほど深刻な思いを抱えているからこそなのだ。髪を三編みにした女の子達の視線、におい、声……明らかに、自分が北学の生徒だと意識して、わざと無視したり目の端で確かめてくるのが分かる。

——白川ぁ。おまえなら、こんな時、いうんだろ？　良かったら、そこの「侘助」で、アイスコーヒーとチーズケーキなんぞいかがですか？

だが、俺は無理だ。この夕刻に関しては、照れとか自意識とかという問題ではなく、無理なんだ。自分はあの薬局の角を左に曲がり、瓜ヶ谷方面に向かわなければならないからだ。

薬局と材木店に挟まれた道を左に曲がり、さらにいく。小さな遊園地で母親とまだ歩き始めたばかりの男の子が遊ぶのを尻目に、融は黙々と歩き続けた。自らの中にこんなにも執拗な苦みが生まれてくるなど思ったこともない。

悔しさ。執念。こだわり……。いずれも剣道にとっては邪魔になるものの最たるものだと分かっているが、勝ち負けにかかわらず、自分が納得するまで体が思い知らないと、一歩も進めない気がするのだ。

五段の剣士相手にマグレで入った一本が信じられないから、もう一歩も進めない、なんて人が聞いたら腹を抱えて大笑いするに違いない。その悔しさをバネにして稽古に励め、といわれても当然だろう。己にかかわる些細な感情に囚われること自体が器の小ささを表わすと揶揄されても仕方がない。だが、それでも、足を運んでしまうのが、今の自分だからだ。

クルマも入らない細い路地に入り、その奥の山を背景にした古い日本家屋が目に入ってきた。融は右手から左手に木刀袋と竹刀袋を持ち替える。三段ほどの石段。平屋建ての玄関は曇りガラスの格子戸。そして、谷戸にあるせいか、湿った黒土と黴《かび》臭さも、前にきた時と同じだ。

融は石段の前で一回深呼吸してから、右足から歩を進めてみる。玄関戸はひっそりとして、相変わらず玄関灯の丸いガラス球の底には羽虫の死骸が溜まって、黒ずんでいた。右脇にあるインターホン。

「良しッ」と、小さく気合を入れて、ボタンに指を伸ばすと、家の奥からシンプルな呼び出し音が籠もって聞こえてくる。この暑さにクーラーをかけているのか、窓を開け放った気配もなく、もう一回鳴らしたチャイムもやはり古い建材に包まれたような音を立てて、すぐにも消え入る。

人の気配がない。耳を澄ますと、夏の初めから鳴き始める鎌倉の蟬の声が、さっきから鳴いていたのに気づくくらいで、家の廊下や畳を揺らす軋みすら聞こえない。前にきた時は、玄関戸を念のため叩いてみたら、インターホンから矢田部の声が聞こえてきたのだ。軽く拳を握り、戸枠の前にかざして一拍待ったが、インターホンは単なるプラスチックのケースになっているだけだ。融は二回ガラス戸を軽く叩いてみる。反応はない。

「矢田部先生ッ」

もう三回叩いてみる。家の中の廊下を歩いてくる足音も、逆に息を潜ませた気配もない。

「……留守、か……」

と、玄関戸から少し離れて左の方に目をやると、荒れ乱れた植物の重なりで、隣家との境を無雑作に木々で隔てた薄暗がりがあるばかりと思っていたのが、奥へと少し開けているのが覗いた。目の前に覆い被さる枝の葉群に首を屈めてみると、低木や雑草や、あるいは梅の古木か、節くれだった黒い枝を凝《こご》らせている木が植えられている。

「……庭」

木々に囲まれて縦にぽっかりと開いたスペースには、伸びた芝やイヌフグリやエノコログサなどの雑草がまばらに生えているのが見える。ほとんど剪定などもしていない、忘れられた庭のような感じで、湿った黴臭さもこの庭からではないかと融は感じた。一体、着装や礼節の完璧に見える剣道五段の男は、どうやってこの庭を縁側から見ているのだろう。何も手を入れない荒れた野趣の乱れみたいなものこそ、庭の良さだと思っているのだろうか。酒臭い息を吐いて、「独りに、してくれ……」と胸糞悪い言葉を吐いた男の心の中を、少し覗いた気にもなる。

　融は大きく息を上に噴き上げると、踵を返して玄関戸に背を向けた。小さな穴や削り跡のある石段を一歩降りる。もう一歩。いないなら、しょうがないじゃないか。最後の段。

　そして、融はまっすぐ前を見つめたまま石段に腰を下ろした。

　待つしかないだろ。

　握っていた木刀袋と竹刀袋の柄の部分を肩にあてがい、丹田に力を入れて視線を上げる。遥かむこうの北の空に、生まれたてのプラチナ色の積乱雲が、夕焼けにも染まらず目を射る眩しさで盛り上がっていた。

十七

人型を表わした白いシーツが顔を覆えば、終わるのだろう。

動いた気配のない白い布は、何十年も風に晒され続けた雪の山肌のようにも、雪原のようにも見える。風紋の小さな稜線すらも削られ、もうすでにこれ以上の静謐《せいひつ》さがないほどにひっそりと静まり返り、風さえもがその滑らかな起伏に飽いてしまっている。ただ、痩せこけた両肩や腰骨、膝、爪先の突起だけが、薄い影を作っていた。

「……親父よ……、もういい加減、逝って……くれ、ないか……」

渇いた唇に呟きを浮かべてみて酔眼を凝《こ》らすと、土気色をした将造の顔は石くれのように押し黙っている。その動揺のない沈黙が逆に意識的な息の潜めにも感じ、自分の声をあえて聞き逃がし、忘れられた雪原を這う風の虚しさを、自らに思い知らせているようにも思えるのだ。

それが憎い。苛立ちを煽る。自分が木刀をかざして振りかぶれば、いきなり半身を躍らせて隠し持っていた刀で捌き、袈裟に斬り込んでくるのではないか。

だから、いつでも自分は待っているのだ。その時こそ半端な打ちではなく、徹底的に命を取らなければならない。痙攣も、呻きも、人の生の片鱗の一粒さえも残らないように叩き、砕いて、粉にしなければならない。

いや、それとも、こちらの命が取られるということもある……。

「端《はな》から……剣道、なんて、やらなければ、良かったんだ……俺は……」

奇妙な形をした土器に、一枚の煮染めた古布が張りついているような親父の頭部。シーツを剝いだら、生干首を串刺しにしたものに、文楽人形の骨組みのようなものが現われるのではないかとも思い、それなのにうっすらと開いた目の角膜は鈍く濡れ光っている。

「……親父も、そうなんだろう……？」

江ノ島の展望灯台脇で水平線を見つめている時に、脳裏を過ぎった光邑雪峯禅師の言葉……「将造は、剣道自体に逃げよった。だから、あいつはずっと殺人剣のままだった」。一体どういう意味なのかは正確には分からない。

おそらく、このような逡巡や迷いで堂々巡りをしている者を、剣道やら道と名のつくものをやっていない者達には理解するのは難しいだろう。

「たかが、剣道ではないか」

「ヤットーか、この時代に」

「体育では柔道と剣道とどっちを取った？」

「少年の心身の育成のために剣道は……」

生きるためには何の必要もない代物で、せいぜいが護身術的な武道や格闘技のうち、最も実践から遠いものだと思われているのが一般的だろう。素人には理解が難しいというよりも、すでに剣道は病いなのだ。魔物なのだ。その病いに罹らなければ、腸《はらわた》を引き裂かれるような苦痛も、葉のほんの一揺れに世界の成り立ちを覚える甘美さも、伝わらない。剣を持ったがゆえに、世界に対してコンプレックスを抱え続けてしまうのだ。時給が一〇〇円上がるよりも、出小手の速さの方が大事。女と交わるよりも、会心の真面打ちの方が快楽になる。いかに相手の剣を捌けるか。いかに早く移動できるか。いかに完璧な刃筋を描けるか。いかに相手に勝つか。そして、いかに生きるか……。

何をやっていても、そのことだけが頭から離れない。剣道にとって、捉われを意味する居付きが最も悪しき状態であるのに、剣道に居付いている。生きる、と考えた時点で、すでに剣道が含まれてしまう不自由さともいえる。光邑禅師にいわせれば、親父は剣道の業から逃げるために、剣道自体に逃げ込んだといいたいのだろうが、そこにいずれ訪れる破綻や矛盾すらも否定し、斬り、さらに唯一自分を保つことのできる余地を狭くして苛烈にしていきながら、殺人剣の鬼になっていくのだ。

そして、生きているのに、死んでいる。最も無敵の剣気を漂わせながら、親父は横になっているのだ。

矢田部は病室の隅のスツールに腰掛け、両足を投げ出したまま、酔眼の端で将造の石くれの顔を眺め続けた。かすかに空調を効かせた部屋の壁が、預けた後頭部にひんやりくる。

この生活がいつまで続くのか……。

警備員。介護。北鎌倉学院での剣道コーチ。警備員。介護。北鎌倉学院での剣道コーチ……。まだ父親が言葉を発するだの我儘をいうだのするのであれば、こちらもそれに応じて激昂し、勢いに任せてでも感情の道筋が見えるということもあるだろう。あまりに植物状態の男は茫漠として、誰も足を踏み入れぬシーツの雪原に自分を彷徨わせ、試しているかのようだ。

ぼんやり目を移すと、窓に半分閉じ掛かっている白いカーテンには、わずかにだが茜色が混じり始めていた。大船に戻ってから、昨夜の呑み屋のある路地辺りを迂回するようにして病院にまでやってきたが、親父の足をマッサージするためにきたのでも、ナースステーションに支払いの確認にきたのでもない。何をしにやってきたのか……？

……俺は親父を殺すために、やってきたのだ。

石くれの口を覆った酸素マスクを外す……点滴の針を腕から抜き取る……鶏がらのように細く筋の浮き出た首を絞める……ケロイド状の傷痕の残る額に木刀を振り下ろす……。

矢田部は低く唸りながら、おもむろにスツールから立ち上がった。ぐらりと大きな眩暈《めまい》がきて、夥しい数の羽虫が目の中に蝟集して蠢く。シャーレのガラスの縁でも擦り合わせているような音の耳鳴りがして、その中に自らの速くなりつつある鼓動がのたうっているのも聞こえた。一時的に貧血が起きたのか、視野が反転して、将造の体を覆ったシーツが黒い。これなら血が噴き出ても分からないと思う。

一歩二歩と父親に近づくたびに、酸素マスクをつけたくすんだ顔が大きくなったり、縮んだりする。一体、ここに横たわっているのは誰だ？　見たこともない老人が目の前にいる。枯れ萎《しぼ》み、ミイラのようにもなった男は実際にすでに死んでいるのではないか。自分はとにかく脈を確かめるために、男の頸静脈に触れなければならない。枕元の心電図は規則正しくゆっくりと波形を描いているには違いないが、矢田部は大きく開いた右手を将造の痩せた首にかざし、親指と他の四指を広げて、喉仏の上に置く。温かい。体熱がある。掌の中で逃げる首の細い筋や血管や喉仏の尖端がイラつかせるから、このまま思い切り締め上げてやるというのもある。それとも全体重を右手に乗せてみるか。

と、攣《ひきつ》れた皺が幾重にもなった左の瞼が瞬きするように、細かく痙攣するのが目に入った。俺がやろうとしていることが、分かっているのかよ？　父親の首を握る手に力を込めてみる。同時に、また激しい速度で左の瞼が痙攣した。

「ならば、目を開けてみろ、親父ッ。どうなんだッ？」

その時、廊下の方から人の声が聞こえてきて、矢田部が視線を上げると、病室のドアが勢いよく開いた。

「なんだ、やっぱりここにいたか、研吾君」

耳に飛び込んできた男の声に矢田部が一瞬身を硬くすると、紺色のポロシャツを着た男の視線が矢田部の手元に投げられたのが分かった。矢田部は将造の首元から、酸素マスクの方に手をあてがう。母方の斎藤の伯父だった。

「いらっしゃいました？」と、斎藤の背後からいつもの年配の看護師がクリップボードを小脇に抱えて入ってくる。

「あら、酸素マスクがずれてましたか？　すみません、そんなことあるはずないんだけど……。それとも、将造さん、煩わしいって自分で動かしていたりしてね」

笑いながら看護師はベッドに寄ると、素早くマスクの細いバンドを調節して将造の鼻梁に密着させる。

「今もねえ、斎藤さんが研吾さんを探しがてらお見舞いにきてくださったから、研吾さんはいつも将造さんの足のマッサージをしてくれる、いい息子さんですよ、って話していたのよぅ。ほんと、こんなご時勢なのにねえ、偉いわぁ」

矢田部は唇の片端だけで笑みを作ってはみせたが、自分の顔が強張って単に歪んでいる感じにしか見えないのではないかと思った。宙の右手が空白を抱え、さっきまで掌の中にあった感触が、逆に今度は矢田部の動きを抑え込んでくる。

「いやあ、探したんだよ、研吾君」

探した、というのはどういうことか、と矢田部は斎藤や自分に共通する身辺から派生する雑多な事柄を追おうとしたが、あまりの徒労感に目を伏せる。今は探されること自体に苛立ちを覚えるだけだ。

「……お久しぶりです。本当に何から何までお世話になりっぱなしで……」

母の眠る浄覚寺への御布施や墓掃除などを、斎藤の伯父に任せきりにしているのもバツが悪いが、自分と連絡を取りたがっていた意図が煩わしい。何よりも父親のいる病室で会うことに、どうにも屈辱的なほどの羞恥を覚える。木刀で果たし合いして後、こんな哀れで愚かな状態にある親子など何処を探してもないだろう。

「あの、何だ、北沢さんという人から……ほら、高倉建設のね、連絡があってねえ」

斎藤は矢田部の顔から将造へと視線を移し、また黒縁眼鏡の奥の目を戻してきた。すでにほとんど白くなった髪をオールバックにしている斎藤だが、肌の色艶も良く、定年を迎えてからの生活を楽しんでいるのが分かる。実際には将造よりも年上の、六六、七歳だと思ったが。

「……北沢が、ですか……？」

「なんでも、静子の葬式の時にきてくれて、その時に交わした名刺から私の番号を見つけ出して、連絡をくれたんだよ。研吾君と連絡が取れないっていってねえ。勤務先にも連絡入れたとかどうとかいっていたが、いや、剣道の合宿か何かだと思いますよ、くらいしか答えていないが……」

北沢は政龍旗大会の進行のことで気を揉んでいるのだろう。新橋での呑み会から何度も携帯電話に連絡を入れてきて、今も「着信」の件数が重なっている。松岡孝道先生の喜寿祝いに行う政龍旗大会のことなど、どうにでもなれという思いだ。

「うん？　研吾君……ひょっとして、一杯やっているのか？」

親父の首に手をやった時に斎藤達が闖入《ちんにゅう》してきた動揺や、本気で自分がやろうとしていたことの焦燥に、速い鼓動が耳を叩く。無意識のうちにも深呼吸などもしていたに違いない。飲み続けている酒臭さに嫌でも斎藤達は気づいただろう。

「いや……今日は、昼からちょっとした会合があって、ほんの少し……」

今まで笑みを湛えていた斎藤の目が、一瞬色を変えるのが分かった。アルコール依存症になった時、横須賀病院への入院手続きをしてくれたのは、斎藤の伯父本人だ。あの時の凄まじい症状を目の当たりにしている斎藤の伯父からしたら、危惧するのも当然の話だろう。矢田部が斎藤の眼鏡の奥から視線を外そうとしていると、すぐにもまた柔和な眼差しが戻ってくる。

「まあ、一杯くらいは……。いいところで止めておくのが一番だよ。それよりも、北沢さんに一本連絡入れておいてくれないか、研吾君」

「分かりました。自分らの恩師の喜寿祝いについての件だと思います」

「よろしく頼むな、研吾君。で、どうだい、将造さんのお具合は……？」

父親の土気色の顔を見ると、すでに左瞼の痙攣は止まっていて、ひっそりとした眼球の膨らみがあるだけだった。


缶ビールを一気に飲み干して、北鎌倉の駅を降りた。

建長寺近くの半僧坊ハイキングコースか、源氏山コースか、デイパックを背負った軽装の初老の団体が屯《たむろ》していて、矢田部は脇を歩く。北鎌倉女子高校の女生徒の一団も信号が変わるたびに、狭い鎌倉街道に溢れるように駅に向かってきた。

病室で自分がしようとしたことが、いつか見た夢の感触で遠い。何枚も自分の体を膜が覆っていて世界と隔てられたような気がするのは、酔いのせいだけではなく、自らの中に眠っていた途方もない悪の濃さのせいだ。

一体、この鎌倉街道を歩く人々や渋滞したクルマの列は何だ？　何事もなく、ただ動き、流れていることの残酷さ。若い女子高生達の弾けるような笑い声や、大きく迂回するように角を曲がる自転車の軌跡や、ハザードランプをつけたまま走るクルマの間抜けさや、コンビニエンスストア前でバックするトラックのうるさい警告音や……すべてが自分とは無関係に動いている。映画スクリーンに映し出された街の映像の中を、生身の自分が歩いているような、愚弄されている気分になって、ならばそのスクリーンを斬り裂いてしまえばいいではないかと、衝動的に暴発したくなるのだ。

五悪……だったか？　浄覚寺の大黒がいっていた言葉が思い出されて、体の芯が燻るのを感じる。

殺生。偸盗《ちゅうとう》。邪淫。妄語。飲酒《おんじゅ》。

殺生の中でも最も許されないのが、親殺しだと大黒はいった。

――将造さんに息があっても、こういっちゃ何だが、あんたのしたことは……親殺しだぞ。あんた、分かるか……。

大黒やら他人やらが何といおうが、俺の中では何かが完結していない。今まさに、竹刀も防具も投げ出して剣道を捨てる潔さがあればまったく問題はないのだろう。武道に携わらない者達には理解できない魔物に取り憑かれ、執着し……。だが、剣士ならばそれらの悪や執着を断ち、斬ってしまえ、か？　剣道で剣道を滅する？　そのための剣道を覚悟すること自体が、俺は煩わしいのだ。そして、捨てられないのだ。

――糞みたいに弱いおまえ自身を殺す心がないというんだ。

あんたも糞みたいに弱い。だから、剣道に逃げたんだろう？

北鎌倉駅に向かう女子高生達の流れとは逆に、矢田部は山ノ内の自宅に向かいながら、病室での自分が本当に殺ろうとしたのかと思いを凝らした。心臓に刃物の先を突きつけられた切迫と、自嘲するための道化の息遣いとが、交互に現われて混じり合う。

　薬局と材木店に挟まれた道を曲がろうとして、ふと視線を六国見山の方にやると、赤金色の夕焼けに染まり始めた層雲が見えた。目の錯覚かと思って見逃がしそうになるほどの眩い光が、その背後に聳え立っている。白金に輝いた積乱雲がまだ夕焼けの届かない高さに隆起していて、奔放な瘤《こぶ》の数々を空に積み重ねていた。あまりに白く、今、突然に生まれた新しさがさらに刻々と新しい起伏を奔放に生み出しているように見える。

「……なんて……いう、雲……だよ……」

　胸中に鈍い声を籠もらせて見上げ、あんな雲を放心して眺めていた幼い頃の夏が蘇ってもくる。純粋な白金色に輝いた積乱雲は、それぞれの張力に漲りながらも淡い薄青い影を鱗のように確実に造っていた。壮大で、崇高に思える様に、しばし言葉を探している自分がいたが、何も出てこない。あんなにも美しいのに、あそこには何もないということが、恐ろしいようにも思えて、矢田部はまた目を逸らした。

　背後にプラチナ色の積乱雲が聳えるのを感じながら、日が翳り始めた山ノ内の路地を歩き、ふと視線を前にやる。自宅前の石段に腰掛けている人の姿があるように見えて、それとも、何か荷物か、よそから風に飛ばされてきた洗濯物の類か、と思っているうちにも、その影が動いた。

「誰だ？　まさか北沢か……？」

　目を凝らしながら歩いているうちに、白いワイシャツに黒い学生ズボン姿の若者の輪郭がはっきりしてきて、脇に竹刀袋を立てかけているのが見えた。むこうも自分に気づいたのか、こっちを見て立ち上がり、尻の汚れを払っている。

「……矢田部、先生……」

そう声をかけてきたのは、剣道部に入ったばかりという、あの羽田という青年だった。強張ったような顔に汗をかいて、蚊にでも刺されたのか、しきりに右腕を掻いている。

「……一体、ここで、何してるんだ……？」

自分の口から発した声は鈍重で、責めるような声音になった。だが、羽田はまっすぐこちらを見据えながら、「先生を待っていたんです」ときっぱりいい切ってウブな唇を結んだ。

「……また、光邑禅師からの遣いか？」

草いきれの青いにおいに混じって、何処からか蚊遣《かや》りのにおいが漂ってきていた。

「いえ、先生にお手合わせ願いたくて、待ってました」

「手合わせ？」

こいつは何をいっているんだ？　稽古ならば道場で充分だろう。昨日もさんざん地稽古して、自分から見事なほどの真面を取ったではないか。見ると、握っている竹刀袋の右手に力が入って、「守破離」の墨文字が歪んでいる。

「稽古の時でいいだろう。羽田君？　だったな」

「昨日、面を一回だけ先生に入れることができましたが、でも、まったく納得がいかないのです。あれは単純にマグレだと分かっています。それから後も歯が立たなかった。

自分がかなうわけがない、と思っていますけど、でも、負けることが分からない。掠りもしないなんてことがあるわけがない」

眉間に淡い皺を寄せて、真剣な眼差しで食い入るように睨みつけてくる。若者特有の身の程知らずの自信が面倒臭く、矢田部は「帰れ」と一蹴したいところだったが、羽田は竹刀袋を置いて、木刀袋の方を取るとすぐにも紐を外し始めていた。

「羽田君、おまえは、馬鹿じゃないのか？」

「馬鹿、だと思います」

何だと？　と不快な思いが腹の底から噴き上げてきて、矢田部は担いでいた防具袋を地面に下ろした。

「俺のような酔っ払いからだったら、一本くらい取れるということか？」

「そんなことはいってません。ただ、もっと、もっと勝負をしてみたいです」

まるでこちらの都合などには想像も及ばない若さ。勝負に賭ける意気込みを見せて、勝手な剣士気取りに自己満足している若さ。またそれが長く剣道をやっている者には、美徳として通じると思っている浅はかな若さ。俺は今、家の中に入って、酒を呑みたいのだ。ただそれだけのために、ここに立っているのだ。

羽田が袋から黒檀の木刀を取り出して、こちらの答えも待たないまま鍔止めのゴムを確かめている。負けることの不思議……。そんなものは嫌というほどこれから経験する。不思議、ではなくて、当たり前なのだ。

「もし、これが竹刀や木刀でなくて、本物の刀だったら、昨日、先生は一回死んでいます。頭から顎まで裂けて、死んでいます。でも、僕はもっと死んでいます。……相手を殺す、相手に殺される、なんて、興味ないけど、防具をつけたりするのは、たぶん、別の甘えた世界で、本当に真剣だけだったら、全然違う次元の勝負になると思います。だから……」

「だから？」

「この木刀だけで勝負したいです」

いきなり羽田という若者の横っ面を張り倒したい衝動に駆られる。無知と甘さを産毛のように光らせている若造に腹立ちや嫉妬を覚えるから？　それもあるのかも知れないが、羽田という青年が親父の将造とまったく同じことをいったからだ。

――おまえの剣道は何だッ？　それで剣道か、研吾？　竹刀なんぞに甘んじているから、本気の気剣体の一本がない。せめて防具を捨てろ。相手を殺す。相手に殺される。真剣勝負からしか、剣道は生まれない。せめて防具を捨てろ。せめて木剣で相手を叩き殺せッ。

「ほう、防具もつけずに、俺と立ち合うのか？　ああ？　素振りを始めたばかりの者が？　勝てるとでも思っているのかよ？」

矢田部は持っていた竹刀袋の端で、羽田のワイシャツの胸元をぐいぐいと押した。すでにその時点で羽田は体勢を崩して、立っていた石段を一段、二段と後じさりながら上っていく。そして、いきなり、握っていた木刀の柄で、矢田部の竹刀袋を横に小さく払ったかと思うと、体を身軽に返して石段をジャンプし、玄関脇の庭への藪を潜った。

「馬鹿なガキがッ」

ムラムラと苛立ちが膨張して、アルコールにふやけた体じゅうの細胞が軋みを上げるようだ。こんな一〇代の若者に本気で腹を立てるのも馬鹿馬鹿しいが、父親の病室から今まで引きずってきた憤懣が堰《せき》を切る感じだった。

竹刀袋で庭へのスペースを塞いでいる藪を払いのけて、矢田部も羽田に続く。すでに羽田は奥の方で中段に木刀を構えて待っていた。膝のあたりまで雑草が伸びている部分もあれば、まったく手入れをしていないツツジなどの低木や、葉をこんもりと繁茂させた木々のせいで、玄関前よりもかなり薄暗く、湿った黴臭いにおいがする。親父との立合いがあってから、庭で素振りをすることもなくなって、よほど気が向いた時でないと足も踏み入れない。黒檀の木刀を光らせている羽田の遥か後ろには、岩肌が露出した切り通し痕になっていて、蔓《つる》や蔦《つた》などが垂れ下がった矢倉の穴が口を開いている。

「お願いしますッ」と、羽田が声を張り上げて、一歩二歩と右足から摺り足で近づいてきた。後ろ足の引きつけが速くて、上半身もまったくぶれていない。袴を穿いていたら、滑るように前進してくるように見えただろう。矢田部は竹刀袋から竹刀を取り出して、鍔なしでゆっくり構えた。

「先生は木刀ではないのですか？」

「これで充分だ」

中段に構えて剣先を静かに上下に揺らす。ウキが水面で漣《さざなみ》を乗り越えるように、何も力を入れない。木刀と竹刀が触れる。触刃。羽田の肩に少し力が入っているが、手の内の握りは柔らかく無駄な強張りがないのが分かった。そして、あの目だ。前にも見た眼差し。睨むようでいて、こちらに焦点を持ってきているわけではない。だが、自らの中に意識を凝らしているのでもない。ただ目の前の獲物を捕える瞬間の、まったく無感情な眼差しが持続している。当たり前に獲物が目の前にあるから食らう目つきだ。

「ほら、どうした？　おまえの木刀は真剣なんだろう？　俺の脳天から血が噴き出るか？　また、あの真面を入れてくるか？」

竹刀の剣先で木刀を小刻みに触れて誘いをかける。まだこない。こちらの動きに吸いつく感じで羽田の剣先はぴたりと寄り添っている。矢田部は表情一つ変えず、瞬発の手の内で羽田の剣先を払った。跳ねて左にいった剣先が戻ってくるのを、矢田部の竹刀が掻い潜り、裏から抑える。同時に矢田部は面に入った。

完璧な面への打突。

と、思った時に黒檀の木刀の峰が頭の上紙一重で捌いている。

何⁉

羽田という青年は膝を折りながら上半身を屈めて、矢田部の面を捌いていたのだ。竹刀での剣道ではまずありえない不恰好な体勢には違いない。その時、自分の腹をうっすらと撫でられた気配がある。あまりに接近し過ぎて、羽田の次に入れようとした胴打ちは、むしろ矢田部の飛び込む勢いにあてがっただけだ。

残心のない構えに、そのまま矢田部は振り返りざま、一発面を横から入れる。羽田の顔が歪んだのが分かったが、打たれたのも構わず体を捻って、木刀で突いてきた。気味の悪いくらいの反射だ。豹のような獣が後ろ足立ちのまま上半身を捻り、露わにした鋭い爪を素早く繰り出してくる。前足の外側を削ぐようにして、右小手に思い切り入れた。炸裂した竹刀の音が響いて、切り通しの岩肌に跳ね返る。

「痛ッ！」

羽田は小手に入った打突に木刀の柄から反射的に右手を離した。と、柄尻を握っていた左手を中心に、木刀が下から後ろを回って大きな円を描いて頭上に振り下ろされてきた。杉の高木が倒れてきたかのような影が過ぎる。矢田部は立てた竹刀をわずかに右に傾けて、黒檀の木刀を峰に逃がすと同時、また面に思い切り入れた。

羽田が一瞬朦朧として目をしばたたかせる。いくら竹刀でもまともに入れば、意識が飛んでもおかしくない。手拭を巻いた頭に面をつけても頭上に直撃を受ければ火花が散って、一瞬分からなくなる。

「どうした、ほらッ？」

声をかけてけしかけたと思ったら、今度は払われて投げやっていた木刀の剣先が膝下から袈裟に斬り上がってきた。鈍い音とともに矢田部の右足の付け根から左胸へと熱い軌跡が残る。

このッ。

左手一本で下からの袈裟斬りをしてきた羽田の体勢は、ダンサーのように伸びやかに腕を空に広げていたが、構え直す前に、矢田部が羽田の軸足を足蹴にしてひっくり返した。ウングッと奇妙な音を胸に破裂させた羽田は、何を思ったのか地面の上を転がって逃げていく。倒れた羽田を上から突き刺すとでも思ったのだろう。奴にとっては今、木刀も竹刀も真剣なのだ。ならば、剣道の打ちにはない、下からの袈裟斬りを受けた自分の体からも血が噴き出て、地面を黒く濡らしているはずだった。

羽田が距離を置いて立ち上がる。ボウリングのピンが弾け飛ぶ映像を逆に回したようにすっくと立って、静謐に構える。息の乱れはほとんどない。

おまえは馬鹿か？　何を思って、こんなにも必死に向かってくる。

薄暗がりの陰翳がさらに濃くなって、顔の表情が読み取りにくくなってきたが、開いている目だけは白い結膜のせいで分かる。時々、何処の光を集めてか、黒檀の木刀に走る一閃が実際の刃を思わせるほど冷たい。

――おまえの剣道は何だッ？　それで剣道か、研吾？

目だけが鈍く光る影の輪郭が滑るように近づいてきた。草の擦れる音が蛇の走りを連想させる。気づいた時には足首を嚙まれているのだろう。剣先の牙が小さく光った。面にくるッ。黒檀の木刀を走る光が弧を描いた。剣先が右に傾く。

――諸手《もろて》突きで自らの中心を貫いてみろッ。

細い光の鞭が撓って、面ではなく右胴に唸りを上げてきた。

またかッ。

――殺せッ。

しかし、今度はッ。

矢田部の剣先は黒い影の喉元を捉えた。矢田部将造の首を貫く。激しく短い呻きが上がったと思うと、影が後ろに吹き飛び、木の幹に激突した。木刀の転がる音。幹にぶつかった影は根元に崩れ落ちて、ぐったりと動かない。

将造、敗れ、た、り……。

我に返った時、幹の根元にはワイシャツを泥だらけにした若い青年が仰向けに倒れ込んでいて、口から光るものを吐き出すままにしていた。

十八

藍染の剣道着を融は五日ぶりに着た。

鼻に淡く沁みるような藍のにおいや肌にごわつくまだ新しい剣道着の感触が、体じゅうの細胞を引き締める。袴の帯を丹田の位置で結んだ時は、力の塊がそこに宿るようで、「ああ、完全に剣道にハマッちまったな」と、思わず苦笑が浮かんでしまう。

楔形のいくつかの傷がついた黒檀の木刀を握り、剣道部員達と一緒に横三列に並び、木刀を構えながら蹲踞《そんきょ》。静かに立ち上がって中段に構えた。

「大きく上下振り、始めーッ」

新たに剣道部の部長に決まった白川と副部長の永村が列と対峙して号令をかけ、ウォーミングアップの上下振りが始まった。

「一ッ。二ッ。三ッ……」

一斉に同じリズムで素振りが始まる。融も大きく振りかぶって、一歩踏み出すとともに宙を真っ二つに斬りながら剣先を膝元まで下ろす。また一歩引きながら木刀を振る。

脳震盪《のうしんとう》の方はもう何も問題はないが、声がかすれてまだ良く出ない。力を込めるたびに喉仏全体を摑まれるような痛みがくるのだ。

輪状甲状靱帯損傷　リンジョウコウジョウジンタイソンショウ　rinjokojojintaisonsyo。

気を失って救急車で搬送された病院の医師によると、「下手をしたら死んでいたかも知れない」という、あまりに恐ろしい診断がまずあった。ＣＴスキャンで調べた脳の方は軽い脳震盪ということで心配はなかったが、喉の方は最悪の場合、声を失う危険性があるといわれた。

冗談じゃない。勘弁してくれよ。とベッドの上で涙が出てきて、嗚咽するたびに喉仏を中心に太い鉄の棒を差し込まれたような痛みがきて、さらに涙が止まらなかった。Hilcrhyme のＴＯＣさんみたいにＭＣをやるのが夢だったのに、声が出ないのではラップなど絶対無理じゃないか。たくさんのリリックをキャンパスノートに綴ってきたのが、すべて泡となって消える。

絶望。目の前の道が閉ざされて、すべての風景が暗転した感じになってパニックになりそうになっては嗚咽し、さらに強烈な痛みに涙が流れる。だが、自分が矢田部研吾に無謀な挑戦をしたことが原因で、人にいわせれば自業自得ということに違いない。罰というやつか？　薄暗がりの中で、矢田部の右胴を狙った自らの右手の上に、巨大な竹刀の先革が見えたと思ったら、世界に稲妻が走って灼熱化したような白さで光った。その後のことはまったく覚えていない。

「八ッ。九ッ。一〇ッ……」

ようやく声が出るようになったのは二日前の朝で、部屋を出る時にｉＰｏｄを階段で落としそうになって、思わず「あッ」というかすれ声が口から漏れた。息の擦過音の中に、細いけれども地声が混じっていたのだ。当然学校は続けて休むつもりだったが、流動食みたいな朝飯を食った後、声が出た嬉しさに、二度と手にしないと思っていたキャンパスノートを開いて、「アダムズ・アップル」というリリックと「絶望ヴォイス」というリリックを一気に書いた。

「上下斜め振りッ」

首に巻いたプラスチックの簡易コルセットが邪魔になって、うまく斜め振りができない。たぶん、顔の向きと体の動きに一体感がないせいだ。顔は必ず斬る相手の方を向いていなければならない。コルセットが左右の顎に触れること自体がしっかり素振りできていない証拠だろう。融は姿勢を正して、仮想の相手のこめかみから袈裟に斬るように木刀を振る。体幹をまっすぐ通して斜め振りをすると、気持ちのいいほど宙に裂け目の残像が浮かぶようだ。それを今度は逆に斬って残像を交差させる。

「やめー！　次、一拍子の面打ち、始めッ！」

白川の号令が道場に響き、部員達が一斉に素早い面打ちの素振りを始めた。床を擦る足音や剣道着の衣擦れ、手の内を締めて宙に剣先を止めた時の音が、掛け声とともにぴったり合ってくる。

一拍子の面への打突は素振りの中でも、最も基本で、最も難しい。柄を握る手は卵を握るように柔らかく。肩の力も抜いて剣先を最速で天井に向けたと同時に、やはり最速で面を狙う。その当たる瞬間だけ手の内を締める。前に出る右足と引きつけの左足、空間打突の瞬間が一致していなければならない。その瞬間は世界の厖大な時間の中で、たった一つしか存在しないものだと融は思う。

喉の痛みに耐えながら、面打ちの素振りを繰り返していると、白くハレーションを起こしたような男の輪郭が目の前に浮かび上がってきた。

矢田部研吾だ。

男の家の荒れ果てた庭の薄暗がりや草いきれのにおい、黒土の黴臭さまで蘇ってくる。愚かな立合い。身の程知らずの立合い。恐ろしい立合い……。

何故自分はあんな途方もないことに挑んだのだろう。自分ではない何者かに突き動かされたようでもある。腹の底から湧き上がってきた闘争心のようなものが、自分の体よりも膨らんで突き破ってしまった。だが、あの矢田部研吾も庭で竹刀を構えてからは、陰惨な黒い陽炎のような気が濛々《もうもう》と体から立ち上っているかのようだった。

恐ろしいほどの目つき……。酒臭かったから少しは酔っていたのだろうが、あの据わった眼差しは自分のことなど見ていなかった。羽田融である自分ではなく、他の誰かを相手にしているように見えた気がした。こんな剣道素人の自分相手に、殺しにかかってくるほどの狂気を覗かせて、一歩間違えば死んでしまうほどの突きを入れてくるだろうか。それとも剣道はやはり殺し合いなのだろうか。

「次ーッ！　前進しての一拍子面打ち、始めーッ！」

何度も矢田部から入れられた面や小手は、防具をつけていない分、衝撃が半端ではなかった。骨に響き、火花が出るというよりも、やはり稲光が走ったように思えた。自分達を囲む木々の葉群や雑草のシルエットが反転して瞬き、相手の矢田部の姿だけが黒く潰れる。闇や暴力や頽廃や……宙に散らばっていた黒い粒子みたいなものが集まって、目の前に人の形になっている。眼差しだけが獅子や虎のように黄金色にどろりと光った物の怪だ。俺はこの怪物を倒さないと、間違いなく殺される。どんなことをしても勝たなければならない、と思ったのだ。

剣道にはない打ちだったが、木刀を払われて面を食らった時に、思い切って左手一本で下から黒い霧の塊を払い上げた。確かに斬れたと感じたが、その直後自分は地面に倒されてしまったのだ。黒い霧に包まれてはいけない。覆われてはアウトだ、と必死になって地面を転がり、しのぐ。立ち上がって、もう正面から一発で仕留めないかぎり、自分は殺されると本気で確信した時、心の奥底で何かがポトリと落ちたのを感じた。

その瞬間だけ、恐怖がなくなった。脅えがなくなった。自然に足が滑るように進んで、勢いを溜めながら一気に爆発させ、矢田部の頭に木刀の牙で嚙みつこうとした。と、相手の竹刀が上がった気がして、無意識のうちに胴に切り替えたのだ。斬れた。相手の肋骨を抉《えぐ》ったと思っていたが、気がついたらいつのまにか病室で寝ていたというわけだ。

「続けて、前進しての小手面ッ」

五日ぶりに木刀を振り、真剣に摺り足での足捌きをやっているだけで、体じゅうの筋肉が張ってくるのを感じる。背中から腰、左の尻、左のハムストリングス、膕《ひかがみ》、アキレス腱。腕の筋肉など麻痺してくるかのようだが、一本一本の素振りが、体の芯から引き締められて気持ちがいい。後は喉の痛みさえなければ、最高なのに……。

「次ーッ。小手面胴ッ」

白川と永村も小手面胴の連続打ちをやりながら、他の部員達の三列と交差していく。道場の上座には年季の入った剣道着を着て、腕組みをしながら部員達の素振りに目を光らせている光邑禅師がいた。

矢田部先生はあれからどうしたのか……。この五日間一度も顔を見せていないという。

——なんか、行方不明っつう噂だぜ。

——大船の飲み屋街でケバい女と歩いていたのを見た。

——親戚の人が植物状態で大変らしい。

——いや、入院したのは本人の病気だって話だ。

救急車を呼んで、意識のない自分に付き添ってくれていたのは、後から聞いた。母親の話では、何をいっても廊下の椅子に座ったきり俯いているだけだったらしい。母親が最初半狂乱になって矢田部を責め立てたのは想像がつく。

——でも、あの人、ずっと震えていて……頭抱えたり、椅子でうずくまったり……あんた、もうなんか、逆に可哀想になってきて、怒る気がしなくなったわよ。大体、なんで、こんな馬鹿なことしたのよ。あんたが矢田部先生の家で待っていたっていうじゃない、もう。いい？　分かってるの？　大体、あんたはねえ……。

それから病室のベッドで寝ている自分に、母親の小言が三〇分ばかり続いたが、すぐにも深刻な顔をして黙り込む。その姿を見て、声を喪失する可能性がかなり高いという現実を知らされているようで、自分は毛布を頭まで被って泣いてしまったのだ。

「蹲踞ーッ。納め、刀《とう》ッ」

白川の号令に部員達が道場の端に並べた各自の防具に向かう。ほんの二〇分ほどの素振りなのに、すでに顔から汗が流れ落ちた。融は手拭で顔を拭い、防具袋の脇に置いたスポーツ飲料のペットボトルを傾けた。もう液体系は何の痛みもなく喉を通過するようになった。

「なあ、羽田ぁ。俺の号令、どうだった？　それっぽかった？」と、白川がやはり額に汗の玉をびっしり浮かせて、はにかみながら横に座った。

「迫よりは、いいんじゃね？」

「おい、羽田ぁ。それ、やめろって。……ま、そんなことがいえるようになったんなら、安心だよな。マジ、心配したんだからな」

融は今日も授業だけはズル休みを決め込み、それでも担任にはもう普通に授業を受けられると報告しに、放課後になって学校にやってきたのだ。というよりも、剣を振りたい、剣道をやりたい、と体の芯が疼くようで、母親がヒステリックに意見するのも構わず出てきた。教室にいなかった自分が、いきなりコルセットをつけたまま道場にきたのだから、白川が驚いたのも無理はない。

「いや、俺、声がもう出ないんじゃないかって、死んでた」

「そんな、おまえ、防具つけないで、突き受けたら、普通、終わってるだろ。それも、矢田部先生だぜ。馬鹿っつうか、何つうか……」

「で、矢田部先生は、何処にいったんだ？」

「分からないんだよ。家に連絡入れても、出ないらしいし。光邑先生に聞いても、分からんって……」

薄暗い庭で立ち合った時の矢田部よりも、玄関口で酒臭い息を吐きながら、陰鬱な顔を伏せて涙を零し始めた時の矢田部の姿が浮かんでくる。自分よりも年上の男が覗かせた自己陶酔に、また苛立つ気分がせり上がってくるが、獰猛なほどの強さと過敏なほどの脆さが混じり合って、複雑に編み解《ほぐ》れているのが見えるようだ。

「……ひょっとして……親父さんの所に……いってるんじゃね？」

「親父さんって？」

白川が「明鏡止水」と墨書プリントされた手拭にやった手を止める。

「おまえ、前にいってたろ。果たし合いして親父さんを殺っちゃったとかさ。……俺、その噂、真に受けてビビッてたけど、親父さん、入院してるんだってよ」

「入院……？　何、そうなの？　何だよ、俺も今までタブーかと思って、誰にも聞けず、信じるだけだったからさ……。で、良くねえんかなあ、先生の親父さん」

「じゃね？」

融も「剣禅一如」とプリントされた紺色の手拭を頭に巻き始める。

「何、羽田、おまえ、人の心配してる場合じゃねえよ。地稽古とかやって、大丈夫かよ？　そんなコルセットつけて……」

「大丈夫だろ。まあ、掛け声がイマイチ出ないけど」

頭を覆って後ろに回した手拭の両端を左から前にやり、次に右の端を左耳へとやって、きつく締める。これが頭をカーンと冴えさせるようで気持ちいい。そして、顔の前に垂れた手拭を頭頂部に送るのだ。

その時、道場の上座から、「小僧ッ。小僧ッ!」と光邑禅師が野太い声を張り上げるのが聞こえ、見ると手招きしている。老人だというのに、剣道着の袖口から覗いた腕が異様なほど太く見えた。

「何だよ……」と無雑作に立ち上がろうとしたら、白川が「左坐右起ッ。右足からだぜ」と小さく声を投げてくる。融はもう一度あえて尻を落として正坐し直し、右足からゆっくりと立ち上がった。

「白川部長は、迫より口うるせえな」

手拭を巻いたままの恰好で光邑禅師の元にいくと、禿頭の下の白く暴れた眉毛をねじり上げつつ、首元のコルセットに目を凝らしてくる。一瞬遅れて、線香の白檀の匂いがかすかに鼻先を掠めてきた。

「小僧、その後、どうなんだ? 喉の調子は?」

先ほど自分を呼んだ声とはまったく違って、低く囁くような声で聞いてくる。

「はい……一昨日の朝、ようやく声が出るようになりました。……まだ前の美声は戻りませんが……」

ほんのジョークのつもりだったが、光邑禅師はむしろ煩わしそうに表情を顰《しか》めたように見えた。光邑禅師と声を交わすのも、あの騒動以来今日が初めてで、やはり無謀なことをした自分に対して怒っているのだと思った。教えてもらった「守・破・離」の対極のことをやったわけだから、無理もないだろうと思う。

「小僧……おまえ、そんな状態で、地稽古やるつもりか……？」

「はい、大丈夫です」

睨むような眼差しで見据えていた光邑の眉間がさらに険しくなり、口角が幾重もの皺を作りながら下がった。

「おまえが大丈夫かどうかなど関係ないわッ。他の者達に迷惑がかかるだろうが。そんな怪我人相手では、遠慮して思い切り打突もできんわ」

虚を衝かれて返事をできないでいると、それでも睨み、貫くような眼差しを変えない。道場の窓から入ってくる日の光のせいで、老いてはいるが力のある瞳が茶色に透いて見える。と、いきなり光邑禅師の渋い表情から、何の加減か苦い強張りが抜けて、一気に和らいだ。皺ばんだ顔に浮いたシミや皮膚のたるみさえが、好々爺を演じているかのようだ。嫌な予感がする。

「……でだな、小僧。剣道修行の一環としてだ。ちと大書院の掃除をしてくれや。もうすぐ新亡諸精霊のための新盆大施食《だいせじき》があるから、客が大勢集まる」

きた。新盆大施食？　よく分からないが、作務の一つだろう。俺は剣道をやりに道場にやってきたのだ。でなければ、授業も出ない学校にわざわざ出てくるわけがないじゃないか。

と思ったものの、作務ということは、ひょっとして、またバイト代が出るということ？　と気持ちが揺れる。もちろん、剣道もやりたいのは山々だが、お金には換えられないだろう。ラップの勉強のために、iTunesから色んなトラックをダウンロードするのにもお金がかかるのだ。

「先生ッ。それはやはり、この前と同じくらいの時給ですかッ？」

「この戯けがッ！」

柔和な表情だった光邑禅師の顔がまた突然いかめしいものに戻って、一つ一つがでかくて丈夫そうな歯の並びを剝き出すと、唾を飛ばしてきた。

「小僧ッ、おまえ、その剣道着の代金を誰が支払ったと思ってる？」

道場では打ち込み稽古が始まり、竹刀の炸裂する音が激しく立ち始めた。様々な掛け声が飛び交い、床を強く踏み込む震動が融の足元にまで伝わってくる。

「いいか、小僧。無功用、無功徳いうてな。達磨禅師はな、人が何かした、善行をした、だから偉いだろ、報酬があっても良かろう、褒められても良かろう、などと思っている行いは、糞みたいなもんだといったんだ。功徳だと自ら思ってやる功徳は功徳ではない、いうことだ。陰徳を積め、小僧」

前に坐禅の授業の時にも光邑禅師から聞いた言葉だ。たぶん、光邑の得意な説教エピソードなのだろう。要するに、大書院の掃除が面倒臭くて、自分にやって欲しいということだと思うが、他の剣道部員達に逆に迷惑をかけるということは、まったく思いもしなかった。これが、「自分、自分」とせり出てしまう自意識過剰の悪癖で、つまり矢田部先生に闇雲に挑んでしまった愚かさも、そこに通じると光邑禅師はいいたいのだろうか。

「面ッ！　面面面面面面面面面ーッ！」

激しい竹刀の音が道場のあちこちで弾けて、切り返しが始まったのが分かる。大書院の掃除より剣道の稽古の方が面白いに決まっているが、能面のべしみみたいな、それこそ水墨画で見たことのある達磨禅師のような顔で睨み上げている光邑禅師が、許してくれるわけもない。融は頭に巻いた手拭を取ると、口元を歪めながら掠れた声をさらに小さくして呟いた。

「……分かりました……。あの、この剣道着の恰好で、掃除するんですか……?」

「良し！　無功用、無功徳。分かったな、小僧。そんな恰好で掃除をやるわけにはいかんから、ワシの作務衣を貸してやる」

「大書院というのは、境内の……」

そう声をかけているうちにも、光邑禅師は道場を横切って東光庵に向かい始めている。融は唇を尖らせながら眉を開くと、少し汗で湿った手拭を頭から外して胴紐を解き始めた。

建總寺の広い境内を薄墨色の作務衣姿で歩く。クラスの仲間達に目撃されるのではないかと、融は俯くようにして足を進めた。光邑禅師は、仏具や柱、廊下などを綺麗にしてくれ、と有無をいわせず煮染めたようなタオルを数枚渡してきたが、大書院というだけあって、かなりの広さなのだろうと思う。

本堂の前に出た時は、一応合掌して頭を下げた。北鎌倉学院の生徒だったら常識。恰好だけでも礼拝はしなくてはならない。巨大な老蛸の足みたいな根を地面にへばりつかせているビャクシンの木。細かい緑の葉で網を作ったようなイロハモミジの木々もある。あまりに学校と近過ぎて、足を踏み入れることがめったにない山内には、北学の生徒らしき者は一人もおらず、観光客や参拝受付の係の者達が歩いているだけで、時々学校に説教にくる教務部長の姿をチラリと見かけたくらいだ。境内からも北学の校舎が間近に見え、廊下側の窓を生徒たちの歩くシルエットが過ぎるのを、作務衣姿の自分が眺めているのもおかしなものだと思う。

庫裡《くり》の建物の敷居を跨ぐと、光邑禅師にいわれた通り、事務所の僧に声を掛けた。

「光邑雪峯先生にいわれて、大書院の掃除にやってまいりました北学剣道部の羽田と申します」

作務衣を着て、首にはコルセットを巻いた自分を不思議そうな顔をして見ている坊主も、たいして自分と歳は違わないのではないかと思うほど若く見える。大体、青々と剃髪した頭では、年齢がまったく読めない。自分の声がかすれて弱いのが気に食わなかったのか、「ああ、中入って、あっち」としかいわれない。声がもっとまともに出る状態だったら、一つや二つい返すところだ。こっちには関係のない、あんたらの建物を掃除しにきてやってんだぞ。何か癪《しゃく》に障ったので、一言だけその若い坊主にいってやった。

「無功用、無功徳」

事務所の坊主が一瞬キョトンとした顔をしてから、「クカッ」と変な笑いを吐き捨てて、視線を自分の頭と胸の間を往復させるのが分かった。融はそのままズックを脱いで庫裡に上がると、示された通りに右の廊下を渡り、さらに右に曲がった渡り廊下を進んだ。

建物自体は古いが、廊下の床も柱もトロトロに黒光りするほど磨かれている。それに比して障子は目が醒めるほど白かった。本当は剣道部の道場もこれくらいに磨き込まなければならないのだろう。

大書院の方から歩いてくる作務衣姿のやはり若い僧が二人、自分の姿を認めて、素早く右手を合掌するように胸の前にかざして頭を下げてきた。融も慌ててタオルを作務衣の脇に挟み合掌すると、お辞儀をした。坊主頭の後頭部と項《うなじ》、背中のラインがまっすぐ通った修行僧達だ。さきほどの「クカッ」と笑った坊主とは大違いじゃないか。事務所の受付をやっているくらいだから、参拝客や法事でやってくる人々の俗塵とやらにまみれて、いつのまにか面倒そうな応対になったのか。本来ならば皆、今自分の横を無駄のない足取りで過ぎていった修行僧達のように礼節をわきまえているに違いない。

融も背筋を伸ばして、丹田に力を入れてみる。だが、肩などによけいな強張りは持たせない。移動する時はただ移動する。掃除する時はただ掃除する。合掌する時はただ無心に合掌する。そう意識するだけでも、気持ちの贅肉のようなものが削ぎ落とされる心地がして、光邑禅師が何故喉の痛む自分を作務に向かわせたのか、分からないでもない。要するに、面を打つ時は、ただ面を打てばいい、ということか？　なんて、こちらが殊勝なことを考えている時は、光邑禅師の狙いにはさして深い意味など含まれていないことが多いのだ。

渡り廊下をいき、漆喰と古木で堅牢に見える壁を過ぎると、いきなり明るい座敷に出た。廊下とは逆側の一面がすべて眩いほどの障子で、外の光をふんだんに受けている。何より二〇〇畳は楽にあるだろう、大書院の広さに圧倒された。分厚く頑丈な木で組まれた鴨居が天井近く四方八方に巡らされ、当然それを支える太い柱が何本も、大書院の座敷に立っている。

「……柱だけで、死んじゃうよ……」

思わず口から漏れてしまったが、それでもできるところからやるしかない。南側の壁に設《しつら》えられた大きな床の間には、薄茶色い染みにしか見えない東洋画の掛け軸があり、その横の違い棚を作務衣姿の修行僧が一心に拭いていた。

まず柱を磨くにしても、水拭きするのか乾拭《からぶ》きするのかも分からない。たぶん奥にある東司《とうす》の洗面台の水を使うのだろうが、下手なことをして後でどやされてもかなわない。

「すみません……。すみませんッ」

融は少し声を張り上げ過ぎた痛みに、首元のコルセットを押さえる。背中を見せて違い棚を拭いている修行僧の手拭を巻いた坊主頭が一瞬上がった。

「あの……」

ようやく気づいてくれたのか、作務の手を止めた若い僧がゆっくり振り返った。

「すみません。この大書院の柱は乾拭きですか、水拭きですか？」

頑健な体をしている修行僧は、一瞬睨むようなタイミングでじっと自分の姿を遠くから凝視している。

何だよ、また何かいわれるのかよ。

と思っているうちにも、修行僧は頭に巻いた手拭を素早く取って、青々とした坊主頭を見せる。いや、綺麗に剃髪した頭部だけではなく、顔まで所々青くて、歪《いびつ》に腫れたり、歪んだりしている怖ろしいような形相をしていた。何か病気なのだろうか、と立ち竦《すく》んでいるうちにも、自分と同じ薄墨色の作務衣を着た男が足早に近づいてくる。

「何？　……何だよ？」

さっきの若い修行僧と同じでまったく無駄のない脚の運びで、大書院の座敷を滑るように近づいてきた。ふと妙な既視感に捉われて、黒土の黴臭いにおいが鼻先を掠め、木々の繁茂する薄暗い庭が見えてくる。

えッ……？

「……矢、田部、先生……⁉」

修行僧が近寄ってくると、その剃髪した頭の下の表情がよく見えてくる。左の目は完全に濃紺の痣に覆われ、頬骨も赤く腫れ上がっていて、唇の右端は切れて血のかさぶたができていた。作務衣から覗いた首にも紫色の痣が鱗雲みたいに広がっている。だが、目の前にまで近づいてきた修行僧は、体軀も顔も矢田部研吾本人に間違いない。

な、なんで、こんな所に⁉

融が絶句して目を見開いたまま茫然としていると、修行僧の男はいきなり融の足元に正坐をして、畳に両手をつく。そして、剃り上げたばかりのような青い頭を深々と下げて、畳にその額を擦りつけたのだ。

「すまなかった……」

矢田部の行為と、屈んで切迫して搾り出している声の籠もりに一瞬動転してしまい、融は体が強張るだけで、どう反応していいのか分からない。

「え？　いや、ちょっと……」と、口元から訥々《とつとつ》とした声しか出ず、だが、慌てて融も矢田部研吾の前に膝を折り、対峙するように正坐するしかなかった。

「本当に申し訳なかったッ……」

作務衣の広い背中には剣道で鍛え上げた筋肉が隆起していて、畳についているごつい手には太い静脈が複雑に浮かび上がっている。大書院の障子戸を透けて入る光が、うずくまった男の体に濃い影を作って、巨大な石くれのようにも思わせた。

自分はどうしたらいい？　こういう時、何といえばいいんだ？

自らもあの夕刻を鮮明に思い出して、恐怖やら驚きで足が震える感じだが、よく見ると、わずかに矢田部の体も小刻みに震えているのが分かった。ふと、玄関口で見せた矢田部という男の自己陶酔や脆さが脳裏を過ぎって、嫌悪感が膨らんでくる。

俺が許す？　許せばいいというのだろうか？

矢田部が今、本気で考えていることなど分からない。だが、自分がここで、「いいんです……」などと、恰好の悪いことをいえるわけがないじゃないか。それは今度は自分のプライドの問題だ。光邑禅師にいわせたら、そのプライド自体がまったく無用のものだと唾棄するだろう。とそう思った時、ようやく大書院の掃除という作務が光邑の初めからの策略だと気づいた。自らの間抜けさ、能天気さに呆れて、思わず唇を歪めた。

声を発しようとすると、喉元を絞められるような痛みがくる。意識している以上に自分が緊張しているせいだと融は思う。じっと黙ったまま、矢田部研吾の作務衣の背中や剃髪した後頭部を見下ろしていて、うずくまった矢田部という男を乗せた碗のような器が、水に浮かんでいるのを何故か想像する。水面には矢田部の体の震えで細かい漣が立っている。その水は今自分達がいる大書院ということになるのだろうか。大書院もさらに器の中にあって、もっと広大な水に浮かんでいる。そして、その大洋も……。

融は目を閉じると、息を深く吸い込んで姿勢を正した。

一体、自分は、何といえばいいんだろう？

十九

まさか建總寺の大書院に羽田融が現われるとは思ってもいなかった。その姿を見た時に、あまりの痛ましさにこちらが突きを喰らったような衝撃がきた。

その瞬間に、できるならば二度と会わずにいたいと、また逃げようとしていた気持ちが焙《あぶ》り出されて、矢田部は違い棚から振り返ったまま、しばらく凝り固まって動くことができなかったのだ。

今、できること……。がらんとした二〇〇畳はある大書院の真ん中で、土下座をして謝る以外に何ができるだろうか。自分は再びあの薄暗い庭で、一人の生身の人間を、しかもずっと若く、まだ剣道も知らない素人の高校生を相手に、防具をつけていない喉に思い切り突きを入れてしまったのだ。

「本当に申し訳なかったッ……」

羽田という青年もまた、畳に額を擦りつけている自分が何故ここにいるのかと思っているのだろう。大書院を掃除していた作務衣姿の剃髪の男はどう見ても修行僧にしか映らなかっただろうが、その男が半狂乱になって自分の命を奪おうとしたアル中の剣士だったのだから。コルセットを巻いた青年の、掠れた声で驚きを漏らしたウブな顔に、胸中を掻き乱されて、自分は思わず膝から崩れ落ちてしまった。

怖い。とてつもなく怖い。

何が怖いのか、など分からない。アルコールで朦朧とした頭も手伝って、羽田融という青年を親父だと錯覚を起こして、恐怖から全身全霊で突きを入れて倒そうとしたことが怖い。一歩間違えたら、若い青年が死んでいたというのも怖い。父親との最後の立合いが、どうやっても拭い切れないというのも。まったく無関係な青年をその脅えに巻き込んだことも恐ろしいのだ。

目の前で同じように正坐し、黙している羽田融の、息を深く吸う音が聞こえてきた。今だ。羽田君。思い切りやれ。

矢田部は思い念じるように目を閉じた。手に持った雑巾だかタオルを自分の後頭部に叩きつけ、剃ったばかりの頭や背中や肩を滅茶苦茶に足蹴にしろ。いや、その握っているタオルを自分の首に回し、力いっぱい締め上げてくれッ。

畳に擦りつけた頭に血が逆流して、目や頬や口元の傷が熱を持って疼いてくる。うっ血したものが皮を破りたくて脈動しているのが、分かった。

顔や首や肩、手……体の至る所が痛みながら熱く呼吸している。だが、羽田融の受けた傷はそれどころではない。突き垂を外れた一撃を喉元に受けて、声を失った剣士も少なくないのだ。あるいはそのまま後ろに倒れ、後頭部を強打したせいで記憶障害を抱える者もいた。そして、明らかに急所である喉仏への打突は死へとつながる。そんなことは剣道の常識ともいえるというのに……。

る。

「おまえのその口が欲するのかッ」

「その手が酒を欲するのかッ」

「それとも目かッ」

光邑雪峯が怒声を上げて、竹刀を激しく振り下ろしてきたのがまだ鮮明に思い出される。

「逃げ、逃げ、逃げ。すべて、研吾、おまえのは、逃げだッ」

道場で立ち尽くす自分を、光邑はただ休むことなく竹刀で打ち込んできた。もちろん、防具などつけさせてはもらえない。初めは、羽田融が受けた痛みや恐怖を自分も当然引き受けなければならないと思っていたが、光邑禅師の考えていることはまったく違った。何かを自分の中から締め出し、削り、殺そうとしている打突だった。

禿頭の下の獰猛な眼差しがいつもとは違う怒りを孕んでいて、次々に面前に突進してきては、竹刀が炸裂する。もはや痛みではない。光邑が踏み込んで竹刀を唸らせるたびに、矢田部が床にちぎり捨てた紙が、乱れ逃げていくのが、霞む視野の隅に見えた。

一体、あれは何だ。俺の腹切用の懐紙か？　と思っているのも束の間、光邑の袈裟に斬ってくる竹刀が顔面を捉えてくる。打ちの衝撃と体当たりしてくる勢いに、矢田部は後じさるしかない。

「下がるなッ」

容赦ない打突の嵐に意識が薄らいできて、思わず矢田部が言葉を漏らした時だ。

「……師範……もういいから、殺してくれ……」

光邑雪峯は血走った眼球が飛び出るのではないかと思うほど目を見開き、老いた顔を強張らせた。老齢からの皮膚のたるみまで凝縮して、象色の油粘土の塊が裂ける。その裂け目から血がいきなり噴き出したかと思った刹那、光邑は握っていた竹刀の剣先を思い切り床に叩きつけた。竹刀が中結《なかゆい》のあたりで折れて、竹の細かい繊維や破片が宙に飛ぶ。

「おまえを殺すことができるのは、あの小僧だわッ！」

雑に折れた竹刀が弦や鋭い繊維だけでつながっているのを、光邑禅師は闇雲に振り回して、矢田部の顔面や肩や腹に薙ぎ入れる。強靱な鞭のように唸ってくる竹刀は矢田部を捉えるたびに、破片やささくれの粉を撒き散らして煌めいた。

「この、糞ガキがッ。何が殺せ、だッ。誰がッ、おまえみたいなッ、糞をッ、わざわざッ、殺すかッ！」

袈裟懸けに振り回された竹刀が矢田部の右の目元を打ち、今度は水平に左の頰を抉ってくる。下から斜めに胸を払われ、鞭となった剣先が頭上にまっすぐ落ちてくる。

そのたびに憤怒の息遣いが光邑禅師の口から漏れ聞こえた。朦朧としてよく分からなくなってきて、目の前には何故か顔だけ皺ばんだ子供が闇雲にロープを振り回しているようにも思えた。いや、むしろ、分からないのは、自分が立っていることだ。何を思って突っ立っているのか……。

目に一枚膜が覆ったようになって涙さえ出てこない。意識の芯が後方に引っ張られて、放射状の灰色の光が見えてくる。ふわりと体が浮き、楽になる。「てめえで、死ねッ！」という光邑雪峯禅師の唾棄する言葉。道場の床が柔らかく抱きかかえるのを感じて、また目の前に白い紙片が歪に回転して浮くのが見えた。

親父の毛筆の文字だ、と思う。

——殺されてこそ本望。

そんな文章に見えた。

……矢田部は土下座したまま突っ伏し、瞼の裏を過ぎる道場の断片に責められながら、羽田融の一撃を待ち続けた。すぐ自分の後ろ頭の上で、融が息を凝らして力を溜めているのが分かる。

何を逡巡している、羽田？

大書院の庭の石でも、床の間にある壺でもいいから、後ろ頭に一気に落としてくれ。せめて、一言でもいいから口にしてくれれば楽になる。

「死ね」と。

あの夕刻。

活を入れても意識を取り戻さない融の状態に、慌てて救急車を呼んだのだ。

すでに暗くなった庭にぐったりと横たわる青年の姿を見て、それでも一瞬突きを入れる前に錯覚した将造の像を重ね合わせている自分がいた。まだいくつかの応急処置をこなさなければならぬというのに、ほんの数秒であれ、将造の敗北した姿を想像している自分……。自らの愚かさを冷徹に覆う庭の静けさがしんしんと沁みてきて、放心しながら体を強張らせているうちに、サイレンの音が近づいてきて、我に返ったのだ。

救急車で融を搬送しながら説明した状況を、救急隊の者達は怪訝な表情を浮かべ、病院の医師も明らかに自分の精神の状態と酒臭さに猜疑の色を浮かべていたのを、矢田部は見て取った。

「……俺は、人を殺そうと、した……。あんな、若い奴を、殺そうとした……」

病院の廊下の椅子に座りながら、胸中に浮かんでくる言葉はそれしかない。草いきれと黴臭さの籠もった闇の庭で、まだ白いワイシャツ姿の青年が土に突っ伏しているのではないか。湿った雑草の中で、首筋や手の甲やワイシャツの背中に、蟻やダンゴムシのような小さな虫が這い回り、まったくブツと化してしまった若い体を単なる起伏として捉えている。

その想像上の死体が、砂漠のような稜線を浮かべる白いシーツを連想させ、植物状態にある父親と重なってくる。庭の亡骸が矢田部将造ならば、それでいいのだ。また、自分であればさらにいい。と思っていて、CTスキャンや喉の損傷の処置を懸命に行っている医師と看護師達や、何より無意識の底で生死の狭間を凝視して、必死に現世に戻ろうとしている羽田融が、今まさに目の前の処置室にいることが、信じられなくなっている。

すべて自分を騙すために仕組まれた劇なのではないか。病院の廊下の薄暗い蛍光灯や、その光を反射して凍った雪道のように濡れ光るリノリウムの床の凹凸、むこうから張り詰めた表情で走ってくる中年女性の姿などが、またスクリーンに映し出されているだけに思える。

「一体、何があったんですッ」

叫び声を上げた女の切迫した表情をぼんやり見上げ、矢田部はふと母親の静子が現われたのだと思った。ああ、そうか、オフクロは生きていたのか。夢か何か嫌な妄想をして、母親は死んだと思い込んでいたことがあったような気がする。そして、病いで倒れた親父の見舞いに今きているのだ、と。

「融は大丈夫なんですかッ」

融？　融という青年は、闇の庭で骸《むくろ》となって倒れているのではないか……。朧な妄想の感触を覚えて、初めて救急病院にいる現実が、刀の峰のように冷たく反射して首元にひたりと当てられた。

「……羽田君の……お母さん……」と、漏らした自らの声の頼りなさが、融の母親の不安を逆に煽ったようで、矢継ぎ早に激しい質問に責められる。もはや、矢田部からは何の言い訳も出てこない。とてつもなく深刻な事態となった現実が巨大な口を開いて自分を呑み込んでくるのを感じて、どう責任を取るか、今何ができるか、と取り乱すほどに動かねばならないというのに、そこでも本気で腹の底で欲したのは、酒、だった。

「すみません……すみません……」

廊下の長椅子から床に正坐をし、うずくまるようにして頭を下げる以外にない。矢田部の中では、この時に、自分はこの世にいる必要はないのだという確信が音を立てた。羽田融の命に別状がなくとも、あるいは後遺症を抱える重篤な状態になったにしても、あってはならないがもしも最悪の事態ということが訪れるならばなおさら、アルコールで脳味噌がふやけ、社会復帰もできない殺人未遂犯の自分は、この世にいない方がいい。

夜の庭で矢田部将造が一瞬止めた胴打ちへの木刀が、ようやく自分の肺と肝臓を抉ってくれた気がして、融の母親には申し訳ないが、項垂《うなだ》れながらもまったく現実とは違う彼岸への呼吸をし始めた自分を感じていたのだ。

羽田融の脳震盪の方はたいしたことはなかった。ただ、輪状甲状靭帯損傷と診断された症状は声を失う可能性もあるというもので、予断を許さぬ容態のまま融は入院となった。

北鎌倉学院高校への連絡は……？　光邑雪峯への一報も……と思ったが、矢田部は融の入った部屋の前から、悄然と踵を返して病院を後にしたのだ。この後自分がやるべきことは、すでに決まっている。迷うこともない。いや、そんな気持ちの律し方すら無用なほどに、力のない足取りではあったが融の入った鎌倉の救急病院から大船へと向かう。

「殺人未遂犯が……」と胸中言葉にして、自己憐憫めいた悲劇に甘える気持ちの悪さに口の中が粘る。事実、事故でも過失でもない。もし防具をつけていた立合いだとしても、相手を本気で斬ろうとしなければ、あんなに狂った突きは出ない。矢田部将造と一瞬でも錯覚した羽田融の喉仏を砕き、刀の鍔元まで入り込むくらいの突きだった。

「……殺人未遂犯が……違う殺人を犯し……今度は自分も死ぬ……」

物騒な言葉が浮かんできて、前の自分ならその大仰さを一笑に付していただろうが、こうして現実の中に度し難い暗黒の層が入り込んでくるのだ。ごく普通の人間が堕ちる。

半歩踏み違えた足取りからかも知れないし、まったく無関係な出来事の片鱗に引っ掛かってしまうことからかも知れない。自分から奇妙な坑道を掘っていって戻れなくなる場合もあるだろう。

横須賀線電車を降りて、雑踏に紛れて歩く大船駅の風景は、以前と少しも変わらないのだろうが、温度も質感もまるで違った。妙なほど人々の輪郭や階段の縁やキオスクのディスプレイがくっきりと見えて、突き刺さってくる。エスカレーターの段の縞《しま》状の金属も、鋭利な刃のように見えた。鉛筆削りの中に仕組まれた螺旋《らせん》形の残酷な刃の波が脳裏を過ぎって、矢田部は目を閉じる。

酒を呷ってからいくべきか。それとも、このままアルコールが切れかけ、感情のブレが粗いままの状態でいくべきか。改札を出て、自分が警備員の仕事をやっているビルを通り過ぎる。ＫＳ警備会社に戻ることはないだろうし、仕事で世話になった沢口や三橋ともう会うことはないのだろう。警備員の仕事がすでに何年も前の出来事のようにも思える。正面入口ホール、２ＦＪR連絡通路口、３Ｆエレベーターホール、非常階段……。警備員室に並んだ六個のモニター画面の薄青い光が瞼の裏で薄ぼんやりと瞬くのを矢田部は感じた。

ルミネウィング前の階段を降りて、自分の足元に視線を落として信号待ちしている時に、「おぅおぅおぅ……」と呻くとも、絡むともいえる人の声が聞こえてくる。誰が文句をつけてこようが、苦しんでいようが、今の自分には関係ない、と矢田部は無視して、父親の元へと向かう足先を無感情のまま見つめていたのだ。

「矢田部さんだな、矢田部さん。な、剣士というのはいいもんだー。じつに礼節をわきまえた若者がいてな、矢田部さん。あんたのお弟子さんじゃないかーと信じてるんだぁ」

　目の端で見やると、汚れたズボンのチャックを開けたままの田所のおっさんが、黒い虚空を覗かせたような口を開いて笑っていた。矢田部は他の信号待ちする人々に紛れて、知らぬ振りを決めようとする。

「九九万円のヨイヨイの体だからしてぇ、階段から地獄いきだぁ。ところが、あんた、矢田部さん。矢田部さんなぁ。気ッ、剣ッ、体ッ、だぁ。気剣体の木刀を持ったぁ若い剣士がぁ、俺を助けてくれたぁ。なあ、剣道はいいなぁ、いいもんだぁ」

　信号が青に変わる。矢田部はそのまま素通りしていこうかと思ったが、反射的にも目尻で田所の姿を捉えると、わずかに頭を下げた。

「お、お、いくかぁ。呑みにいくかぁ」

　田所のおっさん、お世話になりました……。

「矢田部さん、あんたぁ……ヤバイぞ。顔が良くないぞ。制服を着ている時よりも良くないぞ。大丈夫なのかぁ」

　家や呑み屋へと向かう人々と横断歩道を歩き出す。

「駄目だぞぅ。いいか、矢田部さん。なあ、駄目だぞぅ。分かるかぁ」

　背中に田所のしわがれた声を受けながら、父親がいる病院にただ向かう。ただ病室に入り、ただ親父の首を絞め、ただ出てくる。そして、自分は鎌倉から離れた所で、どのようにでも死ねる。そう思っていたのだ。

だが、夜の病棟で矢田部は思ってもいなかった者達に阻止されることになった。矢田部将造の入る病室のドアを開けた時に、ベッドサイドの小さな豆電球が作っていた人影が目に飛び込んできて、矢田部は思わず息を呑んで後じさった。父親の矢田部将造がベッドから体を起こしていたのかと思ったのだ。

「研吾……おまえ、今、『きさらぎ』の女将とすれ違わんかったか？」

気づくと、部屋の隅に作務衣姿の若い屈強そうな修行僧が二人張りついてもいる。一体、何だ？　と声の主である光邑雪峯禅師のシルエットを凝視した。アルコールが切れて、ふとしたタイミングでマグマの奔流のように溢れてくる暴力衝動や、夥しい蟲が視界を覆う幻覚や、耳元でスピーカーのコーン紙を引っ掻くような音の幻聴が現われそうだ。その様々な形で自分を圧迫してくる塊の隙間を縫って突き進み、親父の首元を狙わなければならない。

「……『きさらぎ』……というのは、何だ、師範……？」

「いや……気づかなかったのなら、いい」

「きさらぎ」……まったく覚えがない。師範は何かしらのカマをかけているのか。それとも、自分の聞き違えか？

「……師範、とにかく帰ってくれ。一体、ここに、何しにきた？」

壁際に立っていた二人の修行僧の体が小さく反応したのが分かった。それが建總寺の住職への口の利き方か、ということだろう。

「研吾……そういうおまえはこんな時間に、将造の元に何しにやってきた？」

自分の顔にはそんなにも分かりやすい徴《しるし》がついているのか。

「……いつもの、足のマッサージと看護師への挨拶、ですよ……」

「そうか。殊勝だな、研吾。……北学の方からすぐにも連絡が入った。おまえのやったことは、剣士としてか、それとも人としてか？」

豆電球の弱い光が光邑雪峯の顔に異様な影を作り、柘榴《ざくろ》のような禿頭の形も加わって、この世の者には見えない。てめえらも、殺すぞ、化け物どもが……と、胸中で唸っている自分が確かにいる。幻覚でも幻聴でもなく、自らが腹の底で言葉にしているものだ。

「ほう、研吾。おまえに、そんな顔ができたか。それとも、酒精の力がそうさせるか？」

「光邑師範……俺を止めるのに、二人の若造だけで大丈夫か？」

がたいのいい男二人がこちら側に体を向けるのが分かった。力が漲っているのは体を包んでいる作務衣の輪郭で知れるが、まだ神経の張り方に緩さがある。一拍二拍遅れる素人達特有の鈍さが薄い膜になって覆っていた。

「研吾、おまえは、何を考えている」と光邑が豆電球の光を炯々《けいけい》とした眼に宿らせながらも、皺の寄った唇を歪めて笑う。

「この二人はここまでクルマで送ってきてくれただけだわ。そして、おまえを建總寺に連れていってもらうだけだ」

光邑の背後に、白いシーツに覆われた薄っぺらな稜線が見え、その端にはどす黒く凝り固まった父親の横顔が、電球の光に浮き上がっていた。すぐ二メートルほど先に、自分の終結点がある。

「なんで、俺が建總寺にいかなければならない?」

「おまえの顔には、てめえで死ねるなどという不遜な文字が書いてあるな。果たして、そうか? おまえにはその資格はない。喩えにしても、現実にしても、おまえを殺していいのは、今、誰だと思っている? ここにいる将造、おまえの親父と、羽田融だろう」

暗い庭の草陰からむっくりと起き上がるワイシャツの青年が朧に見えてくる。だが、どうしてもその顔が矢田部将造に思えて仕方がない。

「研吾。鎌倉の病院の方には、小僧のオフクロさんがいったはずだが、今、北学の校長室に親父さんがきている。事の次第をすべて説明しろ。小僧の親父さんは校長との話し合いの後、すぐに建總寺にきてくれることになっている。おまえがそれでも逃げるというのなら……」

「逃げる……?」

「逃げるというのなら、ここで、この者達に引導を渡してもらうか? どうだ?」

壁際で立っている修行僧の二人は、おそらく自分が作り出している幻覚に違いない。そうだろう? そのうち四尺もある太刀を取り出し、振りかぶってくるか? おまえらのような素人の化け物に斬られる自分ではない。

だが、光邑雪峯の背後で横たわる男の横顔が笑ったのは、幻覚ではなく、現実だと思った。

北鎌倉学院高校には寄らず、直接建總寺へといき、連れていかれたのは剣道部の道場だった。体の芯が震え出してきたのはアルコール中毒の禁断症状のせいだろうが、自らが実行しようとした道筋に予想もしない角度で切り込まれる現実の生々しさに対する怖さからかも知れないと思った。すでに極端な形で羽田融という青年を死に追いやろうとしたにもかかわらず、まだ現実以外の世界が何処かにあるのではないかと思う自分の致命的な愚かさが、露わになる恐怖だ。自分は人を殺した後でも、飯を平気で食える人種ではないのか……。

「そこで正坐して、待っていろ」と光邑雪峯は道場を出ていったが、戻ってきた時には作務衣姿から剣道着に着替え、竹刀と一振りの真剣を手にしていた。羽田融の父親の姿など何処にもない。

「……羽田君の父親は？」と口を開きかける前に、床に抛られたものがあった。少し灼けて薄茶色になった厚い封筒。宛名は毛筆で、「光邑雪峯先生」と書かれていたが、あまりに親しい筆遣いの文字だった。差出人など見なくても分かる。手紙を書いたのは、矢田部将造、自分の父親だ。

「読め」

「師範……すべて見透かした上での、嘘だな。……羽田君の父親は、ここにはいない」

「読め」

光邑は目の前に座ると、真剣の方を体の内側に置き、今にも鯉口を切るかのような呼吸をしていた。陰惨なほどに乱れ伸びた白い眉の下の目は、すでに殺しにかかっている。初めて見せる目つきだと矢田部は思う。アルコールが切れて惑わされているわけではない。

矢田部は分厚い封筒を手にすると、震える手で扁平に潰れた巻紙を取り出した。和紙の埃臭さと時間が経った墨の脂臭さのようなものが、かすかににおってくる。父親が毛筆を持った時に見せる右上がりの勢いある文字が目に入った時、吐き気とも嗚咽ともいえない腹の底からせり上がってくるものがあった。

「……何故、こんなものを、今、読まな、ければ、ならない……？」

「それは、おまえらが立ち合った日の、一ヶ月くらい前に受け取ったもんだ」

「……一ヶ月前……？」

そんな手紙が光邑雪峯に渡されていたなど一言も聞いていない。そして、だとしても、まったく自分には無関係の代物だ。光邑と将造との師弟関係の中で遣り取りされたものを自分が読む義理もない。

「読め。読んでから、この真剣で死ね」

光邑の目の中にわずかに揺れるものがあった。

拝啓　光邑雪峯先生

平素は格別のご高配を賜り　厚くお礼申し上げます　日頃の無沙汰　大変申し訳

なく　親子共々の不義理を心よりお詫び申し上げます
　このたび一筆申し上げますのは　戯言のようではございますが　剣の業の報いが避けようもなく　我等父子の間の機を窺い待つ気配を覚えております　妻の静子が病死してより　私の不徳の致すところゆえに　研吾の気持ちの安んずるところなく互いの挙措一々に剣に賭したがための罪深き業を覚え　一触即発の気が覆うている次第です　まったく恥ずかしい内での事　如何ようにでも成れと　勘当でも此の方が捨てられても障碍なき話ではありますが　近いうちに　真剣ともいえる剣での立合いが訪れること　必定の兆しを折あらば互いに感じております　驚懼疑惑の四病にとらわれる愚息の様は馴染みあるものとはいえ　研吾が剣においても独り立ちする上での閾《いき》を超えるため　あるいは独坐大雄峰となって世界を手中にするかの如き気持ちと意志を得て欲しいとの一心で　邁進して参ったつもりですが　すべて殺人刀殺人剣の己ではまったく逆の景色ばかりを展いてしまったようです　必ず研吾は私を斬ってくるでしょうし　また私も必ず研吾を斬ることになるかとの覚悟　馬鹿な親子と笑うていただきたいと思うております　立合い訪れた時には　もしも己が残るようなことがあれば　この手紙は捨て置き　また　研吾が残るようであれば光邑先生のご指導のもと　よろしくお願い申し上げる次第でございます　愚かで弱い息子ではありますが　静子と私の大事な大事な息子でございます　私は殺されてこそ本望　憎まれても本望　まったく鏡にも誇りの片鱗にも成れなかった己の愚かさこそを　斬られてしまいたく　心から日々祈る次第でございます　またこの手紙

も　光邑先生一流の大笑で打ち捨てておいても結構　ただし飽くまでも　親子の騒動は剣道としての立合い　如何様な角度から見ても事件性のあるものではございませんその御証人として勝手ながらお願い申し上げ　平に未熟なる父子の無様さをお許しいただきつつ　擱筆いたします

敬具
愚剣　矢田部将造

巻紙に書かれた毛筆の文字を読みながら、矢田部は体がさらに小刻みに震え始めるのを感じた。巻紙がガサガサと音を立てる。禁断症状からではない。腹の底が痙攣したかのように小さくもんどり打って、震えを抑えることができない。そして、歪めた口から短い息を漏らし始め、いきなり噎《む》せるように笑いを爆発させた。

我慢がならない。ちゃんちゃらおかしい。計画された立合い？　父なるものをのり越えるための立合い？

笑いが止まらない。どうやっても止まらない。と、いきなり矢田部は笑いを止め、手にしていた将造の手紙を乱暴に破り始めた。

その時、光邑が脇に置いた刀を瞬時に抜いて、頭上に振り下ろしてきたのだ。

一閃。

斬られた、と思った。炸裂した光に風景が反転して、その中に自分の血飛沫《ちしぶき》が噴き出す。

「研吾！　立て！」

光邑雪峯の私刑ともいえる竹刀での打ち込みが始まったのは、それからだ。

二十

一体、自分は、何といえばいいんだろう？

夕日の色をわずかに映し始めた大書院の障子戸に目をやると、境内のビャクシンの影が奇妙な形に歪んで貼りついている。初めから障子に墨で描かれた絵のような錯覚さえして、ふと、矢田部研吾が自分の前で土下座し、それに対して自分が正坐していることも、錯覚ではないのかと思ってしまう。ビャクシンの影の側から見たら、自分達が対峙していることも虚像なのではないか。それとも、すべてが、影として映っているものを実体と思っているだけの話ではないのか。だけど、そうだとして、自分には、影を作る光の源も、目に見えない実体も、それが何なのかなど分からない……。

矢田部のうずくまる姿を前に、ぼんやり妙な所に思いが彷徨《さまよ》っていき、また戻ってくる。矢田部の作務衣の襟口や袖がかすかに震えているのを見下ろしていて、このまま黙って、大書院の掃除を始めるというのもありだと融は思う。いや、帰ってしまってもいい。だが、喉をもろに突かれて死ぬような目に遭った自分の非力さを、認めてしまうようなものじゃないか。それは、やっぱり、クールじゃない。

もう一度、融は息を吸って、青い坊主頭の前の畳に両手をついた。自分は何をいうんだろう。と思いながら、畳の上の自らの手を見つめ、矢田部の頑健そうな大きな手に比べて、子供みたいな手だなと胸の底でポツンと考える。両肘をゆっくり曲げて、頭を下げる。コルセットの奥の喉仏が圧迫されて、鈍い痛みが締めつけてきた。だが、ここで掠れた声を出したら、絶対にカッコ悪い。矢田部の声よりも大きく、深い声を出さなければ駄目だ。

「申し訳ありませんでしたッ」

矢田部の体の輪郭が一瞬揺らいだのが分かった。融はそのまま頭を下げる。喉が圧迫されて、また痛みが走ったが、剣道式の深い座礼で矢田部の土下座に応じた。

「僕の方こそ、ご迷惑をおかけしました」

こんな科白が自分の口から飛び出すとは思わなかった。なのに、声に出したと同時に、一瞬で頭の中にまるで違う風景が現われた感じだった。矢田部研吾の家脇の薄暗い庭からつながっていた喉の痛みや絶望のトンネルみたいな道が引っくり返って、想像もしない所から広大な地平線が現われたようにも思える。

矢田部の後頭部がわずかに上がり、それから確かめるように静かに顔が上がってくる。

「……羽田君……」

伏せていた矢田部の顔は血が上っていて、ますますひどく化け物じみた形相だった。思わず声を漏らしそうになりながらも、融は黙ったまま頭を上げる。左の目の周りを瑪《め》瑙《のう》の断面を思わせるような模様で青痣が覆っていて、すぐ下の頬骨も赤く腫れ上がっている。転んだというよりも、大勢の人間に殴られてできた傷に見えたが、本当のところは分からない。事件後、皆が噂していた行方不明の間に起きたことなのか、それとも行方不明になどなっていなくて、すぐにも光邑雪峯禅師が建總寺に連れてきて、修行僧達の中に入れたのか。

矢田部の頭はまだ剃髪したばかりで、生白い地肌に鉛筆の芯を擦りつけたような妙な艶で光っている。得度したということも考えられるのだろうか。それとも仕置き？　そういえば、あの夜の立合いの時とは違って、アルコールのにおいがまったくしない。よくは知らないがアルコール依存症の禁断症状は凄まじいと聞いたことがある。顔や首の傷はひょっとして暴れてできたものか……。

融の頭の中に疑問が次々と浮かんでくるが、聞いてどうなる話でもない。今は黙って矢田部研吾と対峙している以外になかった。顔の傷を気にしてか、腫れを庇《ひさし》にでもしているように眼差しが覚束ないが、ようやく視線がまっすぐ合った。と、同時に、やはり、あの庭での立合いが蘇りそうにもなる。だが、今度は恐怖の感触ではなくて、何か泣きたいような、噴き出したいような、腹の底を煽がれる気分で、むしろ、竹刀を持って構え合っている方が自然な気がした。

「羽田君……。俺を許してくれるのか……」

「……いえ……むしろ、僕の方を許してもらえるのかと、思います……」

自分で、「歯が浮くぅー」と思っているのに、コード進行的にこれしかないんじゃね？　と胸中呟いていて、でも、何処か本気で言葉にしている部分もある。さっき覗いた地平線からの光が、自分の足元を明るくしているような、何か気持ちのいい風を送ってくるような感触だった。

「許すも、何も……」と、矢田部は腫れ上がった唇を重く動かしてから、もう一度畳に手をついて深々と頭を下げ、体を起こした。右の目がかすかに痙攣している。その時の矢田部の視線が自分を見据えているものなのか、それとも肯定してくれているものなのか、判断がつかない。ただ、自分も鏡像のように相手の眼差しを真似ることで応じるのが無難だと融は思った。

「羽田君のご両親には、また追って、お詫びに伺うつもりだ」

矢田部がそういって立ち上がろうとした。作務の続きをこなすためだろう。融もそのつもりだったし、もうあの庭でのことは口にしないと自ら肝に銘じて、膝を立てようとする。その時、闇の庭の記憶を伏せる気持ち自体が引き金になって、また唐突に自分の口から言葉が飛び出した。

「……自分のは……斬れてましたか？」

「……？」

矢田部が中腰のまま振り返って、目の端から先ほどとは違う視線を投げてくる。

「僕が、先生の突きをもらう前……。軸足を蹴られて転んでしまいましたが、その前の時です」

「……羽田君は……何を、いっている？」

障子戸の濃くなった夕日に、矢田部の青い頭や歪んだ顔が調整の悪いテクニカラー画面に映る人のようだと融は思う。赤や紫や青や緑や……色が混じり合って、グロテスクにさえ見えた。美術の時間に見たスペイン・リアリズムだったか、果物や野菜が集まってできた顔みたいだ。

「……片手でしたが……下からの……」

「袈裟斬りか……左手一本の」

「無我夢中でしたから……」と、融はわずかに痛み出した喉元のコルセットに指をやる。

「斬れて……いたよ」

視線が強くなったせいで、矢田部の腫れて変形した顔の輪郭が遠のく。目元の細かい表情まで分からないが、何か異様なものでも見る目つきに思えた。死ぬような目に遭ったのも忘れて、斬れた斬れないに拘泥している自分を蔑《さげす》んでいるのか？　あるいは矢田部の抱えている苦しみをまったく想像もしない自分の若さに呆れている？

「それは……嘘ではないですか？」

「斬れていた……」

融は下腹部の奥、丹田といわれる部分に力が籠もるのを感じる。確かに手応えはあったのだ。その前に面打ちを二発と小手を受けていたから、話にはならないかも知れない。だが、左手だけで振り下ろした木刀を払われ、矢田部の面打ちを食らった後――。

まだ残心を取っていない、がら空きの胴が見えて、そのまま払われた木刀を手の内で返して、下から薙ぎ上げたのだ。真面を入れられた痛さに朦朧としながらも、必死で矢田部の右足の付け根あたりから左胸にかけて、斬った記憶がある。矢田部の黒い影が斜めに裂けて、半身がずれた気さえした。もちろん、真剣だったら、そんなことをやっている前に自分は死んでいたのだけど……。

　融は見下ろしている矢田部に一礼してから、自分も立ち上がった。誰もいない夕刻の大書院で、作務衣姿で二人突っ立っているのがおかしい。実力ではとてもかなわないかも知れないが、矢田部研吾という剣士は徹底した敵にもなるし、何処か剣道部コーチと部員の関係とは違う部分でつながる気もする。いや、敵というだけで、それはすでに自分の一部には違いないじゃないか。

「先生は……いつ、道場に戻られますか？」

　奥の違い棚に向かい始めた矢田部研吾が、またグロテスクに腫れ上がった顔で振り返った。

「……分からないな」

　そう答えて、矢田部はまた広い作務衣の背中を見せた。


　期末テストは惨澹《さんたん》たる結果だった。

　特に日本史は追試一歩手前だったが、自分が剣道での事故で一週間近くも休んでいたのを考慮に入れてくれたのか、お情けのプラス点でぎりぎりセーフという感じだ。

　まったく鎌倉時代の項目に関する記憶が欠落していて、白いままの解答欄の方が多くなり、ヤケクソで「裏を見よ」と大きな文字で書いてやった。答案用紙の裏には、参考書のコラム欄で読んだ例の能「屋島」を取り上げて、世阿弥と義経の親近性についての自説をびっしり書き込んでやったのだ。それを教師が添削なんぞまでしてくれて、さらにプラス10点で、赤点を免れる。それだけでも感謝しなければならない。

この際、期末テストの成績は脳震盪の後遺症ということにして、すでにコルセットも外れた今は、光邑雪峯が勝手に登録してしまった剣道一級審査に向けて、実戦稽古と形、そして筆記試験とやらについて勉強しなければならないのだ。

「羽田、おまえみたいな奴には、形は面白くないだろ」と、白川にいわれたが、じつはそうでもない。むしろ、面白いというか、深いとさえ思った。

打太刀と仕太刀と分かれての三本。審査場でいきなり決められるから、どちらもできるようでないといけないのだが、すべての動きを誘導する打太刀にしろ、応じて最後に止めを刺す仕太刀にしろ、流れが洗練されていて、無駄が一切ない。

相手が上段から振りかぶってくるのを、一歩左足を引いたと同時にこちらも上段の構えから木刀の剣先で天を突くように振り上げ、すかさず一歩前に出て、面を打突する。その時に発声。それから、こちらの剣先を相手の鼻面すれすれに突きつけて相手の戦意を封じる。相手が下がる。縁を切らないように今度はこちらが左足を大きく出すとともに、木刀を左上段に構える。

一番シンプルな一本目にしても、互いの緊張の糸を切らないようにやりつつ、体の中に潜んでいる感情というのか、意志というのか、内側から湧き上がってくるものをボリュームアップしていくのが気持ちいい。何より、単純な所作から自分自身が思ってもいないところでハミ出してしまうのが、面白くて笑ってしまう。

「羽田、おまえ、なんでそこで、体を上下運動させるんだよ」

「え？　マジで俺、頭動いてた？」という感じで、思ってもいないノイズにまみれている自分の身体や動きが露わになって、それを削っていけばいくほど、形には世界で一つの軌跡しかないことが分かってくる。完璧な素振りと同じだ。おそらく、一〇〇パーセント完成などありえないのだろうが、それに近づいていくだけでも、動きが澄んでくるのを感じる。

すでに有段者の白川や他の部員達の形稽古を見ていても、なっちゃいない。それってオリジナリティが出過ぎじゃね？　という出来なのだ。確かに、白川や永村達は、太刀だけではなくて小太刀も含めて、一〇本の形を練習している。つまり打太刀、仕太刀合わせて、二〇本もこなさなければならないから、覚えるだけでも大変だとは思う。一級審査は最初の三本だけで六通りの動きをやればいいのだが、その六本でも難しいのだ。

相手の突きを後退しながら木刀の鎬《しのぎ》でなやし、こちらも突きで応戦する。

「あ、悪い、足捌き間違えた」と、白川二段もたいていうまくいかない。建總寺僧堂の方で他の修行僧達と過ごしている矢田部研吾なら、どんな形を見せるのだろうか。まだ見たことがない。五段クラスの剣士の形がどんなものか分からないが、それでも形から覗く綻びや余分な部分や、逆に足りないものが、あるのではないか。自分自身が消滅して、形そのものになり切らないと、完璧な形など存在しないに違いない。

「ああ、羽田さあ、一級の筆記試験の問題、光邑先生から聞いたか？」

形稽古が終わって、道場の端でスポーツ飲料を飲んでいる時、白川がヨレヨレの茶封筒を持ってやってくる。白川はちなみに期末試験の英語で自分よりもいい点数を取った。

冗談でいった「セクション9」までという範囲を諦めて、逆にできる所までやったら、本来の範囲である「セクション7」まで集中できたらしい。それなら、最初から「セクション7」といえば良かった。そうしたら、たぶん、「セクション5」あたりまでしかやらず、自分と同じ平均点以下になっていたはずなのに……。

「問題って、何、最初から分かるわけ、範囲？」

「範囲ッ？　おいおい、範囲って何だよ、期末テストじゃねえんだから」

そういいながら白川はくたびれた茶封筒からコピーの束を取り出す。「ええーっと、これは二段の問題で……一級は、今回……」と、綴じられたコピーをめくっている。ふと、白川は期末テストの逆襲で、自分にまったく関係ない問題を教えようとしているのではないか、と猜疑心が頭をもたげてくる。これが自分の自分たる嫌な性格で、情けなくもなるが。

「なあ、羽田。剣道の筆記試験は、連盟の方から前もって指示される場合が多いんだ。一級の場合は、二問提示されて、実際にはどちらかの一問が出る。マークシートじゃないからな。全部、論述だからな」

「論述……？」

「これだ」と、白川が二枚の紙を突き出してきた。

「っていうか、白川。俺、やっぱ、いいわ、級なんて」

「駄目だ。部長命令だよ。北学剣道部員は最低でも段、取らないと」

白川は有無をいわせない調子で紙を受け取らせ、「読めよ」とぶっきらぼうにいってくる。

「その模範解答のままでもいいし、少し自分の言葉を入れてアレンジしてもいい。大事なのは、剣道が剣の理法の修練による人間形成の道であることを忘れないこと」

「理法……？　人間形成……？」

何度も剣道部員によって読まれたものなのだろう、問題と模範解答のコピーは黄色のラインマーカーが塗られたり、頼りなく蛇行した鉛筆の線が引かれていたりした。

「有効打突について述べよ」と「剣道修練の心構えとは何か」。

融は一目見ただけで、胃が硬くなるような難しい問題文に茫然とした。

「白川……これって……」

有効打突——一本となる打突。充実した気勢、適正な姿勢をもって、竹刀の打突部で打突部位を刃筋正しく打突し、残心あるものをいう。すなわち、「気」「剣」「体」の一致が成立条件となる。

剣道修練の心構え——剣道を正しく真剣に学び、心身を錬磨して旺盛なる気力を養い、剣道の特性を通じて礼節をとうとび、信義を重んじ誠を尽くして常に自己の修養に努め、以って国家社会を愛して、広く人類の平和繁栄に寄与せんとするものである。

「……おまえ、こういうの、ちゃんと答えていたわけ？」

「当たり前だろ。北鎌倉学院高校剣道部部長だぜ、俺」

白川はいつのまにか正坐なんかしていて、腕を組んでいる。剣道着から露わになった腕に筋肉の影が幾重にも彫り込まれて、いかにも剣道の稽古を重ねてきた者に見えるから不思議だ。

融はもう一度渡されたコピーの文字を追って、言葉を呟いてみる。有効打突については、実戦で嫌というほど難しいものだと身に沁みている。この完璧な一本も形と同じで、おそらく到達するのはとてつもない数の稽古を経なければ体得できないのだろう。

まず、相手との間合い。機会をとらえる。体捌きと手の内の作用。打突の強さと冴え。それらに加えて、姿勢が崩れてはいけない。気勢の表現である発声。面、小手、胴、突きの打突部位と、それを竹刀の物打ちでしっかり打てているか。しかも、刃筋が少しでも外れていたりしたら、斬れていないことになる。打った後の残心は、気構えと身構えの二つが一致していないといけない。これらを一瞬のうちに実現させて、一本の打ちとなるのだ。

「なあ、白川さあ。有効打突は分かるんだけど、この……剣道修練の心構え？　のフレーズの……」

「これはパーフェクトだよ。剣士の心構えのエッセンスだ」

「エッセンス……真髄か……。おまえ、こういう気持ちでいつもやってるわけ？」

白川の唇が微妙な形で歪み、目元に悪戯っぽい笑みが浮かぶ。

「俺にも分かる。分かるんだけど……この、『国家社会を愛して』っていうのは、何？『国家』っていうのが、分からない。なんで、国なわけ？　『自己』とか……、いや、『道《どう》』なら、腑に落ちるんだけどさ」

白川の眉間が曇って、いかにも面倒そうな表情になって蔑むような眼差しをよこしてきた。融は、「何だよ?」と、眉を上げる。自分のいちいち拘泥する性格が、たとえば迫先輩に絡んだり、矢田部研吾とあんな途方もない立合いをするのとつながるとでもいいたげな目つきだ。

「あのな、これ、理念だから。このまま覚えて、答えればいいの」

「国家社会って……白川……」

ああ、白川はあまりにスムースに大人になっていく明朗な、というよりも能天気な奴ではないか。そんなことを思いながらも、白川の顔が自分よりも数歳上に見えもするのも事実だ。

白川に限らず、北学の同じクラスの仲間達も、ほとんどが要領のいい奴らばかりだと融は思う。納得しなくても流していれば、その時間は過ぎる。スルーさせておけば、後で好きなことができるじゃん。それくらい我慢できなくてどうすんだよ、という具合に。別にそれを否定するほど自分は熱くはないと思っているが、自身に関わるものについては簡単に素通りさせるわけにはいかない。

融はもう一度コピーのフレーズに目を落とす。もちろん、自分は日本人で、日本を嫌いなわけがない。だけど、国家という言われ方をすると、よく分からない抽象体に搦め捕られるような……。なぜ剣道と国家が結びつけられるのか、ちょっと暴力的なんじゃね?　と思うわけだ。もっと正確に違和感の気持ち悪さを探れば、自分がラップをやっている意味みたいなものが、ぺしゃんこにされる気分といえばいいのか……。

「俺、愛するとかさ、平和とか、分かるんだ、白川。ほら、ラブ&ピースじゃん、俺」

「おまえの何処が、ラブ＆ピースなんだよ」

「つうか、でも、ここで『国家』って……」

「羽田ぁ、おまえ、それ、一昔前の左翼ってやつかよ」

明らかに軽蔑して馬鹿にする声音が混じっている。そんな自分が生まれる前の、よく知らない運動だか思想だか、アナクロなものと一緒にして、小さなフレーズにこだわる自分の気持ちのあり方を否定しようということだろう。

「サヨク？　馬鹿、冗談じゃねえよ。俺はラッパーだよ。ヒップホッパーだよ」

「ラッパーって、羽田ぁ。おまえ、まだ、ＭＣもＤＪもやってねえじゃん」

「は？」

一瞬、体じゅうの血がスッと下りて、また一気に頭に上ってくる。白川の面倒そうな顔を直視したら、白川もわずかに目の色を変えて見据えてきた。嫌に瞳が凝り固まって、一気に距離ができる。だが、それまで自分に対して感じていた鬱積した感情が溢れそうになってもいて、下手をしたら、いわゆる一触即発という空気に近かった。

ありなんじゃね？

融が無意識のうちにも唇を尖らせて睨みつけると、白川の視線がかすかに上下に揺れる。互いに、剣道の起こりみたいなものを計って息を詰めていたが、白川の方が視線を目尻で切るようにして、茶封筒を抱えて立ち上がる。

「ま、いいけどさ。じゃあ、羽田、そっちの『有効打突』の方が出るといいな。分かんねえことあったら、いつでも聞いて」

そういって白川は剣道着の背中を見せた。簡単にかわされてしまった感じだ。さして重要ではないけれど、心の奥深くまで侵入してきた不快な煙のようなものがにおう。まるで自分が中学生にでもなった気分だ。

融は預かったコピーを防具袋のポケットに入れると、一回大きく深呼吸してから手拭を頭に巻き始める。腹の底でモヤモヤと煙の渦がわだかまり、「国家社会を愛して」という文句が脳裏を巡るが、それよりも、白川の「おまえ、まだ、MCもDJもやってねえじゃん」という言葉が、雑な棘で引っ掻いてくる。

ラップをやる人間は言葉がすべてなんだ。言葉に対して妥協しないのが、ラッパーの矜持《きょうじ》なんだよ、白川。おまえ、「矜持」って言葉、知ってるかよ。プライドってことだ、畜生。白川にいわせれば、プライドは凶事か、それとも興じることか？　御教示、ありがとよ。

面をつけて、頭の後ろに回した面紐をきつく縛る。何度も紐の端を摑んで、神経質なほど両脇に引っ張った。素早く小手をつけ、今度は木刀ではなく、竹刀を持って道場の真ん中に向かう。

——羽田君は……剣道をやりたいのか。それとも、剣道で勝ちたいのか？

数日前にいわれた言葉が蘇ってくる。大書院の柱を拭いている時に、矢田部研吾がからかっているのでも困惑しているのでもなく、ただ直截に聞いてきた言葉だ。それで、自分は逡巡しているのもみっともないから、「もちろん、勝ちたいです」とダイレクトに答えた。

――ならば、秘訣がある。……我上位なり。これなんだ。

我上位なり　ware jyoi nari。

――自分の方が上だと、誰よりも高みに上って見下ろせばいい。どんなにでかい奴、どんなに高段者の剣士とやる時も、自分の方が上だ、強い、と腹から信じればいい。真面を喰らっても、我上位なり。あんたの面は、たいしたことない面であると、相手に感じさせたら、それは羽田君の勝ちだ。

まるで精神論を聞いているみたいで、芯から納得はできなかったが、相手を完全に呑み込むという意味だろうか。試合に負けて、勝負で勝つということ？　それとも勝負に負けて、試合に勝つということ？

融が立っていると、すぐにも一年の越野という部員が「お願いしますッ」と声をかけてきた。キャリアからしたら、圧倒的に越野の方が上だ。小学生の時から剣道をやっていて、中学生の時に横浜の大会で準優勝したことがあるらしい。

「あ、お願いします」と融も応じて、竹刀を構えながら蹲踞した。越野の面はさすがに年季が入っていて、少し色褪せ、面ぶとんの端が跳ね上がっている。動くたびにその面ぶとんが蝶の羽みたいに上下するのだ。

「イヤッサー！」

「キェーッス！」

甲高い掛け声とともに、越野はいきなり小手面、体当たり、引き胴と続けざまの攻撃に出てきた。融もなんとか小手をしのぎ上げ、そのまま面打ちに応じ、体当たりしての引き胴を、前に出ることで打突にはさせなかった。だが、すかさず、越野は攻めてくる。建總寺の境内や鎌倉のあちこちで見かける台湾リスみたいに、素早くホップしながら前に出てくるのだ。そのたびに面脇の面ぶとんが蝶の羽になる。

我上位なり。

丹田に力を集中させて、肩を開きながら息を吐き、竹刀をゆったり構える。よし、こいッ、と思って息を吸った瞬間、リスのホップがインパラみたいな跳躍に変わった。と思うと、「面ーッ」という高い掛け声とともに、越野の竹刀が融の頭上で炸裂した。

……我上位なり。

残心を決めた越野は、動転していきり立っている自分に息を継がせないくらいに、攻撃しまくってくる。相打ちの面。離れて、また同じく小手面の相打ち。体がガチガチだ。うまく相手の動きを封じることもできず、呼吸だけが苦しくなってくる。

……我上位なり……。

「面ーッ」

嘘だろう？　越野の入れた面打ちに茫然としているうちにも、またリスのホップのように瞬時に近づいてくる。

畜生。

完全に動揺している自分がいた。越野に完全にやられている姿を白川も見ているだろう。

――だから、いったじゃん、おまえの「矜持」なんて、どうってことないんだって。

そんな声が聞こえるようで、さらに頭に血が上ってきて、視野が狭くなっていく。
こんなことで一級を取れるのだろうか。
鎌倉武道館で行われる級審査は数日後なのだ。
確実に三日後の日曜日……。

二十一

大書院の掃除の後は、晩課といわれる夜の読経に加わるために本堂へと向かった。

境内の夕空を覆うビャクシンの葉群れが、黒い炎のように巻き上がっているのを、矢田部は一瞥する。眼球を動かすだけで目の奥や縁が痛んで、風景が稲光を受けたように一瞬反転した。

頬骨も、首も、鎖骨や胸、手首、腹も、少し動けば痛みが走るが、さっきまで慣れない手つきで柱を水拭きしていた羽田融の喉の痛みに比べれば、軽いものだろう。本気で許してくれたわけではないだろうが、「僕の方こそ、ご迷惑をおかけしました」といわれた時には、恥ずかしさに腸《はらわた》がよじれ、縮み上がる想いだった。後にはえもいわれぬ、どんよりとした不快さが残るだけだ。

いや、初めから、最も遅れているのは自分なのだという気もする。剣道着を着て竹刀を持てば、それでも一端《いっぱし》の構えはできるが、剣道から離れたら凡人以下もいいところだ。自分の父親は例外としても、他の剣士達はたいていが修練を積んでいるだけ人徳というものが備わっている。何をやってもかなわない。仕事においても、付き合いにしても、酒を呑むにしても、何もかもがかなわない。それを一〇歳以上も下の高校生に、さらに止めを刺された感じだった。

「おい、矢田部」

野太い声に振り返ると、兄弟子の佐原という修行僧が、大根が何本も突っ込まれた籠を抱えていた。泥のついた大根を重そうに持って、手拭を巻いた頭からは汗を流している。

「尊公、これ、典座寮《てんぞりよう》に持っていってくれ」

「はい。分かりました」と、矢田部は佐原から大根の籠を片手で受け取った。たいした重さではない。

「尊公ッ、食すものを片手で持つってのは、どういうことだッ」

「申し訳ありません」

矢田部は籠を両手で持って、深々と頭を下げる。佐原の草履履きの爪先が小さく動いて、ふわりと覆われるような気配を覚えたと思ったら、汗の染みついた手拭で後頭部を引っ叩かれた。無意識のうちに視線を短く上げると、佐原が坊主頭に巻いていた手拭を手にしていて、まだ仏教系の大学を出たばかりの若い表情の目を剝いていた。

「尊公、晩課の方はいいから、薬石の方に回ってくれ」

「薬石……ですか」

夜の食事の準備をやれということだ。

「それは、光邑禅師からの指示でありますか？」

矢田部は相手の目を見ないようにして、佐原の胸元の辺りに視線をやる。少しでも目に表われた表情の変化から何かを読んで、反射するのが怖かった。

「そんなことはいいんだようッ。俺の指示をそのまま受けろ」

「御意。ありがとうございます」と、また矢田部は頭を下げた。本来ならば合掌しなければならないところだが、大根の入った籠を持っている。簡単に地面に置くわけにはいかない。そうしているうちにも、佐原の踵が返る。作務衣ズボンの裾から覗いたくるぶしもアキレス腱も、北学の剣道部員達のように若い。自分よりも年下であっても、兄弟子は兄弟子なのだ。逆らうわけにもいかない。

頭を上げると、華奢な佐原の後ろ姿が境内の夕闇に溶けていく。矢田部は典座寮へと向かいながら、まだ教室の電気がついている北鎌倉学院の校舎に目をやった。すでに剣道場の方では稽古が終わったのだろう、竹刀の音も発声も聞こえてこない。顔の表面に一枚膜が張ったような痺れを帯びてきて、何処ともいえない腹の奥からちりちりとした焦燥感に煽られてくる。典座寮に入る前に、水を馬鹿飲みしなければならないだろう。矢田部は凝った唾液腺を潰すように、奥歯を強く噛み締めた。


薬石。昏鐘。開板。消灯を意味する開枕。夜坐は、それぞれの修行僧に任されているが、矢田部は光邑禅師から必ず開枕してからの一時間の坐禅をいいつかっていた。

僧堂の縁側に出て、坐禅を組んでいると、濃い闇の中に色々なものが見えてくる。それ自体が迷妄であることの証左だが、脇に置いた蚊取り線香の煙がかすかな光を集めて、蠢く菌糸から天衣の柔らかなたなびきにも思えてくる。

自らの呼吸をゆっくり数える、基本の数息観をやってみても、すぐにも闇を半眼で見据えている自分自身の濁りが、曖昧で不定形なものとなって現われてくるのだ。

――……自分のは……斬れてましたか？

予想もしなかった羽田融の問いに、体の芯がぞくりとした瞬間が蘇ってくる。自宅の庭先で実際に下から袈裟に斬り上げられた時よりも、怖い問いであった。まるで武士の幼子が見よう見真似で切腹するような悲惨さと、清廉な残酷さのようなものが、刃先を煌めかせた瞬間だった。

何故そんなに勝負に執着するのか、という惑いよりも、満足のいく答えを聞いたと同時に、コルセットをつけた融の首がポトリと落ちる予感がして、逡巡したのだ。いや、それをわずかにでも期待した自分はいなかったか……。

矢田部はそう思った瞬間に、体を小さく一度だけ震わせた。僧堂でやったら、指導者である直日《じきじつ》の警策が即刻自らの肩に振り落とされてくるだろう。深く静かに息を吐き出して、邪念を追い出そうと試みる。妄想を断ち切ろうとする自分自身が、邪魔になる。そう思っている己れも不要。悪循環がさらに坐禅をしている自分を濃くしていく。

ふらふらと浮子《うき》のように見えるのは、季節はずれの蛍か……。

黒い波紋を立てて、息を吹きかけたような漣が揺れる。幾重もの輪が広がり、自分の元まで届いた時、その柔らかな漣の背に乗り、また谷に降りればいい。

俺が蛍になり、浮子になる。漣になる。自分が消えれば、すでに敵などいなくなる。相手の剣先をいなそう、捌こう、翻弄しようとする俺が、一切の闇の中に溶け込んだ時、敵は無我夢中になって俺を探そうとし、だが、その時にはすでに俺が相手そのものとなっている。俺は俺を探して、俺の中心に突きを入れるのだ。

零になる。零になる……。そもそも立合いも勝負も初めから存在しない次元に、何故俺は剣など構えてしまうのだろう。竹刀も木刀も真剣も、自らの弱さが形になって切っ先を尖らせている。

蛍の火が闇に消えたと思ったら、いきなり巨大な光となって襲ってきた。矢田部は闇に慣れた目をしかめる。境内の暗がりの奥で人の声がしたと思うと、また小さな光がジグザグに素早く動いて、砂地を急いでくる草履の音が聞こえてきた。

「……なんや、矢田部はんか。夜坐とは偉いもんやなあ」

懐中電灯のスイッチを切って、僧堂に上がってきたのは、関西から修行にやってきた堀という兄弟子だった。境内の見回り番でやぶ蚊にやられたのだろう、作務衣の袖口のあたりをしきりに掻いては、矢田部の横に胡坐《あぐら》をかき、胸元をはためかせている。光邑禅師の立合いで、矢田部の剃髪を剃刀で丁寧にやってくれたのも堀だった。

——なんも、こないに叩かんでもええやないですかあ。こら、ひどいですわあ。リンチぃいうもんですわ。

光邑禅師が横にいるのも構わずにブツブツと呟いては、剃刀を当ててくれた男だ。おそらく矢田部と同じくらいの年齢で、以前は薬品業界のプロパーをやっていたというのを、他の修行僧からちらりと聞いた。手持ち無沙汰なのか、握っていた懐中電灯のスイッチを入れたり切ったりしていて、そのたびに、ハゲワシのような横顔が現われたり消えたりする。

「矢田部はん、どうやねん。夏ぅいうのは、わし、嫌いなんや。なんや、ゆるゆるぅいうて、体ん中から変なもんが、彷徨いますねん」

闇の中を楕円形の光が地面を浮き立たせ、また闇になる。また歪んだ光の輪が、一瞬のうちに境内を生んだ。すでに無いと思っていたものが、突然現われる。どちらが本当の世界なのかは厳密には証明できないのだろう。禅師達にいわせれば、喜ぶ人の光も、空法の闇も、どちらも虚妄だということになる。

「……彷徨うって……何がです、堀禅師？」

「うわッ、禅師って、あんた、やめてえな。わしはまだ新到扱いですがな。いつまで経ってもなあ」

怪物めいた形相で笑う顔が現われて、また消える。懐中電灯の光がつくと、今度は、恐ろしく陰鬱な横顔に凝っていた。

「なんやろなあ。……煩悩いうてもええですし、ゴキブリぃいうてもええですし、神様ぁいうても、ええですねん。なんやよう分からんけど、中身が出てしもて、もぬけの殻ですねん」

「……もぬけの、殻……ですか」

僧堂の奥から、あえて搾り出したのだろう、咳払いが聞こえてきた。堀が懐中電灯のスイッチを押す手を止める。闇が立ち籠める。だが、すぐ鼻の先から境内の奥の方まで、至る所で墨色の内臓めいたものが蠢いているのを感じる。堀がゆっくりと深呼吸する音が聞こえ、もぬけの殻になった堀の輪郭がくたびれた麻袋のようになって、縁側の上に置き去りにされているのが見えた。また萎びた袋を膨らませるために、自分以上のものを吸い込まねばならないのだろうか。

「……北斗七星や……」

唐突に、堀が囁くような声を上に向けたのが分かった。矢田部も顔を上げると、スギ葉状のささくれ立ったビャクシンの黒い影のむこうに、濃紺の夜空が広がっていて、想像よりも幅を持って星々が打たれていた。

他の星座よりも目立つ北斗七星の瞬きを見ていて、矢田部は昔父親の将造が「あの柄の端の星が、六国見山にかかるまで、素振りをしろ」といっていたのを思い出す。まだ矢田部が中学生の頃の話だ。円覚寺裏の、高野台や今泉台のある六国見山の稜線に北斗七星が傾いて、柄の星がかかる季節。春だったか、秋だったか、いずれの四季だったかはまるで覚えていないが、本格的に父親にしごかれ始めた頃のことには違いない。

と、光邑禅師が保存していた将造の毛筆の手紙が脳裏に刺し込んできて、矢田部は短く息を吸って頭を振る。

――研吾が剣においても独り立ちする上での閾《いき》を超えるため……。

北斗七星から目を離し、眉間に力を込めて俯いた時、堀がやはり囁き声でいってきた。

「ほな、寝ましょか。将来の住職はん達の、安眠妨害やさけ」

二人で音を立てないように、僧堂に入ると、各自決められた畳一畳分のスペースの単《たん》に上がった。上の棚から柏布団を取り出して、横になる。まだ世間では一〇時過ぎだが、建總寺の朝は午前四時から始まる。大体何処の禅寺も同じものだろう。

柏布団の縁から真っ黒い洞《ほら》のような天井を睨みつけていると、修行僧達の寝息や鼾《いびき》が重なって聞こえてくる。耳元で聞こえるのもあれば、山の奥で唸るハクビシンの声かと思うものもあった。無風状態の海原で漂流する船底のようでもあり、修学旅行で泊まった旅館の広間のようでもある。闇の中で、ただ寝息や鼾だけが隆起し、瘤を作り、体を圧迫してくるが、若い僧達の息遣いは健康な体からしか出ない種類のものだ。

将造の酸素マスクで覆われた口元から漏れてくる呼吸は、まるで質が違う。それはただの亡骸を通過する空気の音のようにも感じられるのだ。何処が生きているのか分からない。呼吸だけが生きていて、しかも吐いた息の塊をそのまま吸っているように、同じ空気を繰り返し、出し入れしている。その吐いた息を何処かに見失ってしまったら、二度と息を吸わないのではないかとも思わせた。深々と貪婪《どんらん》に寝息を立てつつ、生きていることの証にはならない将造の呼吸が、今、すぐ耳元で聞こえてきそうだった。

破り捨ててしまった将造の手紙を枕元に掻き集めながら、泣いているのは誰だ？　まさか自分ではあるまい。将造自身が必死の形相で、老いて節くれだった指で紙片をつなぎ合わせている背中の曲がりが見えてきて、だが、こちらが油断を覗かせたら、下から袈裟斬りに白刃を過ぎらせてくる。

むしろ、手紙をちぎらせたのは、自分の中にいる矢田部将造なのだ。光邑禅師がこれ見よがしに後生大事に持っていた父親の書簡が、自分の涙に濡れてぴったりと顔を覆ってくる。毛筆で書かれていた文字は呪文めいた梵字になって連なり、自分が呼吸の苦しさに慌てて剝がそうとすると、墨の文字がのたうち、蝟集し、絡みついてくる。

毛虫のようにも蛭のようにも言葉は蠢きながら、自分の全身を這い回り、何処かに致命的な隙がないかと探し始めている。俺の死角を見つけたと同時に、文字は刃となって突き刺さってくる。まったく気づかぬうちに、親父の呪文にかかった羽田融も光邑雪峯も、俺を斬るために存在するのかも知れないだろう。

睨みつけていた天井の闇が砂時計の砂が降りるように、漏斗状に自分の胸元へと流れ込んでくる。一体何だと思っているうちにも、全身を覆って、将造の毛筆の文字となって押さえつけてくる。細胞の一つ一つが酔うことを求めていた。酒をやらないかぎり、将造の文字の蟲は駆除できない。光が走った。何人もの人影。光が消える。闇。光が瞬く。俺を食い荒らしにくる邪鬼どもの体軀の輪郭が照らし出されて、油を塗ったようにぬめっている。また、闇。

そうだ。どちらが本当の世界かは分からないのだ。

「おいッ、足押さえろッ」

「怯むなッ」

「この馬鹿力はッ」

懐中電灯の光か？　二重三重の輪の光が目を射て、何事かと起き上がろうとしても体が動かない。体じゅうを這い回る蟲を追い払おうとしても、身動きができずにただもがくだけだ。光の輪が走る。いくつもの鉛色のスキンヘッドが群がって、自分の体を押さえ込んでいるのが見えた。誰かは区別がつかない。自分の顔は畳にねじ伏せられ、傷のできた左頬のあたりを誰かの肘が押し付けている。

「凄まじい禁断症状だな」

「まだ切れとらんのかッ」

怒号とも罵声ともいえない言葉が耳にねじ込まれ、足元では何人もの修行僧達が重なって、覆い被さっている。

「尊公ッ。引っ掛かるなッ。やり過ごせッ。化け物と関わるなッ。やり過ごせッ」

意味が分からない。お前らは何をいっている。何を……。

のたうち、呻き、歯軋りするうちにも、もがく力さえもが消耗してくる。どうにでもなれと体の中へと群がり蝟集する蟲に身を任せようとしたら、また漏斗状の黒い柱ができて、蟲達が天井へと逆流して戻っていく。その流れに添うようにして体が楽になっていくのを矢田部は感じた。

これが、もぬけの殻、というやつだろう、堀禅師？

もぬけの殻は、楽なもんだな……。

殿司《でんす》の開静《かいじょう》を知らせる鈴《れい》の音と同時に、矢田部も他の修行僧達も一斉に柏布団をはねのける。

洗面も、用足しも、着服も、五分以内にやらなければならない。まったく一言も口をきかず、それぞれが機敏に動く様を視野の隅に感じながら、昨夜のことは同じように繰り返し見る悪夢だったのか、と矢田部は思う。朝課の読経に向かうために黙々と準備する者達からは、暴れた自分を皆で押さえつけ、静めようとした影など微塵もない。

朝課諷経《ふぎん》が終わったら、入室参禅のための喚鐘《かんしょう》。暁鐘、開板の知らせの後に、ようやく粥座《しゅくざ》となる。それでも朝の五時を過ぎたばかりだ。少しずつ矢田部も、修行僧達の生活リズムに慣れてきて、顔や体の痛みの方も和らいできた。それと新たな変化。

何かが抜けたという気がする。昨日、大書院で羽田融と会うことができて、頭を下げたのが良かったのかも知れない。自宅の薄暗い庭に横たわる青年の亡骸が、むっくりと起き上がり、コルセットをつけてやってきたのだ。そして、いうことが振るっている。

――僕の方を許してもらえるのかと、思います……。

それらの言葉にもやりとした不快さが残ったが、何故か今は笑い出したいような気分にもなっているのが不思議だった。

日天掃除で境内近くの山門近くまで歩いていく時にも、ビャクシンや杉の緑が異様なほど目に新鮮に突き刺さってくる。鳴き始めた蟬の声までが爆《は》ぜるようで、自分の体の細胞を刺激してきた。

……アルコールが、抜けた、か……。

それでも、まだ建總寺僧堂に入って、一週間ほどしか経っていない。最初の段階をクリアーしたくらいだろう。自分の胸奥では間違いなく巻紙状の手紙がゆらゆらと気持ち悪く揺れているのを感じたが、夏の朝の日差しが睫毛《まつげ》に弾ける眩しさに今は紛れる。矢田部は持っていた竹箒を中段に構えて、一回だけ面への打突を試みた。

か細い竹枝の集まりが空気を孕み速度が出なくて、一年も二年もやっていなかった素振りをしたような戸惑いと新しさがある。あの羽田融と同じレベルかと、唇の片端が思わず上がった。もう一度振り上げる。

「尊公ッ。ふざけた真似すんなよッ。ヤットーの道場じゃねえぞ」

宙に竹箒を上げたまま振り返ると、頭に手拭を巻いた佐原が不機嫌そうな顔をして睨みつけている。灰色の作務衣の中を痩せた体が泳ぐほどに華奢だが、声だけは野太い。

「一日作さざれば一日食らわず、だぞ。一作務、二坐禅、三看経ッ」

佐原は二三、四歳だろう。仏教系の大学で臨済宗を学んで、そのまま建總寺に入ったと聞いたが、極端に真面目な青年であるだけだ。僧院規定を作った百丈懐海《えかい》という昔日の禅師の言葉をまっとうに口にする気持ちは、少年剣士達が剣道の理念を神妙な面持ちで唱えるのと似ている。矢田部は竹箒を下ろすと、脇に抱えて合掌しながら、頭を下げる。

境内に落ちた竹の葉や塵を寄せ集めていると、「研吾ぉ」と、佐原とは深みの違う野太い声が聞こえてきた。矢田部はすぐにも竹箒を自分の体に立てかけて、合掌する。

「おうおう、だいぶ板についてきたな」

「申し訳ありません」

「何が申し訳ありませんだ」

光邑雪峯禅師は笑ってもいないし、怒っているわけでもない。まだ高くない夏の日差しが目に入って、白く暴れた眉の下を顰めながら、矢田部を見据えている。自分の体や心に残っているアルコール依存の気配を探っているのかも知れない。

「落ち着いてきたようだな、研吾。顔色は悪くない」

「いえ、まだ分かりませんが、僧堂の修行僧の方々が良くしてくれまして……」

「ああ、ああ」と光邑雪峯はうなずいて、散らばって境内を掃除するそれぞれの修行僧達に視線を投げる。

「昨日……あの小僧がおまえの所にいっただろう」

「羽田融君、ですか……」

光邑雪峯の皺ばんだ口元が引き締まる。矢田部も首にコルセットを巻いた羽田の痛々しい姿を思い出して、わずかに目を伏せた。

「小僧は、研吾、おまえに、何といった？　それとも、おまえに何かしたか？」

矢田部は光邑のいうことがよく分からずに、眉を上げる。大書院に羽田融を向かわせたのは光邑に間違いはないはずだ。矢田部研吾に何をいっても、何をしてもかまわないという腹だったに違いない。実際、羽田の姿を見た時には、自分からそれを望んでいた。

「おまえは……あそこで、小僧に殺されてもおかしくはなかったな」

「……はい」

「だが、生きているな」

「……はい」

「将造に殺されても、おかしくはなかったな」

「……………」

光邑雪峯禅師の見据える眼差しが強くなって、こちらの揺らぎを微塵も逃さない表情になる。


「だが、生きているな、研吾」

どう返事をすればいいのか分からない。光邑禅師が何をいいたいのか分からなかった。

「どうなんだ、研吾」

「……そのとおりです」

羽田融が大書院を後にしてから、光邑雪峯に何かいったのか。光邑の方が読み取ったという方が近いか。

「有り難い話だなあ、研吾。ここに、こうして、こうあることが……。いや、抹香臭い話ではない。俺も同じだということだ」

光邑が白い眉の下に目を隠して、口元に苦いような笑みを湛えた。と、頭上の杉の木から小さな実が落ちてきて、地面に転がった。見上げると枝の上で太い尻尾を規則的に振り上げている台湾リスが動いては止まり、動いては止まり、口元を動かしている。

「おっ」と光邑禅師は地面に落ちた実を屈んで摘み上げると、「ほれッ」と枝の方に放り投げる。リスは瞬時に反射して、違う枝へと飛び移るだけで、光邑の投げた実は、矢田部から少し離れた所に乾いた音を立てて落ちた。

「で、あの小僧は、おまえに何といった？」

「………」

「何といったのだ？」

腹の底に羞恥と敗北感の渦がゆっくりと形を変え始めたが、矢田部は一拍置くと口を開いた。

「自分の方こそ申し訳ありませんでした、と……そういってました」

光邑が眉を上げて短く視線を投げてきて睨む。と、いきなり破顔して笑い声を上げた。

「あの小僧がかッ。はあ、研吾、おまえ、真面を食らった気分だったろう。斬られたも同然だな、研吾」

矢田部は俯き、ただ「はい……」とうなずく以外にできない。

「おまえ、斬られたのに、生きている。有り難いことだな、研吾」

「和尚……羽田君は、一体、和尚になんといったのです？」

矢田部の言葉に、光邑が一瞬きょとんとした顔をして、また口元を笑みで歪めた。

「いや、何もいわん。ただ、矢田部先生から剣道の極意を教わりました、いうてた。おぅ、それは何だと聞いたら、光邑先生とも立ち合わせてもらうことになるから、教えるわけにはいきません、いうてた、あの小僧。一体、何だったんだろうなあ」

……我上位なり。

「小僧に斬られて……将造に斬られて、おまえ、生きているな。有り難い。……斬られるというのは、初めてここに生きている、いや、まさに生きるということかも知れんなあ……」

光邑雪峯はそういって視線を宙に彷徨わせ、建總寺裏の森に目を細めた。一体、光邑禅師は何をいおうとしているのか。矢田部は目をしばたたかせている光邑の横顔を凝視していた。

完敗の地稽古だった。

矢田部から教わった「我上位なり」という気位を持とうとして剣先を澄ましたつもりが、まったく相手の攻撃への備えになっていない。中段の構えをしながら、むしろ、どうぞ打ってくださいと竹刀を下げたかのような呼吸じゃないか。もちろん、そこで打ってくる相手の起こりを見極めていれば、面打ちに上がった所をこちらも小手なり合面打ちが出たはずだが……。「我上位なり」という言葉自体に捕まっていたとしか言い様がない。

その心境を表わす言葉を何度も何度も咀嚼《そしやく》して、体の細胞すべてが納得しないと駄目だ。さらに言葉を突き詰めて、言葉以前の所までいかないと相手には対処できない。

融は脇に置いた竹刀を手に取ると、ゆっくりと立ち上がり、大鏡の前に自らの構えを映し出した。手拭を取った髪は乱れて、風呂上がりのようになっている。中段の構え。肩の力を抜いて、丹田だけに力を集中させる。左足の膕《ひかがみ》を張って、背筋を自然に伸ばした。矩形の鏡の中には、まだそれでもカーンと冴えているように見える構えがあって、一本のしなやかな葦が無風を知って体をまっすぐ起こした感じがある。

それからどうする？

右足の爪先で五ミリほどにじり、前に出る。

それから……？

風が起きた瞬間に、葦なら当たり前に反応するだろう。いや、すでにまっすぐに立っている葦は、風になってバランスを保っているだけで、風が動けば、葦という風が動くのだろう。だが、自分は「我」が「我」に凝《こ》り固まり、「上位」という言葉に搦め捕られていて、いちいち遅れる。すでに相手の竹刀が巻き起こした風は、自らの背後に通り抜けていて、振り向いたら残心を示しているのだ。

　鏡の中の顔が強張り、悔しさに歯を食いしばっているせいか顎の筋肉がピクピク動いているじゃないか。相手の思うツボだ。

　もう一回深呼吸して、構え直した。鏡の中の自分を越野に見立ててみる。相手は剣先を小刻みに上下に動かして、リスがホップするように近づいてくる。一歩前に出たと同時に、もう一回の踏み込みで面が入ってくる。その瞬間の零コンマ何秒前のタイミングで、こちらも面を入れなければならないのに、自分は相手の打突をまたも見ていた。鏡の中の剣士はじっと固まったように動かない。だが、もう一人の剣士は鏡の中から飛び出して、自分の面上に竹刀を炸裂させ、脇をすり抜けているのだ。

　見るって何だよ？　相手の技を見る。剣先を見る。表情を見る。打突を見る。……見ていたら、もう間に合わない。だが、見なければ、相手の技が分からない。どうすればいい？

　今度は、鏡の中の自分を永村に見立てて、対峙してみる。永村の剣先はじらすように小さな弧を下に描いて左右に揺れるのだ。弧の底に剣先がきた時が相手を誘うタイミングで、その瞬間に逆に小手や面打ちを入れてくることはよく分かっている。振り子の剣先が降りる瞬間だ。その時に思い切り入れればいい。だが、それも見込んだ上での誘いの動きだとしたら……。

動けない。何処が、我上位なりだ。

鏡の中で凝り固まって、驚懼疑惑《きょうくぎわく》の四病そのものが突っ立っている。おそらくこんな時、小学生の剣士がまっすぐに真っ当に打ってきても捌けない気がした。我最下位なり、だ。

鏡の中の自分が凄い形相をして竹刀を振り上げるのが見える。一体、俺はどうするんだろう？　床に叩きつけるのか。イラついて？　自分が下手なだけなのに？

藍染の剣道着に袴姿の高校生が、竹刀を振り上げた腕を力なく、だらりと下げるのが見えた。床に当たった剣先が不様な粗い音を立て、またそれがこちらの気持ちを苛立たせるのだ。

「なんで、こんな時、光邑《みつむら》先生もいないんだよッ」

稽古が始まる前から、光邑雪峯《せっぽう》禅師は急ぎの所用で留守と聞いていたし、矢田部研吾は建總寺の僧堂で修行しているのだ。ちょっと険悪な雰囲気になった白川にも聞くわけにはいかない。がんじがらめの、この状態で一級など受かるわけもない。

融は道場の端に悄然とした面持ちで戻ると、竹刀を置いて、ガラス窓を閉め始めた。ビャクシンの細かな葉が黒々としたシルエットで、金赤色の夕焼けに浮き出ている。いつのまにかアブラゼミの鳴く声が消え去ってもいた。道場の壁にかかった時計に目を細めると、もう七時近くになっている。稽古が終わってから一時間半も道場で茫然としていたわけだ。

また自分の悪い癖が始まりそうだ、と融は胸中に沸き起こった感情に目を伏せようとするが、いったん思ってしまうと、流すことができない。これも心の弱さというか、余裕のなさだというのは分かっている。矢田部研吾との地稽古に納得がいかずに、自宅まで押しかけ、とんでもない痛い目に遭ったのもつい最近のことじゃないか。

だが、どうにも頭も体の中も分からなさで充満して、窓を閉めて鍵をする仕草の一つでさえ普通にできないような、完全な居付きの状態になっていた。足を一歩踏み出すことも、手を振ることも、うまくつながらない不自由な感覚は、どうやって面を打っていいのか、どうやって竹刀を振ればいいのかが分からなくなったことが原因だろう。こんな馬鹿馬鹿しい話はないと自分でも思うけれども、うまく振り上げられない竹刀が世界中に網を張って、動かそうとすればするほど、剣道に関係のないことにまで自分が搦め捕られ、がんじがらめになっている。建總寺に迷惑をかけるということも、修行の妨げになることも、重々分かっているけど、やはり、矢田部研吾に会って、何か一言でもいいからヒントを貰えないか。

光邑雪峯の東光庵を窓ガラス越しに覗いても、まだ明かりもついていない。ひっそりとした暗がりが、洞《ほら》のように見えるだけだった。

境内はビャクシンや杉の木立のせいで、黄昏よりも闇の方が濃くなっていた。

わずかに日中の暑さを地面が孕んでいるが、木々の寝息が湿った涼しさを醸している。遠く横須賀線の踏切の音が聞こえてきて、時折山にフクロウの籠もった声が響く。修行僧達のいる僧堂の方に回ろうと思ったが、大書院の入口から明かりが漏れているのが見えて、融は防具袋と竹刀袋を地面に置いて本堂に合掌するとすぐに向かった。

事務所の受付には誰もいなくて、奥の方へ恐る恐る声を掛けると、廊下を震わすような派手な足取りが近づいてきた。

「何?」

鉛色の剃髪の下で面倒そうに眉間をよじらせている修行僧は、前に受付にいた態度の悪い若い奴だ。防具袋を担いだワイシャツ姿の自分を見て、北学剣道部の生徒だと察したのだろう。融はそれでも丁寧に挨拶だけは返してみる。

「ああ、おまえ、この前の……。無功用、無功徳、とかいってた、おかしな奴だな」

無功用、無功徳。Mukuyu mukudoku……?

確か、光邑禅師にいわれて覚えた言葉を意味も分からないまま、口にしてしまったのだ。それも修行僧の態度の悪さが癪《しゃく》に障って、いったまでだ。

「尊公、その無功用でも、無功徳でもいいが、どういう意味だ?」

どういう意味って……。

「いえ、今日はそういうことでなく、矢田部研吾先生に用がありまして……」

若い坊主が片方の眉尻を神経質そうに上げて、融の頭から足元に視線を泳がせてきた。面倒な男に捕まっている場合ではないと思っているうちにも、矢継ぎ早にまた聞いてくる。

「その、用事というのは、尊公、おまえの用事であって、自分らには関係がない」

「は?」

「おまえの、用、など、関係がない。何処からものをいっている？」

若い坊主の言い草を聞いていて、融も一気に頭に血が上ってくるのを感じた。絡んでいるのか、からかっているのか、本気なのか。よく坐禅の授業で聞く光邑禅師の公案とかいうものに近い問答のつもりか。

「用は用でしょう。俺は矢田部先生に用事があって、ここへきたんであって、なかったらここにはこない」

修行僧の目尻に小さな苛立ちが走る。

「ならばこちらはこちらの用事があるので、失礼する。これでいいか？」

「よく分からない」

「尊公。修行僧らは俗世からすでに絶たれているのであって、唐突な、おまえ側の用事如きで門を開くわけにはいかない」

なんだ、こいつッ。

「おまえから生まれた用事というのは、尊公、おまえがあると思っているからだろう。おまえが主である、というところから発しているものだ。おまえなどという主体があるという前提で、お山は動いていない。分かるか？　尊公、せめて手順を踏めよ。光邑禅師に何か頼まれたのか？」

「……違います……」

そういえば、聞いたことがある。それとも坐禅の時間に配布された禅宗の資料か何かで読んだか。新参の雲水が僧堂に入門する時の話。掛搭《かた》、つまり僧堂に入れてもらうために、二日間ほど庭詰をやり、三日間くらい旦過詰《たんがづめ》と呼ばれる坐禅をやって、ようやく入門が許可される。その間に、寺によっては、先輩雲水達が体育会的なノリで、「おまえ、自分って何だ？」「己って何だ？」「なんで修行する？」などと執拗に苛めるらしいのだ。そこで俗世から引きずってきたものを粉々にされて、頭陀袋のように疲弊したところで入門を許される、と。この目の前にいる意地の悪い奴も、そんな気分なのか？俺は新到でも何でもない。

「じゃ、帰れ」

剣道の分からなさに悶々と渦巻いていたものが、逆にこの若い僧に対する怒りでねじ切れそうになる。何の目的で建總寺にやってきたのか、どうでも良くなる気分だ。自分でも顔が紅潮して、腹立ちに目を見開いた単純なツラだろうことが分かる。

と、修行僧の薄い口元の片端がわずかに上がった。自分の足元に置いた防具袋と竹刀袋に坊主の短い視線が投げられる。

「尊公、剣道、初心者だろう」

「はい？」

「その防具袋も竹刀袋の方も、だいぶ年季が入っているが、中身は初心者も初心者。いや、おまえはそもそも存在しないのだから、聞こえないと思うが……。ならば、独り言を弄す」

そういって、男は作務衣の痩せた背中を見せたと思うと、大書院の廊下に向かって声を上げた。

「矢田部研吾はお父上が亡くなられたので、ご葬儀中とうかがっていたが。光邑禅師もご一緒している」

矢田部先生のお父さんが亡くなられた……？　矢田部将造……？

「……尊公、おまえ、そんなてめえのことだけでいっぱいいっぱいのツラしながら、いきなりやってきて、自らのための用事だと？　お山をナメてんのかよ。阿呆ガキが」

そのまま若い修行僧は奥へと廊下を踏み鳴らしていく。

「あのな、あんたッ」と融も自棄《やけ》になって、思わず声を荒らげた。

「聞こえない聞こえない……」

坊主はそのまま大書院の奥へと消えて、廊下を震わせる足音だけを響かせていった。

「バッカ野郎ーッ！」

融も我慢の限界を超えて、寺の中であるにもかかわらず、あらん限りの声を大書院の奥に張り上げた。コルセットを外して数日しか経っていない喉に鋭い痛みが走って、「しまったッ」と顔を顰《しか》めたが、怒声を出さなかったら体の中の何処かが爆発していたに違いない。

大書院の奥に引っ込んだ若い修行僧は、腹を抱えて笑っているはずなのだ。「初心者も初心者」といいながら、口元を歪めて腹を抱えている。

宵闇の横須賀線沿いの道を歩きながら、融は苛立った気持ちを静めようと深呼吸を繰り返す。

「剣道修練の心構え」についての白川とのやり取りから始まり、実力者とはいえ一年生の越野にボロクソにやられ、副部長の永村にも。もうどのように打っていいのか、どう構えたらいいのかさえ分からなくなって、矢田部を訪ねて大書院にいけば、あの胸糞悪くなる若い坊主にからかわれる。悪い要素ばかりを引きつけて、金縛りになっていくのだ。

……だが、それにしても……と、融の歩みが少し重くなる。矢田部研吾の父親が亡くなったという話を聞いて、どんよりと重い煙のようなものが胸の奥底に溜まっていくのを感じた。他人の親の死がダイレクトに感情に結びついているわけではない。正直いって、悲しさなど皆無というか、自分には関係のない話だろう。

ただ、自分が巻き起こした立合い事件でどん底に突き落とされた矢田部先生は、僧堂に閉じ込められたかと思ったら、今度は肉親の死というとてつもない辛さを抱えているのは間違いないのだ。まったく他人の自分にはタッチできないことだし、何かしらの関わりを持たせるような感傷的な考え方自体、甘いといえるだろうが、何処かで自分の存在がわずかにでも悪い方向に響いているように思えてならない。さっきの若い坊主にいわせたら、「尊公、おまえは何様だ」といわれるところだろうが。

腫れて痣《あざ》だらけの容貌の矢田部が、一心に大書院の柱や廊下を掃除する姿が浮かんできて、融は小さく溜息をついた。光邑禅師の話では、病気の父親を毎日見舞いにいって、介護しているということだったが、もしも僧堂に入ることがなかったら、矢田部先生の父親はまだ死ぬなんてことはなかったんじゃないか……。

　ぼんやりと北鎌倉駅ホームの遠い明かりを見つめながら歩いていると、携帯電話が振動して、融は学生ズボンのポケットを探る。暗さに慣れた目に眩しいくらいの液晶画面に「イシザキ」と表示されている。何だよ、と受話ボタンを押すと、賑やかな音がまず耳に飛び込んできて、またゲーセンかと思う。

「あ、羽田《はだ》？　何、今、家？」

「まだ北鎌倉」

「お、マジで？　今から大船こない？　花沢と一緒だよ」と、石崎は声を弾ませている。何がそんなに楽しいのかと、融はスピーカーがいかれそうな石崎の声の大きさに携帯電話を少し耳元から離した。

「あのさ。ゲームやってる場合じゃないのよ、俺。明々後日《しあさって》、剣道の審査……」

「審査？　そっか、でもな、俺達もゲームやってる場合じゃないのよ」

　うん？　と融は携帯電話をまた耳元に寄せた。確かにゲームセンターの電子音や店員の煽るような乱雑なアナウンスは聞こえてこない。奥の方で若い女の子達の声が紛れてもいる。

「何？　そこ、女の子達、いるわけ？」

「まあ、いるっていうか、今、駅前のマックだから、いるだろう、そりゃ。俺達とは関係ないけどさ。っていうか、よく聞けよ、羽田ぁ。花沢のさ、お姉さんの行きつけのバーが由比ガ浜にあるんだけど、そこの店長さんが、ほら、六地蔵近くのスタジオあるじゃん、ＬＯＦＴ－Ｂ。そこ、俺達に貸してくれるんだと。もちろん、無料で。機材も全部使っていいよ、だって。な、な、こんないい話、ちょっとなくね？　つまりだ。俺らがいいたいのは、2MC1DJのヒップホップユニット結成、ということだ」

2MC1DJのヒップホップユニット！　Hilcrhyme の後輩達の、Your Friends 達の構成と同じだ。俺のリリックとMCがいよいよリリースされる？

「マジで!?　それって、冗談というか、非現実的というか、つうか、そういうレベルの話でなく、無功用、無功徳？」

「はい？　ムク……？」

自分でも興奮して何をいったらいいのか分からず、思わず口にしてしまった。

「それ、今すぐいくわ。大船な？　駅前のマックな？」


大船駅改札を出て、会社帰りでごった返した人達の間を縫う。ルミネウィング前の階段付近で、ワンカップ酒を呑んでいるホームレスの爺さんの姿があった。階段から転げ落ちるところを自分が助けてやった爺さんだ、と融は思う。味噌っ歯の覗いた口元を思い出したと同時に、その口から出てきた言葉が過《よ》ぎった。

――矢田部ぇ将造ぅ鬼の剣、いうて、無敵の剣士だぁ。

男を見ると、階段を上ってくる人々に、色の悪い顔を呑気な表情に崩しては笑いかけて、ワンカップを呑んでいる。

お爺ちゃん、無敵の剣士という人、死んだらしいよ。

融はホームレスの男に矢田部将造の死を教えてやりたい気もしたが、また摑まって石崎や花沢を待たせることになるかも知れないと、あえてやり過ごした。石崎の提案話に興奮していたからというわけではない。ホームレスの男に剣鬼の死について話すことが、ますます自分をがんじがらめにしてしまうのではないかという予感めいたものに、無意識にも抵抗していたからだ。

階段下の信号が変わると横断歩道を突っ切って、そのままマクドナルドの店に入り、二階へと駆け上がる。肩にかけていた防具袋や手にしていた竹刀袋が煩わしいが、重さも嵩も構っていられない。だが、体の動きを邪魔する防具袋を感じるたび、道場での落ち込みを陰湿に煽り立ててくるようで、燻《くすぶ》るもう一人の自分がいるのも事実だ。

二階のフロアは他校の女子高生達や家族連れで混んでいたが、窓側のコーナーでテーブル上の残骸をそっちのけに、石崎と花沢が顔を寄せて「ミュージック・マガジン」に見入っている姿が目に入った。花沢はドラムスティックを自分の腿に打ちつけ、リズムを取りながらも、雑誌に没頭している。

「おう、お待たせ」

二人が同時に顔を上げ、すぐにも融の防具袋や竹刀袋に視線を走らせた。

「部……活？」と花沢のスティックが止まる。

「……稽……古」と融もわざとぞんざいに防具袋を床に投げ出す。だが、竹刀袋だけは丁寧に立てかけた。

「羽田、なんか、おまえ、顔、変じゃね？　何かあった？」

石崎が眉間を開いて、無邪気に聞いてきた。

「石崎、おまえ、顔変じゃねって、何それ？」

「元々とか」

花沢の一言で笑いに変わったが、剣道でのスランプや大書院でのやり取りが分かりやすいくらいに顔に出ているのかと、融はさらに苦い気持ちになる。「尊公、初心者だろう」と若い坊主にいわれたのと同じことだ。

「で、ＬＯＦＴ－Ｂってマジ？」

融が座り込むと、音楽雑誌の下にあった紙を見せてくる。ホームページからプリントアウトしたものだろう。由比ガ浜通りを抜けて、六地蔵のあたりを歩くたびに、古い赤レンガのスタジオが気になっていたのだ。そこを無料で自由に使っていいという話は、音楽をやる者にとっては願ってもない。

「凄ぇな。このミキサーも使っていいわけ？」

融の言葉に無言で頷きながら、花沢がマッチドグリップに握ったドラムスティックを、学生ズボンの腿に叩きつける。

「その通りッ。だから、トラックは俺らに任せてよ。羽田はガンガン、リリック紡げ」

ひとしきりＬＯＦＴ－Ｂの話で盛り上がり、ダブルチーズバーガーを貪り食った後、融はどんな反応があるだろうと、防具袋のポケットからヨレヨレの紙を取り出して、テーブルの前に広げた。

「何これ？」

「な、おまえら、どう思う？　剣道の審査はさ、級も段も、筆記試験があるんだよ」

「筆記試験ッ」と、二人同時に声を上げて、唇を奇妙な形に歪めて見せた。周りに座っていた客達が花沢と石崎の素っ頓狂な声に短い視線を投げてきたのが分かった。三人で背中を丸めて、テーブルに屈み込む。

「何……『有効打突について述べよ』。……それから？　『剣道修練の心構えとは何か』って、羽田、おまえ、こんな難しいの、答えられるのかよ。しかもマークシートじゃねえし、論述だし」

石崎が大袈裟に上唇をめくり上げるようにして、目を見開く。

「あ、でも、この『有効打突』つうのは、俺、分かるわ、なんとなく」

そういったのは花沢の方だ。

「ほら、ドラムスティックのチップ、先っぽにさ、いかに力を集中させるか、あるいは抜くか。グリップの強弱とかショルダーの長さとか、入れる角度とかさ……俺、マッチドグリップじゃん、レギュラーじゃなくて。親指と人差指で挟んでやるんだけどさ、時々、中指で挟む感じにすると、スパーンって想像以上の音が出たりして、そんな時、何、この、気、剣、体の一致みたいな。気、スティック、音、みたいな？」

花沢は両手に持ったドラムスティックを、まるで小手に入れるかのような手つきで宙に振った。

「おまえ、それ、手の内だよ」

「手の内って何だよ。探り合いじゃないんだからさあ」

花沢が口角を下げて、わざとだらしなく笑う表情を見せる。

「で、花沢は、最も小さく、速く、強く、打つ時、どうすんだよ」

「うーん」と唇を尖らせて、空にスティックのチップを振って、「小指薬指、いや……」などと、やたら短く息を吸っては考えている。

「だから、研究中」

「おい、羽田、これ、凄ぇな。剣道修練、素人の俺でも、なんか背筋伸びるわ。ちょっと何かおっかねえけど」

石崎が眉間に淡い皺を刻んで、二問目の模範解答の文章に見入っている。

――剣道を正しく真剣に学び、心身を錬磨して旺盛なる気力を養い、剣道の特性を通じて礼節をとうとび、信義を重んじ誠を尽くして常に自己の修養に努め、以って国家社会を愛して、広く人類の平和繁栄に寄与せんとするものである。

「これ、武士道みたいじゃん。なんか、切腹みたいな」

花沢がスティックをクルリと器用に回して、チップをワイシャツの腹にあてがった。

「ふざけんなよ」と融は花沢の手つきを制しようとしたが、いおうとしていることは分かる。自分がこの文章に違和感を覚えるのは、きっと花沢が感じていることと似ている気がした。

「これ、覚えて、審査場で答案用紙に書くわけ？」と石崎。

「どちらかが出るらしいんだけど、俺、この二問目がどうしても引っ掛かってさ。つうか、一級、受からないかも。なんか、いきなり剣道、スランプ」

融は椅子の背に体を預けて、薄まったコーラのストローをくわえた。大鏡に映した自分の構えが浮かび、爪先一つ前に出られない居付きの状態が気持ちを圧迫してくる。

「……俺、羽田がこのまま書くとしたら……、羽田と絶交だわ」

予想もしなかった石崎の言葉に、融も花沢も思わず視線を上げた。石崎はいつもの能天気な表情を落として、冷めた眼差しを筆記問題の紙に投げていた。

「この……国家社会ってやつ？　寄与ってやつ？　俺は国とか社会とかに役に立つ人材？　みたいな貧しさは、嫌だ」

「そんな大袈裟なもんじゃねえだろ、試験だろ、試験」と花沢は宥《なだ》めようとする口調だが、目尻にかすかな笑みが浮かんでいる。融も唇の片端が自然に上がって、今にも噴き出しそうな表情で石崎の真顔を睨んでいた。

トイレ近くの若い女の一団が出し抜けに笑い声を上げる。「アップルパイ、パパにお土産しようか」と、小さな女の子に優しい声をかけている母親。ずっとiPhoneを耳にあてがい、頭を下げ続けているサラリーマンの姿もあった。

窓から見える大船駅の時計を見やると、すでに九時を回っている。お喋りして騒いでいた女子高生達も、いつのまにか帰ったようだった。

「お、やべーよ。時間時間」

携帯電話を開くと、母親からの着信が三件も入っていた。

二十三

病院までのタクシー代を払ったのは、助手席に乗っていた雲閑という若い僧だった。建總寺塔頭《たっちゅう》の東光庵と臥龍庵の世話をしていると、雪峯禅師が紹介してくれたようだが、矢田部の耳にはよく入らない。車窓を流れる北鎌倉から大船までの鎌倉街道の景色も、見ているようで見ていなかった。

途中、タクシー運転手が「あの大手ローン会社の社長、自殺しましたねえ……」と世間話を振ってきた時、雲閑がさりげなく手を上げて制したが、運転手の口を噤《つぐ》んだ静けさに目を上げたら、ちょうど自宅につながる道が過ぎったところだった。矢田部の胸中の底では、「ありえないだろう。ありえない」と繰り返す自らの声が籠もるだけだ。

素早く助手席から降り立ち、ドアを開けようとする雲閑禅師も、落ち着いた所作でタクシーを出る雪峯禅師も、僧衣姿ではない。

いつもとは違う光邑の私服姿が、逆に見慣れた病院の風景を白々としたものに見せる。小さな噴水のついた狭いロータリーや、ベンチに腰掛けるパジャマのままの老人、薄暗いエントランスのガラス、公団アパートのような矩形の窓の連なりなどが、矢田部の目に一つ一つ入ってくるわけではないが、馴染みのものとはまったく違う感触に思えた。

病いを抱えた患者達から醸されるものが、何かしら遠い。いつもは命への執着が吐息になってにおい、生々しいくらいに粘ってくるのに、今は脱色されて乾涸びた風景に見える。点滴袋のぶら下がったスタンドを手に、煙草をくわえながら外に出てくる患者のサンダルの足取りも、カサカサと音を立てるかのように感じた。

——雪の一片でも、桜の花片でも、突かなければならぬ。斬るのではない。

唐突にそう聞こえてくる声だけが、いやに生々しく体の内側を湿らせてきて、腹の底に不穏なわななきを覚える。

父、矢田部将造はむしろベッドに横たわるだけの植物状態から目を覚まして、体に結びつけられた夥しいチューブを乱暴に外しているのではないか。入院着から胸骨をはだけさせながら半身起き上がって、自分が病室のドアを開けるのを睨みつけて待っているのではないか。何度か自分が手を伸ばしてしまった喉仏の尖りが、上下に動いて、笑い出すのが見えるようだ。

——諸手《もろて》突きで自らの中心を貫いてみろッ。殺せッ。

またそんな将造の声がじかに聞こえてくるようで、無愛想に結ばれた口元から漏れる息が、病院のエントランスまで届いてくる気がした。将造に限って、音もなく穏やかに死ぬなどということは、ありえない。

「おい、雲閑。受付にいって、担当の者に声をかけてきてくれや」

光邑雪峯が体軀のしっかりした雲閑を見上げる。

「いえ、光邑禅師。私が担当の看護師の方に……」と、矢田部が声をかけている間にも、雲閑が広い背中を見せた。

傍から見たら、いかつい顔つきの老人とがたいの大きい坊主頭の若者が私服を着ているのはやはり奇妙に見えるだろうが、むしろ異物めいて見えるのは自分の方だ。まだ傷の癒えない顔は痣と腫れで醜く、出入りのあった極道のようにも見えるだろう。

外の日差しの眩しさから、エントランスの薄暗さに瞼を覆われたようになる。このいつも通っていた総合病院の建物がよそよそしく、まるで初めて訪ねてきたものに思える。どの廊下を渡り、曲がり、エレベーターに乗れば良いか、目を閉じていても分かるはずなのに……。

自分の顔が硬直して鉛のようになっているのは分かったが、ふと胸の奥底にある塊が、悲しみなのか喜びなのか、と疑っている自分がいた。まだ確かめていないとはいえ肉親の死にうろたえているのは事実だ。だが、その動揺の源に何処かまったく常識外れの感情が小さく棘のように刺していて、悲しみではなく空っぽな何か、虚しさとも違う意味のない空白の洞を広げていくのを感じる。ただ逸《はぐ》れることの喜びといっていいのかも知れない。

「……研吾。大丈夫か?」

光邑雪峯の声に矢田部が視線を上げると、廊下の向こうから歩みを速めてやってくる雲閑と担当の看護師の姿が見えた。看護師の眉根を翳らせた表情に一瞬小さな息を呑んだ気配が読み取れる。矢田部が頭を丸めたことや、その下の顔が傷だらけであることに驚いたのだ。

「ああ、矢田部さんッ。このたびは、本当に……」

看護師は周りの患者達の耳を気にしてか声を潜めたが、矢田部の腕に手を添えながらなだめるような視線を見せた。いつも将造の病室を回ってくれる年配の看護師にすれば、植物状態の父の足をマッサージし続けた一人息子の悲嘆を思ったのだろう。その瞬間、やはり父親の将造はこの病院ではなく、何処かに逃げ隠れているに違いない、という思いが矢田部の胸奥の塊を突いた。

「今、担当医も参りますのでね。こちらです……」

看護師はいつもの西側の廊下ではなく、整形外科用のレントゲン室などがある北側の廊下に進んだ。外来の患者や見舞い客のいる待合ロビーを過ぎて、モスグリーンのリノリウムの床をいく。廊下に染みついた消毒液のにおいが、コンクリートの冷えたにおいに変わってきた時、看護師のナースシューズが雪を踏むような音を立て始めた。

「これは……どちらへ……？」と、自分で間の抜けたことを聞くものだと分かっているのに、口にしてしまっている。光邑と雲閑も一瞬視線を動かした。

「いえ、担当の先生もすでに、おられるのかと……」

矢田部は咄嗟に話の方向を変えたつもりだが、むしろ看護師には耳慣れた遺族の科白《せりふ》だったに違いない。気丈に振舞うつもりなどない自分が、無意識のうちにも言葉を浮かばせ、そんな自身に歯嚙みしたい気分に塗り込められる。息苦しさに静かに深呼吸した時に、目の前のエレベーターの扉が開いた。

「地下一階になりますのでね」

扉以外の三方が傷だらけのジュラルミンに覆われて曇っている。ストレッチャーが二台ぎりぎり入るほどのエレベーターに足を踏み入れると、そのまま逃れられず永久に降り続けていく気がした。

「とても穏やかなお顔ですよ。眠ったまま、お楽に……」

ジュラルミンの壁についた凹みが同じ高さに連なっていて、仏を運ぶストレッチャーの角がぶつかって、長い間のうちにできたものだろう。総合病院とはいっても、一日に何人も死者が出るわけでもない。今乗っているエレベーターの中の空気には、矢田部将造の息が紛れているのかも知れない。

扉が開いて簡素な短い廊下が目に入った。たった一階分下がっただけだが、ずいぶんと降りた感じが体の底に粘った。廊下の端にある非常口は地下駐車場へとつながるのだろう。そこに二人のスーツ姿の男達が立っているのが見えた。神妙な面持ちで深々と頭を下げ、遠慮がちに近づいてくる男達を、光邑が「建總寺だ」と一言だけで牽制する。

「失礼いたしました」とまた頭を下げて、非常口へと戻る二人は、おそらく葬儀社の者だろう。斎場や経をあげる僧侶などの手配の余裕すらない遺族につけ込んでくる。

「雲閑。矢田部家の菩提寺の、浄覚寺に連絡を入れておいてくれ」

光邑の声を背中で聞きながら、矢田部は看護師の開けてくれた霊安室の中に一歩足を踏み入れた。

線香のにおいと菊の花のにおいが、消毒され尽くした無機質な霊安室に彷徨《さまよ》っている。

そして、部屋の真ん中の寝台に、白いシーツの痩せた起伏があった。

これは自分の父親の矢田部将造だろうか。

冬枯れの風に晒され続けた雪原のようにも見える。ふと、もぬけの殻、という昨日の夜坐で堀の漏らした言葉が、脳裏を過ぎった。

親父は……何処にいった……？

目の底から見据えてくる視線で縛りながら、わずかにでもこちらが動いたら、瞬時に剣先の光を炸裂させる殺人剣……。緩やかな碗のような雪原の窪みから、盛んに陽炎のようなものが上へ上へと流れ昇るのが見える気がする。目を凝らすと、火焔の熱模様を描いていたものが、細かな粒子になっていて、霊安室の天井へとすぼみながら収斂していくかのように見えた。

あれは何処にいくのか……と矢田部は立ち尽くしたまま、昨夜僧堂の闇の天井から自分の胸元へと降りてきた流れを思い起こしていた。アルコールの禁断症状の幻覚に身悶えする自分を、他の修行僧達が必死に押さえ込んでくれたのも、幻覚なのか現実なのか。

「研吾……お顔を拝してやれ」

ここには矢田部将造はいないです……。そういったら、光邑雪峯は当然の話だと、仏教の道理で答えるだろう。森羅万象へと還っていくものとして、命やその流れはある。体などというものはそもそもから借物の骸《むくろ》で、因果によって命の流れが宿り、また今度は別の形に変化していく。

「将造も、これ、放たれて楽になったろう」

朝の境内で光邑雪峯がいった言葉を、無常観として聞くのは難しい話ではない。

──将造に殺されても、おかしくはなかったな。だが、生きているな。

殺されてもおかしくはない。殺されなくてもおかしくはないのだ。すでに命の流れとしての一齣《ひとこま》が自分に訪れて、それがまた他の齣へと移っていく。

──斬られるというのは、初めてここに生きている、いや、まさに生きるということかも知れんなあ……。

斬られて、ようやく死んで、自分が自分に戻り、初めて生きることができる……か。だから、その自分を斬った矢田部将造は、もう斬られることもないまま何処へ逃げ隠れたのだ？

「ワシは枕経を上げさせてもらう」

光邑は持っていた小さな袋から数珠を取り出して、寝台の頭側にある簡素で小さい仏壇の蠟燭に火を灯した。

この下には自分の父親はいないだろうと、矢田部は静かに布の縁《へり》をめくる。まったく血の気のない塑像のような顔が現われた。額に張りついた蛭のような傷も、痩せて窪んだ眼窩《がんか》からわずかに光を反射している目の虚ろも、白く乾いた唇から覗く歯も、作り物のようだった。

年配の看護師が深い溜息を吐きながら手を合わせるのが見える。光邑雪峯は仏壇に置かれた安っぽい鈴《りん》を二度鳴らした。

「将造……いい顔になって。これがおまえの父親の本当の顔だ、研吾」

塑像というよりも、潮に晒され続け、日差しにひからびた流木の塊のようにも見える。

じっとその顔を見下ろしているうちに、周りが荒涼とした浜辺にも思えてきて、偶然にも砂鉄交じりの砂から覗いた父の顔を発見した気にもなる。海は凪いでいるのか、荒れているのか。鉛色に綻びた低い雲の渦が、流木の塊を湿らせ始め、強い潮風が小さな傷を見つけて抉《えぐ》り始める。

薄いクレバスがさらに刻まれて、迷いすら断ってしまう無愛想な唇の形に変わり、声となるだろう。耳元を近づけなくても、風が起こす言葉は聞こえてくる。

――研吾、おまえには剣才がまるでない。何よりも、殺しの心がない。相手をか？　馬鹿いうな。糞みたいに弱いおまえ自身を殺す心がないというんだ。

そして、矢田部将造は自分を斬り捨て、何処かに姿をくらました。もう自分が父親を斬ることはどうあがいても不可能となったのか……。

流木が風に削られてできた将造の顔は、さらに風が削いでいって、だんだん表情が消えていく。砂鉄混じりの砂にもまみれて、やがて埋もれていくのだ。なだらかな起伏に刀を刺すこともできない。

「世尊妙相具　我今重問彼　佛子何因縁　名為観世音」

出し抜けに光邑雪峯禅師の「観音経」が朗々と始まって、矢田部も姿勢をわずかに正して掌を合わせた。自分の手が自分のものではないように遠い。

「具足妙相尊　偈答無盡意　汝聴観音行　善応諸方所」

一体、誰のために拝んでいるのか。殺人剣といわれた矢田部将造が亡者となり、仏弟《し》子となって新たに修行の旅に出るための合掌でも、祈りでもあるというのか。将造の死穢《え》にすらまとわられず、ただ何かが抜け落ちていくだけだ。現実の父親の遺体を前にして、悲しみもつらさも微塵も感じることができない理由は、むしろ自分だからこそ分からないのかも知れない。

「弘誓深如海　歴劫不思議　侍多千億佛　発大清浄願」

母親の優しい死に顔が浮かんできて、そちらの追憶にこそ涙が溢れてきそうになるが、間近で横たわる父親に目の潤むこともない。静子が亡くなった時とは、まったく違う。仏自体のあり方が違うのだ。今、目の前に横たわる骸の顔は、つまり、矢田部将造のものではない。

そう思った時、光邑雪峯禅師の前で、自分が引きちぎった巻紙の文字が蘇った。

——私は殺されてこそ本望　憎まれても本望　まったく鏡にも誇りの片鱗にも成れなかった己の愚かさこそを　斬られてしまいたく　心から日々祈る次第でございます

毛筆の癖字が目の前に流れ出し、梵字めいた呪文かとも思えたのも束の間、反射的に躍起になって破ってしまった自分の荒い手つきが思い出される。

今、合掌している左右の手があまりに遠いのも、単なる苛立ちとは違う感情が挟まっているのではないか。自分は矢田部将造を何者だと思っていたのだろう。

「我為汝略説　聞名及見身　心念不空過　能滅諸有苦」

そこには老いた男の死に顔があった。

あまりに普通の死に顔だった。

生花の甘ったるく饐《す》えたにおいと線香や蠟燭のにおいが、斎場の空気をねっとりとしたものに変えていた。

喪主の矢田部に続いて、母方の斎藤の伯父夫婦、光邑雪峯禅師、小田原からやってきてくれた遠い縁者数人が、焼香を上げていく。クーラーをかなり強めにしているようだったが、導師をつとめる浄覚寺住職の瑞泉禅師の禿頭にも、うっすらと汗が光っているのが見て取れた。汗をかいていないのは、祭壇に掲げられた矢田部将造の遺影だけだ。

黒枠に白黒のリボンがかけられた写真は、当然、庭での立合い事故の前のもので、白髪の混じった角刈り頭に、威圧するほど鋭い眼差しをしている。いや、まだ心にも体にも染みついた血気が表われていただけかも知れない。だが、口元が珍しく笑みを湛えているのは、県警の剣道試合で将造が指導しているチームが優勝した時のものだからだろう。

経が読まれている間、矢田部は焼香する弔問客達に頭を下げながら、それぞれの顔を確かめ、記憶を辿っていた。県警の剣道特練部の元選手や、剣道連盟の先生方まで焼香にきてくれたが、あと知っているのは自分の知人友人くらいで、見覚えのまったくない者も多かった。

自分の父親に知己がどれほどいたのか、まったく把握もできていないのは当然のこと。矢田部将造という剣道から離れよう、矢田部将造という人間から離れようとしていたのが、息子である自分の生き方だったのだ。

次々に焼香する弔問客は沈痛な面持ちで合掌してくれるが、涙を浮かべる者はほとんど見かけなかった。すでに植物状態となって長く、連絡も取れなくなり、知り合いの中でも矢田部将造はこの世からとうに失せた者となっていたのかも知れない。

導師の読経が終わりかけ、弔問客がまばらになり始めた頃、墨染衣を着た五〇歳過ぎくらいの女性が、静かに焼香台に寄ってくるのが目に入った。矢田部は他の弔問客に対するのと同様に丁寧に頭を下げたが、ふと女性の目頭をおさえる仕草に、眉根を開いて短い視線を投げる。

女の細い顎にいくつもの小さな影が現われたと思うと、涙を堪えているのか震え始め、それでも凛《りん》とした姿勢を崩さないでいた。香を丁寧に額に戴いては目を伏せる睫《まつ》毛の感じに、何処かで女を見たことがあると矢田部は思う。

――研ちゃんも、剣士になるのかしら……。

そんな女の柔らかな声が降りてきて、まだ若い父親の将造が機嫌良く微笑んでいた記憶が感触としてだけだが蘇ってくる。

女は細く白い項《うなじ》を見せて、合わせた手の先に一心に淡い眉根の力を注いでいるようだった。顔を上げて、かすかに洟《はな》をすする音がし、深々と頭を下げる。目が合って、何事か含みのあるような眼差しがきたかと思うと、視線が逡巡するように外れた。合わせた手の甲に浮き出た静脈と、寄せた白足袋の爪先……。

いつか自分が入った、大船の小料理屋の女将だと得心した。間違いない。顔はまったくそれまで記憶になかったが、今焼香した仕草から醸される気配が、緩やかに記憶の糸を手繰り寄せる。かすかに覚えている女将は大島紬《つむぎ》を着て、指の動きが優しかった。そして、幼い頃江ノ島に父親といった時に、一緒にいた若い女も……。

「……研吾君、今のお方は、どなた……？」

横から斎藤の伯父に囁かれて、目の焦点を戻すと、すでに焼香台には女はおらず、墨染衣の後ろ姿が遠ざかっていくのが見えた。

「……いえ、分かりません」と、矢田部は答えるだけだった。

弔問客達の流れも落ち着いて、縁者や関係者達だけが祭壇前に取り残される時間になる。

斎場脇に設けられた通夜振る舞いの部屋から、柔らかな喧騒が膨らんでくるのを耳にすると、矢田部は残っている者達を浄めへと促しながら立ち上がった。祭壇の蠟燭を新しいものに替え、もう一度父親の遺影を見つめる。自分の中でも写真の中にいる男が矢田部将造で、白絹の覆いをかけられた棺の中には、まったく無関係の骸が横たわっているとしか思えない。

矢田部はしばらくの間、将造の遺影を見据えていたが、踵を返して通夜振る舞いの席へと向かった。

「このたびは本当にご愁傷さまで……」

矢田部がお礼の言葉を述べる前から、年配の背の低い男が声をすぐにもかけてきた。男の手見覚えもまったくなかったが、将造の大学時代の剣道部マネージャーだという。男の手にしているグラスにビールを注いで頭を下げると、次は恰幅のいい県警剣道部ＯＢの三人が、「将造先輩がお亡くなりになったのは、剣道界における重大な損失だ」といいながら寄ってきて、酒を勧めてこようとする。花輪まで出してもらった礼を伝えて、なんとかテーブルを移り、斎藤の親戚に挨拶に回る。

「将造さんは、一体どのくらい病院に入っていたんだね」

「静子さん恋しさに、あんた、逝ったのよう」

「捨て身の面というか、そもそも竹刀を持たなくても捨て身だったから、あの人は」

「いやあ、とにかく道場離れれば、坊主坊主いうて、あんたのこと可愛がってたけどなあ」……

様々な声が通夜振る舞いの席に重なり合い、圧迫し、のしかかってくる。ビールや酒の甘いにおいに顎の付け根からじんわりと唾液が出てきて、体の芯が疼くようだったが、禁断症状のような切迫感はなく、まだ耐えられる。だが、弔問客達の厚意を知りながらも、脈絡もなく枝葉を広げていく会話や社交辞令や昔話が絡みついてきて、息苦しさを覚えるのだ。

寿司のにおいが染みたまま、別の店に向かう喪服姿の数人連れに自分も混じることができるならば……。まったくこちらに響かない人の死などないのかも知れないが、逆にそれまで過ごしてきた呼吸を新たに整えたり、あるいは乱れさせたりする好い契機になったりすることもあるのだろう。弔問客のほとんどには何処かに浮き立つような隙があって、だからこそ亡者は救われる。

弔問客達にとっての将造という亡者は救われたのかも知れないが、自分にとっては違う。何処かに逃げ隠れて、自分の目にだけは見えないのだ。

矢田部は喪服姿の客の中から、墨染衣の女をさりげなく探そうとしたが、何処にも見当たらない。すでに帰ったのか。

「……矢田部……大変だったな」

ぼそりと低い声が背後から聞こえてきて振り返ると、北沢の姿があった。

「新橋以来だな。……おまえ、いってくれればいいだろう」

新橋の呑み屋で元剣道部の連中と会ってから、自分の性格の弱さから足元がまたぐらつき始めたのだ。北沢は、何をいってくれれば、と思っているのか。

「親父さんが、こんな、大変な状況だったなんて、俺達は誰も知らなかった……。それなのに、矢田部将造、不動明王の剣、なんていってさ」

北沢はそういいながら、矢田部の丸めた頭と顔にできた傷に視線を流して、グラスのビールを一口で呷った。

「……賀川達は……元気か？　会社の株価が下がったとかいって、愚痴ってたな」

まるで無駄な話だ。賀川のいる、東証一部の三橋ホールディングスは前比に黒い三角印がついても給料には何も影響はないのだろう。

「転職するとか、いってたよ、あいつ……。あんまり良くない」

「おまえの、高倉建設はどうなんだ？」

「良くないよ……」

矢田部が今度は逆に北沢の眉根を寄せた顔に視線を彷徨わせていると、思い出したように口を開いてくる。

「ああ、松岡先生が、ご霊前出してくださったから、受付に渡しておいた。……例のさ、政龍旗大会、俺、連絡とか進行とか、やろうか……？」

どういう意味だ？　相応の理由があって剃髪し、リンチにでも遭ったような面をしているからか？

「おい、研吾」と、話の間に入ってきた声に、すぐにも光邑雪峯禅師だと分かった。僧衣姿を見て、北沢も反射的に頭を下げる。

「あんまり仏さんを、一人にしておくなあ」

わずかに酒が入ったのか、光邑の禿頭にも赤味が差している。あえて酒臭い息を自分にぶつけて、試そうとしている光邑一流のやり方だと矢田部は思う。

「沢口さんだったか、おまえの会社の方だろう、いらっしゃって、待っていたんだが……。夜勤だとかで今さっき帰ったわ」

「沢口さん……ですか」

ＫＳ警備会社の方にはまったく連絡していなかったが、何処からか聞きつけたのか。矢田部はふと窓ガラスの外を窺って視線を流してみたが、外の風景よりも、喪服姿で寿司を食らい、酒を飲む人々のシルエットの方が映っているだけだ。

と、よく見えないが、斎場の向こう側の歩道で、奇妙な動きをしている者が街灯に照らし出されて見えた。初めは風にはためいている幟《のぼり》か何かと思ったが、目を凝らしてみれば、薄汚れた恰好をして紙袋を足元に置いた田所のおっさんだった。

「研吾。告別式やら何やら大変だろうが……」

田所のおっさんはうまく合わない手で合掌し、頭を下げている。また合掌した両手を上下にわずかに揺らしては、背中を屈めて乱れた白髪頭を下げている。

「次の日曜日、……小僧の、一級審査がある」

田所のおっさんは目元を薄汚れたシャツの袖で拭って、また紙袋を引きずりながら大船駅の方に向かっていった。

二十四

江ノ電に乗っても、鎌倉からの横須賀線に乗っても、頭の中を巡るのは「国家社会」についてだった。

剣道修練の心構え……。

相模湾が煌めく電車の中、剣道の防具袋を持った高校生が深刻な顔をして国家について延々悩んでいるなど、まず誰も思わないに違いない。まだ朝だというのに、七里ガ浜の海にはサーファーやウインドサーフィンを楽しむ者らが、かなりの数出ている。ふと視野に入る大島の薄紫色の影を見たと同時に、その稜線のてっぺんに反射的に面打ちを入れようとイメージしている愚かな自分がいた。

「……駄目だよ……」

一級審査当日になっても、筆記試験の正答をどう書いていいのか分からない煮詰まりが、素振りの一本にも響いてくる。まして、面への打突の仕方を忘れた。一足一刀の間合いにも迷いがある。要するに、がんじがらめになっているのだ。

融はすでに何度も繰り返している深呼吸をやって、目を硬く閉じる。海に反射していた光が、夥しい楔形の残像になって煩わしい。その一つ一つのオレンジ色の点に、面やら突きやらを入れなければならない。もはや強迫観念だ。驚懼疑惑の塊。鎌倉武道館で待っているはずの白川が、せせら笑う顔が見えるようだ。

大船駅から鎌倉武道館に向かう間、剣道の審査に向かう者達だろう、竹刀袋や防具袋を担いで歩く姿が目につくようになる。すでに剣道着姿のまま歩く小さな小学生剣士までいて、彼らも一級審査を受けるということか、と融はわずかに唇を緩めた。

「さすがに、小学生相手っつうことはないよな……」

声に出しているのか、胸中思っているのかさえ分からないほど、自らの声が遠い。ガキ達は淡々と書くのだろう。

――以って国家社会を愛して、広く人類の平和繁栄に寄与し……。

こんなところで引っ掛かっている自分って、何だろう。白川にいわせれば、一昔前の左翼ってやつなんだろう？　だが、俺は違うんだよ、白川。おまえには分からないだろうけど、本気のラッパーというのは言葉に対して厳密なんだよ。正確でありたいんだよ、自分の気持ちに……。

自らの前提にある国家というものが分からない。まだ社会ならば分からないでもないが、それでもここでの社会は、もっと抽象的で理念ってやつに近い。国のためにある。国や社会のために自分が存在するみたいじゃないか。俺の頭の中にしか、国や社会なんてイメージは存在しないはずなのに、何故そんなものが普遍的な一語に簡単に表わされて、そのために動かされなければならない？　もしそれがイメージでないとして、実質の国家や社会なんていうんなら、もっと怖い。

いきなり後ろでクルマのクラクションが鳴って、融は慌てて担いでいた防具袋を体に引き寄せた。

「大丈夫かよ、俺……」

以って北鎌倉学院高校を愛して、も怖い。以って鎌倉を愛しても同じ。だけど、仲間を愛して、ならば分かる。家族を愛して、も。結局、剣道の修練による心構えというのは、人間の幸福につながるために作られたものだろう？　そのアプローチとして剣道がとても有効なものということじゃないのか？

俺個人の幸せはラップをやることだけど、一般的に理念として幸福ということを考えたら……。

自分にとって幸福というやつは、たぶん、自分の好きな人が自分のやっていること、考えていることを感じてくれて、好いな、素敵だな、と思ってもらえる自分であること、としか言いようがない。国家社会の幸福が、本当にダイレクトに自分につながってくるなんて、あるのだろうか？

鬱々と言葉を脳裏に巡らせているうちに、鎌倉武道館に着いて、堅牢なコンクリートの建物が目の前に立ちはだかった。中学生の剣道部の集団や、少年剣士を連れた親達の姿、年季の入った竹刀袋を持っている、かなり年配の人の姿も、入口前の階段に見えた。

少しそれでも強そうに見せなければならないか、と丹田に力を入れて入口に向かい始めたら、「羽田ぁ！」と大きな声を張り上げて、エントランスから飛び出してくる白川の姿が目に入った。

「おぅ、羽田、お疲れッ。時間通りだ」

　白川はこの前見せた時の表情とは違って、いやに機嫌がいい感じで肩を叩いてきた。鎌倉市剣道連盟の手伝いで武道館にくるとはいっていたが、今日はワイシャツに臙脂《えんじ》のネクタイなんてしている。

「……白川、俺な、２ＭＣ１ＤＪのヒップホップユニット結成したから。歌うんだよ、マジで」

　まるで場違いなことを口にしていると思いながらも、融は白川の慣れないネクタイ姿に視線をうろつかせた。

　白川は一瞬きょとんとした表情を覗かせたが、「良かったな。それ、俺、聴きにいくわ」と、予想外の調子のいいことをいってくる。

　何かある。

「どうだ、羽田、調子の方は？」

「悪い」

「……と、いいますと？」

　目尻を緩め、口を開いたまま窺う白川の顔の奥で、何かが蠢いている。あまり自分にとって好い材料でないことは確かな気がした。

「あの筆記試験の、有効打突について述べよ、ならいいけどさ……剣道修練の心構えについて？　が出たら、俺は終わりだ」

　白川が口角を引き、音を立てて息を強く吸いながら細かな瞬きをし始めた。

「……何だよ、白川、おまえ、何かおかしいよ」

もう一度白川は歯の隙間に音を立てて息を吸い、おもむろに融の肩に大きく手を回してきた。

「……羽田……。俺なあ、一つ、というか、二つばかし、おまえに謝らなければならなくて……。あのな……、筆記試験な、一級審査には……なかったんだわ」

融は短く視線を上げて、白川の伏せた目に投げる。わずかに眉間に淡い皺が寄っていたが、本気で悪いと思っているのかは分からない。

「いや、ほら、俺らの部で一級を受ける奴って、このところずっとなかったから、俺、初段審査と間違えてさ……。筆記試験……、初段からだったんだわ。だから、その、剣道修練の心構え、は悩まなくてもいいんだ……。それと……」

「それと……？」

「……形も……初段審査、から、で、そのかわり最近規約が変わって……。木刀による剣道基本技稽古法、ってやつが加わったんだわ。それをやらなければならない。いや、形の三本目までできているんだから、羽田は大丈夫だから、保証する。元立ちの先生に向かってやればいいから……形より楽、だと思う」

融は担いでいた防具袋を静かに置くと、竹刀袋も丁寧に添え、それから大きく深呼吸した。

「白川……おまえ、それで北学剣道部の部長かよッ。俺、その、木刀による、何？　稽古法、なんて初耳だ」

「……俺も」

「は？」

剣道修練の心構えのフレーズについて燻っていたものが、体の中をねじれ上ってくる感じだった。歯軋りとともに唾棄したい気分になって、打突への迷いをさらに増幅させ、自分でも混乱していくのが分かる。大体、筆記試験が一級審査にないとしても、あの「国家社会」という語については納得がいかない。引きずる。逆にモヤモヤとした澱《おり》が自分の底に溜まっていく気がした。さらには、審査会場でその「木刀による剣道基本技稽古法」とやらを急遽マスターしなければならないのだ。パニックにならない方がおかしい。

「俺、受けるの、やめるわ」

「はい？」と、今度は白川の方が目を剝いた。

「それはまずい。頼むッ。すでに登録されて、おまえのナンバー210って決まってる。実技の相手ももう決まってんだよ。そんな、北学剣道部の部員がドタキャンだなんて、なんつうか、まずいよ」

この前のラップを巡るやり取りや地稽古での不調などへの苛立ちを、全部白川に向けたくなる。情けない話だと自分でも分かっているが、白川は何故かそういう負の感情を預けたくなるタイプだ。

「白川、おまえ、本気で、国家社会を愛して、なんて思ってるのかよ」

「は？　何それ」

「おまえ、ちゃんと考えて、いつも喋ってんのかよ」

人のことなどいえないのに、制御できないほど絡みモードになっていく自分がいた。もちろん、白川が本気でそう思っているのなら構わない。自分とは考えが違うだけ。だけど、「国家」にしても「愛」にしても、数学でいえば微分？　みたいに限界まで詰めて詰めていって考えないと、本当の言葉なんて出てくるわけがない。特に自分の思っているラップはそうだ。韻だけで作られているゴマンというリリックがクズなのは、そのせいだろう？

「白川君ッ！」

武道館の入口で、ブレザーにネクタイ姿の中年の男が声を張り上げていた。たぶん剣道連盟関係の先生だろう。

「事務方の椅子を運んでくれッ」

素早く返事を返した白川は、「ほんとに頼むよ、羽田ぁ」と手を合わせることまでしている。

「おまえの実技試合の相手なんだけど、ほら、おまえ、一級受審者の中では、歳が上の方だから、相手もな。一人は山ノ内学園高校剣道部出た人で、段なしで地区大会二位になった沢良木さん、今大学生。もう一人はおまえと同じ高校生で、高野高校剣道部一年、小中と今泉剣友会所属で、八幡宮の奉納試合中学生の部で優勝経験あり。な、羽田、頑張れよ。な、頼むぜ」

白川は焦って喋るだけ喋ると、融の肩を小突いてワイシャツの背中を膨らませて走っていった。

何それ……。

今度は融が瞬きをしきりに繰り返しながら、ローファーの靴先に視線を落とすことしかできなかった。


控えの練習場ではあちこちから竹刀の炸裂する音が立ち、踏み込みの音が響き渡っていた。

融は自分に与えられた番号210を大垂《おおだれ》に白チョークで書き、前帯を下腹部に当てる。円陣を組んで早素振りを繰り返す中学生の剣士達や、すでに面までつけて地稽古をやっている高校生らもいた。二五〇人はいるだろう。床から舞い上がる埃や汗臭い剣道着のにおいが充満し、何よりも気合の入った掛け声が融を怯ませる。

小手、面への連続打ちの速さ。一瞬で二段階の踏み込みをこなして通り抜けていく剣士もいれば、まだ素振りの木刀が波を打っている初心者もいた。垂紐を腰に回し、大垂の下できつく結び合わせると、それでも少しは力が丹田に集中して気分が落ち着く。だが、練習場に犇《ひしめ》く剣士達の稽古の激しさが、緊張感を煽るのだ。

「いいかーッ。まっすぐ入れッ。何も考えず、まっすぐッ」

中学生の剣道部員達に、顧問のコーチだろう、いやに図体の大きい男がジャケットを着たまま声を張り上げては、唾を飛ばしている。

「馬鹿野郎ッ。気合を入れろーッ。気合で決まるぞーッ」

握っていた竹刀で中学生剣士の袴の尻を叩いては、生き死にを懸けるような眼差しで動きを睨みつけていた。

何だよ、馬鹿馬鹿しい、たかが審査じゃねえか、と思ってしまうのは、自分が弱気になっているせいだ。今までなら、「そんなにいうなら、俺がおまえを斬ってやる」とでもほざくくらいはしただろう。

「ママ、ぼく、三級、受かるかな……。なんかお腹痛くなってきたよ」

そんな小さな声が聞こえて目の端だけで振り返ると、まだ小学二、三年生くらいの男の子が剣道着を母親に着せてもらっていた。融と目が合って恥ずかしげに顔を伏せている。

分かるよ、分かる。

融は胴をあてがうと、胴紐を背後で交差させながら胸乳革に結びつけた。小手に重ねた面はそのままに、竹刀を持ってゆっくりと立ち上がる。実技の試合のために少なくともウオーミングアップくらいはしておかないと駄目だ。いくら面打ちの仕方を忘れたといっても、素振りの一つくらいできないのでは話にならない。

白川がいってから、しばらく武道館の前で茫然と立ち尽くし、このまま本当に帰ってしまおうかとかなり本気で思っていたが、立合いの相手を知らされて留まる羽目になった。まだそれでも相手が中学生くらいならば、審査を放棄するというのもありだっただろう。だが、とてつもなくレベルの違う剣士が相手と聞いてしまったからには、逆に棄権するのはあまりに恰好悪いじゃないか。

——羽田の奴、相手が超強ぇと知って、逃げちゃったんだよ。

自分のいない時に白川が部員達に話している姿が見えるようだ。

融は高校生達が地稽古する脇で、中段にゆっくり構えてみる。視野の隅には激しく切り返しをやっている者達もいた。剣先を静かに振り上げる。右足を一歩前に出して、面への打突。同時に左足を引きつける。小手面の連続打ちの踏み込みが、自分の体を震わせ、腸《はらわた》を縮み上がらせる。おまえらの竹刀はちょっと規定より軽いんじゃないの？　と姑息なことまで考える。邪念。地稽古する剣士達が「まだまだまだ」などと面の中で声を漏らして、今度は胴にパーンと銃声のような音が破裂して会心の打突が入ったようだ。

融は刃筋を確かめるように、あえてゆっくりの素振りを繰り返す。まずは心を落ち着かせるしかない。周りには鞭を唸らせる者、ねずみ花火を投げる者、四股を踏む者、機関銃で掃射する者らが好き勝手やっている。こいつらが間違った妄想の「国家社会」を愛し、国のためだけの平和繁栄とやらいう詐術に寄与しようと殺到する様を想像すると、ゾッとする。とんでもない戦争や大災害が起きたら、ヒトラーみたいな奴が現われるんじゃないか。本当に真剣に動いてくれるのは、俺らみたいなラブ&ピースだけは手放さずに、個人としてマジで自分を生きてる者らじゃね？

「面ーッ！」

突然、落雷のような音がして、融は竹刀を止める。見ると、奥の方で地稽古をしていた剣士がちょうど面を入れたところだった。踏み込みと打突が完璧に一致した真面を入れて、高々と剣先を上げながら走り抜けている。

何だよ、あいつ？

体軀のがっちりとした剣士は年季の入った面ぶとんを揺らして振り返り、残心を決めた。２１１。大垂れに白チョークで書かれた番号が見えて、息が止まる。剣士はさらに滑るように前に出ると、相手のわずかに上がった小手にすかさず打突を入れていた。

「小手なりーッ」

腹の底から発せられた声と同時に、踏み込みの振動が融のところまで伝わってくる。

２１１。自分の次の番号。ということは、自分と当たる剣士ということか……？

実技審査の試合は、一試合三〇秒を二本やる。それくらいは知っている。それを審査員の先生方が採点していくが、相手が一試合ごとに替わるのだ。つまり、自分の前後の番号の剣士と当たることになる。２０９と２１１が相手。その一人が落雷のような一撃を入れた男だ。おそらく、白川のいっていた山ノ内学園剣道部出身の地区大会二位の剣士……。

体から力が抜けそうになった時、審査会場への移動を知らせるアナウンスがあった。
A、B、C、Dの四つのブロックに分けられた会場のDが、融の審査場だった。すでに可愛い声を張り上げて実技試合に臨む小学生の剣士達が、それぞれのブロックで動き回っている。
二、三級の審査に挑む少年剣士の親達や部活の顧問などが会場の周りで見守りながら応援しているのを避けて、融は一人通路に出た。小手や面、竹刀はすでに審査会場の脇に置いてあるが、打突の好機とは何かを考えたかった。心も体も混乱して、普通に前に出ていくことさえ、様々な雑念がまとわりついて邪魔をする。腕組みしながら歩いていくと、大きなガラスに遮られているが、弓道場の稽古の様子がオープンになっていた。

恐ろしく静謐《せいひつ》な動きで、蹲踞《そんきょ》から立ち上がり、構え、弦の引きが行われている。武道というよりも、融には茶道に近いもののように感じられた。射手が一箭《いっせん》の矢を放つ。わずかに弧を描いた軌跡で二十数メートル離れた的に飛んだが、当たらず。それでもまったく年老いた射手の表情に動揺はなかった。

「見事な射ですなあ」

「それは黒岩先生の弓は心から心へ的中。まっすぐ連なっている」

椅子に坐って見ている老人達が喋っている言葉を聞いて、融はかすかに眉を上げた。黒岩先生といわれる射手の後ろで、ギリギリと弓を引いていたもう一人の射手が一箭放つ。力があるのか、黒岩の矢よりもカーブが少なく、一瞬のうちに的を捉えた。パーンと小気味いい音が弓道場の空気を冴えさせる。

「渡辺は、ありゃ、まだまだだな」

「早いねえ、離れが。射よう射ようとしている」

「満ちてない。大体、的を狙っているだろう？」

融は思わず老人達の痩せた後ろ姿に視線をやって、一体何を話しているのかと耳を澄ませる。弓道が的に矢を当てないで、どうすんだよ？

「おっとっとっと……渡辺の蹲踞はまた軽いなあ」

「あれは目のいい男なんだけどねえ」

「自分の中に矢を通さないと、百発百中でもなあ。やっぱり、黒岩先生の一射絶命というのかなあ……」

一射絶命　issyazetumei……。

黒岩という先生がまた弓を引き始めた。かなりの爺さんに見えるが、弓にまったくぶれがない。まだ射らない。まだ。一体、何をしている？　まだ……。見ている方の息が続かなくなりそうな時、矢が放たれた。緩いカーブを描きながらも矢が空を裂いて、今度は的のまん中あたりに当たった。渡辺という男の時よりも、音が硬く立つ。

「これだよぅ、あんた」

「満ちたね。通ったね」

満ちる？　通る？　一射絶命……？

老人二人の不可思議な言葉に融が眉間に皺を入れて口を尖らせた時、背後から声がかけられた。

「……ここにいたのか」

老人達の弓道仲間なのだろうと無視していたら、「羽田君」と自分の名前を呼ぶ声がして、我に返る。振り向くと、痣だらけの顔に坊主頭の男が立っていた。

「矢、矢田部先生ッ」

自分でもびっくりするような素っ頓狂な声が出てしまい、肩を竦《すく》める。矢田部研吾が肩幅の広いジャケットを着て、わずかに口元に笑みを浮かべて立っていたのだ。矢田部は視線をかすかに弓道場に動かし、眩しそうに目を細めて、弓道場の砂地にはね返る日差しを溜めた。

「矢田部先生……あの、お父さん……」

「ああ、葬儀も無事終えさせてもらった。光邑禅師や剣道部の皆には迷惑かけたな」

このたびはご愁傷様でした、といいたかったのに、何か自分が口にするのは不遜なような気がして口を噤んでしまう。

「羽田君、これから実技審査だろう。いいのか、素振りをしなくて？」

「っていうか、先生。俺、もう素振りすら分からなくなった。どうやって打突すればいいのか、分からなくなったんです」

矢田部の鋭い視線が返ってきたが、軽く息を漏らして笑っている。笑った顔は初めて見るのではないかとも思う。頬に刻まれた皺が痛々しい感じにも見えた。少し痩せたせいか、それとも痣や傷の色が定着して濃くなったせいだろうか。

「だから、前に教えただろう」

「……我上位なり、ですか？」

矢田部が小さく頷く。

「だけど、我上位なり、と思えば思うほど、体が動かない。どうやって勝ったらいいのか分からなくなる」

鼻先を指で摘むようにして擦ると、矢田部は片方の眉だけ大きくカーブさせて睨んでくる。

「我上位なり、というのは、自分より上がいない、ということだな？　誰よりも強い奴というのは、究極何だよ……？　死者だ。すでに死んでいる奴にはかなわない。どうやっても勝てない。……いいか、羽田君。おまえは勝とう勝とう、斬ろう斬ろうとした上での我上位なり、だ。これでは絶対に駄目だ。しばらくうまく立合いができたとしても、いずれは破綻するものなんだ。じゃあ、どうするか。もはや先に死ぬということだろう。殺される、斬られる、というのを一〇〇パーセント受け入れた上で、対峙する。相手はもうどうにもならんよ。打つ手がない。だから、我上位なんだ。分かるか？　おまえ、俺と庭で立ち合った時はそれをやっていた。だから、俺は斬られた」

矢田部の眼差しをまっすぐに受けていて、うなずくのが精一杯だった。だが、話していることはよく分かる。俺が強いのだから斬られるわけがない、負けるわけがない、とむしろ自分で自分を不自由にしていた。一年の越野とやった時も、その後、副部長の永村とやった時も同じだ。

「羽田君、今の爺さん達の話、聞いてたか？　一射絶命。完全に命を捨てて、絶対の一箭のみを放つということ。その時点では迷いはないということだな。自分は生きるも死ぬもない境地にあるんだからな」

一射絶命　issyazetumei。

一打絶命　itidazetumei！

「満ちる、は？　後、通った、ともいってました」

「俺は弓道のことはよく知らんが、光邑禅師から聞いたことがある。あれ、矢を放つ時、ここだと思ってタイミングよく射る射手はいないそうだ。ずっと待つんだと。完全に自分が的になりきるまでだ」

「自分が的になる……？」

「的が近づいて自分と重なり、自分自身そのものが的になれば、自分の中心を見つめればいいだけ。放たれた矢は自然に的に通ることになる……」

審査会場に向かうにつれて、掛け声や竹刀、踏み込みの音が大きくなってくる。打突の音も強くなっていて、さっきまで張り上げられていた小学生達の声よりも、少し大人びた掛け声に変わっている。着々と審査は進んでいるのだ。

「羽田君。一人目の相手、高野高校の剣道部だ。初めにまずあえて打たせてみろ。よけようとも、捌こうともしなくていい。すでに打たれて良しだからな」

「でも、それだと負け、ということでしょう」

「だから、それでいい。堂々と前に出て、打たれろ。ただ一つだけ。これしかいわない。打たれる時に、右手首の位置はそのままで剣先をまっすぐ上に立ててみろ。それだけでいい。そのタイミングが羽田君の打突する瞬間だ。思い切りいけッ」

審査会場はすでに汗臭さと熱気と激しい打ち合いの音で充満していた。次々に三〇秒の試合をこなしている。融は隅に座って、面の上に掛けておいた新調したばかりの手拭を取ると、まずその文字を読んだ。

辟邪剣。

自らの中にある邪念を切り払う心の剣という意味だと、横浜の防具店の人が教えてくれた。一回大きく息を吐き出すと、手拭をきっちり頭に巻いて整える。ふと視線を横に走らせると、２１１のナンバーが書かれた大垂の大学生の、手拭を頭に巻いている姿が見える。

打たれてやるよ。それから、おまえにもな。

すでに面付けを終えて、せわしなく足捌きの練習をやっている２０９の番号の高校生剣士にも視線を短く投げた。

面をつける。面金越しの風景は、少し音が遠退いた感じに思える。これをつけたら、いつ斬られてもいい、という意味だ。面紐を頭の後ろできつく縛り、何度か両端を持って音が鳴るほど強く引く。自らの呼吸音。さっきよりもだいぶ落ち着いている。

「２０５から２１５まで集合！」

係員の声が掛けられて、融は小手を丁寧に一つずつはめて、立ち上がった。自分の竹刀を手にした時、矢田部研吾が面金の端で一回うなずいているのが見えた。

二十五

饐えた菊花や線香のにおいが体じゅうに染み付いている。

何より自分の背後に将造の死を曳きずった跡が、憐れむような漣を立てているのではないか。

「堂々と前に出て、打たれろ」

自分の中で蠢く渦のようなものをあえて納めたつもりでいるが、他の者達が装いでも哀しみの意を示してくれれば、嫌でも蓋を開けることになる。父親の将造がその時、どんな面をしているかは分からないが、外に出ることは、いや、さらに剣道関係の場に出向くなどということは、矢田部にとって、今最も忌避したいことでもあった。

「ただ一つだけ。これしかいわない。打たれる時に、右手首の位置は……」

なのに、足が向いた。たかが、羽田融という北学剣道部員の一級審査を見定めるために。

見定める……？

応援ではないのか？　と自問しても、剣道部のコーチとして審査会場に出向く気分などまったく奇妙なほど抜け落ちて、ただこの若い男の剣道が見たいと思ったのだ。

「……打突する瞬間だ。思い切りいけッ」

分からない。斎場でいわれた光邑雪峯禅師の言葉のせいかも知れないし、ずっと仏間で将造の遺骨と対峙していたせいかも知れない。ただ、将造が何もいわず、また木刀すら構えず、自分の剣から勝ち逃げして永久に姿をくらました、その尻尾を摑まえたい、と何処かで思ったのは事実だ。それが何故審査会場に自分の足を運ばせたのか。まったく、羽田融という青年には無関係のことであるというのに……。

前垂の番号の205から215までの剣士が呼ばれて、注意事項が伝えられ始めた。他のブロックでは激しい竹刀の音や掛け声が弾け合っていて、むしろ体の中でどんより煙っていたものを小さく凝《こご》らせてくれる気がする。

210の歪んだチョークの数字をつけた剣士も、面をつけた頭をかすかにうなずかせて神妙に係の話を聞いているようだった。剣道着を通した肩の線が緊張している。あの若者は五段の自分とやった時は緊張すらもしないで、遮二無二向かってきたというのに、一級審査でガチガチになっているか。

無意識のうちにも矢田部は唇の片端を上げていたが、視野の隅に並ぶ連盟の役員達の姿に目を伏せる。すでに自分の姿を見出した者もいるかも知れない。坊主頭で、顔にはまだ痣が醜く残って誰の目でも引くだろう。まして役員席に坐る年配の中の二人は、通夜にも顔を見せてくれた先生方だった。

矢田部はしばらく逡巡していたが、顔を上げると、ブロックの外で待機している多くの剣士達の間を縫って、本部の役員席の方に向かう。将造は自分の後ろを歩いていないか。耳元で何か囁いていないか。

「研吾君ではないか」

声に振り返ると、神奈川の合同稽古で顔をよく合わせる横須賀防衛大学校剣道部のコーチだった。散髪にいったばかりなのか、さっぱりとした角刈り頭の下で、精悍《せいかん》な顔つきが綻ぶ。すぐにも白い歯を隠すように薄い唇が真一文字に結ばれた。

「将造先生のこと……大変だったな、本当に」

「いえ……。まあ、寿命とも業とも」

越賀というその男が役員席の方に高々と手を上げて、口の形だけで「ケ、ン、ゴ、クン」と示した。あちこちで竹刀や踏み込みの激しい音がする中、矢田部は役員席の年配の先生方に頭を下げる。

「ま、研吾君も、こっちにきて坐れ。ほんとに、将造先生がいらっしゃったら、特等席に坐っていただいているはずだ……」

「いや、越賀先生。私の指導している高校の剣道部員がいるものですから。今日は御挨拶だけということで……」

もう一度役員席の方に頭を下げて、離れようとしているうちにも、「矢田部さん」「研吾君」と声をかけられ、そのまま立ち去る無礼を許してもらえそうになかった。

「本当に惜しい人を亡くしたよ、我々は……」

「矢田部将造殺人剣。激しい剣士だったが、根は優しいお方だった」

「いいか、研吾君。君が今度はこの地の剣道を引っ張っていかなければ……」

「俺は悲しい。あいつの炎《ほむら》のような剣先……もう一度、もう一度、斬られたかった」

　自分には分からない。矢田部将造が剣道界でどのように振舞っていたのか、知るわけもない。剣道関係の仲間達がかけてくる言葉が、ただ頭の上を素通りして引っ掻き傷だけ残していく。

「元々、脳溢血で倒れられて、長いこと、御意識の方がなかったとか……」

「研吾君がずっと介護していたんだろう？　中々できることではない。並大抵のことじゃないぞ、それはぁ」

「県警の大会でご自身が指導しているチームが優勝された時、それは嬉しそうでな、良し、俺はこれで引退して、息子に任せるか、なんて話してたんだ」

「奥さんを亡くされた時の落胆は、あんた、見ているのも辛かったが……」

　矢田部を取り囲むようにして話される言葉を、何処かで父親の将造は聞いている。

「戯《たわ》けがッ」と唾棄しているに違いない顔が見えるようだった。それでも自分には、まったく剣道にも生き方にも妥協がない、鬼のような男の内実が親しい。あなた方の抱いている矢田部将造の像は、霊安室で亡骸を覆っていた白いシーツみたいなものだ。

　脳溢血で倒れたのではない。俺が木刀で頭をかち割ったからだ。介護？　違う。いつも病室に入るたびに男の首を取る機を窺っていた。「糞みたいに弱いおまえ自身を殺す心がない」者に、後を譲る？　母親が亡くなった時など、今の自分同様露とも涙を零《こぼ》さなかったし、長く親しくしている女がいた。

「先生方、本当にお心からのご弔意をいただきまして、ありがとうございます。故人も天上で喜んでいることと思います。皆様にご迷惑ばかりかけていたはずですが、先生方との交剣知愛の数々に、親父は心から感謝していると……ありがとうございます」

矢田部は深々と頭を下げて、連盟の先生方に礼を述べた。だが、おそらく矢田部将造と剣を交えた者は、皆、何処かで分かっていたのかも知れない。男の中に滾《たぎ》っていた、剣道の精神とは違う勝つことへの度外れた執着に気づかないわけがない。剣にはすべてが表われる。将造の仲間や先輩方はそれでも精一杯の社交辞令としての弔意を見せてくれていたが、内心は将造の殺人剣を醜いものとして捉えていた者も多かったのではないか。父親にとっては剣道の理念など存在しなかった。ただ、生き死にの問題、それのみだった。そして、斬ることのみだった。

——研吾君。だが、あの将造先生の恐ろしく強い殺人剣は、彼が極端に臆病だったせいだな。

そういわれた方がむしろすっきりと腑に落ちる。

「イヤーサーッ！」

「セイヤーッ」

気合の入った掛け声が遠くから聞こえてきて、覚えのある声だと視線を投げたら、すでにDブロックで、２０９の横田という高野高校の剣士と２１０の羽田融の立合いが始まるところだった。

「それでは失礼いたします。今、うちの部員が……」と、矢田部は慌てて会釈をし、剣士達の間を急ぐ足取りで縫いながら、Dブロックの対峙に視線を彷徨わせた。

蹲踞から立ち上がったと同時に掛け声を互いに発しているが、すかさず半歩打突の体勢に入って面打ちに竹刀を唸らせる横田のシルエットが見える。中学生や高校生の剣士達によく見られる、立ち上がったと同時の攻撃だ。まして、中学時代に八幡宮の奉納試合で優勝経験があるくらいだから、歳以上に試合慣れしている。

と、羽田融もわずかに踏み込みながら、横田の攻撃の一瞬前に剣先を垂直に立てていた。見えている。まだ体が緊張でガチガチだが、間違いなく相手の起こりが見えている証拠だ。

「面ッ」という横田の声と、体当たりする互いの胴が激しい音を立てた。一気に磁力が発生したような吸い着きと同極同士にも似た反発が起きて弾ける。融が竹刀を立てたその鎬《しのぎ》に滑るように、横田の竹刀は外れて融の肩に落ちた。

互いに間合いを取ろうとしながらも、横田が場慣れした引き面を見せようとした。離れると見せかけて、一瞬の隙を突く。トグロを巻いた毒蛇のように引きながら面打ちを入れる打突だ。だが、白刃の光が垂直に走って、牙を跳ね返した。融はまた横田の打ちの前に剣先を立てている。右足、左足の引きつけ、右足、左足の引きつけ。滑るように前に進んで間合いを詰める融は、鍔競り合いのような恰好で相手を威圧していた。

「ヤッサーッ」

横田が首を突き出して声を張り上げる。融は無言。声は出した方がポイントになる。気剣体の一致の基本だ。相手からの攻めのにおいを探るように、互いに静かに間合いを取り始めた。

矢田部もようやく多くの剣士達の間から、Dブロックの縁《へり》に辿り着く。横田は背中を見せ、融はこちらに正面を見せている。銀色に光る面金の中の眼差しは影になって見えない。だが、融の構えから硬さが抜けているのが明らかに分かった。無意識のうちにも羽田融の剣道と対峙する気分になる。

前に出て、打たれろ。

横田がじりじりと摺り足で前に出る。剣先がわずかに下がった。小手打ちにくるはずだ。

「小手ッ」

小さく鞭が唸る。と、融はすでに踏み込んでいて、剣先を立てた。相手の竹刀の物打ちが小手に入る刹那、融の竹刀がそのまま伸びて横田の面のど真ん中に入った。

「面ッ！」

踏み込み充分。だが、剣先を立てるのは、打突のタイミングを摑むためで、打ちとしては足りない。と、そのまま融はクラッシュして相手を勢いで突き飛ばした。同じくらいの体格の横田の両足が床から離れ、体をわずかにひねりながら場外へと倒れ込む。

その時、もう一度融の左足が床を蹴った。飛んだ。豹の影が過ぎる。前足の鉤爪《かぎづめ》。剣先が伸びる。宙が凝って、二人の体が浮いたまま止まった。

「面ーッ！」

突き飛ばされ宙に浮いたままの横田の面に、融の竹刀が炸裂した。相手が床に叩きつけられる派手な音がして、すでに場外で待機する剣士達の方までバウンドして転がった。

着地した融もそのまま倒れ込むようにして、横田の上にもんどり打ちそうになる。だが、融の剣先は仰向けになった横田の喉元の突き垂を捕らえて、それで自分の体を支えた。

「場外ッ！　場外ッ！」

審判員があまりに狂乱した剣道に声を張り上げる。

「……殺し合いじゃねんだからよぅ」と怯んだ声が周りから漏れるのが聞こえてもくる。矢田部も凄まじい獣の息を感じて、固唾を呑んだ。融はまだ横田の喉元に突きつけた竹刀が、撓《たわ》むほどに体を預け支えにしている。

「２１０！　元へ！　２１０！」

あれは……。

矢田部は茫然と、場外で奇妙なバランスを保っている羽田融の姿に見入った。

……あれは……矢田部将造の剣道、殺人剣だ……。


将造が骨になって何年ぶりかに戻ってきた家は、うるさいほどの軋みを所々で上げた。床の間や天井、梁……夏の暑さや湿度のせいには違いないだろうが、骨壺から漏れる親父の息が家の中の記憶を呼び出しているのではないかと、矢田部は思ったのだ。

母親の遺影がある仏壇の前に、後飾りのための白布をかけた小机を用意したが、将造の遺骨と位牌を奥にのせると古い家が軋み始めた。将造の遺影を凝視しながら線香に火をつければ、薄白い煙の筋がわずかによじれ、途中で波紋を重ねるように広がって矢田部の顔を覆った。手で軽く払うようにすると、誰もいないはずの廊下から摺り足に似た音がする。

「……親父か……」と口に出してみて、薄ら寒い気分と馬鹿馬鹿しさを覚えた。棺に入れることができなかった将造の赤樫の木刀を、後飾りの前に置いた時、一瞬迷いながらもあえて刃の方を父親に向けてもみた。

本気でお別れだ……と、今度は胸中に言葉を収めたつもりが、自分の顔の横や背後で、木刀を振る風が小さく起きて、目を閉じる。眉間に力を込めて、さらに息を詰めると、将造の姿がよく見えた。

背後から袈裟斬りに自分の首を落とそうとし、踏ん張った両足が素早く動いたと思うと、今度は逆に表から斬りつけてくる。剣先を下げたまま後退すると、肉食魚を思わせる食らいつきで剣先を、喉元に突き入れてきた。そのたびに廊下や仏間の畳を摺り足で素早く動く音と、剣の薙《な》ぐ線香と菊花のにおいが、自分を取り巻いた。

「……親父は剣に逃げた……。だから、剣で、全《まっと》うしろ……」

庭で最後に立ち合った時の、将造の一瞬遅れの胴打ち。「俺を殺せ」という意味か、それとも「俺が敗北するのか？」と信じ難い気持ちからか。だが……。

「だが、あんたは、死んで……、もう俺に、勝ち目はなくなった……」

低く声に出した言葉に、仏間の中をジワジワと湿った笑いが染み広がるようだった。

自分は……演技じみている。

自ら笑い飛ばしたいくらい演技じみていると思っているのに、俺はやるのか、俺はやるのか、と機を窺って丹田に意識を下ろし、気配に集中した。将造も息を凝らしながら、機を待っているはずだ。耳を澄ます。親父が音も立てず、右足を引く気配。溜めている。呼吸などしていない。

くるッ。

後飾りの前に置いた木刀。矢田部はすかさず柄を摑む。同時に右膝を立てながら、遺骨の上に剣先を勢いよく振り下ろした。

寸止め。

白布に包まれた桐箱の上で止まった木刀の先に、仏壇に飾られた母の遺影があった。悲しげな笑みにも見え、矢田部はそのまま将造の木刀を持って、荒れた庭に出たのだ。何度も素振りを繰り返す。心臓が悲鳴を上げるのではないかと思うほど切り返しを繰り返す。息が上がり、異常なほど汗が坊主頭や首から噴き出た。仕舞いには、将造に肋骨を折られて気絶した場所に、仰向けに倒れ込み、西日を受け始めた積乱雲の隆起をぼんやり眺めるだけだった。

「それまでーッ。210、場外では攻めないッ」

眉間に皺を入れた審判員の叱責を受けて、羽田融は小さく面を上下に動かして、「すみません……」と囁くような声を漏らしていた。

意識を失ったのかと思うほどに、横田という若い剣士は竹刀を手放し、袴を乱れさせて倒れたままだったが、ようやく立ち上がる。這いつくばって面を伏せた時、面金の間から泡のような唾が床の上に垂れた。

蹲踞。

互いに剣先を向け合って静かに竹刀を納めようとしているが、横田の方は剣先が震え、下がっている。融の方は落ち着いた所作で納刀しているようだが、融自身でもまったく気づいていない、獰猛な剣士だけが持つ陰惨な陽炎のようなものが周りに立ち込めていた。

審査としては審判も審査員の者達も、明らかに横田に点をつけるだろう。一方の羽田融の剣道は、剣道ではない、と。試合ならば間違いなく勝ちとなっただろうが、級や昇段審査は、理念や有効打突の意味、礼節、構えの正しさなどを見るのだ。勝ち負けではない。まして殺し合いであってはならない。

二人の若い剣士が納刀の構えのまま立ち上がり、五歩摺り足で下がる。融は打突のタイミングを自分なりに摑んだのか、体から硬さがすっかり抜けていた。五歩後退する時もまったく重心に上下のブレがない。立合いが終わってからでも、さらなる高波の力にしようと波を一旦静かに沖に引く感じがある。

竹刀を脇に下ろし互いに礼をすると、次の相手の２１１、沢良木が横田の横に並んで同時に礼をする。横田の終わりの礼と沢良木の初めの礼を、融は受け止めて、また納刀の形に竹刀を備えた。

三歩摺り足で大きく進む融と沢良木。すぐにも足の進め方で、沢良木が相当稽古を重ねているのが分かる。試合実績をかなりのレベルで残しているのにもかかわらず、段を取ることを拒否する剣士が時々いるが、その類の者だろう。確か、激しい稽古で知られる山ノ内学園高校の剣道部を出た男だ。つけている面も小手もかなり年季が入っている。三歩目に出た時、竹刀を構えながら蹲踞するが、その立ち居振る舞いも若い剣士にしては落ち着いたものだった。おそらく実力としては三段、四段レベルか。何処かの道場に再入門して段を取るための級審査を受けることになったのだろう。

羽田融もずっと溜めていた集中のエネルギーをさらに閉じ込め、内圧を高めるような蹲踞をした。獲物に向き合った野獣が間合いを支配しようとして場の気を引き寄せる感じだ。悪くない。その集中を途切れさせずに自分と剣と相手との縁をどれだけ自由に動かせるか。

「始めーッ」

審判の掛け声と同時に二人が蹲踞から立ち上がる。やはり、さきほどの高校生とは違い、すぐには出てこない。剣先を浮きのように上下に柔らかく動かして、様子を探っている。だが、重心がじりじりと前に移動して、一気に出る溜めが見え過ぎていた。正対している融には感じにくいかも知れないが、融は融で左足の膕《ひかがみ》を伸ばして、表面張力のような漲りを見せていた。肩や背後から濛々《もうもう》とした殺気を醸して、また獣の息をし始めている。まるで一級審査の立合いではない。

その姿が、似ている……。あまりに似ている。

「ヨッサーッ」

「セイヤーッ」

沢良木が軽く右足の爪先で床をトンと突いたと思うと、いきなり剣先が伸びた。ペンライトの光が走った感じで、融の面に伸びていく。

だが、融もチカッと相手の剣先が光るか光らないかの瞬間、跳躍していた。相手の首元一点目がけて、体の柔らかさを弾けさせて襲いかかる猛獣の過ぎり。

「面ッ！」

「面ッ！」

相打ち。直後の体当たりで、体格のいい沢良木の方が融を圧する。と、融は後方に跳ね降りたその足を屈ませ、すかさずもう一度上にジャンプして宙で面を入れようとした。体重の軽さとしなやかさがなせる若い動きだ。映像を逆回転に見ているような錯覚が起きる。竹刀は相手が近過ぎて、根元で面を捉える不充分な打ち。

互いに素早く離れ、遠間に正対する。二人の剣士の面紐が鬣《たてがみ》のように揺れ、紺袴がはためき、止まり、またはためく。一足一刀の間合いまで近づいた時、光の加減で今度は融の面金の中の表情が見えた。

融は唇の片端を上げるようにして薄く笑っていた。だが、目。すでに獲物を捕らえる直前の、憤怒でも愉悦でも残酷でも慈悲でもなく、単なる獣の目玉がそこにあるとしかいいようのないものが見開かれていた。

矢田部……将造。

……あんたは、そんな所に、隠れていたのか。

面をつけ、胴や小手をつけた羽田融の姿が、将造の姿と重なってきて、どう見てもすぐそこに生きている将造が剣を構えているとしか思えなくなる。片やまだ高校二年生の幼い剣士だというのに、本能から出ている剣のあり方が恐ろしく似ているのだ。

「ヨッサーッ」

「セヤッ」

二人が剣先で駆け引きし始めた。自分よりも遥かに下のレベルの剣道で、しかも一級審査だ。まっすぐ刃筋正しい振りと発声、踏み込み、残心が出ていれば、文句なく一級など通過できるというのに、このDブロックで行われている立合いは、すでに審査のものではない。

他の三つで弾けている掛け声や竹刀の音が、ただ稚拙な重なりに聞こえて遠のく。いつのまにか待機していた剣士達や、すでに実技審査を終えた剣士達が、Dブロックの縁に集まってきてもいた。

「ソラソラッ」

沢良木の剣先が羽田融の剣先をからかうように、小突き、回し、撫でる。融もそれにぴったり合わせて、小突き、回し、撫でながらも、相手の竹刀に添うようにじりじりと間合いを詰めていく。沢良木がじれて、面打ちを出そうと動いた。融はすかさず剣先を立てる。相手が引く。

このままだと、どちらも有効打突がないまま時間切れになる可能性がある。その時、沢良木が大きく一歩右足を引きながら竹刀を上げ、剣先を高々と天に向けた。

左上段。炎の構え。

見ていた周りの剣士達が低く声を上げ、どよめいた。級や昇段審査で上段に構える剣士はほとんど見かけない。段を取るための基本の構えは、何より中段なのだ。だが、沢良木という若者は試合になれば左上段の構えで勝ち抜いてきたのだろう。北学剣道部の元部長の迫《さこ》も左上段を得意にしていたが、昇段審査の時は、おとなしく真っ当な中段で通したはずだ。この沢良木という剣士も審査を捨てるつもりか。

融は面金の中で唇の笑みを消していない。軽く短くホップするように沢良木に近づくと、何を思ったか、融も大きく右足を滑らすように引いて、竹刀を高々と上げた。

左上段。

周りがさらにどよめく。

上段からの面の打突は恐ろしく速い。瞬きよりも速い打ちもある。融はそれを避けるために相手の鏡になって、同じ構えで対等に応じようというのか。だが、左上段など彼はやったこともないはずだ。

と思っていると、融の面や胴や剣道着の中が色をさらに変え始める。羽田融という若い青年よりも、もはや剣道の言葉では説明のつかない、殺人剣の息のみが凄みを持って立っていた。そして、融は左上段の構えから左足を大きく引いて、天井に向けていた剣先を静かに下げ始めたのだ。

「な、何だよ、あれ」

「円、月、殺法かよ……？」

融は相手の気配を計りながら、剣先をまっすぐ下ろして、膝の高さで止めた。

「げ、下段!?」

融の両足が広がって、わずかに屈む恰好になる。左手を柔らかく竹刀の柄尻に添えるように構えた。風に揺れる柔らかな柳の枝を思わせるようでいて、今にも爆発して飛びかかってくる溜めがある。融が無意識にやっていた構えだ。

我上位なり。すでに死んでいる奴にはかなわない。

融は面をあえて捨てたのだ。

上段に構えた沢良木の打突は、融の面を狙ってくるが、すでにがら空きになった面ほど怖いものはない。

――どうぞ打ってください。打たれてやるよ。いつ斬られてもいい。

羽田融の声が聞こえるようだ。いや、若い矢田部将造の声か……。

捨てたということは、何かあるということだ。沢良木の息を呑んだ精神状態が上段の構えに響いている。もう打てない。驚懼疑惑の四病に陥って、破れかぶれの打突しか出てこないはずだ。

融がじわじわと下段の構えで間合いを詰めていく。相手が動いた瞬時に、下段の剣先は突き垂の下を掻い潜り、生の喉仏を貫く。自分が斬られるのと引き換えに、相手も必ず殺す。

目の前には、まだ若い父親の矢田部将造がいた。自分が生まれる遥か前の剣士だった親父がいる。袴の裾から白いアキレス腱を覗かせ、眼差しが澄んでいた頃の将造。自分という子供など生まれるとも思いもよらない一人の若い男が必死で、ただ勝つために、死なないために、剣を構えていた。

喉の奥が締めつけられる。嘘だろう？　と思っているうちにも、視界にベールがかかってきた。揺れる。上段と下段の若い剣士が、目の前を歪みながら近づいていく。嗚咽に近いものが込み上げてきて、矢田部は顰めた顔を伏せながら、周りの者達を掻き分けて背を向ける。

「面ッ！」

「突きッ！」

会場が静まり返るのを背後で感じた。

二十六

沢良木の左上段の構えは、甲冑《かっちゅう》を纏った十二神将のように見えた。迷企羅《めきら》像だったか、因達羅《いんだら》像だったか、日本史の教科書に載っていた写真を思い出す。面金のむこうは影になって見えなかったが、憤怒の表情で、今にも飛び掛かってくるように眼を剝いているのだろう。

だが、融が同じように左上段に構え、さらに下段へと剣先を下げると、相手から発せられる空気が揺らいだように思えた。燃え上がる炎の構えが凝って、遠退《とおの》く。巨木の影が濃くなって縮み上がり、自分よりも一五センチは身長の高い沢良木を見下ろしている感じになる。明らかに自分の方が左足を大きく引き、屈む恰好になっているにもかかわらず、上段の相手を見下ろしている。

――どうだ？　打ってこい。斬ってこい。

ながら空きの面を見せつけながら、融は下段に構えた剣先をさらにだらりと下げて、力を抜いた。打たれることが当たり前。斬られることをむしろ迎えただけで、まるで目の前の風景が違って見えた。

爪先の指一つわずかに前に出る。相手の影の輪郭が張り詰めて、かすかに震えるのが分かった。沢良木にすれば、打つべき面はがら空きの状態で、すぐ目の前にある。瞬きと同じくらいの速度で竹刀を下ろせば、絶対に当たる。一本になる。間違いなく自分が勝てる状況があるのに、それがあえて作り出されたことに恐怖しているのが伝わってきた。

——あんたの、喉仏が見える。突き垂の下から覗いている。

相手が自分の突きを警戒しているのは、誰が見ても明らかだろう。下段からの攻撃はそれ以外にない。だけど……。

融は静かに息を踵に下ろしていった。自分自身が澄んでくる気がしたと同時に、自らの輪郭が広がったようにも思える。

一体……何？

体の輪郭がゆるゆると溶け出して、相手の方へと広がっていくのを感じる。

一体何だろう。

自由で、安らかで、清々しい。すでに自分は斬られて、魂が抜け出しているのかとも思う。勝つ。負ける。それがどうした？　萎縮した巨木の影は小刻みに震え、枝々の先が微風でさえ折れそうだ。

——なんか……気持ちいい……。

風が吹いてきて、広がる海の面が一斉に煌めく。楔形の光が踊って、一つ一つの瞬きにまで、自分が届いているような気がした。相手は揺らめく陽炎でもあるし、静かに揺れる木でもあるし、自分自身のようでもある。拮抗、ではなくて、極限のバランス？

ただ当たり前に世界があることが、とてつもなく穏やかに満ちている?

もうこのまま竹刀を投げ出してもいいような、妙な瞬間が訪れた。相手が斬って、自分を殺すこと。それもありだ。自分が相手を斬ることも、ありだ。だが、何もしないで、ただここにいるだけ、というのもありだ、と思う。こんなに静謐で、すべてが満ちていて、そして恐ろしいほど激しく瞬間瞬間が生まれ変わっている状態にある、自分自身が一番気持ちいい。

自分自身……?

違う。なんか、全部。全部が気持ちよかった。至るところに全部の自分がいて、その自分が自分を見る瞬間に自分が消える。

――あんたも、消える。

沢良木の上段に掲げた剣先が、わずかにこちらに傾いた。

――そんなにゆっくりでいいのかよ……。

まだトロトロと空気になっている自分。沢良木がこちらの下段からの突きを怖がって、がら空きの面を狙うのではなく、逆に同じく突きを上から入れてくるのが見える。柔らかな鞭。柳の枝がふわりと撓《しな》って、あんなに遠くから風を送ってくる。だから自分も柳の枝が柔らかく跳ねるように、風で迎える。風と風。風が風を見る。

何これ、何だよこれ。

と思っているうちにも、自分が下から自然に跳躍して、風の中の、さらに細い風の一筋になって入り込んでいるのを感じた。

ろう。

——最、高、だ。

自分が消えていく。世界がくすぐってきて、笑いたくなる。「国家社会」？ 何、それ。おかしくてしょうがない。剣道って何だろう。そんなことを考える自分さえ、何だろう。

ゼロに近づく？

違う。

下から撓わせた剣そのものになって伸び上がりながら、俺は完全に自由になっていく。風になっていく。透明になっていく。俺は俺をゼロ乗する。

「面ッ！」

「突きッ！」

一打絶命 itidazetumei。

竹刀が炸裂した。喉元を突いてきた沢良木の剣先が弾かれ、融の剣先が相手の面のど真ん中に入る。踏み込みと打突の一致。高らかに伸び上がる。会場の静寂が飽和した直後に、風が二つに交差して分かれた。


実技審査の後で矢田部先生を探しているうち、木刀による剣道基本技稽古法が始まって、それでも何とか元立ちに合わせることはできた。合否の発表を待つ時間はそれほどでもなくて、すぐにも番号の書かれた大きな紙を携えて、役員の先生達が会場に現われる。小学生や中学生の剣士達は我先に掲示された紙の前に殺到したが、さすがに高校生以上は焦らない。

一級。二級。三級。それぞれの受審番号の横にマジックインキで記してある。まだ剣道着を着たままの融も歓声の上がる剣士達の後ろに歩み寄った。小学生の剣士達で一級は少ないようだが、それでも「二級だッ」「えー、三級？」などと声を上げては、はしゃいでいる。融は腕組みをしながら数字を追う。

２０８　一級。

２０９　一級。

２１０　否。

２１１　一級。

……何か、おかしくない？

もう一度、自分の番号２１０に続く「否」の文字を見る。００１から２２３まで他の番号もすべて確認したが、それぞれ級が書かれているのに、やはり自分だけ「否」だった。２０９の高野高校剣道部の横田も、自分が真面を入れた２１１の沢良木も、一級。なのに、自分だけが三級すらも貰えず、審査外の「否」の一文字のみだった。

「……嘘、だ、ろう……？」

自分の存在を否定されたような、上から思い切り叩き潰されたような気持ちがして、ゆっくり深呼吸する。一体、なんで俺だけ駄目なんだよ……？

「羽田ぁー」と脱力したような声が聞こえてきて横を見ると、白川が顔を顰めて立っていた。

「白川、おまえ、これ、見てみろよ。何だよ、これ」

「何だよ、これ、じゃねえって、羽田ぁ」

「おまえ、俺が下段から沢良木さんって人に、真面入れたの、見てなかった？」

白川がかすかに眼をしばたたかせてうなずき、眼を伏せる。大人っぽい仕草で臙脂色のネクタイのノットを緩めてもいた。

「おまえの、あれ……剣道じゃねえよ」

「はい？」

「いわゆる剣道じゃねえっつってんの。あの立合い、おまえ、殺し合いだよ。勝ったし、斬れたかも知んないけど、あれは正しい剣道じゃない……」

正しい……？　正しいって何だ？　そんなものを誰が決めるんだよ？　「国家社会」というやつにとってか？　もう一度、２１１の沢良木を確かめると、一級となっている。

「あの沢良木さんだって……」

「沢良木さんは、おまえとの立合いの後、２１２の人と普通にやってたよ。中段でな。羽田、おまえ、これ、北学剣道部というよりも、一級審査史上、前代未聞だわ、悪いけど。『否』なんて、俺も初めて見た……」

白川が溜息混じりにいう言葉を聞いて、融は片方の眉尻を上げる。

前代未聞……？

それって……面白いんじゃね？　沢良木との立合いの時に訪れた恍惚とするような瞬間が脳裏を過ぎる。パーフェクト、だった。あんなに世界の隅々にまで自分自身が溶け込んで自由になったのは、初めてだ。リリックを紡いでいても、七里ガ浜の波の音に体を預けてぼんやりしていても、自分がゼロに近づきながらすべてになるような感触を覚えたことはない。

「っていうか、役員の先生方、みんな、眉顰《ひそ》めてたよ。何処の高校だ、なんていわれてさ」

「面白いよ……。面白いんじゃね？　一級審査史上、初の『否』って、もう論外ってことだよな？」

「ちっとも面白くないって」

ふと視線を感じて融が顔を上げると、掲示ボードから離れる沢良木の姿があった。剣道着から太い腕を覗かせ腕組みをしていたようだが、すぐに外す。藍色の剣道着と鍛えられた首元や肩幅の広さに、やはり力が漲っている。自分よりも遥かに大人の剣士の立ち姿だった。融は無意識のうちにも頭を下げる。沢良木も口元にかすかな笑みを浮かべて、挨拶を返してくれた。

「白川。……おまえは、その正しい剣道ってやつをやれよ。俺は俺にとって正しい剣道ってやつをやるわ」

「何だよ、それ。おまえ、そんなんじゃ、一生、段なんか取れないわ」

「上等。マジで上等だ。で、矢田部先生は、何処へいった？」

夕刻の道場に、光邑雪峯禅師の笑い声が響き渡る。そんなに笑わなくてもいいじゃないかと思うほど、頑丈そうな大きな歯を剝き出し、満面皺だらけにして大笑いされた。

「小僧ッ。そうかッ。級すらもらえなかったか。いやいや、これはまいった！」

禿頭の後ろを皺ばんだ大きな手で叩きながら、口角をねじ上げている。

「しかし、連盟の先生方も、さすがに小僧の剣道を見ていられなかったと見えるな。どんなに凄まじかったものやら」

白川が前日の審査模様を事細かに説明しては、「恥をかいた。恥をかいた」と首を突き出している。他の部員達は、一級どころか三級さえ取れなかった自分に同情するような眼差しを向けてきていた。白川のように会場に居合わせて実際に実技の様子を見ていたら、「北学の恥」と罵ってきたかも知れない。

「でも、光邑先生。俺は凄く自由だったです。とても気持ちのいい立合いだったと、今でも満足です」

「おーよ」

「滴水滴凍《てきすいてきとう》、みたいな」

「かぁ」

光邑が禿頭にまで静脈を膨らませ、また顔中を皺で波打たせる。

――水が一滴垂れると、すぐさま凍る。また、滴ると、一瞬のうちに凍る。な、刹那刹那、瞬間瞬間。間髪を容れずに、十全にそのものの本分を生き切るということだ。分かるか？

前に東光庵にいった時に、掛け軸にあったフレーズについて光邑禅師が教えてくれた時のことが蘇る。

「よし、小僧。おまえの、その殺人刀《せつにんとう》とやらを、見せてもらおうか」

融は素早く道場の端にいって、面と小手をつける。気持ちを落ち着かせて手拭を巻き、まっすぐ見据えた時、道場の風景すらいつもと違って見えた。一級審査落第者に違いないが、自分は少しは新しい世界を手に入れた実感がある。

建總寺境内を包み込むように鳴く蟬の声が、道場の磨かれた床に染み入ってくる。正坐した部員達が黙々と面紐を結び、最後に両端を持って強く引く小気味よい音があちこちで弾けた。

「小僧、どらどら。その沢良木とやらにやった剣道を見せてみい。よし、こいッ」

年季の入った面をつけた光邑がどっしりと竹刀を中段に構える。美しい構えだと融は思う。殺人刀か、活人剣《かつにんけん》か、というものではなく、すでに立っていること自体が美しい。

面金の中が空無にも思えた。

「セイヤッ」

「おぅ、いいのう。ずっと力が抜けた。それそれ」

「小手ッ」

融の小手打ちを軽々と凌《しの》いで、逆に光邑は小手に剣先を入れてくる。

「面ッ」

光邑は右に体を捌いて、融の胴を勢いよく竹刀で薙ぐ。パーンと鼓膜にくるような音が道場の空気を裂いた。

「いいぞ、小僧。勝つも負けるもない。斬られて、生きる。斬られて、在る。ほら、もっと自分を捨てろ。ほれ、もっと」

融は夢中になって、光邑雪峯に打ち込んでいった。息も上がる。アキレス腱や左腿の裏も悲鳴を上げる。だが、体も気持ちも澄んでいくのだ。光邑雪峯の面にも小手にも胴にも、一回も剣先を触れることができないが、これが自分の剣道だと思った。

矢田部研吾先生とやりたい。

我上位なり。

我下位なり。

どちらでもいいくらい自由だから、世界のてっぺんに居座って、小僧の自分でも上位なり。

周りでは他の部員達が切り返しを始めて、竹刀の音を激しく弾けさせている。窓からの夕日で、道場が赤い炎の中にあるようだ。

「ほらほら、殺しにこいッ」

矢田部研吾先生と立ち合いたい。


北鎌倉からの横須賀線の中でも、石崎や花沢に腹を抱えて笑われた。どんな奴でも剣道一級は合格するというのに、おまえ、それ、凄いわ、とも馬鹿にされる。

「でもさ、俺、マジで、羽田が、その筆記試験とやらで『国家社会』とかさ、『寄与』とかさ、書いていたら、どうしようかと思ってた」

「だから、筆記試験は初段からでさ。つうか、実技の時点で駄目出しされたんだって、俺は」

石崎が片方の眉を弓なりにしながらも、にやついている。

「俺ら、ヒップホップやる人間が、そっち寄りになってどうするわけ？　ありえねえじゃん。羽田がさ、あの理念だっけ、心構え？　だっけ、を信じて剣道やってんだったら、羽田が羽田じゃなくてもいいような気がしてさ。要するに、あれだろ、体制にとってお行儀のいいコマになれってことだろ？」

石崎は今度は淡い皺を眉間に寄せて神経質そうに眉を上下させていってくる。石崎が真面目に物をいう時はいつもそうだ。

「俺、何かで読んだんだけど……」と花沢が横須賀線の揺れに耐えながらも仁王立ちして、握っていたドラムスティックを両手で高々と上げる。何かジャコメッティとかいう彫刻家の作品みたいだと融は思う。

「二刀流の宮本武蔵ってさ、勝つためなら何でもした男なんだってよ。あらゆる手段を尽くす。当時流行っていた柳生流からいわせたら、なんとも醜い剣だったと。でも、絶対に武蔵は負けない。勝つんだよ。正統的なって表現あるじゃん。それはそれで洗練されてるんだろうけど、俺ら、そこんとこ、もっとホンモノかどうか、マジで見たいんだよね。武蔵みたいに。で、嘘だと思ったら、ぶっ壊す。生きるために何でもやる。ホンモノのラップを歌う」

「おまえ、いいこというじゃん」と石崎が花沢のワイシャツの腹を小突くと、花沢が大袈裟なほど体をもんどりうたせてよじらせた。

宮本武蔵の話も分かるし、石崎のいう「お行儀のいいコマ」になるわけにいかないという話も当然だと思うが、何より融はあの瞬間を体感したことが大きかった。それを二人に説明することは難しい。言葉が見つからない。リリックを書いている自分なのに、どう表現していいのか分からない。

「羽田ぁ。分かる。一級落ちたのはショックだと思うけど、おまえ、元気出せよ」

「じゃねえんだって」

「分かる。とにかく、俺ら、今日マックおごるから。その傷みをリリックで紡いでくれよ」

大船駅で降りて、防具袋と竹刀を担ぎながら階段を上る。目の前にある大きな防具袋が叩くのにちょうどいいのか、後ろを歩く花沢がスティックで軽く打ちつけながらリズムを取っている。いいじゃん、ちゃんとウラ音出せてるじゃん。そんなことを思いながら、会社帰りのサラリーマンや学生達で混雑した改札口を出た。

ふと視線を感じて眼をやると、六、七人の高校生が固まっているのが見えて、自分と同じ防具袋や竹刀を持っているのが眼に入った。自分の方を見ている気がしたが、駅前のマックでダブルチーズバーガーをおごってくれる石崎に促されて、ルミネウィングの前を通る。

その時、背後から女の声で、「ねえ、ちょっとッ」という声が追いかけてきた。自分らではないだろうと無視していたら、ワイシャツの袖を摘まれて思わず振り返った。

髪をポニーテールにしてセルフレームの眼鏡をかけた女の子が立っていた。凛とした表情で、短いグレーのスカートから伸びた白い脚が長い。つまり、何というか、美人だった。反射的に石崎や花沢を見やると、口元を妙な形に歪めてにやついている。

「何？」と、さりげない風を装って聞くと、彼女の後ろから剣道の防具袋を持った高校生達がゆっくりと一団でやってくるのが見えた。

「あんた、羽田っていう人？」

女の子がいってくる。眼差しに何処か険があったが、それが逆に怜悧《れいり》な雰囲気を醸していて、いい感じだと融は思う。その制服って、ひょっとして高野高校？　ずいぶん前に白川に口をきいてもらったサキちゃんという女の子よりも綺麗だ。大人びた感じから、自分より一つ上の三年生だろうか。

「そう……ですけど……」

後ろから寄ってきた男達が嫌に無愛想な表情をして、融を睨みつけてくる。中には眉間に力を込めて、今にも喧嘩を吹っかけてきそうな奴もいた。一体、何事だよ、と融も眉根を上げる。

「うちら高野高校の剣道部なんだけど……」

「あぁッ、剣道部ッ。そ、そうですか。……で？」

交流試合か何かの頼みでやってきたのか、それとも他の部員が問題でも起こしたのだろうか。

「で？　じゃないわよ。あんた、昨日の一級審査で、うちの部員の横田君にひどいことしたんだって?」

虚を突かれて、何をいっていいのか分からなかったが、ひどい、というのが分からない。

横田君……?　209!

「おまえよぅ。あれは試合ともいえないよう。あんな剣道させられた横田に、悪いと思わないのかよ」と、後ろに控えた背の高い男がいってくる。

「横田君、あんたのせいで、剣道やめるっていってきて……せっかく凄い才能あるのに、可哀想じゃない」

はい?　と顎を突き出したい気分だった。そいつがやめるということと自分とどう関係があるのだろう。確かに、剣才はあるのだろう。白川によれば、小中と今泉剣友会に所属していて、鎌倉八幡宮奉納試合の中学生の部で優勝した剣士と聞いていた。だが、自分が原因だと責められても理不尽にしか思えない。融はただ「可哀想じゃないっていわれてもさ……」と口ごもるだけだった。

「大体、審査であんな……」

「ちょ、ちょ、ちょっと、待っていただけますか」と、石崎が眼をしばたたかせながら割り込んできた。花沢を見ると、神妙な顔をしながらも二本のドラムスティックのチップで小鼻を挟んだり開いたりしている。

「お話ですが、この男が、試合で何かやらかしたと?」

「試合じゃないんだよ。審査だよ。おまえ、大体、関係なくね?」

「関係なくね、じゃなくね?　俺、こいつのダチだし」

女の子のセルフレームの奥で、さらに澄んだ眼差しが尖って眼の端で石崎を牽制している。

「いや、俺はよく分かんないけど、審査だろうが試合だろうが、勝負っしょ。本気の勝負っしょ。こいつ、頭おかしいから、試合になったら真剣持ってるのと同じだから、それは殺しにかかるっしょ。『薔薇の道じゃない荊《いばら》の道ッ』っしょ」

突然、石崎の口にしたHilcrhymeの「イバラの道」のフレーズに、高野高校の剣道部の者達が呆気に取られるのが分かった。花沢だけがいきなりドラムスティックを胸の前でクロスさせて、天を仰ぎながら背中を見せる。

「あんた、何なのよッ。っていうか……」

「申し訳ありませんでしたッ」

融がいきなり言葉を発して、頭を下げた。「羽田、おまえ、何いってんの」と今度は石崎が呆気に取られている。

「俺はまだ剣道始めたばっかしで、よく分かんないから、必死だったんだ。審査も試合も実戦も区別がつかないし、とにかく、相手と対すると、何か無我夢中になって分からなくなる。それが悪かったのかも知れない。だけど……その横田君に伝えてくれないかな。……楽しかった。横田君の引き面とか、凄かった。だから、俺もマジになったし。こんな面白い剣道させてもらって、最高だと思ったたし。凄ぇ剣道教えてくれて、ありがとうって、伝えて、ください」

石崎が口をあんぐり開けて、眉間をよじり上げている顔が、視野の隅にあった。目の前のセルフレームの女の子は唇を尖らせながら、視線を短く上下させている。後ろにいる男達も口を半開きにしながら、尻目遣いの視線を投げてきていた。

「……あんた……バッカじゃないのッ。もういいよッ。いこ、いこ」

女の子が勢いよく踵を返す。周りの男達は一瞬逡巡するような感じだったが、防具袋をそれぞれの肩に担ぎ上げて、納得できない雰囲気を装いながらゆっくり背中を見せていく。花沢がようやくニマニマした顔を見せて振り返り、またドラムスティックで二刀流の真似をして、去っていく一団に構えを決めた。ジャコメッティだ。

「羽田……おまえ、今の、本気？」と石崎が眼の底を確かめるような視線を向けてくる。

「本気」

「おまえ……ひょっとして……何か、摑んだ？」

「いや……つうか、今の彼女、めっちゃ綺麗じゃね？」

「はい？」と石崎が眼を閉じて、下唇を突き出した。引き攣るように伏せた瞼に、薄い毛細血管が浮き出ている。そして、眼を大袈裟に見開くと、いきなり裏声を上げた。

「あんた……ほんと、バッカじゃないのッ。いこ、いこ」

夜の七里ガ浜の海に点々と漁火が震えている。

融は静かに深呼吸して、黒檀の木刀を構えながら蹲踞した。湿気を帯びた潮風が頰をやんわりとくすぐってきて、一三四号線を走るバイクの音を家の庭まで運んでくる。江ノ電の音。木々の葉が擦れる音。遠く見えない潮の音……。煙が一筋昇るように蹲踞から立ち上がって、融は中段に構えた。ねっとりとした夜気は墨色の柔らかな海とつながっていて、何か淫靡なほどに体にまとわりついてくる。ふと大船駅の改札近くで絡んできたポニーテールの女の子が脳裏を過ぎるが、深呼吸して雑念を落としていった。夜の海の中に沈んでいても、家の庭に立っていても、あるいは彼女の前にいても、木刀を構えている時だけは、まるで不動の充足感がある気がする。

北斗七星が斜めに傾いている夜空を、江ノ島の灯台からの光が掃いていく。融は静かに木刀を振り上げ、一歩踏み込みながら闇を打った。

「面ッ」

黒檀に反射した光が弧を描き、ピタリと静止する。気剣体が一致した時の気持ちの良さ。自分の体も心も完璧にあると思える。石崎や花沢にいっても分からない瞬間だろうし、「おまえ、それ、宗教入ってるわ」とかいわれるのかも知れない。一級審査に落ちるというみっともなさはあったけど、沢良木と対峙した時に訪れた至高体験は、何ものにも代えがたい。剣道をやって良かったと、本心から初めて思えたのだ。

「面ッ」

ようやく負けることへの怖さや勝つことへの執着みたいなものから解放されて、矢田部研吾と立ち合える気がする。矢田部先生は自分の下段からの面打ちを見てくれただろうか……。

融は木刀の剣先をゆっくりと下げてみる。変則の下段。完全な捨て身の状態にあることが、最も自分自身でいられる気がした。

二十七

湘南モノレールの車両は緩やかなカーブに入ると、頼りないほど傾《かし》いだ。宙に吊られたジュラルミンの軽い車体は、尻の底に虚ろな風を感じさせる。左の車窓から投げ入れられていた夏の正午の光も、右の窓からに変わって、乗客の影を一斉に逆側に傾かせた。

不覚にもせり上がってきた涙に自らうろたえて、審査場の鎌倉武道館を飛び出してきたが、ゆくあてもない。まったく悲しみも辛さも覚えず、涙の滲みすらなかった自分が、羽田融の剣を持つ姿を見て、訳もなく慟哭《どうこく》しそうになった。感情の堰《せき》に満ちるものがあったというのか。もはや、ただ逃げおおせた将造には、悔しさくらいしか残っていないと思ったが、融という青年の剣道着姿があまりに若く、脆く、必死だった美しさを見て、不意を衝かれたとしかいいようがない。

紺の袴の裾から覗いた白いアキレス腱や、小手の縁に見えた腕の若さは、矢田部将造にもあっただろう。自分などが生まれる前の父親。まったく子供という自分の存在など予想もしていなかった、茫漠として自由な、若い将造がそこにいて、声を張り上げていた。

羽田融は将造と同様の本能に近い殺意を孕みながら、極端なほど勝つことに執着する弱さに張り詰めていた。あの面金の中に逃げ隠れたか、と思った時、光邑雪峯禅師が前にいった言葉が脳裏を過ぎったのだ。

――将造は、剣道自体に、逃げよった。……だから、あいつはずっと殺人剣のままだった。だが、研吾とのあの立合いの時に、ようやく何かに気づいたのではあるまいか……。

色濃い緑の繁茂する鎌倉山の合間から、チカリと光る相模湾が見えて刃のようだと矢田部は思う。薄い層雲が水色の空を掃いて、近場の山々の緑をさらに濃く見せている。ぼんやりと眼差しを投げていると、遠近感が狂うようで、すべてが虚像のようにも思えてくる。高さを違えながらもトビ達の描く円の穏やかさや、賑やかに煌めく樹木の葉群れや、谷戸に迫る緑の隆起、くっきりとした水平線の青さは、皆、嘘ではないのか、と。一体、この湘南モノレールに乗って、鎌倉山の風景を見ている自分こそ誰なのか？自分は誰でもよく、今まさに移動しながら、鎌倉の山や相模湾やトビの輪から見て、その刹那そこにある者に過ぎない……。

湘南江の島駅に着いて、海産物や饅頭などの土産屋や昔ながらの食堂に挟まれた細い道を歩く。日差しに灼けたアスファルトの埃臭さと、鯵の干物や干しわかめの潮臭いにおいが混じる中、唐突に冷ややかな水のにおいが鼻を突いたと思うと、ふんだんに水を溢れさせた大きな盥《たらい》にスイカが冷やしてあったりする。

自分が何をしに大船からモノレールなどに乗り、江ノ島まできたのか分からない。ただ切迫した感情から逃れるために乗っていたのだ。

……酒。

浜焼きしているイカの醬油の香りと一緒に、日本酒のにおいが漂ってくる。だが、まるで呑みたいという気持ちがない。どんよりと胸底に沈んだ沼の表面が蠢くようで、不快な想いだけが揺れ動く。完全にアルコールの禁断症状を克服したのか自信はないが、少なくとも今は呑みたいとは思わなかった。

と、いきなり濃緑色の小山のような江ノ島が現われる。騒がしいほど光を散乱させる相模湾の海が開けて、矢田部は思わず眼を細めた。ウインドサーファー達が操る派手な色の帆が同じ角度で傾き、海岸には白や水色のパラソルが立ち並んでいる。水着姿の若い女の子達がビーチボールを潮風に煽られては、歓声を上げてもいた。淫らなほど潮の濃いにおいに混じって、コパトーンのココナツ臭さまでが風にのって届くのを感じ、矢田部は人の姿のない沖合いへと視線を流した。

浜辺で立ち騒ぐ汚れた小さな波とは違って、大洋のボリュームが緩やかな膨らみとなっては沈み、またゆったりと盛り上がる。しだいに声を揃えるかのように澄ました波の列を浮かび上がらせては、サーファー達のボードを玩《もてあそ》んでいた。

マスト群が白い葦の群れにも見えるヨットハーバーから、江ノ島への弁天橋を見やると、相変わらずサザエのつぼ焼きやおでんの屋台などが並んでいる。薄赤い暖簾がはためくのが見えた時、矢田部はようやく来る場所を間違えたことに気づいた。

大船の仲通りを曲がり、ダミ声を張り上げている鮮魚店やレジの賑わう八百屋、古くからのスナックの入った雑居ビルの間を歩く。まだ電気のまばらな赤提灯や看板に目を流しながら、狭い路地を抜けていった所に、篠竹を戸口脇に植えた小さな店があった。

きさらぎ。

麻の暖簾の端に控えめの藍色の文字が染め抜かれている。矢田部はハンカチで額の汗を拭い、ゆっくりと白木の格子戸を開けた。

「いらっしゃ……」

カウンターの奥から振り向いた女将が、掛けた声を一瞬飲んで、戸口に立つ矢田部にわずかに眼を見開いた。

「……今日も暑いですねえ」

薄墨色の越後縮《ちぢみ》を着た女将は、間違いなく将造の通夜にきてくれた女性だった。そして、夜の病棟に矢田部が将造の首を絞めにいった時に、待ち伏せていた光邑禅師の口にした「きさらぎ」の女でもあるだろう。

「……先日は父、将造の通夜にきていただいて、誠にありがとうございました」

矢田部が静かに頭を下げる先で、また小さく息を吸う気配があった。

「通夜振る舞いの席で、お礼を申し上げようと思いましたが、すでにいらっしゃらなかったので……。今日、一言だけでもと……」

「……外は暑いでしょう。さあ、中に入って、冷たいものでも……」

女将が落ち着いた声で促してきて、矢田部は頭を上げる。確か「きさらぎ」には、竹刀と防具袋を持ってやってきたのだ。

「あなたは……お酒……よりも、麦茶の方が、いいかしらね」

返事に戸惑っているうちにも、女将が奥の冷蔵庫に屈んで、麦茶のボトルを取り出している。まだ店内の照明が薄暗い中、庫内のオレンジ色の光が矢田部の恥ずかしさを焙《あぶ》ってくるようだ。店の明かりのスイッチを入れる女将の袖口から、白く老い始めた手首が覗いて、矢田部は目を逸らす。白木のカウンターの上に、熱いオシボリと麦茶のグラスが置かれた。

「生前は父が、大変お世話になりまして……」

「……いいえ、私は何も……。将造さんが、よくいらっしゃってくれただけです」

「私がここにきた時……、もう女将さんは、気づかれてましたか？」

初めて女将はまっすぐ眼差しを向けてきたが、薄く紅を引いていた唇の端にかすかな笑みを溜めて息を漏らした。手元に置いてあったのか、小さなグラスに入った麦茶を一口やる仕草に、通夜の時の焼香の仕草が蘇る。丁寧に香を額にいただいて眼を伏せていた横顔が重なった。

「入院していた病院にも、訪ねてくれた……」

女将のグラスを持つ手がわずかに止まったと思うと、ガスコンロのスイッチに手を伸ばす。茹でていた枝豆を笊《ざる》に上げて塩を振り、それを小皿にのせて、さりげなく差し出す手つきは、昔から同じなのだろう。

「俺は……ここのお客さん……カズノさん？　にも迷惑をかけてしまって……」

そう矢田部が話を変えようとすると、女将は軽く手を振るようにして笑った。

「あなた達、あれから、また江ノ島で呑んだんだってねえ？　どれだけ酔えば、気が済むのかしらねえ。カズノちゃんも、研吾さん？　も……」

研吾さん？

――研ちゃんも、剣士になるのかしら……。

幼い頃に耳にした母親以外の女の声が、耳の奥で瞬いた。

「でも、カズノちゃんもひどいわよねえ。いくら研吾さんが酔っ払ったからって、飲み屋さんに置き去りにするなんてねえ」

矢田部は茹で上がったばかりの枝豆を口にして、粗塩の塩気に救われる気分にもなる。

何もいわなくていい。女将はあえて思い出し笑いするかのような表情を作っている。

「カズノちゃん、本当はいい子なのよう。ついこの前、お見合いをして、私よりも年上の人と……。何からうまくいきそうですって」

矢田部は目だけで笑いながら枝豆を口にし続ける。何も喋らなくてもいいのだろう。将造のことも知らなくていいのだ。ただ、遥か二五年ほど前、江ノ島に一緒にいったことを聞いてみたい気持ちがあった。別に女将の口からどんな答えが返ってこようが、何も変わらない話ではあるが。

有線放送もかかっていない。カラオケの設備があるわけでもない。しばらくの間、互いに無口なままカウンターを境にしていて、確実に二五年ほどの時間が静かに堆積していくのを感じる。自分でもなく、将造でもなく、女将が独り追想している時間が音もなく降りていたが、ようやく呟くように女将が言葉を漏らした。

「……剣道というのは、私、分からないけれど……、将造さん、あなたのお父さん、独りで呑んでいる時に、不思議なことをおっしゃったことがあってね……」

一瞬矢田部も視線を上げたが、むしろ話を中断されることを恐れて、さりげなく眼を伏せてうなずいてみせる。

「……斬られよう、と思っても、それがどうしてもできない、って……。そんなことってありますか？　私みたいな素人には、剣道も勝負なんだから、斬られたらお終《しま》いでしょう、っていったの。でもね、本当の勝負は、斬られることだろう、剣道を捨てることだろう、って。……だから、それができない俺は、臆病なんだって、おっしゃったの……」

頭に一気に血が上ってくるのを感じた。怒りでも悲しさでも恥ずかしさでもない。夜の立合いの一瞬の遅れ。親父はあの時、殺人刀を捨てたというのか……？

そして、今の女将の話は、独り将造が「きさらぎ」で呑んでいた時の話ではない。寝物語だ。

「……女将さん……、ずいぶん昔……一緒に、江ノ島にいきませんでしたか……？」

女将の目にかすかな瞬きが走った時、いきなり「暑いねえッ」と戸口が勢いよく開けられて、初老の男達の三人組が入ってきた。

「ビールだよ、ビール。キンキンに冷えたのを頼むよ、サワちゃん」

男達のつけている整髪料のにおいが膨らんできて、乱れた声が店内を賑やかにさせる。女将も相好を崩して、「どうだったの、中央競馬？」と声を掛けてもいた。

矢田部はグラスの中の麦茶を一息で呷って、「それじゃ、お邪魔しました」と立ち上がり、また深々と頭を下げる。たぶん、「きさらぎ」には二度と訪れないだろうと思う。勘定を受け取ろうとしない女将に、矢田部はもう一度坊主頭を下げた。

大船から北鎌倉へと続く鎌倉街道を歩く。

夏の日曜日の夕刻は、海水浴客達の帰りのクルマで上り方面が渋滞して、まったく動かない。昼過ぎに寄った江ノ島からの者達も多いだろう。赤いテールランプに照らし出された運転席のそれぞれには、太陽に疲れて倦《う》んだ顔をしたドライバー達がハンドルを玩んでいた。

まだ西の空には夕焼けが赤黒く残っていて、血糊を掃いたようにも見える。一級の審査会場を出る時に、背後で聞いた「面ッ！」「突きッ！」と炸裂した二人の剣士の声。唐突に蘇ってきて、どちらが血を噴き出すことになったのかと思う。

融は完全に斬られる覚悟での下段……。竹刀ではなく、真剣であっても、羽田融という青年は、それができるのではないか、とも思う。上段で構えた沢良木という剣士も、賭けのように、いや、死ぬ気持ちで面打ちに入らざるをえない。路地に入って、水銀灯の乏しい道を家に向かううち、また玄関口の石段で羽田融が竹刀を抱えて待っているのを、ひそかに期待している自分がいた。

——先生にお手合わせ願いたくて、待ってました。

そういって、まだ少年のような唇を結んでいた羽田融の顔が浮かぶ。剣道がよく分からなくなった今日の融の方が、剣士としては真っ当だろう。やればやるほど難しさに捕らわれていくのが剣道なのだ。だが……。

——自分がかなうわけがない、と思っていますけど、でも、負けることが分からない。掠りもしないなんてことがあるわけがない。

眉間に淡い皺を寄せていってきた融の顔。今日、審査会場で会ったばかりだというのに、無性に剣を交えたい想いが込み上げてきた。俺はやはりあの青年の中にいる将造と立ち合いたいのか。それとも純粋に天性の剣士のような若者と対峙したいのか。

闇が濃くなった路地の奥に辿り着いても、石段には人影もない。そして、今まで何かしらの気配をたえず感じていた家も、ひっそりとして闇に沈んでいた。自分しか住んでいなかった古い家だが、ついこの前まで将造の息のような気配を帯びていたのだ。馬鹿馬鹿しい己の弱さや憎しみからの思い込みのせいに違いない。将造の骨がまだ仏間にあるにもかかわらず、執着の枯れ寂びて失せてしまった古い家屋全体が骸の骨となった。

オフクロも親父もいない闇の中の家が、虚ろにも感じるし、心底安心できるようにも思える。玄関戸の鍵を開けて、廊下の電気をつけても、誰の気配もない。矢田部は仏間に入ると、後飾りの小机の前に置いた赤樫の木刀の刃を、自分側に向ける。母親と将造への線香に火をつけて、手を合わせた。

たぶん、最も静かな夜になると、矢田部は思った。

朝の四時半には、建總寺の東光庵を訪ねた。

一度も眼を覚まさず、また夢も見ないほど熟睡したのは、どれほど久しいだろうか。自ら少し伸び始めた坊主頭を剃って建總寺の朝の作務に出るべきかと思ったが、やはり僧堂の仲間達に剃髪してもらった方がいいだろう。

東光庵ではすでに光邑禅師が読経を上げ終えて、朝の茶を啜《すす》っているところだった。

「おう、研吾。大ご苦労、大ご苦労」

煤《すす》けたように年季の入った床の間には、「廓然無聖《かくねんむしょう》」と野太い墨蹟の軸が掛けられていて、それを背にした光邑が馬を思わせるような頑丈そうな歯を、皺ばんだ口元から剝き出しにしている。

「父将造の通夜ならびに告別式では、大変お世話になりまして、ありがとうございました」

光邑はほつれた筆先にも似た白い眉の下から涼やかな眼差しをよこし、うんうんとうなずいた。

「これから僧堂にまいりまして、朝の作務を勤めさせて貰おうかと思います」

「おう、研吾。おまえ、いやにさっぱりした顔してるが、将造が死んで、楽になったんか」

「……いえ。楽、とは違うと……」

自分の目の底を確かめる時の目つきだと、矢田部は思う。

「じゃあ、何だ」

「……うまく、言葉にできません」

「そうか」と、視線をそらさぬまま大きな湯呑みを傾けて、皮の弛《たる》んだ喉仏を上下に揺らした。

「……で、おまえは、昨日、あの小僧の一級審査には立ち合ってくれたか？」

「はい。少しだけではありますが、顔を出させていただきました」

「大ご苦労だったの。で、小僧は一級、どうだった？」

「………」

「いや、ワシの所にも、小僧からも部員からも報告がまだ入っとらんのだ」

「そうでしたか。……いえ、おそらく一級は取ったと思いますが、あの羽田融という生徒の剣道は……」

光邑禅師の顔が一瞬きょとんとしてから、眉間が皺を刻みながらよじり上がる。

「思いますが、ってのは、何だ。それで、小僧の剣道がどうした？」

「彼本人が感じている以上に……理合を破壊するほど、獰猛で過敏な剣道です。あれは何というか、命懸けで殺しにかかる獣みたいな感じで……」

「おまえの親父の剣みたいだな」

「………」

「違うか」

「……それで、途中で出てきてしまいました。申し訳ありません」

頭を下げた向こう側で一拍二拍の沈黙があり、殴られるのだろうと無意識のうちにも身構えていた時、出し抜けに笑い声が破裂してきた。

「出てきたかッ。そいつはいいわッ」

頭を上げると、光邑禅師は本気で愉快そうに破顔していた。夏の朝の日差しが、障子戸にくっきりとビャクシンの葉影を映し始める。

「ほれッ」

いつのまに用意したのか、畳の上に乾いた音を立てて落ちたものに眼をやると、四つ折りの半紙だった。和紙に透けて、モザイク状の白い紙片がいくつも糊で貼り付けられ、さらに癖のある墨文字が滲み透けていた。

あの夜の立合いの前に、将造から光邑雪峯に渡され、そして自分が道場で破り捨てたものだ。光邑はそれをまた丁寧にも一枚一枚半紙に糊付けしたのだろう。矢田部はその時点でもう将造の手紙など読む必要もないのだと心の内で決めたが、畳の上から丁寧に受け取ると膝元に置いた。

「で、研吾。おまえ、朝の作務はいいから、今日から仕事に戻れ」

「いえ、そういう訳には……」

「そういう訳には、もなかろうが。警備会社の者らにしたら、迷惑もいいところだわ。大体、おまえみたいな面倒な奴が、僧堂にい続けることの方が困る。……なあ、研吾。しっかりやれ。もうさすがに、般若湯の方は大丈夫だろう」

矢田部は慌てて畳に額を擦りつける。できれば警策で肩を思い切り打ちつけてもらいたいところだった。

「北学の剣道部には、出来るかぎりコーチにきてやってくれ。分かったか」

今の自分であれば、断られてもくるだろう。

羽田融という若い剣士と本気で立ち合いたいと思っていたのだ。

警備員室に入ると、定線巡回から戻ってきたばかりの沢口が満面に笑みを浮かべて、迎えてくれた。すでに還暦を越えた気持ちの優しい男は、涙腺が緩み始めたのか、涙まで滲ませていた。

「沢口さん、本当にご迷惑をおかけして……また親父の通夜にもきていただいたそうで、ありがとうございました。ご挨拶もできませんで……」

「矢田部君、何をいってるんだよう。あんた、体を壊したかと思ったら、今度は親父さんが亡くなって、さぞかしつらいと思ってさあ。いやー、とにかく良かった。本当に良かったよう」

顔や首に残った薄い痣跡に視線がうろついていたようだが、それ以上は聞こうともしない。頭を丸めた理由も聞かれなかったが、おそらく車両の出入管理担当をやっている、地獄耳の小峰という古株からすでに情報が入っているのかも知れない。

派遣元のKS警備会社にも電話連絡を入れてから、矢田部は警備員室にある六つのモニター画面を久しぶりに前にした。ルミネウィング前の風景、ファッション関係のフロア、レストラン街、貴金属関係、食料品売り場……。自動的に一〇秒置きに切り替わる画面を見ながら、頭の中で人々の動線を結びつけてフロア全体の動きや配置を把握していく作業が新鮮にさえ思えた。

「田所のおっさん、相変わらずだよう」と、沢口が3番の画面を見ながらペットボトルの烏龍茶を含み、口元に笑みを浮かべる。切り替わったルミネウィング前の階段の上で、人差指を突き上げながら、いき交う人々にまくし立てている姿が見えた。

「田所さん、通夜にきてくれました……」

「田所のおっさんがかい？　矢田部君、こういっちゃ何だが、あの人、喪服なんて持ってるんかな」

「……いえ、外から。しかも斎場前の道路を挟んで、向こう側の歩道から合掌してくれてるのを見ました」

引きずったパンパンの紙袋を足元に置いて、何度も何度も頭を下げていたシルエットが、脳裏に残っている。モニター画面の中の姿を見ると、きっと大船の街の癌であるという自分の論を力説しているのだろう。

「後で、田所のおっさんにも挨拶してこようかな」

「ああ、それがいいなあ」

「三橋さんは、今日はお休みですか？」

もう一人の出入管理をやっている三橋は、ロータリー入口で田所が寝ていたりすると、いつも容赦なく追い立てていたが……。

「三橋さんか……。いや、一週間前に脳梗塞で倒れて、大船総合病院に運ばれたんだよ。命に別状はないみたいだが、半身麻痺だ。津留見屋で一杯やっている時だよ。なあ、煙草も吸わねえ、毎朝ジョギングっていうのか、やってた人なのにな。分かんないもんだよ」

「ほんとに……分からない……ものですねえ……」

運命が分からないから、やっていけるといった方が妥当なのだろう。ただごく稀に、自ら斬られる運命を前提にして、生き切る奴らもいることは間違いない。それすらも超脱して、恐れも驕りもなく恬淡《てんたん》と全うできる境地に辿り着く者もまたいる。

光邑禅師の東光庵の床の間に掛かっていた軸の文字が浮かんできて、矢田部は大きく息を噴き上げた。

――廓然無聖。

仏も悟りもなくて良し、ただカラリと何もない状態に晒されているだけでいい。勝つの、負けるの、強いの、弱いの、それらの他愛ない俗塵が無化されて、まっさらな自由だけがあるということか……。

夕方になり、沢口と交代して各フロアの定線巡回をこなし、首元に滲んだ汗をタオルで拭っていると、「うん？」と沢口の声が背後でした。振り返ると、3番モニターの画面に首を突き出している。

「どうしました？」

「……喧嘩、かな、こりゃ」

矢田部もモニター画面に顔を近づけると、ルミネウィング前で高校生の集団ができていて、それを避けるように帰宅客が迂回している動きが見えた。三人の男子高校生のうちの一人が、剣道の防具袋を肩にかけた多くの高校生に詰め寄られている。と、わずかに動いた顔に焦点が合った。

羽田融ッ。

画面が切り替わり、ATM前のペデストリアンデッキを映し出す。

「沢口さん、私、下、見てきます。たいしたことはないと思うけど、念のため」

絡まれているのを止める、など矢田部の頭にはなかった。あるいは、乱闘騒ぎになって負傷者が出るのではないか、という懸念すらも浮かばない。非常階段を駆け下りながら矢田部が思っていたのは、ただ一点。

羽田君、君はあの下段の構えから、どういう立合いをしたのだ？　そして、どちらが打突を決めたのだ？　と。

四階下まで駆け下りて、非常出口を飛び出す。外側を取り巻くデッキを走り、今度は一五段ほどの階段を駆け上がった。宝くじ売り場前にいた田所のおっさんが、「おい、剣豪ッ」と呼ぶ声が聞こえたが、手を上げたまま、ルミネウィング前のスペースに躍り出た。

竹刀袋や防具袋をかついだ高校生らは、すでに大船駅の改札口を通過しているところで、目を凝らしてみたが、そこに融の姿は見当たらない。家路を急ぐ者達の混雑に視線を素早く流してみても、羽田融の姿は見つからなかった。

羽田君……。

あの下段から、どう自分の中の獣を表現していったんだ？

彼と立ち合ってみたい。何の背景もないまっさらの自由の中で、剣を交えたいと矢田部は思った。

二十八

遥かむこうで小さく凝《こご》っていた光が、いきなり前面に広がって眼を眩ます。

鉛のような積乱雲の瘤から覗く稲妻の軌跡。遠く認めているうちに、一気に落雷の中に放り込まれたように白くなった。

轟雷。

矢田部研吾の面打ちが、融の世界を瞬時のうちに引き裂いて、巻き込むような風を起こしていく。

――何だ⁉

木々を薙ぎ倒す烈風に巻き込まれる。と思っているうちにも、首筋を優しく慰撫する風に変わって、「危ないッ」と剣先で首元を守った時には、矢田部はすでに残心を示していた。

「サーサササァッ」

矢田部の吐く息吹が、自分の体中の細胞をも引き締めるのを融は感じる。

「セイヤーッ」

融も必死の発声で応じる。面金のむこうに見える道場の風景が、刻々と変わるように思えた。聞こえるのは……建總寺境内に時雨《しぐ》れるアブラゼミの声や、地稽古する部員達の激しい踏み込みと竹刀の音だったはずなのに、いつしか激しく打ち寄せる波の音に変わっている。

——面白いッ。ゾクゾクする。

道場にくる前から、異様なほど自分の体が総毛立って、これは武者震いというやつか、それとも俺の体から磁力でも発し始めたのか、と感じていたのだ。

矢田部研吾先生と立ち合える。

そう思っただけで、融は自分の体の底に潜んでいた獣じみたものの呼吸に興奮もした。勝つ。斬る。やはり、初めは勝負への想いが先にきて、戦慄めいた快感と怖さが脂汗を滲ませている感じだった。だが、北学剣道部の道場にきて、武者震いでも磁力でもないのが、立ち合った瞬間に分かった。

すでに矢田部研吾との間合いを、道場にくる前から、いや、教室で授業を受けていた時から無意識のうちにも計っていたのだ。間合い？　むしろ、矢田部研吾との間につながれた縁といってもいい。

闘う者との縁？

剣を交える者との縁？

自分を生かしてくれる者との縁？

良くは分からない。ひょっとして、朝、七里ガ浜の自宅を出る時から、間合いを詰め始めていたかも。さらにはもっと前から？　とも思えるほどに、矢田部研吾の剣先が自分の心の中で気を放ち続けていた。

そして、立ち合わせてもらえる自分が、勝つこと、一本打突を入れることに頭では執着していたのに、実際に剣先を交えたら違うというのがはっきり分かった。一級審査で沢良木と対峙した時に訪れた、パーフェクトな瞬間。それがずっと持続しているようで、自分の中から勝負にこだわる臆病な獣が抜けていく感触だけがある。

——矢田部先生。感謝っす。

そう本気で思っている自分にも驚いて、前なら気色悪ぃなんて唾棄していただろうが、そんな照れも自意識も掻き消えてしまった。

波の音が聞こえるのに、目の前には静謐な凪……。緑青色の絹のヴェールが水平線のむこうまで煙の層のようにたゆたって、わずかな息だけでも乱れてしまいそうだ。何処から緩やかに膨らんできて、光の反射の色を変えるのだろう。それとも、自分が海の粒子になって溶け込めばいいのか。

「五大にみな響きありー！　声出していけーッ」

道場の奥で光邑雪峯の張り上げる声が聞こえる。また、波の砕け散る音。と、凪いだ海の面に、さざめく光が薄く広がり始める。

くる。

細かな光の鱗が爆《は》ぜるように踊り、ヴェールの海が盛り上がった。豊かに、静かに膨らんでいく海面の、何故そこに頂きの一列ができるのか。緩やかな潮の尾根が一気に刃の鋭さを見せる。波の腹に透けた薄緑色の光。耐えて、耐えて、絶対の均衡を破る瞬間の白い波頭の乱れ。崩、れ、るか。

起こり。

「面ッ！」

「面ーッ！」

波と波が激しくぶつかって飛沫《しぶき》を上げた。矢田部の体当たりの力が凄まじく、跳ね返される。その時、太陽が射た飛沫に小さな虹ができて、融は青と黄色の光の帯を斬った。すかさず矢田部の竹刀が頭上で捌いて、融の胴を抉る。

「胴ッ！」

波が砕けて右腹を裂き、光が噴き出す。綻び出るのは負けることに臆病な獣の腸《はらわた》だ。怒濤に玩ばれて、色が抜けるほど洗われてしまえばいい。自分の中に波の音が経巡るのを融は感じる。

──斬ってこい。斬ってこい。

面金の奥に窓からの光が差し込んで、矢田部の表情がはっきりと現われる。視線はこちらの目を捉えているように見えるが、むしろ自分の遥か後ろに焦点がある。何を観ているのかは掴めない。ただ、あの夕刻の立合いで見せた、殺しにかかってくる狂いじみたものはなかった。そして、体から発していた黒い陽炎のような陰惨な感じも……。だが、斬ってこようとする凶暴さを見せないまま、次々に攻めてくる矢田部研吾の剣こそ恐ろしい。

「十界に言語《ごんご》を具す、だあ！　ほらぁ、読め、読めーッ！」

道場にやってきて、部長の白川から一級審査の一部始終を聞いた時、矢田部先生が無表情な眼差しに、小さな光を過ぎらせたのを融は見逃さなかった。それから薄い唇の片端をかすかに上げて、うなずいたのも。剣道の一級審査で「否」などという前代未聞の結果を出し、「北学の恥」とさえ白川にいわれた自分は、最悪、コーチである矢田部に殴られてもおかしくはないと思っていた。だが、何もいわれなかった。そのかわり、剣道着に着替えて、矢田部との間合いを道場の端から詰めていた自分を、遠くから振り返って、しばらくの間見据えてきたのだ。

その時、またどんなことをしてでも矢田部研吾に勝ちたい、斬りたい、という声が自分の奥底から聞こえてきて、血が逆流するように激しく体じゅうを巡った。熱を持った噴煙が体の芯から勢いよく上がってくる。せっかく整え続けてきた間合いが、崩れそうになるのを感じたのだ。それなのに、互いに竹刀を持って対峙し、一礼し、三歩前に出た時——。竹刀を構えながら蹲踞した瞬間に、矢田部研吾の方こそ、ずっと間合いを計り続けていたのを感じた。その持続力。自分の乱れた気持ちをまったく別の次元に誘導するように、なだめてくれたのだ。間を読む経験の違いだ。

——ああ、もう、俺、かなわねえ……。

そう胸底に言葉が落ちそうになるのを、矢田部研吾の方が許さなかった。穏やかで広大な風景を見せながら、自分の掌で握り潰せるほどに小さく凝縮した点になったりする。蹲踞から立ち上がり、剣先を交えるまでの短い時間に、自分の縁が切れそうになるのをつなぎながら、間合いを保たせたのだ。

「六塵ことごとく文字なりーッ。ほら、面だ、ほら、小手だぁ。起こりもだぁ」

リクジン　コトゴトク　モンジナリ　rikujin kotogotoku monji nari。

泡立つ波が岸辺を舐めて引くように、矢田部が摺り足で下がる。上体がまったくぶれず、紺袴の裾もほとんど揺れない。浮遊。単純に退いているのではなく、こちらの攻めへの満ちを待っている。矢田部の重心が低くなる。壁が厚くなる。体の輪郭から放射する気。その姿が、今度は節くれだって強靱な根を張る、大樹のようにも見えてきた。俺は光邑雪峯禅師のいう、文字を読み過ぎなのか？　言葉に捕らわれ過ぎなのか？

目の前の大樹が奔放なほどに枝を八方に伸ばし、繁茂させた葉群を揺らしている。そのたびに葉の一つ一つが刀の鋩子《ぼうし》というのか、切っ先のように煌めいて見えた。今度は自分が風になればいい。火になればいい。何処から近づいても、貪婪《どんらん》な枝先は先を制しては柔らかく揺れ、小馬鹿にするようにも、撫でるようにも思える。

――葉群の奥の暗がりには、何が潜んでいる？

しなやかで生気に満ちた葉群であるのに、獰猛に絡みついてもくるのだろう。だが、ちょっとした風も当たり前のように逃がして、こちらの攻めを流してしまう。ざわざわと揺らめき、笑う大樹の葉陰が広がり、息苦しいくらいの濃い森にもなり、そのうち、一気に巨大化して、まったくの不動の山にでもなるのか。

俺はその山を登る蟻。小さな、小さな、蟻だ。だが、何処かで崩せる。こっちが薙ぎ倒そうとむやみに前に風を送っても、鬱蒼とした森の木々はたおやかな枝々で抱え込み、吸い込んでしまう。

一点の火。

わずかに触れるだけでもいい。風になった俺が枝先の揺れを誘って、火を放ち、猛然と炎の渦で掻き回すことはできないか。と、矢田部の剣先がピタリと止まって、大樹の葉群がひっそりと静まった。

森厳。

「面ッ！」

藍色の森に飛び込んで、真っ二つに一閃を入れた。

銀色の空白。

山が割れた。森が割れた。鬱蒼とした森に垂直に入った閃光が、暗がりを開いて白い空無を覗かせる。

瀑布？　滝、か？

霧を濛々《もうもう》と上げて落ちる滝は、矢田部の捌いた竹刀の残光か、と思った時には、岩崖の縁《へり》に立たされていた。あまりにも高い。底の見えない風景にたじろいで、息を呑む。矢田部研吾が目の前から消え、自分だけがエッジに立っていた。矢田部は間合いの張り詰めた軸を瞬時のうちに外して、右へと移動して剣先をすでに向けていたのだ。視界いっぱいに矢田部研吾の剣先が膨らんで、突き落とされると思う。

「面ーッ！」

体当たりの衝撃とともに、体が軽くなる。自分の体が猿のように縮こまり、空に投げ出されるのを感じる。だが、自分が粉々になって雲散するような感触が、むしろ快感に近かった。このまま「六塵」になって、さらには、言葉も意味もなくなるほどミクロになってしまえば、矢田部には自分の姿が見えない。何処を見ても俺がいて、何処を見ても俺がいない。

「まだまだまだーッ」

崖の上から見下ろす矢田部が面金の奥で声を張り上げている。靄《もや》の沈んだ谷底から立ち上がって、息を整える。こんな剣道ってあるんだろうか。こんな不可思議な世界がある、ということ自体が面白いじゃないか。

「法身《ほっしん》はこれ実相なりーッ、だ。最後は、言葉も、己も捨てろッ」

道場の奥で野太い声を上げて、他の部員達の地稽古を指導している光邑禅師。あの先生に声をかけられなかったら、まず知らなかった世界だ。陸上部をやめたのが、ずいぶん昔のような気がする。帰宅部をやりながら、ラップ命になって、たえず言葉をコレクションしてはリリックを紡いできたつもりだけど、剣道から教わる言葉は、さらにアグレッシブだ。

世界の秘密を見つけるための言葉……。

薪割りのバイト料欲しさから始まった剣道に、こんなにもハマってしまったのを感謝しなければならない？　難有り、有り難し？

「セイヤーッ！」

「オーサッ！」

矢田部研吾が中段に構えた剣先を、ゆっくり頭上に上げ始めた。

上段。

炎の構え。

融はそこで初めて自分が竹刀を構えているのを意識した。今まで、互いに激しく打ち合っていたのに、竹刀を握っていることさえ忘れていた。ただ、体全部で矢田部が展開する風景の中に没入していた感じがある。それとも、矢田部が俺を無刀の次元に導いてくれたのか？　光邑禅師が自分の剣道をからかって、「殺人刀」といっていたが、それが消えていた？

いや、矢田部研吾の上段は、炎の構えではない。沢良木が見せたものとは違う。めらめらと燃え立つ炎の様というよりも、剣先がまっすぐ上を指して、天上の高みの一点と剣先をつなごうとしているようにも見えた。

何だ……？

……星、か。

まったく揺るぎのない星一点の下に立つ。あるいは目指す……？

無意識のうちに、融も矢田部の示す剣先の遥か先に応じようとして、初めて自らがようやく竹刀を持っていることに気づいたのだ。融は中段に構えていた竹刀の剣先を、縁を切らないようにゆっくりと下ろし始める。

変則の下段。

相手の上段に対する捨て身の構えを教えてくれたのは、矢田部研吾だ。上げた剣先が指し示すのは、不動の星、北極星のことか。俺達は今、宇宙にいるということ？　銀河にいる？

ふと、矢田部将造という剣鬼のことが閃く。矢田部先生の父親……。亡くなったばかりとはいっても、ずっと長い間、病院で意識不明の状態だったと光邑禅師がいっていたから、親子で立ち合うなんてことはまったくなかったに違いない。その父親が矢田部先生に稽古をつけていた昔、同じように宇宙の中心を剣先で指し示したこともあるかも知れない、と何故か確信めいたものを覚えた。

融は体から力を抜いて、すべてに任せようとする。矢田部も天空の星を指していた剣先を静かに下ろし始めた。薄青く発する光の糸が見えるようだ。矢田部の中段の構えは静謐だが、恐ろしいほど高速度で回転している。簡単に入ってしまったら均衡を保っている独楽《こま》は、こちらを弾き飛ばしてしまうだろう。

燦然《さんぜん》と輝く北極星の光をイメージする。様々な星々が一点を中心に円弧を描いて回転していく。銀河や宇宙にしたら、剣道の勝ち負けも、成績も、国も、戦争も、経済も、ラップも、無関係なほど些細なことだろう。それでも銀河にまで想像力が伸びていって、自分の中で縁や間合いを強く念じることができたら……。この下段に構えている剣先の動きが、宇宙の何かを震わせることも可能ではないか、と思ってもみる。逆に、今の自分が下段の構えで、矢田部研吾という剣士と対峙していること自体を、宇宙がこの瞬間創り出しているのかも知れない。

星雲状に犇く星々の瞬きや星団の煌めき、流星の軌跡が、俺の周りで均衡を保っている。俺もその一つだ。生きる。生かされる。歌う。歌わされる。在る。許される。果てもない自由の空間で、「遊べ、遊べ」と誰かがいう。

矢田部が動いた。だが、まっすぐ攻めてくるのではない。斜めに踏み出している。融も矢田部の足捌きと対称形を描くように、斜めに右足を滑らせた。今度は逆側の方へとスライドするように動いてくる。ジグザグ状に間合いを詰めてくる矢田部は、軸をずらそうとしているのだろう。また、逆に滑らかに移動する。

一足一刀。

間合いが表面張力を起こして、今にも均衡を破りそうにもなる。その時、自宅の庭で素振りをした時に見た、漆黒の空に斜めに傾いていた北斗七星が浮かび上がってきた。まるで自分達の間合いの詰め方が、北斗七星の星座みたいな線分を辿っている。

と、思った時、スッと目の前の風景が一枚剝がれ落ちて、言葉が消えた。ただ、目の前に矢田部研吾が立っている。矢田部の中段の剣先が伸びてくる。遅くも速くもない。ただ当たり前に、剣先が自分の面に向かってきていた。だから、自分もわずかに上がった矢田部の小手に、剣先を伸ばした。

こちらから打って出たのではない。たぶん、矢田部もそうだろう。立ち合っている時空が飽和した感じで、勝手に二人して体が前に出た。

二連星。

「小手ッ！」

「面ーッ！」

北極星の下で宇宙が満ちた。

まったく息も乱れていない。なのに、汗が信じられないくらい流れ落ち続ける。

休憩の太鼓の合図で矢田部研吾と離れたが、それでもまだ縁が切れず、緊張感が漲っているのを感じる。だが、間合いに縛られているというのではない。むしろ、道場の端で面を取り、汗を拭っている自分がここに在ることの気持ちよさといえばいいのか。

噴き出る汗が手拭では間に合わず、分厚いスポーツタオルで拭きながら、スポーツドリンクを一気に飲み干す。止めどなく汗は出るが、息が乱れていないのが不思議だった。あんなに激しく打ち合ったのに、言葉にできぬほどの充実感だけがある。

「……羽田、おまえ、もっと掛かっていかなきゃ、駄目だぜ」

首に巻いたタオルで汗を拭いながら、小太刀の木刀を持った白川が横に胡坐《あぐら》をかいてきた。

「あん？」

「あん？って、おまえ、せっかく久しぶりに、矢田部先生が稽古つけてくれるってのに、攻めて攻めて攻めなきゃ。おまえ、あれ、失礼だよ」

白川は何をいっているのだろうと、融は道場の上座に座る矢田部研吾の方に視線をやった。距離が離れているというのに、いまだ間合いを計り続けているようだ。それは互いが感じているから分かる種類のものだ。

「……俺、こんなにマジで、激しく打ち合ったの、剣道部入って、初めてなんですけど」

「はい？」と、白川が顔を大袈裟に顰めて、首を突き出してきた。

「何いってんの、羽田ぁ。おまえ、最後の下段からの一本だけじゃん」

矢田部が光邑雪峯と正坐で向かい合って、しきりにうなずいては口元を緩める表情が見える。

「しかも、矢田部先生も矢田部先生だよなあ。いくら、しばらく稽古に出られなかったからって、なんも動かんってのは、ちょっとなあ……」

「白川ぁ。おまえ、何、さっきからいってんの？　矢田部先生に、俺、ぶっ飛ばされたじゃん。やっぱ、かなわねえし」

タオルで顔から噴き出る汗を乱暴に拭って、融は小手の上に置いた面や手拭を整える。

「……羽田、おまえ、それさ、熱中症じゃねえかな。ちょい休んでいいから、マジで……」

白川の表情に視線をやると、眉間に皺を寄せて真剣な目つきで自分の顔を凝視している。

ますます面白い、と融は思った。もし白川がいっていることが本当だったら、とてつもない次元に矢田部研吾は自分を連れていき、対峙していたのではないか。休憩しながらも互いの間合いを想っていること。だからといって変に窮屈なわけではない。深呼吸して姿勢を正しながら、道場全体の空気を摑もうとすると、矢田部と話している光邑雪峯とも、横にいる白川とも、他の部員達とも、因果というやつをつなげている気がした。

それらの線分や空間が自分に絡みついてがんじがらめにするのではなくて、むしろ、道場にあるものすべてが編み上げてくれたものが、自分という者なのかも知れない。いや……。

建總寺境内を鳴き声で波打たせている蟬や、梵鐘の音や、横須賀線の踏み切りの音、風、夕焼け、線香のにおいすべてが、自分と結ばれている？　自分というよりも、むしろビャクシンの木にへばりついて鳴き喚いている蟬が、自分であっても同じなんじゃね？　と妙なことさえ思う。

「ああ、羽田ッ。大事なこと、忘れてたわッ」

矢田部研吾が俺ということもありうる。白川が、俺ということも……。

「今日さ、部活始まる前に、高野高校の剣道部の人らが二人きてさ。高三女子と高一の男……」

あらゆるものをつないでいる全体というのか、その大きな広がり自体が自分自身だと考えると、とても楽になる。これって、俺が昔からいっていたラブ＆ピースなんじゃやね？

「なんかさ、羽田君っていう人に挨拶したいんだけど、とかいってさ。その女子がメッチャ綺麗なんだぁ。赤いセルフレームのメガネなんかかけちゃってさ」

赤いセルフレーム？

「で、何だって？」

「よく分かんねえんだけどさ、後輩の……何だっけ、名前忘れた、何々君がまた剣道やることになったから、って。ありがとうって……」

横田選手。２０９。

俺が、横田君ということもありえるし、あの知的で美人の女剣士ということもありうる。

「なあ、羽田ぁ。彼女、何なんだよ。どういう子なんだよ。なあ、羽田君ッ。ハーダ君？」

目の端で白川が媚びて見せる眼差しを牽制していると、「小僧ッ！」と道場の上座の方から光邑雪峯が声を張り上げてきた。藍色の袖口から出た太い腕を上げて、頑丈そうな掌を開いて揺らしている。

白川の追及を無視して光邑禅師らの許にいくと、融は丁寧に二人の先生に座礼した。白川のいう通りならば、自分の攻めが足りなかったことを注意されるのだろう。だが、それでも矢田部研吾との立合いは、自分には奇跡のような風景を体感させてくれたのだ。

「小僧ッ。おまえ、いい立合いをしよったなッ。たまげたわ」

「はい？」と虚を衝かれて、思わず間抜けな返事が口から漏れてしまった。

「研吾もだ。あれだけの時の間、技を出さずして、充分な攻防をした。小僧、いい立合いだったろう。何が見えた？」

見えた？　……あまり覚えていない。見えた、というよりも、感じたのだ。翳りのない満ちたりと、静けさ。森羅万象。世界。宇宙。原子……。

「道場の隅々にまで、おまえらの波紋が万遍なく届いたようでな……。小僧も、研吾も、ワシが部員達にいってた言葉は、聞こえたか？　まあ、聞こえんかったか。どっちでもいいが、いやいや剣先やら呼吸やら……ほんに真剣での立合いを見たようだったわ」

融は光邑の白く猛々しい眉の下で細められた眼差しから、矢田部研吾へと視線を移した。そして、もう一度床に両手をついて深く座礼をする。もちろん、この至近でも機を忘れるわけにはいかない。いつでも攻めることのできる神経のチューニング。窓からの夕日の光を溜めた矢田部の目も、一見、交刃の間合いから離れて穏やかに見えるが、息遣いが異様なほど澄んでいる。ちょっとした反射で鍔に指をかける気配があった。

「羽田君。……今日は、私が元立ちをやるつもりも、受けだけでいこうということもなかったが、技が出せなかった」

「いえ、僕の方こそ、すみませんッ。必死で掛かっていかねばならないのに、動けませんでした」

「だが、触刃以前に、羽田君は殺人刀を捨てていただろう。初めに揺らぎはあったが、俺をもう敵とも思わない剣道だった。俺を殺しにかかる獰猛な剣が、消え失せていた。むしろ、俺を生かそうとしてくれた剣に見えてきて、だからこそ、俺は怯んだといってもいいかも知れない」

それは違う。殺しにかかる剣があまりにも脆いのを教えてくれたのは、矢田部研吾だ。俺はただ矢田部の剣道が生み出した風景に、翻弄されていただけ。しかも、異常なほどの快感に酔い痴れていた。

「いつ、あの凶暴な剣先を超えた？」

「……分かりません」

「おまえは、あの夕暮れの立合いで、本当に俺を殺そうとしていたよな」

「……はい」

カッと破裂するような息を吐き出し、歯を剝いて笑ったのは、光邑禅師だ。だが、殺そうとしていたのは、俺だけではない。矢田部研吾も本気で自分の喉元を抉ってきたのだ。無知で馬鹿な若造の狂いを恐れたのか、他の何かを恐れたのか、自分には光邑禅師の話してくれたことからしか想像できないが、相手を斬ろうとしていた切迫は、矢田部先生も同じくらいだった。

「だが、今日の羽田君の剣の方が、圧倒的に強い」

「それは、研吾の方にもいえる」と、光邑が皺の寄った口元に笑みの名残を溜めながら、腕を組んだ。矢田部の目が初めて細かく上下に揺れて、視線をわずかに落とす。

「まあ、小僧の中にいる、その何だ、気の狂うた獣は、また出るぞ。ちょいちょい顔を出して、小僧を試すわ」

光邑が口角を下げた顎先をしゃくって見せる。

「研吾、おまえもな、将造の剣が、彷徨うて出てくるわ。その時は、苦しめ苦しめ」

道場の大太鼓の音が、腹の底を響かせる。

矢田部が正坐に芯を入れたように姿勢を正すと、融も一礼して自分の場所まで戻る。揃えた小手に面。「人境俱忘」と毛筆文字でプリントされた手拭。我もなし、彼もなし。空に徹して、自己なければ敵なし。山岡鉄舟という昔の剣豪が大事にした言葉らしい。

融はしっかりと手拭を頭に巻いて、面をつける。まだ頭上の遥か彼方に、矢田部研吾と自分を動かし続ける北極星の光を強く感じる。おそらく矢田部研吾も同じように感じているに違いない。道場の地平線にあっても、呼吸の駆け引きが再び始まるのが分かる。

融は面の中で目を閉じ、息を細く吐き出した。世界の隅々にまで心を澄ます。蟬の声も、葉群のざわめきも、道場に入ってくる風も、全部自分だ。そして、俺は自由なほど透明になる。

まっすぐ視線を上げると、融は天空の色を映している竹刀を摑んだ。

解説

中村文則

豊饒な言葉の世界。通常このような広大な言語空間を支える文学的な「場」は停滞するのだが、この小説は動きながら、つまり物語の構成の中にあり、登場人物の羽田融に中点を置けば青春小説の側面まで持ち合わせている。構図だけではない。青春小説がもつ爽快さが、三人称を巧みに使うことで深淵な言語空間と同在している。この見事なまでの「同在」への僕の個人的な見解はあるのだが、それはまた後述する。

「融という若者の眼……。最後に見た眼差しは、すでに前もって相手の死をごく当たり前に予想している獣のものだ。そのまま自分の死んだ体を素通りして、いってしまう者の顔」

恐ろしい表現である。剣道において打たれるとは、本来なら「死」を意味するのだろう。打たれた者は、自分を打った——殺した——者が自分を素通りしていくのを感じる。しかも竹刀であり防具も着けているから実際には生きている。「生」を経験させられる。生と死の狭間ではなく、生と死の向こう側へ連れられていく。剣を交えた者達の高揚と緊迫が伝わる描写は凄まじく息を呑む。剣道に関する作品だが、剣道を通し言葉により さらに世界の深淵に接続していく小説であると僕は思う。そして根底には禅の世界が広がっている。

光邑によれば、禅では憎しみや悲しみ、様々に抱えている己自体を斬るのが「殺人刀」。自由になり己を活かすのが「活人剣」となる。だが剣の世界では「言い換え」をやっていて、作中にある柳生宗矩によれば「殺人刀」は相手を威圧し、その動きを制し勝つことにある。剣であるから、あくまでそこに勝敗があるのである。この小説ではそれらの思想が緊迫しぶつかり合う。作者は豊富な言葉を使い剣道の神髄を摑み出し、この世界の深みへ読者を誘う。言葉は時に言語の論理から飛翔し、緊張し、探り合い、結晶化されていく。

一読してわかる通り、父と子の物語でもある。矢田部父子だけでなく、光邑と矢田部、矢田部と融の疑似父子。融の父は実際に出てくることはなく、融の父が来る、と言われ矢田部が向かった先で待っていたのは矢田部の父が遺していた手紙と疑似父である光邑からの壮絶な制裁である。当然のことながら、この構図で最も過酷な体験をするのは時に息子で時に疑似父である矢田部となる。矢田部は危うく融を殺してしまいそうにもなる。

矢田部のアルコール依存症の描写も凄まじい。作品の約四分の一の時点で不意に矢田部が揺らぐ。飲んだ瞬間の「おまえは、何を我慢していたのだ」という言葉も恐ろしいが、通常作家が「堕ちていく男」を書く時はまっさかさまに、勢いよく堕とすものだが、矢田部には融が持っていた木刀、光邑との会話など「改善されるかもしれない出来事」がポイントとして用意されており、しかしそれでもなお飲酒は止まらないのである。そのことにより読者の緊張はさらに増していく。この見事な手法。父子の物語であるから女性は慎重に脇に逸らされ、矢田部は女と出会うが著者は矢田部に「女性による救済」を許さない。このことにより物語がさらに集中し凝縮したものになる。

なぜ融の剣にはあのような殺意が宿るのか。融には恐らく特異な生育背景はない。だがこれは「才」につきると言える。才能とは、それだけで戦慄を帯び危険を内包する。特に融の才は剣であり、それだけで融の存在そのものを後に危うくする――矢田部の父のように――かもしれず、既に作中で光邑に言及されている。ある意味矢田部も同じである。光邑の発した「苦しめ苦しめ」の言葉は二つ続くことで軽やかさを有し、この小説自体を浮上させている。さらに時系列を慎重に読めば、矢田部父子の「戦い」の時、矢田部は既にアルコール依存症の状態にある。つまり矢田部の父はアルコール依存症の息子を前にし、あのような「戦い」をしたことになる。そこに思いを馳せる時、父の行動の本当の深み／悲しみが伝わって来るのである。

矢田部と融の対決が剣道場だけに留まらないのもこの小説のポイントであるように思う。矢田部の家の玄関先で、さらには庭で、つまり「日常」の中に、あの戦慄の奥深い命のやり取りが行われている。さらに言えば、

「ほう、研吾。おまえに、そんな顔ができたか。それとも、酒精の力がそうさせるか？」

「光邑師範……俺を止めるのに、二人の若造だけで大丈夫か？」

この読み手がゾクゾクする矢田部と光邑の緊迫が最大に高まるのも（藤沢氏は、実に

こういう描写が巧みである）寝たきりの父が置かれた病院である。融が覚醒する場は剣道場だが審査会場だ。つまりこのような世界の深淵は、日常の中に溶けてそこに「在る」。恐ろしい空気の張りつめや禅の世界とリンクする深みの入口はつまり、剣道場や寺などの閉鎖された密室のみにあるのではない。世界の見方を変えれば、すぐ我々の日常の中に、風景の中にある。青春小説、という日常の中に、このような深淵な言語空間が同在しているこの小説はつまり、この世界そのものをそれだけリアルに描き出していると言えるのではないだろうか。

あらゆる優れた小説がそうであるように、この小説を読み終えた後、世界はいつもと違って見える。

最後に完全に余談な告白であるが、僕はある二つの短編小説を読み、内面が揺さぶられ、その作品が掲載されていた文芸誌の公募の賞に書いていた小説を送り、作家デビューした経緯がある。その二つの作品のうちの一つが藤沢氏の「第二列の男」だった。藤沢氏は現代文学の若手達に多大な影響を与え続ける巨大な存在であり、この小説は円熟へ向きながらかつ尖り続ける氏の新たな境地といえる。

（作家）

初出　「文學界」二〇〇九年六月号〜二〇一一年九月号
単行本　二〇一二年五月　文藝春秋刊
ＪＡＳＲＡＣ　出１５０１２４０-５０１

文春文庫

武《む》 曲《こく》

定価はカバーに表示してあります

2015年3月10日 第1刷
2015年11月25日 第4刷

著 者 藤《ふじ》 沢《さわ》 周《しゅう》

発行者 飯窪成幸

発行所 株式会社 文藝春秋

東京都千代田区紀尾井町 3-23 〒102-8008
TEL 03・3265・1211
文藝春秋ホームページ http://www.bunshun.co.jp

落丁、乱丁本は、お手数ですが小社製作部宛お送り下さい。送料小社負担でお取替致します。

印刷・大日本印刷 製本・加藤製本
Printed in Japan
ISBN978-4-16-790321-3

（　）内は解説者。品切の節はご容赦下さい。

江國香織・小川洋子・川上弘美・桐野夏生
小池真理子・高樹のぶ子・高村　薫・林　真理子

甘い罠

8つの短篇小説集

江國香織、小川洋子、川上弘美、桐野夏生、小池真理子、高樹のぶ子、高村薫、林真理子という当代一の作家たちの逸品だけを収めたアンソロジー。とてつもなく甘美で、けっこう怖い。

え-10-2

円城　塔

オブ・ザ・ベースボール

一年に一度、空から人が降ってくる町ファウルズでユニフォームとバットを手にレスキュー・チームの一員となった男。芥川賞作家のデビュー作となった文學界新人賞受賞作。（沼野充義）

え-12-1

小川洋子

やさしい訴え

夫から逃れ、山あいの別荘に隠れ住む「わたし」とチェンバロ作りの男、その女弟子。心地よく、ときに残酷な三人の物語の行き着く先は？　揺らぐ心を描いた傑作小説。（青柳いづみこ）

お-17-2

小川洋子

猫を抱いて象と泳ぐ

伝説のチェスプレーヤー、リトル・アリョーヒン。彼はいつしか「盤下の詩人」として奇跡のように美しい棋譜を生み出す。静謐にして愛おしい、宝物のような傑作長篇小説。（山﨑　努）

お-17-3

大崎善生

タペストリーホワイト

学生運動華やかなりし七〇年代初頭。愛する姉・希枝子を内ゲバで失った洋子は、上京し姉の恋文の相手を探すが……キャロル・キングの名曲が全編を彩る、喪失と再生の物語。（髙山文彦）

お-39-2

開高　健

ロマネ・コンティ・一九三五年

六つの短篇小説

酒、食、阿片、釣魚などをテーマに、その豊饒から悲惨までを描きつくした名短篇集は、作家の没後20年を超えて、なお輝きを失わない。川端康成文学賞受賞の「玉、砕ける」他全6篇。（高橋英夫）

か-1-12

勝目　梓

老醜の記

老作家がたどり着いた三十八歳年下の愛人との愛欲の果て。奇妙な安らぎと、嫉妬に彩られた三角関係の行方は？　『小説家』と対となる作家の内面を晒した私小説。（石田衣良）

か-11-3

（　）内は解説者。品切の節はご容赦下さい。

川上弘美
龍宮
霊力を持つ小柄な曾祖母、女にはもてるのに人間界には馴染めなかった蛸、男の家から海へと還る海馬……。人と、人にあらざる聖なる〃異類〃との交情を描いた八つの幻想譚。（川村二郎）
か-21-4

川上弘美
真鶴
12年前に夫の礼は、「真鶴」という言葉を日記に残し失踪した。京は母親、一人娘と暮らしを営む。不在の夫に思いを馳せつつ恋人と逢瀬を重ねる京は、東京と真鶴の間を往還する。（三浦雅士）
か-21-6

川上未映子
乳《ちち》と卵《らん》
娘の緑子を連れて大阪から上京した姉の巻子は、豊胸手術を受けることに取り憑かれている。二人を東京に迎えた「私」の狂おしい三日間を、比類のない痛快な日本語で描いた芥川賞受賞作。
か-51-1

金原ひとみ
憂鬱たち
神田憂、ウツイ、カイズ。男女三人が組んずほぐれつする官能的なブラックコメディ。現実とエロティックな妄想が交錯し暴走する！（菊地成孔）
か-56-1

鹿島田真希
黄金の猿
バー「黄金の猿」に夜毎集まる頽廃的な女と愛人達。林の中を彷徨う若い女と、兄。通じ合わない新婚夫婦。今最もスリリングな日本語の使い手である芥川賞作家の連作集。（武内佳代）
か-57-1

北村　薫
いとま申して
『童話』の人びと
父が遺した日記に綴られていたのは、金子みすゞや淀川長治と競うように創作と投稿に励む父の姿だった——。大正末から昭和初年の主人公の青春を描く、評伝風小説。（川本三郎）
き-17-8

木内　昇
茗荷谷の猫
茗荷谷の家で絵を描きあぐねる主婦。染井吉野を造った植木職人。画期的な黒焼を生み出さんとする若者。幕末から昭和にかけ各々の生を燃焼させた人々の痕跡を掬う名篇9作。（春日武彦）
き-33-1